Une année… le reste d'une vie

Virginie Félix

Une année… le reste d'une vie

Roman

LE LYS BLEU
ÉDITIONS

© Lys Bleu Éditions – Virginie Félix

ISBN : 979-10-377-4226-1

Chapitre 1

— Madame Valet... Assoyez-vous, me dit-il, le visage sombre, en me désignant un fauteuil face à son bureau.

J'obéis timidement. Son air grave me fait froid dans le dos. Je suis sûre que vous voyez de quoi je parle ! Ce genre de situation qui nous donne envie de prendre nos jambes à notre cou. Malgré tout, j'étais bien décidée à ne pas le laisser me déstabiliser. J'avais toujours soupçonné les médecins sur leurs intentions. Leurs attitudes froides et rigides ne m'inspiraient aucune sympathie. Ils me faisaient l'effet de se sentir supérieur au commun des mortels. Que croyaient-ils en nous narguant avec leurs dix années d'études ? Que nous allions nous prosterner devant eux ? Tout ça pour un mal de tête qui persistait et quelques étourdissements. Bon OK ! Depuis deux mois, j'avais perdu connaissance deux ou trois fois. Une fatigue constante ne me lâchait plus et ma vue se troublait parfois. Sans parler de ces nausées qui me pourrissaient la vie et m'épuisaient.

Minutieusement, il éparpille plusieurs feuilles devant lui. Il prend son temps et ne relèvera pas une seule fois le nez pendant de très longues secondes. Mal à l'aise, je me donne une contenance en examinant les œuvres accrochées aux murs. Je penche la tête, une fois à droite, puis à gauche pour essayer de leur donner un sens. Abstrait... Contemporain... Bref ! Ça ne ressemblait pas à grand-chose.

— J'ai reçu vos résultats de scanner et d'IRM, me dit le neurologue.

Silence.

Mais qu'est-ce qu'il attendait ? Qu'on en finisse bon sang ! Surtout qu'il allait me sortir le bla-bla habituel. Janice, une collègue de l'établissement dans lequel je travaille, avait dû consulter pour des vertiges. Elle m'avait décrite toutes ces semaines d'angoisse. Prise de sang... Le discours alarmant de son médecin généraliste... Prescription d'examen imagerie... Rendez-vous avec un neurologue. Il s'est avéré qu'elle n'avait rien et était repartie avec un traitement et un repos forcé. Elle était tellement soulagée et libérée de ce poids. Elle avait tenu à fêter ça ensemble. Nous avons passé la soirée à boire et à ricaner comme deux adolescentes. Le lendemain n'avait pas été aussi joyeux, trop accaparé par notre gueule de bois.

J'ébauche un sourire à cette pensée et attends, nerveuse, qu'il me sorte la même tirade qu'à mon amie.

— Madame Valet... Vous êtes seule ? Personne ne vous accompagne ?

Je trépigne d'envie de regarder sous mon fauteuil et son bureau pour qu'il comprenne l'absurdité de sa question. La raison l'emporte. Je lui confirme par un « non » franc et impatient.

— J'aurais préféré le contraire, insiste-t-il.

Mais c'est quoi son problème ? Il a besoin que je sois accompagnée d'une armée pour m'annoncer que je suis exténuée ?

— Très bien... J'ai sous les yeux les comptes rendus. Nous remarquons une masse sombre à gauche de l'hémisphère droit, zone temporale. Le volume tumoral est important, hétérogène et on constate une déformation de la structure médiane vers la droite, mais aussi….

Et voilà… je décroche.

J'ai toujours eu en horreur tout ce langage médical. C'est incompréhensible et ennuyeux à mourir. Un vrai calvaire pour ceux qui, comme moi, n'ont aucune notion dans ce domaine. Pourtant, j'essaie de fournir des efforts en lui assurant mon écoute par quelques hochements de tête. Malgré tout, je suis hypnotisée par le grain de beauté qui se trouve juste au-dessus de sa lèvre supérieure. Il faut être honnête, je n'ai prêté aucune attention au reste de son monologue.

— Est-ce que vous avez des questions à me poser ?

— Euh… Oui ! Bien sûr. Quand est-ce que tous ces malaises, ces maux de tête et cette fatigue constante vont-ils disparaître ?

— Eh bien… Ça sous-entend une adaptation. Il faudra être patiente et voir si votre situation exige une rencontre avec un cancérologue. Nous pourrons, par la suite, adapter ce qui sera le mieux pour vous Madame Valet.

Dubitative, je m'enfonce dans mon siège en le fixant.

— Pourquoi voudriez-vous que je voie un cancérologue ?

J'attends une réponse pendant qu'il se trémousse dans son fauteuil. C'est peut-être lui qui devrait consulter ! À ce rythme-là, il va se déclencher des hémorroïdes.

— Je pense que vous n'avez pas saisi ce que je viens de vous expliquer. C'est de ma faute. Je n'ai sans doute pas été assez clair. Je m'en excuse. Nous avons pu voir sur vos imageries une grosseur inquiétante et qui plus est, s'est logée dans une partie de votre cerveau qui m'alarme sérieusement. D'où tous ces symptômes que vous m'évoquiez. Avant de faire appel à un cancérologue, il est bien évident que nous devons entreprendre d'autres examens. Nous allons vous hospitaliser et vous programmer une biopsie pour demain. Vous comprendrez que nous ne pouvons pas nous permettre d'attendre plus longtemps aux vues de l'emplacement et ne sachant pas comment évolue cette masse.

Grosseur inquiétante, hospitalisation, biopsie, cancérologue…

J'ai la tête qui tourne et la nausée qui me reprend.

— Attendez… Je veux être sûre de bien comprendre… Vous me parlez d'une tumeur ?

Prononcer moi-même ce mot, me glace le sang.

— Nous n'en sommes pas totalement convaincus d'où l'hospitalisation que j'évoquais à l'instant.

Je suis figée. Paralysée. Plus rien ne répond. Mes bras, mes jambes, mon cerveau… d'ailleurs, il va falloir que j'aie une petite explication avec ce dernier. J'ai même l'impression de ne plus sentir mon cœur battre. C'est un vrai cauchemar ! Oui c'est ça ! Je me suis encore endormie devant cette série médicale qui fait fureur en ce moment.

— Je comprends que vous soyez terrifiée… Dans un premier temps, nous devons effectuer cette biopsie au plus vite et là nous serons fixés. Je programme une intervention d'urgence pour demain matin huit heures. Il sera nécessaire que vous vous présentiez dans mon service pour six heures. Ma secrétaire va se charger de remplir le dossier avec vous.

Les mots flottent dans ma tête comme des ballons de baudruche incontrôlables. Plus rien n'existe. La pièce dans laquelle je me trouve disparaît. Le vide m'entoure inexorablement.

Je sens tout à coup une main se poser sur mon épaule.

— Madame Valet ? Vous m'entendez ?

C'est encore lui… mon bourreau. Une femme se tient à côté de lui.

— Ma secrétaire va s'occuper de vous.

— Bonjour Madame. Vous voulez bien me suivre ?

Quand est-elle arrivée celle-là ?

J'obtempère encore sonnée. Elle me conduit dans une petite pièce adjacente au bureau du médecin.

— Installez-vous, me dit-elle.

Je m'exécute comme un automate, réponds aux questions et lui fournis les papiers nécessaires. Tout me semble tellement incohérent et surréaliste.

Quand je rentre chez moi, une seule idée me vient en tête ; dormir. Avant ça, je dois prévenir l'établissement pour lequel je travaille. J'explique que je serai absente quelque temps pour raison personnelle. Les jeunes en rupture familiale et scolaire devront se passer de moi. La secrétaire s'inquiète et me demande si je vais bien. Je lui réponds spontanément, essayant de paraître le plus naturel possible. « Oui bien sûr… il s'agit juste d'une petite chose à régler ».

Une petite chose à régler ! Ça ne peut être que ça.

Pas un appel pour ma famille. Non plus pour mes amis. À quoi bon les inquiéter ? Pourquoi alerter tout le monde alors que le neurologue n'a encore aucune certitude sans cette chirurgie ? Je ne leur ai même pas fait part des examens de scanner et d'IRM. Je n'en voyais pas l'intérêt.

Je fais rapidement un sac pour le lendemain. Je règle mon réveil et m'écroule, épuisée.

Ne plus penser. Ne plus me torturer. Ne plus répéter ces mots qui me reviennent en boucle encore et encore. Grosseur inquiétante, hospitalisation, biopsie, cancérologue… Tumeur.

La fatigue a eu raison de moi. Et tant mieux.

Chapitre 2

5 heures.

Ce maudit réveil me vrille les tympans.

J'ai merveilleusement bien dormi. Je prends ça comme un signe positif. Tout va très bien se passer. Il ne peut en être autrement.

Ils vont faire leur fichue biopsie et m'expliqueront ensuite leur erreur. C'était juste une grosseur bénigne. Ils vont m'en débarrasser en un rien de temps. Je les entends déjà, prenant leurs voix assurées : « Rien de plus facile madame Valet ».

Dès mon plus jeune âge, mon enthousiasme et ma joie de vivre sont indéfectibles. En tout cas, je m'y emploie espérant dissimuler un manque évident de confiance en moi. Enfant, mon père m'appelait constamment son « petit rayon de soleil ». Il le fait encore aujourd'hui. Adolescente, je lui avais demandé d'être moins démonstratif. Il n'a pas tout de suite compris. J'avais pourtant essayé de lui faire entendre que crier sur le parking du collège « bonne journée mon petit rayon de soleil » ne collait pas avec l'image décontractée et assurée que j'affichais auprès de mes amis. Ayant eu un garçon en premier, il affectionnait tout particulièrement ces moments tendres et complices père-fille. Lui protecteur et affectueux. Moi, grande fan inconditionnelle. Pourtant, sa petite devenue une jeune fille commençait à lui échapper et réclamait progressivement son indépendance. Je me suis vite rendu compte du chagrin que je lui infligeais. Donc, dès que l'occasion se présentait, je lui proposais une activité à partager ensemble. Et je dois admettre, qu'en dépit de ma demande d'émancipation, je n'étais définitivement pas prête à me séparer de lui. D'ailleurs, je ne pense pas l'être un jour.

6 h 40.

Questionnaire d'usage.

— Votre nom et votre prénom s'il vous plaît.

— Valet Kristelle. Avec un K.

— Votre date de naissance ?

— Le 22 juillet 1982. Excusez-moi ? je l'interromps.

— Oui ?

— Pourquoi me redemander tout ça puisque j'ai rempli le dossier hier avec une secrétaire ?

— Nous avons besoin d'être sûrs de votre identité Madame. Nous devons nous assurer avoir affaire à la bonne personne.

Sa réponse me laisse perplexe.

— Parce qu'il vous est déjà arrivé qu'une personne vienne subir une intervention chirurgicale à la place d'une autre ?

Elle sert son dossier sur sa poitrine, les yeux totalement écarquillés. Je peux comprendre que ma question semble absurde mais elle avouera aussi que son interrogatoire l'est tout autant.

Et voilà… Elle reste figée devant moi complètement décontenancée. J'ai comme l'impression que cette situation est une première pour elle. Elle a l'air d'un lapin pris dans les phares d'une voiture. Elle repart cependant vers la porte de ma chambre en me disant qu'elle reviendra avec de la Bétadine. Elle m'explique qu'il faudra me l'appliquer sur tout le corps au moment de ma douche. Je lui réponds d'un simple battement de cils. Une fois la porte fermée, j'explose d'un rire sonore.

J'imagine déjà sa prochaine pause avec ses collègues : "plutôt bizarre cette patiente".

Peu de temps après, une aide-soignante passe pour me raser une partie du crâne. Obligatoire pour l'opération. Je ne m'y attendais pas. Pourtant logique en y repensant. Je serre les dents et j'essaie de faire le vide pendant qu'elle s'approche avec son matériel. Elle le fait avec des gestes calculés et doux mais chaque passage du rasoir me transperce le cœur. Elle a dû sentir mon malaise puisqu'elle m'explique qu'ayant déjà les cheveux courts, ils ne demanderont pas longtemps à retrouver la même longueur. Facile à dire. Cacher ce cratère ne serait pas son problème les semaines à venir.

8 heures.

Les brancardiers viennent me chercher dans ma chambre. Il était temps. Je commençais à ressentir de la compassion pour tous ces animaux dans leurs cages. Dorénavant, plus jamais je ne les regarderai de la même façon.

Ils me demandent si je suis prête. C'est une blague ? Et si je leur disais que non ? Pour le coup, ils m'interneraient en psychiatrie. Particulièrement si l'infirmière du questionnaire se ramène et leur raconte notre petite conversation de tout à l'heure.

Me voilà arrivée à destination. Tout un tas d'infirmières ou peut-être des médecins me disent bonjour sur un ton qui se veut rassurant. Leurs efforts me touchent mais me donnent aussi la chair de poule. Un homme se tient juste à côté de moi les mains croisées. Il me fixe sans un mot. Qu'est-ce qu'il me veut celui-là ? Avec leurs déguisements de schtroumpfs et leurs masques qui ne laissent apparaître que leurs yeux, difficile de se faire une idée.

— Bonjour Madame Valet. Nous allons commencer dans peu de temps. L'anesthésiste va s'occuper de vous.

Cette voix… Celle-là… Oui aucun doute ! Je la connaissais et ne risquerais pas de l'oublier de sitôt. C'est mon cher… mon très cher « je me dandine à m'en faire provoquer des hémorroïdes ». Étrangement, je le trouve calme et déterminé. Rien à voir lors de notre rendez-vous d'hier. Il me sourit faisant apparaître les nombreuses rides aux extrémités de ses yeux.

Je sens un masque se poser sur mon visage. Une voix derrière moi me demande de respirer normalement et de ne pas lutter. Promis… je ne lutterai pas. Je m'endors en me disant que ce serait carrément formidable d'avoir cet appareil à la maison lorsque l'insomnie me guette.

Je me réveille. La première chose que je vois est une pendule. 13 heures. 13 heures ? Impossible ! Je viens juste de fermer les yeux.

Une personne s'approche.

— Ah ! Réveillée ? Tout s'est bien passé. Nous allons vous remonter dans votre chambre dans un petit moment.

J'ai l'impression d'évoluer dans un épais brouillard. Toutes mes forces m'ont abandonnée. C'est plutôt agréable.

18 heures.

L'infirmière, qui me supporte depuis mon retour dans ma chambre, m'informe que mon chirurgien ne va pas tarder à passer me voir. J'ai repris des forces même s'il me faut encore de l'aide pour certaines choses. Notamment aller aux toilettes. Formidable ! Rien de plus dégradant ! En me regardant dans le miroir, j'aperçois une femme que je ne connais pas. Un bandage autour de sa tête, ses yeux sont cernés, son regard voilé et son teint blafard. Je vais avoir un peu de boulot pour dissimuler tous ces dégâts.

Ah ! Voilà monsieur « hémorroïdes ».

— Comment vous sentez-vous ?

— En pleine forme docteur.

Sincèrement, j'en suis convaincue. Au vu du regard qu'il pose sur moi, je suis la seule à le croire.

— Ces deux journées ont dû vous paraître complètement surréalistes et stressantes. Cependant, il était essentiel de procéder ainsi. J'ai demandé au laboratoire de passer vos prélèvements en priorité. Ils ont effectué un travail remarquable.

C'est moi ou il essaie de gagner du temps là ?

— Ce qui m'amène donc aux résultats de vos examens.

En l'écoutant, je me dis qu'il aurait fait un merveilleux maître de cérémonie pendant les oscars. Il est définitivement très doué pour le suspens.

Mais crache le morceau bon sang !

— Les tumeurs du cerveau sont classées en grades croissants de I à IV selon le degré d'agressivité et de sévérité. Ce grade est déterminé à partir des données du diagnostic histologique, posé grâce à l'analyse microscopique de l'échantillon de la biopsie.

Il fait une pause et reprend au bout de quelques secondes qui me semblent des heures, des jours…

— Madame Valet. Vous êtes à un stade IV. Je suis désolé.

Il est désolé… Mais désolé de quoi ?

— Je n'ai pas tout suivi. Vous voulez me dire que je suis au stade le plus agressif ?

— Oui. C'est tout à fait ça. Votre tumeur est un glioblastome. Le glioblastome est une tumeur qui se développe aux dépens des cellules du système nerveux central qu'on appelle les astrocytes. Cette tumeur siège généralement au niveau des hémisphères cérébraux, et se développe rapidement pour devenir une très grosse tumeur. La vôtre a dû s'immiscer, petit à petit tout en vous laissant tranquille jusqu'à ce que les symptômes vous envahissent et vous alarment. Malheureusement pas assez tôt.

— Il existe bien une intervention chirurgicale pour me retirer ce globla... je ne sais quoi !

— Un glioblastome. Oui, dans certains cas il est possible d'envisager une chirurgie. Cependant, votre tumeur est placée de telle façon qu'il nous est particulièrement compliqué d'intervenir.

— Alors que fait-on ? On laisse cette saloperie me réduire en miettes ?

— Vous allez rentrer dans un protocole de soin avec de la radiothérapie et de la chimiothérapie. J'ai déjà pris la liberté de prévenir ma consœur cancérologue. Elle va passer vous voir pour vous expliquer en détail tout le parcours, les traitements et si elle envisage une chirurgie. Est-ce que vous avez d'autres questions ?

Des questions ? J'en avais des centaines. Mais là, tout de suite, j'ai juste envie de lui crier de me laisser du temps, qu'il ne venait pas de me diagnostiquer une verrue sur le nez.

— Je vais attendre la cancérologue. Je crois... Je pense que j'ai besoin de réfléchir.

— Voulez-vous que je contacte quelqu'un pour vous ? Une amie ? Un parent ?

Je réponds un peu trop brutalement.

— Non ! Merci docteur.

— Je vous laisse et encore une fois, je suis navré. J'aurais espéré... Croyez-moi...

— Oui. J'imagine que ce ne doit pas être la partie la plus agréable de votre profession.

Il baisse la tête et sort de ma chambre. Une fois seule, je m'écroule, laissant des flots de larmes se déverser sur mon visage.

Radiothérapie… Chimio…

Ces mots me terrifiaient. Nous avons tous eu des témoignages d'une amie, d'une collègue ou autre, nous décrivant le calvaire que vivait une connaissance atteinte d'un cancer. Ces histoires sordides que nous espérions ne jamais vivre de loin ou de près. Voilà ce qu'allait devenir mon quotidien.

Vingt-quatre heures pour que ma vie bascule du tout au tout. Un fragment de seconde. Juste un battement d'ailes.

Je dois appeler mes parents.

Non !

Je vais voir avec cette cancérologue.

Mon Dieu ! Que dois-je faire ?

Quelqu'un m'apporte mon repas mais l'appétit n'est pas au rendez-vous ce soir. J'ai l'impression d'être une coquille vide. L'infirmière de nuit passe me voir… une femme d'un certain âge, sans doute proche de la retraite. Elle me propose « un p'tit quelque chose pour mieux dormir ». Je ne suis pas une grande adepte des cachets. Pourtant, avec ce qu'il m'attend, il allait bien falloir me résoudre à penser autrement. Maintenant ou plus tard… Elle me l'apporte et me dit de ne pas hésiter à sonner dans la nuit. Elle passera plusieurs fois sous prétexte de vérifier que ma cicatrice ne s'infecte pas mais je comprends très vite qu'elle a eu des consignes particulières. Elle s'approche doucement comme une mère le ferait pour son enfant. Me touche le bras avec une extrême patience et chaque mot qu'elle prononce me semble une caresse. J'ai plusieurs fois eu envie de me blottir dans ses bras. Je crois qu'elle l'a ressenti. J'ai même cru entendre ; « reposez-vous ma petite » après un énième passage.

Chapitre 3

Ce matin, ma cancérologue est passée me voir. Docteur Mouffoir Florence. Jeune, souriante, dynamique et petite. Tellement petite ! Certainement le reflet de mon humeur du jour, cette impression que tout rétrécit autour de moi. Ma vie, mon avenir, mes projets… mais pas cette fichue tumeur.

Elle m'explique plus en détail ce qu'est un glioblastome. Je l'écoute religieusement, mais une partie de ses explications a retenu tout particulièrement mon attention. Le glioblastome est le cancer primitif du cerveau le plus fréquent chez l'adulte et également le plus agressif. Difficiles à soigner, les glioblastomes sont associés à une dégradation fonctionnelle et intellectuelle rapide lors de leur progression.

Je l'interromps d'un geste de la main.

— En fait, si je comprends bien, cette tumeur est la pire qu'il soit.

— Je ne vais pas vous mentir. Ça va être un combat difficile et frustrant.

— Quelles sont les options ?

— La radiothérapie et la chimiothérapie que nous allons mettre en place rapidement dans le but de réduire la masse tumorale et permettre ainsi, ce que j'espère, une neurochirurgie. Dans un premier temps, nous commencerons un protocole de rayon en raison de cinq séances par semaine et le Temodal qui est une chimiothérapie par voie orale.

Le silence s'installe entre nous. Elle me laisse certainement le temps d'assimiler doucement ce qui m'attend. J'avale difficilement et continue.

— Avez-vous eu de bons résultats avec ce protocole sur un stade aussi avancé ?

— Chez certains de nos patients, nous avons pu observer que leur tumeur avait perdu un peu en volume et leur permettre de gagner quelques mois.

Quelques mois ? Elle ne voulait quand même pas dire que…

— Quelques mois avant…

— Avant d'arriver au bout des soins.

Joliment tourné ! Être plus direct aurait été sans aucun doute un peu trop brutal.

— Et c'est prévu pour quand dans mon cas ?

— 1 an, 1 an et demi tout au plus.

Je m'effondre complètement désespérée. Elle me laisse encore du temps et reste immobile. Elle risque de se changer en statue de pierre car il m'est impossible de m'arrêter.

C'est un vrai cauchemar ! Si quelqu'un pouvait me réveiller…

Je ne fume pas… ne bois presque pas. Juste occasionnellement. Ne me drogue pas… mange sainement et quand je trouve un peu de temps j'effectue quelques exercices. Bon ! C'est vrai ! Le sport, je l'avais laissé un peu tomber. Je n'en avais plus le courage depuis ces malaises et cette fatigue quasi permanente.

Je vais fêter mes 36 ans dans quelques mois ! 36 ans ! J'ai encore toute une vie devant moi. Tout à espérer, à envisager, à construire. Tellement de choses à découvrir. Voyager, partager, aimer, me marier, être mère. Rien n'avait de sens. Tout ne pouvait pas s'arrêter comme ça ! Si ?

Une fois mon souffle et mes esprits revenus, je reprends cet échange macabre.

— Et si j'étais venue plus tôt ? Dès le tout premier malaise ? Est-ce que…

— Nous ne connaissons pas l'évolution de votre tumeur. Venir plus tôt n'aurait sans doute rien changé. Vos symptômes pouvaient laisser à penser bien autre chose. Chaque patient atteint de cette tumeur vit les symptômes différemment. Les traitements vont être difficiles à appréhender mais notre service oncologie est absolument remarquable. Vous allez bénéficier d'un accompagnement qui se veut proche de nos malades… sans vouloir me vanter, dit-elle suivi d'un clin d'œil.

Non mais je rêve !

Hey cocotte ! Tu n'es pas en train de vendre un package pour un séjour de rêve d'une semaine aux Bahamas, dans un hôtel somptueux avec piscine, jacuzzi à vingt mètres de la plage !

— Avez-vous prévenu votre famille ? Vos amis ? J'ai pu voir sur votre dossier que vous étiez célibataire.

— Non. Je n'ai prévenu personne. Effectivement je n'ai pas de compagnon. Et je m'en félicite vu les circonstances.

Elle s'enfonce dans son siège, contrariée. Encore une qui s'imagine que j'allais me ramener avec une armée. C'est une obsession chez eux !

— Ils savent au moins que vous aviez des examens à passer ? m'interroge-t-elle en croisant les bras.

Mon esprit me ramène à mes huit ans, où, honteuse, j'annonçais à mon institutrice que j'avais oublié mon livre de mathématiques.

Je regarde vers la fenêtre et secoue la tête doucement.

— Madame Valet. Que les choses soient bien claires entre nous. Il est impératif que vous soyez épaulée pendant votre traitement. Je suis convaincue que l'entourage tient un rôle déterminant auprès de nos malades.

— Et vous pensez que j'obtiendrai un sursis de dix ans ou encore mieux de vingt ans grâce à ça ? je m'insurge.

Une bombe de lâchée. Même moi je ne l'avais pas vu venir.

J'essaie de m'excuser mais les mots ne sortent pas. J'arrive tout juste à la regarder dans les yeux en espérant qu'elle puisse y lire un malheureux pardon.

— Je peux comprendre votre réaction… Cependant, pouvez-vous au moins y réfléchir ? Nous avons tous besoin de quelqu'un à qui se raccrocher quand c'est nécessaire.

— Mais aussi choisir de ne faire souffrir personne.

Elle grimace, visiblement ennuyée.

— Nous reparlerons de cet aspect.

Elle pose sa main sur ma jambe et se lève.

— Vous allez pouvoir rentrer chez vous demain. Votre cicatrice ne présente aucune infection. L'infirmière vous donnera tous les détails pour votre protocole de soin qui commencera dans moins d'une semaine. Le temps de vous laisser vous remettre tranquillement de l'intervention et reprendre des forces. En attendant, je vous laisse mes coordonnées. Je suis joignable à n'importe quelle heure. Abusez-en sans retenue.

Elle s'éloigne de mon lit et s'arrête près de la porte.

— Et n'oubliez pas de réfléchir à ce que je vous ai dit à propos de l'importance de mettre votre entourage rapidement au courant.

Elle me fait un discret petit signe de la main avant de disparaître.

Chapitre 4

Je suis rentrée la veille et n'ai toujours pas allumé mon portable. J'étais consciente que mon silence allait avoir de lourdes conséquences. J'étais en général joignable à tout moment et pas une journée ne passait sans un appel ou un message de mes parents ou de Vic.

L'échange avec ma cancérologue plane sans arrêt au-dessus de ma tête. « Réfléchissez à propos d'être accompagnée ». J'ai l'impression de ramener avec moi une épreuve de philosophie : « pourquoi la solitude n'est-elle pas la solution quand tout va mal » ? Si elle croyait que c'était facile !

Comment expliquer à mon entourage alors que moi-même j'évoluais dans le flou le plus total ?

J'ai toujours mis un point d'honneur à me sortir seule de mes ennuis. Un autre trait de ma personnalité. Toujours une solution à tout et jusqu'à maintenant ça marchait plutôt bien. Mais là, c'était carrément le ciel qui me tombait sur la tête. Bon... concentrons-nous... et si je prenais cette situation comme toutes les autres ? Qu'est-ce que la Kristelle pleine de vie, joyeuse, réfléchie, indépendante, volontaire, ferait ? En même temps, il ne s'agissait pas d'un problème mécanique sur ma voiture ou une poignée cassée dans mon appartement.

Sacre bleu ! Elle n'en sait rien. Je vais lui laisser encore un peu de temps.

C'est parti ! J'allume ce maudit portable. Quatre jours que je n'ai pas donné signe de vie. Connaissant mon père et ma meilleure amie, j'allais voir débouler dans quelques minutes les pompiers, le SAMU, le GIGN, un détective privé et je ne sais quoi encore.

L'appareil se déchaîne dans ma main. C'était prévisible… cinquante-sept appels manqués. Vingt-trois messages de mon père. Les quatre derniers sont poignants de désespoir. Je le sens même au bord de la crise cardiaque.

Les autres messages sont de « VIC ». Mon âme sœur, ma confidente, mon souffre-douleur. Tout un programme en somme. Nos chemins s'étaient croisés au cours de notre sixième année. Ça n'avait pas été le coup de foudre. C'est le moins qu'on puisse dire. C'était le jour de la rentrée, en première année de cours préparatoire. Nous venions tout juste de nous installer à nos pupitres individuels quand la maîtresse entreprit de faire l'appel. En entendant pour la première fois le prénom de celle qui allait devenir ma meilleure amie, tout mon corps s'était mis à me trahir m'emportant dans une déferlante de rires et de cris incontrôlables. VICTOIRE ! Je n'avais rien entendu de plus drôle. Tout un tas d'hypothèse avait soudain envahi mon jeune cerveau bouillonnant. Sa mère, l'ayant mise au monde dans d'atroces douleurs, avait décrété que ce prénom lui irait à merveille. J'imaginais aussi son père en joueur de foot professionnel conditionné pour la réussite. Bref, quoi qu'il en soit, il y avait forcément une explication et j'avais bien l'intention de percer ce mystère. Cependant, ma perte de contrôle fut sans appel puisque l'institutrice m'informa que je serais privée de récréation de dix heures ce qui n'allait pas faire avancer mon enquête. Si Victoire était restée de marbre pendant ce déchaînement malheureux, ce ne fut pas le cas au repas du midi. Dès que je mis un pied hors de notre classe, elle me cramponna pour me conduire dans un coin discret de la cour et m'administra une dérouillée mémorable. Bon OK ! Je ne l'avais pas volée. Le lendemain, elle s'approcha de moi, me tendit un paquet de Smarties et me dit d'une voix ferme et autoritaire : « Ma maman m'a dit qu'il faut que je te pardonne. Que c'est pas ta faute et que tu es un peu bête. Elle a dit aussi que tu voulais peut-être pas te moquer et qu'il faut que je te raconte pourquoi je m'appelle Victoire ».

Elle me parla d'un film que sa mère affectionnait par-dessus tout. Le titre de celui-ci déclencha chez Vic une mise en scène toute particulière. Dressée sur la pointe des pieds, elle ouvrit ses bras autant qu'elle le pouvait, en imitant le bruit d'une détonation. « La boum ». Il évoquait la vie d'une jeune adolescente nommée Victoire et de ses péripéties.

Malgré tout, cet épisode avait eu le mérite de nous rapprocher. Tom et Jerry, Laurel et Hardy, Batman et Robin, Timon et Pumbaa… nous n'avions rien à envier à tous ses duos mythiques. Un lien inébranlable s'était imposé à nous. Naturellement. Sans aucune pression. Nous étions deux mais en réalité, n'en faisions qu'une. Étrangement complémentaires. J'ai toujours été la plus sérieuse de nous deux. Vic est l'excentrique, la rêveuse, la romantique et l'engagée. Moi je suis la rationnelle, la pondérée et la réservée. Celle qui programme tout et qui ne laisse aucune improvisation. Qu'est-ce que c'est fatigant d'ailleurs ! Elle se foutait de tout, alors que j'avais besoin de temps et d'analyser chaque option.

Cette fois-ci, c'était une autre paire de manches.

« Vic… Je n'ai plus qu'une année à vivre. Ça va toi sinon ? Quoi de neuf ? »

« Vic… Qu'est-ce que tu comptes faire dans les prochains mois ? Rien ? Ça tombe à pic ! Pourquoi ? Tu crois qu'on peut réduire une cinquantaine d'années en une seule ? »

« Papa… je sais que ce n'est pas dans l'ordre des choses, mais il semblerait que je parte avant toi. »

« Maman… Tu sais ta bague émeraude que tu voulais me laisser en héritage ? Eh bien ne compte plus sur moi. »

Bon ! Ces exemples m'ont définitivement convaincue.

Comment je pouvais leur infliger une telle horreur ? Je les réunis tous et leur envoie ce missile en plein visage pour ensuite les regarder se décomposer ? Et à quoi vont ressembler les prochains mois ? Pas de soucis, je visualise parfaitement bien. Tristesse, larmes, pitié, compassion, inquiétude, désespoir, et j'en passe. Les mois s'annoncent super joyeux ! Je m'en réjouis à l'avance.

Ai-je envie de ça ? Pour moi ? Pour eux ?

Personne n'a envie de ça…

C'est décidé… La bombe ne sera pas lâchée. Du moins pas aujourd'hui. N'y demain ça va de soi. Et sincèrement, je ne sais pas quand.

Je compose le numéro de mes parents. Je cherche ce que je vais bien pouvoir leur dire. À l'instinct… au feeling… on verra bien. En espérant que les mots sortent d'eux-mêmes.

Première sonnerie, deuxième sonnerie… Il me répond, essoufflé.

— Kris ! Mais tu veux ma mort ? (Euh… non ! tu auras juste la mienne papa)

— Excuse-moi papa…

— T'excuser ? Mais tu plaisantes là ?

— Oui je sais ce n'est pas cool.

— Bon ! Déjà tu n'es pas morte dans un coin.

Mais ce n'est pas possible ! Il le fait exprès ?

…

— Kris ? Tu es là ? Tu n'as pas de problèmes au moins ?

— Oui oui je suis là, je lui réponds la gorge serrée. Non ne t'inquiète pas. J'ai juste… Enfin ce n'est rien… – Sors quelque chose ma vieille –… Une Grippe. Juste une mauvaise grippe.

— Et il ne t'est pas venu à l'esprit de nous prévenir ta mère et moi ?

— Comment va maman ?

— Ne fais pas diversion jeune fille !

— Mais je t'ai présenté des excuses ! Elle était carabinée. Je te promets ! Je viens juste d'immerger.

Mon père soupire.

— Ne me fais plus jamais ça ! Jamais Kristelle !

Si une malheureuse grippe le met dans cet état, je n'imagine même pas le reste. Mon Dieu ! Mon pauvre petit papa. Je ravale ma salive et lui dis :

— Promis ! (Et voilà… Je viens de prendre un billet direct pour l'enfer ! Bravo continu ma grande.) Comment va maman ?

— Eh bien sans nouvelles de toi pendant presque cinq jours, elle a préparé : trois quiches, deux lasagnes, une paella pour un régiment, une vingtaine de cupcakes et pas loin d'une cinquantaine de cookies. Je compte sur toi pour venir réparer les dégâts. Et emmène Vic avec toi. Je prépare le rouleau d'alu pour que vous en emportiez. D'ailleurs ? Tu as appelé Vic ? Elle est autant inquiète que nous. Elle est passée chez toi matin et soir.

L'évocation de toute cette nourriture me donne la nausée.

— Non pas encore mais c'est la prochaine sur ma liste. Pour l'invitation à manger, je te tiens au courant. Papa ? Il faut que je te laisse là. On se rappelle. OK ?

— Très bien ma puce. Tu es sûre que tout va bien chérie ?

Il insiste. Je commence à paniquer. Je le sais car une crampe fait subitement son apparition dans mes intestins.

— Très bien. Enfin je veux dire… bien mieux. À plus papa. Embrasse maman pour moi.

Vite ! Ou bien je vais finir par réduire mon portable en miettes à force de me cramponner à lui de cette façon.

— Bon ! À très vite mon rayon de soleil.

— OK « pa ».

Voilà je peux craquer et déverser un océan entier de larmes. Je ne m'en prive pas.

Ça a été plus pénible que je ne le pensais. Mentir n'avait jamais été un de mes points forts. Et mentir sur une chose insignifiante comme « Non ! Non ! Ce n'est pas moi qui aie fini la tablette de chocolat », et : « Papa j'ai une tumeur au cerveau de grade IV et je ne m'en sortirai pas » … ça se passe de commentaires.

Je souffle un bon coup et me rassure en me persuadant que le plus dur était fait. À présent au tour de Vic. Elle allait me passer un sacré savon.

Une sonnerie, deux sonneries, trois sonneries, quatre… Répondeur. Bon OK, ça m'arrange. J'ai à peine le temps de laisser un message que j'entends mon portable me signaler un appel. Je raccroche. Ça ne demande pas trois secondes pour qu'il se manifeste.

— Kris ! Je te jure… Tu as intérêt à me donner une excuse valable ma vieille.

— Hey ! Oh ! Je t'arrête tout de suite… tu as trois mois de plus que moi. Salut !

— Vas-y ! Fais la maligne ! me dit-elle avec cette voix grave qu'elle adore emprunter parfois. J'accepte ton silence de ces quatre derniers jours seulement si tu m'annonces que tu as été kidnappée par un beau brun aux yeux bleus et qu'il t'a fait vivre une romance à m'en rendre jalouse. Et je veux les détails des nuits torrides.

Je repense à mon neurologue, seul homme que j'ai croisé. J'en ai des frissons. Même après vingt années de désert, c'est totalement inenvisageable.

— Même pas.

— Je savais que tu étais un cas désespéré Kristelle Valet.

— Dit la célibataire endurcie.

Cette fois elle monte dans les aigus. Un vrai orchestre symphonique ma Vic.

— Que veux-tu que je te dise ? On dit que l'amour se trouve à chaque coin de rue… je dois vivre sur un rond-point.

— Ou bien tu es trop exigeante. L'homme que tu espères n'existe pas. Mais ça, tu ne veux pas l'entendre.

— Allez ! Sape-moi le moral tant que tu y es ! Et ce n'est pas le débat là, cocotte…

— Ben écoute… C'est moins aguichant que le beau brun.

J'hésite tout de même à lui dire la vérité mais me ravise aussitôt. Pas au téléphone. Je suis en plein désespoir mais pas un monstre non plus.

J'ai le temps. Pas tout de suite. C'est surtout au-dessus de mes forces.

— Une méchante grippe.

— T'es sérieuse ? Et un petit message pour me rassurer et rassurer tes parents ? Je croyais que l'épidémie était derrière nous ?

— Sans doute la dernière qui passait dans le coin. Et je t'assure… rien que la sonnerie du téléphone me déclenchait une migraine horrible. Donc, je l'avais éteint.

Je déteste vraiment lui mentir. Elle va me tuer quand elle va l'apprendre. Oh ! Au point où j'en suis à présent. Mourir de ça ou d'une tumeur... Arrête ça Kris ! Où tu finiras complètement cinglée. Si ce n'est pas déjà le cas.

— Et en même temps, vous voir tous débarquer chez moi avec ma mère et sa soupe aux orties, mon père et ces fameux grogs que j'ai en horreur et toi avec tes remèdes d'huile essentielle... J'avais bien assez à faire avec cette satanée grippe.

— Moi je les aime les grogs de ton père !

— Espèce de pochtronne.

— Petite fille sage.

— Oui sans aucun doute mais avoue que ça t'arrange bien parfois. Est-ce qu'il faut que je te rappelle certaines situations dans lesquelles tu t'es fourrée ? Combien de fois j'ai dû t'en sortir ?

— Non ça ira bien. Merci Zorro, souffle-t-elle.

Le silence s'installe. Sans y prêter attention, les larmes coulaient d'elle-même. Si peu de temps et tellement de grands moments que nous n'aurons plus ensemble.

— Bon ! Je sens que tu es épuisée. Tu sais quoi ? On se fait vite une soirée pour que je te rappelle à quel point ta vie ne serait rien sans moi. OK ? On se dit dans deux jours ? J'ai trop de choses à te raconter ma belle. C'est moi qui viens. On dîne ensemble et je t'apporte ton plat préféré.

— Ça m'arrangerait dans trois jours. Lundi soir ?

Il fallait que je fasse disparaître les traces de l'intervention chirurgicale qui avaient quelque peu déformé mon visage. Lundi, je serais plus présentable. Enfin, je l'espérais. Et, de plus, je commence la radiothérapie mardi matin. Ne pas être seule la veille me console un peu.

— Grrrr ! Tu es dure en affaire, comme toujours. OK ! Très bien ! Lundi ! Je m'incline… Mais parce que c'est toi. Tu bosses ce week-end ?

— Non ! Encore en arrêt maladie.

— Chanceuse ! Tu penseras à moi ? Tu sais ? Je t'en avais parlé ! Le super géantissime repas de famille avec tout le tralala : mémé, les oncles, les tantes et les cousins. Je rentre dimanche dans l'après-midi.

— Ah oui ! C'est toi la chanceuse.

Je sais très bien qu'elle est loin d'être ravie. Elle déteste les repas comme celui-ci. Vic et sa famille… c'est comme si vous mettiez un lapin dans l'enclos d'un lion affamé. Grave erreur. Je vous laisse deviner qui est le lion.

Je suis son opposé. Les rassemblements, les cousinades, les Noëls, les pique-niques, les anniversaires avec ma famille sont essentiels à ma vie. Je m'arrange toujours pour être disponible quitte à prendre des congés.

— Ou pas ! À lundi ? Encore ? finit-elle.

— Toujours.

Et elle raccroche.

En entendant notre code, mon cœur se réchauffe. Nous avions installé ce rituel peu de temps après notre rencontre. L'une disait « encore » et l'autre terminait par « toujours ». L'année de nos vingt-cinq ans, je lui avais suggéré d'arrêter. Mes arguments étaient simples. Nous avions tout simplement passé l'âge. Elle avait piqué une colère digne d'elle… Un vrai cataclysme. Pourtant, aujourd'hui, l'entendre me fait l'effet d'un plaid qu'on poserait sur mes épaules. D'un chocolat chaud après une balade dans un froid glacial. D'une caresse sur la joue pour atténuer mes peurs.

Chapitre 5

Ce week-end a été un vrai cauchemar. J'ai commencé à tourner en rond d'une pièce à l'autre, traînant avec moi mes idées noires. Je pouvais passer de longues minutes à pleurer pour ensuite être envahie d'une colère incontrôlable. Pour ne pas devenir complètement folle, je m'occupais comme je le pouvais. Mon appartement s'est vite transformé en un vrai champ de bataille. Dans le salon, j'avais entrepris de faire un peu de repassage. Peine perdue. Pendant un accès de rage, je m'en suis prise à deux panières de linge. Elles avaient eu le malheur de se trouver sur mon passage. Le fer à repasser gisait sur le carrelage. Nous avions tous les deux eu un désaccord terrible. J'ai eu gain de cause. « Un » pour la cancéreuse, « zéro » pour le fer. La télévision braillait. J'avais eu l'idée, une heure plus tôt, de regarder un film d'action espérant que les images me feraient oublier celles que je n'arrivais pas à chasser de mon esprit. Avec tous ses placards ouverts, La cuisine semblait me crier de ne plus entrer. J'avais commencé à préparer des lasagnes et des cookies. Fiasco total. Maman… si ça fonctionnait pour toi, ce n'était pas mon cas. Et que dire de ma chambre ? Elle ressemblait à celle d'une adolescente en pleine rébellion. Le dressing était tout en dessus dessous. Les vêtements jonchaient le sol et les meubles.

Mais rien d'étonnant. C'était, tout particulièrement, dans cette pièce que ma haine avait explosé.

À bout de force, assise là, sur le parquet de ma chambre, j'ai compris tout le sens de l'expression « toucher le fond ». J'ai donc décidé de végéter le reste du week-end, si je ne voulais pas détruire entièrement mon appartement.

Végéter…

Signification Végéter : en parlant d'une plante, croître et différencier des organes végétatifs mais sans former de fleur. Mais aussi, végéter : ne pas progresser, rester à un niveau médiocre, stagner.

Bon… Si je comprends bien, je suis en quelque sorte une plante qui ne produit pas de fleur, stagnant sur un niveau médiocre. Enfin, ce n'est peut-être pas tout à fait ça mais c'est le sentiment que j'en ai actuellement.

Quand je me lève le lundi matin, je pousse un cri d'horreur. Je venais d'être cambriolé ! Ça ne pouvait en être autrement aux vues des dégâts. Je suis prise d'une réelle panique en pensant à la tête que je devais avoir. Vic ! Vic vient ce soir. Je suis épuisée mais je n'ai pas le luxe de replonger dans les bras de Morphée ou bien ma stratégie allait tomber à l'eau. Si je ne fais pas très vite quelque chose, je l'entends déjà me menacer ; « Kristelle Valet ! Ne me force pas à te faire cracher les vers de tes petites narines ». Ma meilleure amie avait un réel problème avec les expressions connues. Elle aimait les reformuler à sa sauce, les jugeant trop fades.

Je m'active malgré un mal de tête qui me donnait envie de me jeter par la fenêtre. Il m'avait fallu près de six heures pour venir à bout de ce cataclysme. Rien que ça.

Quand je passe dans la salle de bain, qui par miracle, est la seule pièce intacte de l'appartement, ce n'est pas un cri que je sors mais un râle de bête enragée. Comment j'allais m'y prendre avec ce visage de papier mâché et ce trou béant dans ma tignasse ?

Je commence à voir se pointer les premières larmes de la journée.

Ah non ! Pas le temps ma vieille. T'as du boulot.

Je saute dans la douche et me frictionne comme une dingue. Avec un peu de chance, cette terreur et cette tristesse qui me collent à la peau vont disparaître dans la tuyauterie. Et si je frotte encore un peu plus, peut-être que cette maudite tumeur va foutre le camp à son tour.

18 h 30.

Vic sera là dans une demi-heure.

Préparation mentale : garder le sourire… être naturelle… anticiper ses questions… être parée à toutes éventualités.

Ne pas craquer… Ne pas pleurer.

19 heures.

Elle me saute dans les bras. C'est tellement bon de la sentir près de moi, mais douloureux à la fois.

— C'est quoi cette coiffure ?

— Tu n'aimes pas ? Je lui dis en remettant nerveusement le foulard en place.

— Si ! me répond-elle suspicieuse. Ça change. C'est tout.

Je fais la moue pour la forme.

— Tant que tu ne te mets pas un serre-tête sur le crâne… moi ça me va.

Je souris. C'est vrai ! J'avais oublié ça. Vic a horreur de ces trucs. Les serre-têtes… Sa mère avait pour habitude de lui en coller un tous les matins avant d'aller à l'école et ça reste encore chez elle un traumatisme épouvantable.

— J'ai passé l'âge non ? Et franchement, il n'y a qu'à toi que ça allait.

Elle se place face à moi et lève son index, se voulant menaçante.

— Ne me provoque pas ! Allez hop ! Les pizzas de chez Alfonso nous attendent. Une viande hachée pour toi, comme tu aimes et moi la végétarienne. Allez tueuse d'animaux ! À table ! Et franchement, ça ne te fera pas de mal. Punaise ! La vache ! Elle t'a foutu en l'air cette grippe ! T'as perdu au moins 4 à 5 kilos ma parole !

Ouf ! Elle ne parle pas de ma mine désastreuse. Il faut croire que mon camouflage fait son effet. Je remercie secrètement toutes ces personnes qui travaillent dans le cosmétique et les tutos sur le net. Je pense que je n'ai pas fini de les bénir les prochains mois à venir.

Cette soirée ressemble, contre toute attente, à toutes celles que nous avons passées ensemble. Rires… aux larmes surtout. Vic n'a pas son pareil pour narrer ses aventures. Elle ne mentait pas quand elle me disait, il y a quatre jours, qu'elle avait une foule de choses à me dire. Il faut dire qu'elle avait, sans cesse, la manie de se fourrer dans des situations complètement loufoques. C'est sans conteste ce que j'aimais le plus chez elle. Même si parfois j'explosais en la gratifiant d'un : « Vic… Non ! T'es pas sérieuse ? Tu n'as pas pu faire ça ! ». Je prenais toujours un air outré et choqué mais au fond de moi j'enviais son naturel et sa spontanéité. J'avais toujours le droit à sa réplique favorite pour se défendre : « c'est toujours pareil avec toi ! Enlève-moi cette peau de prude effarouchée ! ».

— Tu reprends le boulot quand ?

— Demain.

— Sapristi ! Il est minuit. Allez la belle au bois dormant. Au lit ! La reprise va piquer. Quelle heure ?

— Dix heures.

— Dix heures ?

Quelle gourde ! Je n'ai pas réfléchi en le disant. Je n'embauche jamais à cette heure-là et elle connaît mes horaires sur le bout des doigts. En fait, c'était l'heure de mon rendez-vous au service oncologie.

— Ça devait être quatorze heures mais ma responsable nous a collé une réunion à dix heures demain matin.

— Ah ! C'est moche.

Elle se lève et prend la direction de la porte d'entrée pas sans m'embrasser. Elle me serre dans ses bras où j'aimerais encore une fois m'attarder. Elle sort en me demandant de lui envoyer un message quand j'aurais fini ma journée. Je lui promets de le faire quand elle descend les marches en m'envoyant des baisers sur le bout des doigts, digne d'une star de télé.

Je ne sais pas combien de temps je suis restée sur le seuil de ma porte, les yeux fixés sur son dernier virage. Je voulais graver cet instant dans ma mémoire, savourant sa légèreté, sa simplicité et son insouciance.

Chapitre 6

10 heures.

Je marche vers le service d'oncologie. En fait… pas du tout ! Je me traîne en ayant le sentiment de m'enliser.

Faire le vide. Je ne suis pas là. Je ne le veux pas. Pourtant un panneau m'indique que je ne fais pas erreur. Je vais dans la bonne direction. J'ai l'impression de me rendre à l'échafaud.

Secrétariat.

— Oui madame Valet. Nous sommes prêts pour votre séance de radiothérapie.

« Sans blague ! Moi pas », ai-je envie de lui envoyer à la figure.

— Vous avez bien pris votre Temodal ?

Je lui confirme par un léger signe de la tête. Elle m'emmène dans une pièce où se trouve une énorme machine. Voilà « la bête ». Je la regarde, intriguée, mais très vite la colère prend le dessus. Je me jetterais bien dessus pour la frapper mais je crains que ça fasse désordre.

Respirer. Rester calme.

J'ai les jambes en coton mais il est hors de question de le laisser paraître. Le self contrôle… je connais bien. C'est l'histoire de ma vie. Toujours avoir le contrôle. Je garde mes moments de destruction pour mon appartement.

Elle m'installe sur un lit d'examen qui se trouve en dessous de « la bête » et me demande de me détendre. Rien de plus facile.

— Vous serez seule pendant la séance mais ne vous inquiétez pas. Nous sommes juste à côté derrière cette vitre.

Instinctivement, je tourne la tête quand, du doigt, elle me montre l'endroit.

— Vous pouvez nous parler. Nous vous entendrons et pourrons vous répondre. N'hésitez pas si vous en sentez le besoin.

Elle me couvre d'un drap, me demande si tout est OK et me jette un dernier sourire. Je hoche la tête pour lui faire comprendre que j'ai compris. Elle file rejoindre son collègue.

Je suis morte de peur.

Vic…

Penser à elle me fait du bien. J'essaie de l'imaginer près de moi. Ça me rassure. Je sais ce qu'elle me dirait ma Vic. « Tu es une battante… tu vas voir… je vais m'occuper de toi. Tu vas bouffer bio, faire de l'exercice, prendre des huiles essentielles et tu vas leur montrer, à tous ces médecins, que cette merde ne va pas s'éterniser dans ton joli petit cerveau. » Elle me sortirait une expression de son cru que, bien évidemment, je serais la seule à la comprendre.

C'est parti ! Le bruit au-dessus de ma tête me prévient que « la bête » est prête à faire son sale boulot. La voix de l'infirmière me demande si tout va bien. Je lui réponds avec un « oui » timide et tremblotant. Elle m'assure que ça ne prendra que quelques minutes. Une seconde est déjà de trop pour moi. Je me demande ce qui me tuera le plus vite. La tumeur ou toute cette radiation que cette machine déverse en moi. J'essaie désespérément de contrôler ma respiration. Trente jours de rayons… trente jours de cette saloperie envahissant mon corps et ce n'est que le début… d'autres poisons sont à venir.

Non je ne veux pas y penser.

Je me concentre sur ce bruit incessant que fait « la bête ». Elle ronronne… elle tourne… elle respire. Elle est vivante. À cet instant précis, j'ai l'impression qu'elle l'est plus que moi. Elle me terrorise.

Et soudain, elle s'arrête.

La préparatrice de tout à l'heure me rejoint.

— C'est terminé pour aujourd'hui madame Valet. On se retrouve demain à la même heure.

Elle m'aide à descendre, me parle des effets secondaires. Je sais qu'elle ne fait que son boulot mais, là, tout de suite, je n'aspire qu'à une chose… qu'elle se taise. « Vous pouvez sortir ! ». Je ne m'en prive pas et fuis en courant l'antre de « la bête ». Je manque même de renverser quelqu'un sur mon passage. Une femme. Légèrement plus âgée que moi.

— Excusez-moi, je murmure les yeux rivés au sol.

— C'était votre première fois ?

J'acquiesce honteuse. Ma dignité en prend un coup.

— Je comprends… Vous auriez vu la mienne, de première… me dit-elle en levant les yeux au ciel. Même une équipe de rugby ne m'aurait pas arrêtée, continue-t-elle souriante. Bon je suppose que la place est chaude ? Peut-être à une autre fois ?

Chapitre 7

La semaine se déroule sur le même rythme.

Dix heures… rayons. Rentrer chez moi. Ranger deux ou trois bricoles. Ma cuisine ne m'a toujours pas autorisée à franchir sa porte. Répondre aux SMS de Vic. Appeler mes parents. Prendre la voix de la Kristelle enjouée. Essayer de me concentrer sur un film. J'ai abandonné les livres. Relire le même chapitre plusieurs fois finirait par anéantir mes dernières capacités intellectuelles.

Je découvrais les effets secondaires de la radiothérapie. Essayer de manger. Difficile avec les nausées. Dormir une bonne partie de l'après-midi… ce qui ne m'empêchait pas de me sentir continuellement fatiguée.

Fin de semaine. Mon frère m'appelle.

— Salut microbe !

Romain. Mon grand frère de cinq ans mon aîné. Un vrai roc. Sportif, volontaire, ambitieux, courageux, compétitif, positif, fiable et droit. Un vrai modèle pour moi. Tout ce qu'il fait… tout ce qu'il entreprend… il le réussit. Il s'était marié à vingt-trois ans avec l'amour de sa vie, Julie. Une pépite. Ils avaient eu une fille. Anna. Ma filleule. Une splendide adolescente avec un caractère bien affirmé.

— Alors cette grippe ? Je viens d'avoir les parents au téléphone.

— Je l'ai vaincue, je lui dis la gorge nouée.

— Mon p'tit microbe a tué le gros microbe !

Il éclate de rire.

— Très drôle frangin ! Tu sais que j'ai un prénom ? Et je ne suis pas aussi petite que tu le prétends.

Il m'appelait ainsi depuis ma naissance. Notre grand-père paternel, aujourd'hui décédé, était laborantin d'analyses médicales. Peu de temps avant ma naissance, papy Philippe lui avait expliqué sa profession et son importance. Romain avait été captivé par l'existence des microbes. Quand je suis née, les premiers mots de Romain en me voyant furent : « elle est comme les "bicrobes" de papy… Tout' p'tite ». Merci papy ! Ce n'était sans doute pas le but mais tes explications ont profondément marqué mon imbécile de grand frère. J'adorais mon grand-père. Il était affectueux, généreux et tellement intelligent. Mais ce que je retiens le plus de lui, ce sont ses citations. Soit il les inventait, soit elles provenaient de personnages connus. Il était intarissable. J'en ai tout un stock en réserve. Après une journée d'école, je me souviens lui avoir expliqué : « papy ! J'ai un ami qui a dit du mal de moi aujourd'hui » et lui de répondre : « pauvre est celui qui détruit les autres… la méchanceté n'a jamais rendu une personne plus heureuse ». À cinq ans, c'est du charabia. À dix ans on essaie de comprendre sans y arriver. À seize ans, ça nous gonfle. Adulte, ça prend tout son sens.

— Tu plaisantes ? Tu es haute comme un Lilliputien.

— Tout le monde ressemble à un Lilliputien comparé à toi.

Romain mesurait un mètre quatre-vingt-quinze. Un Géant.

— Comment vont ta petite femme et ma merveilleuse nièce ?

— Julie court les boutiques pour nous faire « un foyer moderne et confortable ». Ce sont ses propres mots. Entre toi et moi, je pense qu'elle en fait un peu trop.

Ils venaient juste de déménager dans une maison beaucoup plus spacieuse que la précédente. Dès qu'ils l'avaient achetée, Julie savait exactement ce qu'elle en ferait. On pouvait lui faire confiance, ça serait une réussite.

— Arrête... Te connaissant, tu seras bien content de rentrer chez toi et de t'affaler dans un superbe et confortable fauteuil avec une bière à la main que ton adorable femme t'apportera.

— Pourquoi j'ai l'impression de passer pour un macho et un tyran à t'écouter ?

— Parce que tu en es un ?

— Microbe ! Ne me cherche pas.

J'adorais jouer au chat et à la souris avec mon frère. À cet instant plus encore.

— OK j'arrête. Et Anna ?

— Je ne vois pas de qui tu parles ! me dit-il en prenant un ton évasif.

— Je vois... Attends ! Je vais essayer de te rafraîchir la mémoire. Jolie blonde aux yeux bleus, un mètre soixante-quinze... seize ans...

— Ah oui ! L'ado qui vit chez nous ? Qui grogne dès qu'on lui demande quelque chose et à l'air de croire que notre maison est un hôtel ? Eh bien écoute... elle se porte comme un charme malgré le fait que nous venons de lui refuser de partir en vacances avec ses amis cet été. Pour le coup, c'est la soupe à la grimace tous les soirs. D'ailleurs, si tu l'as prochainement au téléphone, ne te prive pas de disposer à volonté de ton rôle de marraine.

— T'es sérieux ? Ah non ! Tu te démerdes. Quand j'ai signé le registre, je t'ai fait promettre que je n'aurais que le rôle de la super tata trop cool.

— Pffff ! Lâcheuse. On se voit quand ? Ce week-end end ?

— Non, je ne peux pas.

J'étais vraiment et définitivement à plat. Les vendredis, je faisais le point avec ma cancérologue, madame Mouffoir. Je l'ai vu ce matin. Elle m'a confirmé que mon affaiblissement était dû aux séances de rayons. Très souvent, le patient au bout d'une dizaine de jours s'habitue et retrouve un peu d'énergie. Elle m'avait prescrit également une quantité impressionnante de vitamines et de cachets pour pallier à mes défaillances. Comme mes pertes de mémoire, ma vue qui me trahissait, mes maux de tête et mes satanés membres qui n'obéissaient pas toujours.

— Le week-end prochain, je serai tout à toi.

En espérant avoir une meilleure mine. J'aurais alors déjà, deux semaines de rayons.

— OK. On fait comme ça et je dirai à maman et papa de venir. Je les appelle tout de suite. Bon ! À plus microbe.

— Salut frangin. Embrasse les filles pour moi.

Et il raccroche.

Week-end prochain ! Le compte à rebours est désormais en route. Je peux le faire. Je dois réussir.

Demain samedi.

Qu'est-ce que j'allais faire de mon week-end ?

Chapitre 8

La nuit n'avait pas été terrible. Maux de tête… Nausées… Vomissements… Bref il était clair que je ne classerais pas cette nuit dans mon top dix. Il est déjà très tard dans la matinée quand je sors de mon lit et je rêve d'une bonne douche. Le miroir de ma salle de bain me renvoie une image désolante de mon corps. Ma réserve de graisse ne sera bientôt qu'un lointain souvenir. Je chasse cette idée d'un revers de main. Je pense à toutes ces femmes qui usent d'un millier de méthodes ou de soins à la mode pour perdre du poids.

Je scrute mon visage dans le miroir. Il est livide. Mes traits sont tirés et mes yeux cernés. J'observe alors au-delà de l'aspect physique. Je la regarde elle. La tumeur. Je la fixe. Je la contemple. Je l'étudie. Elle me voit elle aussi. Elle me nargue. Elle me défit. Elle est sûre d'elle. Confiante. Sournoise.

— Qu'est-ce que tu veux ? Pourquoi es-tu là ? Qu'attends-tu de moi ?

Je m'aperçois que je l'ai dit en criant. Bien sûr, elle ne me répond pas. Elle reste là, décidée à m'humilier, à m'envahir et me grignoter petit à petit. Sa cruauté n'a pas de limite et elle est déterminée à aller jusqu'au bout. Elle se sait puissante.

Je suis secouée de frissons. Je ne contrôle plus rien. Cette sensation qui me submerge m'en rappelle une autre. Elle n'est pas récente… de ça j'en suis sûre. Je ressens pourtant encore l'effet qu'elle avait sur moi. Je fais appel à mes souvenirs… mais rien. Le trou noir.

Je prends ma brosse à dents, applique mon dentifrice. Je frotte l'esprit ailleurs.

Et soudain je m'arrête.

Bien sûr ! « La grosse Bertha ».

Cette horrible bonne femme qui nous servait au réfectoire du lycée ! Je n'ai jamais rencontré de femme aussi effrayante. Elle passait son temps à nous crier dessus pour n'importe quelle raison. Son visage rond et difforme ne nous inspirait que méchanceté et sadisme. Elle nous détestait et elle prenait un immense plaisir à nous rabaisser sans hésitation. Tous les élèves l'avaient en horreur. Moi, elle me tétanisait.

Je me souviens d'une élève de seconde qui en avait payé le prix. Elle avait refusé le poisson servi ce jour-là, expliquant qu'elle en était allergique. L'aide-cuisinière, ne l'avait pas cru une seule seconde et ne se privait pas pour le lui faire savoir tout en lui criant derrière son comptoir. « Pauvre fille », « espèce d'ingrate », « tu n'as que des mensonges qui sortent de ta bouche », « dégage de ma vue ».

Il y a eu également cette fois, où, elle avait volontairement fait un croche-patte à un malheureux élève qui avait déjà bien assez à faire avec sa réputation de premier de la classe. Il avait oublié sa carte de réfectoire. Elle l'a persécuté au moins pendant deux semaines pour ensuite passer à une autre victime. Nous tremblions tous en nous demandant quand viendrait notre tour. Nous nous amusions à lui donner des surnoms les plus inventifs. Pourtant, aucun ne lui arrivait à la cheville. C'est en cours d'histoire que tout avait basculé quand nous avons fait connaissance de « la grosse Bertha », une énorme pièce d'artillerie de siège utilisée par l'armée allemande lors de la Première Guerre mondiale. Il s'agissait d'un obusier de 420 mm de diamètre et de 16 calibres de long. Cet engin de guerre était redouté et redoutable. Pas de doute ! La ressemblance était frappante. Nous avons voté à l'unanimité. Cette horrible mégère avait enfin un pseudonyme digne d'elle. Le réfectoire s'est alors transformé en champ de bataille. C'était peu dire. Les imitations de canon, de bombardements fusaient dans la salle. Elle criait pour nous demander le silence mais sans comprendre, bien sûr, notre réelle motivation.

C'était décidé. Cette tumeur... Ma tumeur serait donc « Bertha ».

Je n'étais pas peu fière de ma trouvaille. Il fallait que je le lui apprenne de suite. J'ai donc fixé mon reflet dans le miroir et lui ai fait part de la grande nouvelle avec tout l'aplomb nécessaire.

— Écoute bien espèce de saloperie... Tu as décidé de me condamner et de me pourrir la vie, du moins ce qu'il en reste... Tu sais qui je suis puisque tu fais partie de moi. J'aimerais tellement t'ignorer mais tu ne me laisses pas le choix. Nous allons alors avancer toutes les deux à armes égales. C'est pourquoi tu seras ma « grosse Bertha ».

Je sors d'un pas décidé de la pièce. Cette mise au point m'avait vidée et je me sentais plus que jamais seule. Il fallait absolument que je quitte cet appartement. Maintenant.

Par chance, il faisait un temps magnifique. J'avale rapidement mes six cachets ; dose habituelle du matin. J'enfile mes baskets en toile et sors précipitamment avec « Bertha » sous le bras. Je l'aurais bien laissée à la maison mais elle me suit comme une souris le ferait avec son bout de fromage.

Je me dirige sans réfléchir vers le parc de Procé. Mon parc ! Je sais... ça fait un peu prétentieux. Nantes possède de magnifiques parcs mais c'est celui-ci que je préfère. Pour deux raisons. Pour commencer, je peux m'y rendre à pied. Ensuite, il est moins fréquenté que les autres. Je suis à chaque fois émerveillée par sa multitude d'espèces florales et végétales.

J'ai l'habitude d'en faire au moins quatre fois le tour. Aujourd'hui, je me contenterais d'un seul. Je fatigue très vite. Je choisis un banc face à un splendide et massif chêne. Le diamètre de son tronc est impressionnant. Il avait dû en voir défiler du monde sous son feuillage ! Il avait dû aussi être témoin de milliers de scènes, de demandes en mariage, de disputes d'amoureux, de joggeurs, de mamans qui promènent leur bébé dans leur poussette. Je l'envie. Il est fort, robuste, courageux, majestueux.

— Il est magnifique, n'est-ce pas ?

— Plus que ça ! je réponds.

Perdue dans mes pensées, j'avais répondu spontanément et sans réfléchir. Quand je lève la tête, je suis avant tout éblouie par le soleil. La main en visière, je reconnais tout de suite la femme que j'avais bousculée en sortant de ma première séance de radiothérapie.

— Je peux m'asseoir ? me dit-elle ?

J'acquiesçais d'un signe de la tête.

— Que voulez-vous dire par « plus que ça » ?

— Il est probablement centenaire. Il a dû voir tellement de choses ! Il est comme un vieux sage qui sait tout, qui a tant fait, qui a tout compris et qui peut partir sans regret.

La femme reste silencieuse, semblant méditer ce que je venais de dire.

— Vous croyez qu'il est indispensable d'être vieux pour être un grand sage ?

— Au fond… peu importe d'être un grand sage. Par contre, vivre le plus longtemps possible, oui. Se dire qu'on a eu le temps de partager, de réaliser ses rêves, d'aimer, de s'accomplir, et bien d'autres encore.

Le silence s'installe à nouveau. Nous sommes toutes les deux concentrées sur cet arbre centenaire. Quand soudain elle me demande.

— Tumeur agressive ?

Je n'ose pas la regarder.

— Un glioblastome de stade IV… tumeur cérébrale. Cette cochonnerie ne me laisse qu'une année.

Elle soupire.

— Cancer du sein, stade III. Deuxième récidive. On me l'a diagnostiqué il y a six ans.

Je me tourne vers elle. Elle a un foulard jaune et bleu autour de la tête. Son teint est pâle, le contour de ses yeux sombre et enfoncé. Son corps est décharné et semble meurtri. Je n'arrive pas à décrocher mon regard de ce petit bout de femme qui semble tellement fragile. Pourtant ses yeux rieurs expriment le contraire. Je me racle la gorge pour essayer de retirer la boule qui s'y est installée.

— OK… Là, je me sens complètement ridicule. Je suis désolée. Six ans que vous vous battez ?

— Non ! Ne vous excusez pas. J'ai eu du temps pour me faire à l'idée, contrairement à vous. Je survis entre l'espoir et le désespoir. C'est devenu mon quotidien. Mais il n'y a pas que ça… Ah au fait ! Moi c'est Fanny.

— Kristelle.

— Au vu de votre sortie particulièrement précipitée d'hier et votre tête, là, maintenant, c'est tout nouveau pour vous.

— On ne peut rien vous cacher.

— Très bien, Kristelle… vous êtes Mariée ? Vous avez des enfants ?

— Non. Par contre j'ai une famille merveilleuse et des amis adorables.

— Comment ont-ils pris la nouvelle ?

— Je ne leur ai encore rien dit… Je sais ce que vous allez me dire. Qu'il ne faut pas rester seule… qu'il faut que je sois entourée, etc.

Elle sourit.

— Oui enfin ça, c'est le refrain des médecins hein ! J'ai mis beaucoup de temps à l'annoncer à mes enfants et mon mari. Cependant, j'ai appris très vite quelques petites choses particulièrement essentielles.

Tout conseil était bon à prendre.

Elle reste plusieurs minutes les yeux dans le vague, visiblement absente. Je ne tenais plus en place. Je l'observais à la dérober. Enfin, elle me regarde pour pratiquement aussitôt reporter son attention sur le grand chêne. Elle rit sournoisement. Je reste sans voix.

— Vous ne croyez pas que je vais vous livrer mes petits secrets comme ça ?

— J'y comptais un peu, si… et en contrepartie je veux bien lâcher un dossier inavouable.

— Bon OK ! On va mettre ça sur la solidarité des mourants et on va commencer par se tutoyer. Alors, écoute bien… car grâce à ce que je vais te dire, tout va changer. Tu es prête ?

Sans blague ! Bien sûr que je l'étais.

— Vivre !

— Quoi ?

— Vivre !

Au bord de la crise de nerf, je croise les bras sur ma poitrine. Elle se foutait littéralement de moi.

— Ben écoute ! Sans vouloir te manquer de respect, c'est justement un peu ce qui cloche pour tout te dire. Je lui envoie tout de go.

— Vis Kristelle ! Mais vis vraiment ! Tout ce que tu as toujours voulu faire avant ça, fais-le maintenant. Vis comme si demain était le dernier jour de ta vie.

— Ouais… Figure-toi qu'on n'en est pas loin. Dans un an, c'est demain.

— Arrête avec ta date butoir !

— Facile à dire ça.

— Mais tu veux faire quoi ? Rester chez toi et attendre ?

Je ne réponds pas et tourne la tête vers une bande de jeunes en train de se chamailler pour les dernières miettes d'un paquet de chips. Ma fuite évidente lui donne la réponse.

— T'es pas sérieuse ?

— C'était l'idée.

— Tu ne peux pas faire ça ! Je t'assure ! Tu ne peux pas… Il y a tant de choses à faire. Tant de chose à partager avec ceux que tu aimes. On a tous des souhaits, des envies, des désirs, des rêves. Réalise-les comme si tu tenais dans tes mains la lampe du génie. Tout est permis. Lance-toi ! Et commence par dire la vérité à ton entourage. Ne te cache pas. Ne les fuis pas. Dans un premier temps, ça sera douloureux. Ensuite un peu plus facile. Nous savions qu'il fallait mettre toutes les chances de notre côté et profiter de chaque instant. Autant pour eux que pour moi. Ils avaient aussi le droit d'avoir ce temps si précieux avec moi. D'emmagasiner des souvenirs, des images, des émotions.

— Je ne sais pas… Il faut que je réfléchisse à tout ça. Là, je ne suis pas prête. Pour l'instant, les laisser dans l'ignorance me rassure. Ils ne souffrent pas. Je vais leur faire tant de mal. C'est insupportable à imaginer.

— Peut-être... mais ça va aussi te rendre complètement timbrée.

— T'inquiète. Pour ça, je suis déjà sur la bonne voie.

— Qu'est-ce qui te fait dire ça ?

— J'ai le droit à un joker ?

— Certainement pas.

Je la fixe dans les yeux. Elle a l'air totalement déterminé et relève les sourcils m'exprimant son attente.

Je pousse un soupir et me lance.

— J'ai parlé à ma tumeur ce matin et je lui ai même donné un nom.

Elle m'observe, sans aucune réaction. Tout à coup, elle explose, hilare.

— Parce que tu crois peut-être que tu as inventé le concept ?

— Toi aussi ?

— Oui ! Et bien d'autres ! Tu poseras la question à certains patients du service d'oncologie... C'est d'ailleurs un de nos plus grands débats pendant nos séances quotidiennes. Et peut-on connaître son petit nom ?

Je lui raconte l'histoire de « la grosse Bertha » et elle de « Zozo », sa tumeur. Elle m'explique qu'elle avait lu quelque part que c'était un démon connu et très puissant dans l'univers de l'ésotérisme. Nous avons passé près de deux heures à en rire et imaginer foutre une raclée à nos monstres respectifs.

— Et ton fameux dossier ?

— C'était justement « la grosse Bertha »

— Tu parles d'une révélation !

— Désolée. J'ai épuisé mon stock.

Quand je rentre chez moi son numéro de portable en poche et le cœur plus léger, je réalise avoir passer un bon moment en sa compagnie. Je suis impressionnée par la tournure qu'a prise notre rencontre. Elle était comme familière, évidente. Fanny dégage une force extraordinaire et un naturel déconcertant. Ce n'est que plus tard que je prendrai conscience de cette nouvelle relation.

Je m'en frottais les mains à l'avance. Les anecdotes de Fanny étaient un vrai régal pour le moral et les zygomatiques.

Fanny : « En sortant de la piscine municipale, après notre séance quotidienne pour que mon mari garde la ligne (oui… moi je n'en ai pas besoin, notre amie radiothérapie se charge de ça), nous tombons sur un de ses amis que nous n'avions pas vus depuis… bref je ne sais plus. En même temps, rien de grave. Je n'ai jamais pu le sentir. Un "j'ai tout vu, j'ai tout fait", doté d'un humour plus que douteux. Il nous fait son numéro très travaillé. Convaincu d'avoir hérité de la classe de George Clooney alors que Gérard Clooney lui conviendrait bien mieux, avec le talent grinçant d'un comique raté. Tu vois le tableau ? Un vrai connard quoi. »

Moi : « Je vois très bien. Arrête-moi ce suspens… je n'en peux plus. »

Fanny : « OK OK … Il essaie donc de nous en mettre plein la vue avec sa vie tellement géniale quand il me regarde soudain et me dit : "Ben alors Fanny ! Tu as oublié d'enlever ton bonnet de bain ?". Là, le taré, il tire sur mon foulard que je n'ai pas eu le temps de retenir. Et je te le donne en mille… il atterrit à ses pieds. »

J'éclate de rire imaginant parfaitement la scène.

Moi : « Attends que je reprenne ma respiration. ☺ »

Fanny : « Non mais tu l'aurais vu… envolée la belle assurance ! Il est devenu cramoisi et suffoquait en faisant les bruits d'une otarie qu'on apprend à applaudir. Un peu plus et j'ai cru devoir lui faire du bouche-à-bouche. BEURK. Une cancéreuse qui sauve un abruti. Hey ! Ça ferait un super article dans le Ouest France ! Tu ne crois pas ? En tout cas, je pense que nous n'allons pas le revoir de sitôt. Sauvée par mon crâne d'œuf. »

Moi : « Le pauvre ! J'ai presque de la peine. »

Fanny : « Traîtresse. »

Moi : « Moqueuse d'otarie. »

De toute évidence, Fanny avait choisi l'humour, la spontanéité, la dérision. Rire de tout était son cheval de Troie.

Mais quel était le mien ?

J'admettais que je l'enviais. Cependant, il fallait certainement beaucoup d'entraînement pour être aussi à l'aise. Être aussi détachée de tout ou du moins essayer de l'être pour s'octroyer un peu de répit. Mais n'avait-elle pas raison ? La voir si joyeuse… si téméraire… si courageuse malgré sa souffrance, forçait le respect.

« Vivre » m'a-t-elle dit.

Mais comment y arriver ? Surtout, en serais-je capable ?

Mon regard se pose sur l'étagère où je range mes albums photos. Sans réfléchir, j'en prends un et m'installe. La plupart des photos représentaient des repas de famille ou d'amis, parfois les deux réunis. Il y avait aussi d'anciennes photos de vacances… celles de mon enfance avec mes cousins. Tous les ans, nous avions pris l'habitude de louer une énorme villa. Nous choisissions les destinations tous ensemble. Une année… le bord de mer. La suivante… la montagne. Tous ces moments ont été les plus beaux de ma vie. Les chambres partagées, les jeux de cache-cache, les nuits blanches à échanger nos secrets, les balades, les feux de camp pendant lesquels nous nous racontions des histoires de fantômes. Mon oncle Paul était très doué pour les narrer. Je me souviens tout particulièrement des bons repas que ma mère confectionnait avec sa sœur Fabienne.

Nous avions arrêté ces regroupements familiaux depuis près de dix ans. La famille s'était agrandie. Il était de plus en plus difficile de trouver un logement pour accueillir tout le monde.

La vie nous avait joué aussi de sales tours. Tante Fabienne s'en était allée, emportée par une amylose cardiaque. Nous avions aussi perdu Mathieu, mon cousin, tué dans un accident de voiture. Peut-être que, chacun de notre côté, nous pensions qu'il serait trop douloureux de revivre tout ça sans eux. Quoi qu'il en soit, personne ne s'était manifesté pour renouveler l'expérience. Pourtant... j'étais convaincue qu'aucun d'entre nous n'avait oublié tous ces moments extraordinaires.

...

C'est ça ! J'avais enfin trouvé.

Chapitre 10

Je me stationne dans l'allée. Il est onze heures trente. J'ai toujours pris l'habitude d'arriver chez les gens un peu en avance. La ponctualité est pour moi un atout majeur et une marque de reconnaissance. Je tenais ça de mon père. Mon grand-père, lui, avait une tout autre théorie. Il lui plaisait de dire, « on n'arrive pas en retard, on instaure du suspens ».

Je descends de ma voiture chargée d'un bouquet de roses et d'un grand cru. Je m'arrête et contemple la maison. Elle est réellement magnifique. Je prends alors une grande inspiration. Maintenant à moi de jouer. Je me suis appliquée pour me donner une apparence correcte mais c'est ma perte de poids qui m'a donné le plus de fil à retordre. J'apprends petit à petit à rentrer dans le rôle de la reine du camouflage. Une robe ample m'a semblé la plus appropriée. Tout le monde n'y verra que du feu. Enfin je l'espère.

Malgré tout, je suis confiante. J'ai ma grande idée comme béquille pour me soutenir et me donner du courage. Je suis sûre que ça va être un grand succès. Enfin pour être plus exacte, je prie pour que ça le soit.

Romain m'ouvre.

— Microbe ! me lance-t-il sur un ton désespéré. Tu tombes à pic ! Dis-moi que tu es une experte en remplissage de verrines !

— Quoi ? Bonjour pour commencer !

— Excuse… Il m'embrasse sur la joue. Sors-moi de là ! chuchote-t-il. Julie me fait remplir des toutes petites verrines pour l'apéritif avec une minuscule et ridicule cuillère. Tu veux que je fasse comment avec ça ?

Il me colle ses mains devant les yeux qui font trois fois les miennes.

— Évidemment ! Et te connaissant, tu n'oses pas le lui refuser.

— Je savais que tu comprendrais. Oh merci pour le bouquet de fleurs !

— Bas les pattes ! Toi, prends ça. Je lui tends la bouteille.

Il me pousse vers la cuisine, me laisse à peine le temps de dire bonjour à sa femme, me fourre dans les mains la verrine et la petite cuillère en question. Enfin, sans demander son reste, il détale comme un lapin. Bon ! Un gros lapin. Genre un lapin rugbyman gonflé aux hormones. Julie le regarde partir en lui jetant des éclairs.

— Il ne perd rien pour attendre celui-là ! dit-elle furieuse.

— Tout à fait d'accord ! Et entre nous, c'est même un motif de divorce.

Elle se tourne vers moi visiblement saisie par mon commentaire. Je ne la regarde pas, essayant de contrôler un ricanement imminent. Elle éclate de rire admettant la stupidité de la situation.

— OK tu as raison. Je suis ridicule. Peut-être un peu à cran aujourd'hui. Merci pour les roses !

Je m'approche d'elle et l'enlace. Julie est la « number one » pour se mettre la pression. Perfectionniste et consciencieuse, elle aime que ces instants partagés soient exemplaires. Nous avons beau lui dire qu'il n'est pas nécessaire qu'elle se plie en quatre pour nous, rien n'y fait.

— Et comme d'habitude tout sera génial. Même si tu nous commandais des pizzas, Julie.

— Ah non ! Je sais que c'est ton plat préféré mais pas de pizzas ce midi. Sans déconner... tu me vois servir des pizzas à tes parents ?

Ils me connaissent tous très bien. Je suis prête à parier qu'ils vont m'enterrer avec une pizza et le numéro de téléphone de chez Alfonso.

Hé ! Je progresse ! J'arrive même à plaisanter sur ma propre mort. C'est mon coach Fanny qui serait fière de moi. Je note mentalement de penser à le lui raconter en espérant que « la grosse Bertha » n'interfère pas entre temps et efface une partie de ma mémoire.

N. B. : emporter avec moi un carnet et un crayon.

— Bref ! Sinon, comment va ma belle-sœur préférée ? Tu n'aurais pas un peu maigri toi ?

Aïe ! Mon plan camouflage n'est, en fin de compte, pas une réussite.

OK ! Je passe au plan B puisque le A ne fonctionne pas. Celui-ci consiste à détourner l'attention. Être toujours prête et prévoyante.

— Préférée... Facile ça... Trop facile étant donné que tu n'as qu'une belle-sœur, en l'occurrence, moi.

— Oui peut-être... mais j'ai la meilleure !

— Bonne réponse.

Elle me fait un clin d'œil en même temps que retentit la sonnette de la porte d'entrée. Ouf ! Je n'aurai pas à me précipiter sur mon plan C. Plan C... il faudrait déjà qu'il existe.

J'entends les voix de mes parents envahir petit à petit l'espace. Il faut dire que celle de mon père ne passe pas inaperçue. Grave, profonde et douce. En un quart de seconde, je suis transportée dans ma maison d'enfance où mes parents vivent encore. Je revois mon père installé près de moi sur mon lit de petite fille me lisant des histoires. Pour le coup, il faisait à merveille les rôles des méchants, abusant et abusant encore, de son timbre de voix si particulier. Dès qu'il avait terminé, il m'embrassait et laissait à ma mère le soin de me border. Maman… ma chère petite maman. Une fois vraiment seules, elle avait l'habitude d'un petit rituel. Dans un mouvement gracieux des doigts qu'elle faisait virevolter au-dessus de ma tête, elle fredonnait ces quelques mots « mauvais rêves mauvais rêves, laissez-moi. Jolis rêves jolis rêves, restez là ». Toujours trois fois de suite. Cela faisait des années que je n'y avais pas repensé. Une incroyable femme… forte, indépendante, meneuse, exigeante, un poil autoritaire mais toujours là quand on avait besoin d'elle.

Mon frère les fait entrer dans la cuisine ce qui me vaut de vite revenir sur terre. Mon père m'embrasse le premier en fronçant les sourcils. Il ne cache pas son inspection détaillée, me scrutant de la tête aux pieds. Il est doté d'un niveau extrêmement élevé d'instinct parental. Je suis même convaincue que c'est lui-même qui en a déposé la demande de brevet. J'essaie de ne pas en tenir compte mais il n'en restera pas là. Je le sais. Ma mère le suit de près.

— Tiens ! Il y avait longtemps que je ne t'avais pas vu avec un bandeau dans les cheveux ma chérie ! me dit-elle.

— Bonjour Maman. Juste envie de changer un peu de style.

Mon autre camouflage. Plus facile à expliquer que ma perte de poids. Ce trou béant, fait par l'aide-soignante peu de temps avant l'intervention, s'atténuait petit à petit mais pas suffisamment pour que je puisse me passer de mon ami « le bandeau ».

Je me tourne vers Julie.

— Mais où est Anna ?

— Dans sa chambre… sans doute encore au téléphone.

Sans plus attendre, Romain s'empare d'un balai et donne trois coups sonores au plafond. Interloquée, j'interroge mes parents en silence qui semblent aussi surpris que moi.

Romain nous regarde et nous dit en levant les bras au ciel.

— Je sais… un peu archaïque tout ça ! Néanmoins, je ne crie plus pour qu'elle descende et je peux vous dire que ça n'a pas de prix.

Quelques minutes plus tard, nous voyons arriver Anna dans une tenue complètement inattendue. Robe noire extrêmement moulante et courte avec un maquillage tout droit sorti du clip « Thriller » de Mikael Jackson. Des boucles d'oreilles tellement imposantes qu'elles touchaient ses épaules et une paire d'escarpins qui la grandissait d'au moins dix centimètres. Son style « jean et grande chemise » était, de toute évidence, plus d'actualité. Elle venait tout juste d'avoir seize ans, l'âge tant redouté des parents mais en aucun cas je n'avais envisagé un changement aussi radical. J'étais sous le choc et pas la seule à l'être.

Julie rompt le silence la première.

— Et oui ! Voilà la nouvelle Anna !

— Maman ! proteste Anna.

— Oh écoute ma chérie… C'est bon hein ! Si on ne peut plus rien dire…

Je me tourne vers un Romain, mutique.

— Ne me regarde pas comme ça. Je suis complètement dépassé, moi. Allez Papa... Tu viens ? On va prendre un petit verre.

Ce dernier ne se fait pas prier, prêt à tout pour échapper à l'inévitable et prévisible réaction de sa femme. C'est d'ailleurs elle qui ouvre le bal.

— Anna ? C'est quoi ça ?

— Mamie ! S'il te plaît... J'ai seize ans ! s'agace-t-elle les mains posées sur ses hanches. Tatie ! Dis-lui toi !

— Écoute mon cœur... Laisse-moi le temps d'atterrir. OK ?

Franchement, j'en avais vraiment besoin. J'admets qu'elle était absolument et définitivement magnifique mais bien trop provocante. Julie avait dû lire dans mes pensées et nous dit précipitamment.

— Ne vous inquiétez pas... nous ne lui permettons pas d'aller au lycée dans cette tenue. Et si nous rejoignons les garçons dans la salle à manger ?

À ma grande surprise, Julie connaissait le plan B... l'art de la « diversion ». Elle quitte la cuisine en embarquant ma pauvre mère encore dans l'expectative. Il lui fallait effectivement un verre. Je reste seule avec Anna qui me saute au cou.

— Ma petite Tatie. Trop classe ton foulard ! Ça te change carrément !

— Bien moins que ton apparition ma cocotte ! Alors, explique-moi ? Tu te présentes à un concours organisé par la famille Adam's ? C'est quoi le truc ?

— L'image de la petite Anna toute gentille et toute mignonne... c'est bon ! J'avais envie de passer à autre chose. Sérieux ? Ça te plaît ?

— Sérieux ?

Elle me fait un hochement de la tête, les yeux pleins d'étoiles.

— Tu es superbe ma puce… mais si tu veux mon avis, ça fait un peu trop là.

L'avantage avec Anna, c'est qu'elle m'adorait. Je pouvais donc lui dire tout ce que les autres n'osaient pas de peur de déclencher un cataclysme. Malgré ça, j'y mettais toujours les formes. Qui dit adolescence, dit frustration, incompréhension, rébellion et surtout susceptibilité. En somme, mon quotidien en tant qu'aide médico psychologique.

— Oui, mais tu me trouves jolie ? me demande-t-elle en tournant sur elle-même.

— Tu le serais encore plus si tu atténuais ton maquillage et si je pouvais t'embrasser sans me tordre le cou !

Elle fait la moue en examinant son reflet dans la vitre du four. J'espère que mes paroles feront mouche.

— À table les filles !

Je lui tends mon bras en imitant un pseudo cavalier pour rejoindre les autres. Le rôle de « tata marraine » … pas d'une maman. Encore moins d'une grande sœur… mais d'une copine guide. J'avoue avoir la meilleure place.

Le repas se passe dans une ambiance comme je les aime. Papa essaie de convertir son fils au bio et à la prise de conscience pour la perte d'énergie. Maman et Julie parlent cuisine et déco… et moi devant l'écran de portable d'Anna qui me présente, en photo, son nouveau petit copain. Mais aujourd'hui, je veux avant tout savourer cet instant. Les voir vivre. Les voir rêver. Faire des projets. J'aime les écouter espérer et s'enthousiasmer. Ils sont tous si rayonnants et attentifs aux autres. Papa tapotant le dos de Romain le regard empli de fierté… maman généreuse en compliments envers Julie. Et Anna… Anna et sa jeunesse. Anna et son tempérament de feu. Ange et démon à la fois. Rien d'anormal à cet âge-là. Je suis reconnaissante de cette famille aimante et présente. L'émotion me submerge avec l'apparition de micros-gouttelettes au coin de mes yeux. Mon père ne perd pas de temps pour les remarquer.

— Kris ? Que se passe-t-il ?

Tout le monde arrête ce qu'il est en train de dire ou de faire. Un ange passe.

— Quoi ?

Bravo Kris ! Grande démonstration de self contrôle ! Tu comptes t'en sortir comment à présent ? Et toi « la grosse Bertha » ? Tu es la responsable de cette galère ! Tu ne pourrais pas me donner un coup de pouce ? Je la visualise, installée dans un gros fauteuil bien confortable, avec un air totalement insouciant. Elle me répond négativement de la tête.

— Je pense que c'est la sauce de Julie. Elle est un peu trop épicée pour moi.

— J'ai pourtant fait attention Kris ! Je suis désolée, je…

— Arrête ! Ne t'inquiète pas. C'est un délice ton plat.

C'était maintenant ou jamais. J'avais toute leur attention.

— Je voudrais vous parler de quelque chose.

Un deuxième ange passe. J'ai même l'impression d'entendre le battement de ses ailes.

— Tu as rencontré quelqu'un ! s'écrie ma mère.

— Non, maman ! Même si je suis certaine que tu pries tous les soirs pour que ça soit le cas. – Je laisse passer quelques secondes. Ça vous concerne tous.

Ils étaient suspendus à mes lèvres.

— Le suspens n'est pas mon fort microbe… Alors, parle !

— OK. J'aimerais que nous repartions tous en vacances cet été comme autrefois.

Ils se questionnent du regard les uns après les autres.

Ma mère commence la première.

— Tu veux dire tous les six ?

— Non, maman. Comme autrefois. Avec toute la famille. Du moins ceux qu'ils le veulent. Je ne force personne.

Mon père sort de son silence.

— Tu en as déjà parlé à tes oncles et tes cousins ?

— Bien sûr que non. Je voulais vous en parler avant.

Après l'effet de surprise, mon frère éclate de joie.

— Je trouve l'idée super sympa moi !

— Ça ne sera plus comme avant. Ma sœur ne sera pas là, murmure ma mère avec des trémolos dans la voix.

— Je sais maman. Mais je pense réellement que tata aimerait que nous recommencions, lui dis-je.

— Oui tu as sans doute raison. Elle adorait ces vacances tous ensemble.

Julie n'avait encore rien dit. Elle regardait son assiette les mains posées de chaque côté.

— Julie ? Tu ne nous as pas donné ton avis ?

— Hein ? Quoi ?

Elle avait l'air complètement ailleurs.

— Chérie ! Tu es où là en ce moment ? lui répond mon frère.

Elle se redresse droite dans sa chaise.

— Ah non mais oui... Euh enfin... Je pensais à... Il nous faut un endroit assez grand. Si tout le monde répond présent... Et il faut aussi s'organiser pour les repas et aussi penser à...

Sa réponse déclenche aussitôt une explosion de rires. C'était bien notre Julie. Nous avons tous pris sa réaction pour un oui et l'avons rassurée. C'était sans compter sur Anna.

— Ah non ! Moi je ne suis pas d'accord, s'écrie-t-elle.

— Anna ! Que tu le veuilles ou non, tu viendras avec nous, lui assène mon frère.

— Mais je ne verrai pas Alex !

66

Je me sens tout à coup responsable de la détresse de ma nièce. Je sais très bien qu'à son âge, les relations amoureuses sont primordiales. La famille passe sans état d'âme au second plan. Elle comprendra bien plus tard l'importance que celle-ci représente pour nous.

J'interviens pour essayer de calmer les tensions.

— Tu sais ma chérie... Si nos cousins et cousines sont intéressés, ils ont des enfants d'à peu près ton âge.

Elle nous décoche un regard noir et quitte la table. Quelques minutes plus tard, nous sommes envahis par le tempo d'une musique assourdissante. Mon frère lève les yeux au ciel.

Il est 18 heures. « La grosse Bertha » m'envoie des signes de faiblesse. Un mal de tête commence à s'installer à vitesses grand V. Il m'est de plus en plus difficile de me concentrer. Depuis presque trois heures, je donne le change dans nos souvenirs de vacances car mon frère n'a plus que ça à la bouche depuis ma proposition. Mais là, je ne tiens plus. Il vaudrait mieux que je parte avant d'être à court d'arguments. Je les quitte prétextant un rendez-vous avec Vic. Je m'engage à contacter le reste de la famille et effectuer les recherches sur d'éventuelles villas. J'ai une idée en tête et surtout je veux ce qu'il y a de mieux. Dernières exigences d'une condamnée. Merveilleuse excuse totalement inattaquable.

Chapitre 11

Je passe la semaine suivante à trouver la perle rare sur le Net. Je veux avant tout atteindre cet objectif avant d'appeler toute la famille.

Vic passe me voir.

— Salut ma vieille ! Tu nous fais l'Hermite ou quoi ? Tu ne bosses pas aujourd'hui ? Moi qui pensais me casser le coude en venant ?

— Te casser le nez tu veux dire…

— Oui si tu veux, grogne-t-elle.

— Je suis en vacances.

De plus en plus facile. Surprise malgré tout de si bien y arriver.

Elle s'avance vers mon bureau, enfoui sous une tonne de feuilles détaillant des villas plus belles les unes que les autres.

— Qu'est-ce que c'est que tout ça ? Tu prévois un petit voyage ? Ouh là là ! Mais tu as décidé de vivre dans le grand luxe dis-moi ! s'exclame-t-elle une feuille dans la main. Regarde ces prix ! C'est énorme ! Tu as gagné au loto ? Ingrate ! Tu aurais pu m'en parler !

— Bientôt tu en profiteras. Panique pas.

— Attends… c'est quoi ce plan ?

— Un retour aux sources. Un élan de nostalgie.

Elle me sonde et je lis dans ses yeux l'étonnement. Je sais bien qu'elle attend une explication de ma part. Je rassemble mes documents, l'air de rien. Elle est au bord de la crise de nerfs. J'ai toujours adoré faire ça avec Vic. Pourquoi ? Parce que ça la mettait hors d'elle. La patience est loin d'être son atout principal et j'aime en jouer. De temps en temps. Bon ! C'est vrai... pour être honnête, très souvent.

Allez ! Dix secondes et elle explose.

1, 2, 3, 4... 8, 9...

— Kris ! Arrête ça. Qu'est-ce que ça veut dire ?

— Tu es libre en juillet ?

— J'ai un stage sur la protection de l'environnement. Pourquoi ?

— Eh bien je pense que tu vas devoir l'annuler. Les arbres et les p'tites fleurs vont devoir se passer de toi.

Ah zut ! Ça me fait penser que dans la précipitation de mon projet, je n'en ai pas informé ma cancérologue. Je colle un post-it juste entre les deux yeux de la « Grosse Bertha » ; « demander permission de me barrer ».

— Quoi ?

— OK ! En quelques mots, vacances et tout ce qui va avec ; balades, farniente, cocktails, soirées festives, baignades... (Car j'avais bien l'intention de trouver un logement avec une superbe piscine)

— Ah oui là je signe. Et il est où ce paradis ?

— Rien de déterminé encore. J'y travaille.

— Et cette proposition ne s'adresse qu'à moi ?

— Tu crains de vivre en collectivité ?

— Tu plaisantes ! Je crains surtout pour les personnes qui vont devoir me supporter. Mais explique-moi pourquoi tu parles de nostalgie ?

— Tu te souviens de mes vacances tous les ans en famille ? Eh bien je remets ça à l'ordre du jour.

Elle se vautre dans mon canapé en pouffant. Là, tout de suite, je suis morte de trouille. Son manque d'enthousiasme ne me surprend pas. Je sais combien il est dur pour elle ne serait-ce qu'une journée avec sa propre famille, alors la mienne... Si elle savait l'importance qu'à ce projet pour moi. Je ne peux pas faire ça sans elle. Si elle refuse, je suis prête à tout abandonner. Je pourrais lui dire la vérité et lui avouer mes motivations entre « comment s'est passée ta journée ? » et « tu veux un thé ? ». Quoiqu'à mon avis, je ferais bien de sortir un whisky après une telle révélation.

— OK... Je vois que ça ne t'emballe pas.

— Hein ?

— C'est bon ! Ne cherche pas dans ta petite cervelle de moineau quelles excuses tu pourrais me donner.

— Mais de quoi tu parles ? s'énerve-t-elle.

Elle se lève et fait les cent pas dans mon salon. Je la vois calculer sur ses doigts. Intriguée, je lui demande.

— Mais qu'est-ce que tu fabriques ?

Elle s'arrête, me fixe comme si je venais tout juste d'apparaître.

— Deux ! Tu imagines ? Seulement deux !

— Mais deux quoi ? je lui crie, assez agacée de ne pas comprendre.

— Deux valises ! Je n'ai que deux valises ! -Elle se rassoit complètement désespérée-. Ça n'ira jamais ! Entre mes livres... mes huiles essentielles et mon diffuseur. Tu sais très bien que je ne peux pas m'en passer ! Et tu me connais... Si je n'ai pas mon dressing à porter de mains, je suis comme un chameau sans ses

70

deux bosses, un Mojito sans son rhum... un clown sans son nez rouge... comme...

Je lui saute au cou en laissant aller mes larmes mais cette fois, celles du bonheur. C'est ce qu'on appelle être ballotté dans un ascenseur émotionnel.

— Vic ! On s'en fout des valises !

Elle me répond en me berçant.

— Et elle croit que c'est si simple que ça... Hé ! Calme-toi ! Ça te tient à cœur dis-moi !

Je me dégage d'elle précipitamment et me dirige vers ma chambre. Elle me demande où je vais.

— On va la choisir cette valise ?

Chapitre 12

Déjà dix-huit jours de rayons avec la bête. Nous sommes vendredi, rendez-vous hebdomadaire avec ma cancérologue.

— Madame Valet ! Comment se sont passées vos trois semaines de radiothérapie ?

— Appelez-moi Kristelle... Fatiguée, maux de tête mais supportable. Parfois, mon bras droit ne répond carrément pas. Même si ça ne dure pas bien longtemps, c'est assez gênant. Ah oui ! Me concentrer devient de plus en plus compliqué. Lire... je ne vous en parle même pas. Malgré tout, j'admets que vos petites pilules m'aident à tenir.

Elle prend des notes. J'ai l'impression d'être un cas expérimental.

— Pas de perte de cheveux ?

— Non ! J'ai même dit au revoir à mes foulards. Plus besoin de camoufler les traces de la chirurgie.

— Et le moral ?

Est-ce que je lui raconte mes pertes de contrôle quand je m'adresse à « la grosse Bertha » ? Cette dernière me scrute méchamment, toujours confortablement installée dans son fauteuil. Ahhh ! Alors grosse vache ! On craint madame la cancérologue ? Bon à savoir. Je lui tirerais bien la langue mais j'ai bien trop peur que madame Mouffoir pense que ça lui soit adressé.

— Je me suis fait une nouvelle amie. Je l'ai rencontrée dans le service. C'est une patiente elle aussi.

Je vois bien que ma réponse n'est pas celle qu'elle attendait. Elle se lève, se sert un café et m'en propose un. Je l'accepte pour gagner du temps. Je sais qu'elle ne va pas en rester là.

— Vous vous voyez régulièrement ?

— On essaie, oui.

Allez vas-y, pose-la ta question.

— Et votre famille ? Votre entourage ?

Bingo ! En plein dans le mille.

— Je les vois aussi.

— Madame Valet ! Kristelle… Vous savez très bien où je veux en venir.

Je croise les bras sur ma poitrine, prête à en découdre. J'ai lu quelque part que, dans le langage corporel, cette attitude traduisait l'autodéfense et la détermination. Parfait ! C'est justement le message que je voulais lui faire passer.

— Vous ne leur avez encore rien dit. Je vois…

Effectivement, très efficace. J'ai au moins gagné cette manche-là.

— J'y travaille. J'attends tout simplement le bon moment. Et justement, j'ai quelques petites questions à vous poser pour mettre au point mon approche.

Je lui parle de mon projet de vacances et mon intention de réunir tous ceux que j'aime. Elle semble tout à coup rassurée et détendue.

— C'est une excellente idée.

— Mais pour mon protocole ?

— Quand comptez-vous partir ?

— Juillet.

Elle tourne son regard vers son écran d'ordinateur, prend quelques secondes et me répond.

— Vous aurez à ce moment-là trois mois de rayons. Ça sera le bon moment pour faire une petite pause de quelques semaines. Sans arrêter bien évidemment le Temodal et vos vitamines.

— Donc, c'est possible !

— Je dirais même préconisé par votre cancérologue ! Ça ne peut que vous faire du bien. Bien sûr, nous recommencerons votre radiothérapie à votre retour. Il était de toute façon prévu que je vous propose une coupure pour que votre corps puisse souffler un peu. Il faudra également envisager, si c'est possible, une neurochirurgie. En espérant qu'on puisse accéder à votre tumeur.

Je ressors de son bureau, apaisée. À présent, il n'y avait plus d'obstacles. Je suis pressée de retrouver Fanny dans le restaurant où nous nous donnons habituellement rendez-vous.

Une demi-heure plus tard, je suis installée à table près des fenêtres. J'ai reçu un SMS de Fanny m'expliquant qu'elle serait en retard. J'en profite pour envoyer les quelques messages que je remettais toujours à plus tard. Très concentrée sur mon portable, je ne la vois pas approcher. Quand je l'aperçois enfin, je remarque tout de suite que quelque chose ne va pas. Elle a un sourire forcé, un teint de papier mâché, les yeux rouges et gonflés. Elle s'assoit lentement en grimaçant.

— Fanny ! Est-ce que ça va ? je lui demande complètement alarmée.

Elle ne répond pas tout de suite et je comprends très vite que parler lui demande beaucoup d'efforts.

— C'est une mauvaise journée. Ils ont changé mon protocole. J'ai du mal à le supporter.

— Pourquoi tu ne m'as rien dit ? Tu aurais dû annuler !

— Et manquer la grande nouvelle ? Hors de question. Tu m'envoies des messages depuis cinq jours en me promettant des infos croustillantes et tu voudrais que je loupe ça ? Tu te terres depuis cinq jours dans ton appartement pour faire je ne sais quoi. Kristelle Valet ! Je veux tout savoir ! Alors si tu ne veux pas que je pique un scandale dans ce restaurant, là, maintenant, dépêche-toi et vite !

— Fanny… je ne sais pas. Tu devrais…

— Kris !

— OK OK… Je capitule en levant mes mains en signe de traité de paix.

Je lui explique ma trouvaille, le dimanche chez mon frère et l'enthousiasme de ma famille. Je lui raconte comme mon cœur a manqué un battement croyant que Vic n'accepterait pas de venir. Je lui confie l'autorisation de ma cancérologue et lui énumère ce qu'il me reste à faire. Malgré sa fatigue, elle m'écoute avec attention et son visage semble plus lumineux.

Après ce déferlement d'infos, je marque une pause. J'étais tellement essoufflée qu'il était temps de la prendre. Sans m'en rendre compte, nous étions arrivées à la fin de notre repas. Fanny avait mangé sur le bout des lèvres. Je la laisse finir tranquillement sa crème brûlée pour qu'elle ait au moins quelque chose dans l'estomac puisqu'elle a presque entièrement boudé ses spaghettis à la bolognaise. La voir comme ça me bouleverse. Je me sens tellement impuissante.

Après un long silence, je lui prends la main.

— Fanny… Tout ça, c'est grâce à toi.

Elle me regarde surprise, sans dire un mot.

— Notre première conversation ? Évidemment pas celle où je manque de t'envoyer dans le décor mais celle dans le parc. C'est toi qui avais raison.

— Tu veux parler de « ta grosse Bertha » ? Si tu veux mon avis, tu es bien trop gentille avec cette saloperie. Lui donner le surnom d'une cantinière... sincèrement, tu aurais pu trouver bien mieux.

Je souris. Je la retrouvais enfin. La Fanny engagée. La battante.

— Je te parle de ta leçon de morale quand tu avais compris mes intentions... me laisser aller. De passer ce qu'il me reste à vivre, seule, sans personne à mes côtés. Tu te souviens ? « Vivre ! » m'as-tu dit. Tu as été ma source d'inspiration. Comment te remercier ?

— En allant au bout de tes rêves. Peut-être pas tous... tu seras parfois très frustrée. Et ne me remercie pas. J'étais là au bon moment, tout simplement. Mais je tiens quand même à te rappeler que tu oublies un détail !

Je la fixe les sourcils en circonflexe.

— Dans ton magnifique projet, tu penses leur annoncer à quel moment ?

— Mais ce n'est pas possible ! Une vraie rabat-joie !

— Qu'est-ce que tu veux que je te dise ! Je peux me transformer en une redoutable trouble-fête. Je suis la réincarnation du « Grinch ».

Je lui tire la langue.

— Cependant, je serai intransigeante ! me dit-elle en pointant un doigt menaçant vers moi. Il est hors de question d'être écartée de cette folle aventure. Je veux et j'exige des comptes rendus journaliers. J'accepte tous les moyens nécessaires qui seront mis à ta disposition. Les appels, les messages, les mails, les pigeons voyageurs, les signaux de fumée et même le morse. Je veux tout en détail de vos activités, vos délires, ce que vous allez manger et même jusqu'aux horaires de vos passages aux toilettes. Bon OK ! Peut-être pas les toilettes.

— J'ai l'impression d'être une préado que sa mère sermonne avant de l'envoyer en colo.

— Eh bien, c'est l'idée.

Chapitre 13

Le week-end qui suit est le grand vainqueur. Choix du lieu et de l'hébergement validés. Il me restait à appeler le reste de la famille pour leur faire part de ma proposition.

Destination : les Pyrénées.

J'ai trouvé une superbe villa avec tout le confort et surtout équipée d'une immense piscine qui surplombe la montagne. Les photos sont incroyables ; vieilles pierres, terrasse semi-couverte gigantesque, plusieurs petits salons privés à l'extérieur. L'intérieur est tout aussi impressionnant. Une cuisine tout aménagée qui fait au moins mon appartement dans sa globalité. Un salon et une salle à manger d'un seul tenant qui feraient rougir les propriétaires de châteaux. Dix chambres et cinq salles de bain. Une pièce de jeux avec baby-foot, billard, et jeux de fléchettes. Un sauna. Une cave impressionnante décorée avec goût. Chaque chambre était équipée d'une télévision et celle du salon semble irréelle.

Bref ! La perle rare.

Le tarif pour trois semaines me fait moins rêver. Si je l'annonce tel que, c'est « game over » illico. Je me connecte sur mon compte en banque, en priant que celui-ci me sauve la mise. Après un rapide calcul, je suis soulagée. Je liquide toutes mes économies mais en même temps je ne vois pas comment les utiliser autrement.

C'est décidé, ça sera cette merveille !

Étape suivante : coups de fil. À moi d'être convaincante.

Après trois heures et cinquante et une minutes au téléphone, quatre tasses de thé et un paquet entier de BN à la fraise d'avalé, je fais le point. Certaines personnes m'ont donné leurs réponses immédiatement. Pour les derniers, il n'y a que quelques minutes. Dans l'ensemble, beaucoup ont répondu présents. Je comprends que tout le monde ne puisse pas se libérer. Pourtant, ma frustration me met à l'épreuve. Je suis déçue et épuisée. Par-dessus tout, je suis stupide. Une vraie gosse qui ne supporte pas qu'on lui dise « non désolé ça ne sera pas possible ». Mon cousin de Paris vient juste d'être embauché dans une nouvelle boîte d'import-export et ne peut pas poser de vacances avant un an. Pourtant, il me dit adorer l'idée et il espère qu'il pourra y participer l'année prochaine si nous retentons l'expérience. J'ai failli me faire griller quand je l'ai supplié.

— Ouah ! Cousine... tu aurais dû être avocate ! Sérieux ! Ton dossier est en béton. Vraiment ! Mais là, c'est chaud. Je t'assure que j'adorerais partir avec vous tous. C'est quoi le truc ? Tu veux nous présenter quelqu'un ?

Ce n'est pas vrai ! Lui aussi s'y mettait.

Il y a eu aussi un oncle. Un des frères de mon père. Je n'avais même pas fini mes explications qu'il m'envoie un « non » sonore et raccroche. En même temps, c'est peut-être préférable. Mon père avait une représentation bien à lui de son aîné. Il affirmait que certains étaient la preuve vivante que la réincarnation existait. « On ne pouvait pas devenir aussi con en une seule vie ». Il semblerait que sa théorie s'appliquait parfaitement dans ce cas.

Ma plus grosse déception… Claire. Une cousine de deux ans ma cadette. Drôle, pétillante, sans gêne, sans filtre et un caractère explosif. Elle n'est pas appréciée de tout le monde. Malgré tout, quand elle est là, on est assuré de ne pas s'ennuyer. Moi, elle me fait mourir de rire et je sais que Vic l'adore. Elle sera en Allemagne pour le tournage d'un documentaire. Elle regrette mais c'est impossible pour elle d'annuler ou décaler.

Il faut que je l'admette. La terre ne s'arrête pas de tourner sous prétexte que je n'ai plus qu'un été avec ma famille. D'ailleurs, je ne manquerai pas d'en toucher deux mots au grand puissant là-haut. J'ai deux petites choses à lui soumettre. Certaines règles doivent être absolument réaménagées.

Je respire un grand coup. Après tout, il y a encore quelques jours, j'envisageais ma dernière année au fond de mon lit. Reste zen Kris.

Demain, dès la première heure, je réserve la villa.

Chapitre 14

6 juillet.

Je sors de ma dernière séance de rayons, du moins jusqu'à mon retour fin juillet. J'ai souhaité de bonnes vacances à « la bête ». Quoique je doute qu'elle en ait. Quand j'y repense, c'est complètement dingue. Je me revois lors de ma première séance avec elle. Je me souviens des sentiments que j'éprouvais. La colère, le désespoir... la peur. Aujourd'hui, elle fait partie de mon quotidien. Je ne m'en suis pas fait une amie pour autant, mais je ne la méprise plus comme avant. Plus maintenant. Elle essaie de m'aider comme Madame Mouffoir ou les techniciens qui m'installent pendant les séances, mais aussi mon traitement le Temodal et toutes les vitamines ou autres cachets pour pallier aux effets secondaires.

En parlant de ma cancérologue, nous avons eu notre débriefing. Elle m'a fait promettre de prendre correctement ma prescription. Je l'ai fait sourire en lui disant que j'essaierai d'être une bonne élève. Elle a insisté pour que je l'appelle deux fois par semaine. Contrairement à moi, je la sens inquiète. Ça me touche beaucoup. Je sais aussi qu'elle se réjouit pour moi. Une dernière recommandation pour que je pense à m'adapter des temps de repos et je file dans les couloirs du service en saluant tous ceux que je rencontre sur mon passage. Au revoir machine à café ! Au revoir salle d'attente ! Au revoir bureau des infirmières ! Je ne peux pas m'en empêcher. Je me sens pousser des ailes. Ces trois semaines vont être parfaites et je ne veux penser qu'à elles. J'ai hâte.

Avant de rentrer chez moi pour boucler ma valise, je passe chez Fanny. Je connais le chemin sur le bout des doigts. Elle va me manquer. Terriblement me manquer. Ces deux derniers mois ont été difficiles pour elle. Les résultats de ses derniers examens étaient décevants. Ce nouveau traitement oral l'a rendu complètement malade. Elle a dû aussi arrêter rapidement les rayons pour des séances de chimiothérapie par perfusion. Elle en tient jusqu'à fin juillet. Les mois de mai et juin ont été ponctués entre mon protocole au service oncologie et l'aide que je pouvais lui apporter. Je lui devais bien ça. Et par-dessus tout, j'aimais passer du temps avec elle. Je comprends mieux aujourd'hui ce qu'elle avait voulu me dire : « les gens qui t'aiment ont aussi le droit d'avoir ce temps pour prendre ce qu'il y a à prendre de toi. D'emmagasiner des souvenirs, des images, des émotions... ». Elle avait raison et être près d'elle, me permet de le réaliser.

— Pars tranquille Kris, me dit-elle devant ma mine déconfite.

— Tranquille ? T'en as de bonnes toi !

Elle se tient, debout, face à son plan de travail et me prépare un thé.

— Regarde ! Je vais bien mieux puisque cette fois c'est moi qui te sers ! Est-ce qu'il faut que je te rappelle qu'il y a encore quelques jours tu te chargeais de le faire ? D'ailleurs, tu me dois des explications, ma belle ! Tu peux m'expliquer pourquoi je ne retrouve plus rien dans ma cuisine ? Et je ne te parle pas de mon dressing ?

— Ah oui parlons-en ! Ta gestion du quotidien est un vrai mystère !

Je m'étais redressé de toute ma hauteur les mains posées sur mes hanches. Elle se retourne surprise par le ton de ma voix. Bon OK ! Je l'avoue… en ce moment, j'étais un tantinet à cran.

— J'ai dû tout réorganiser et franchement, je ne comprends pas ta façon de faire ! Tout ce qui était de première nécessité, tu me l'avais collé en hauteur et évidemment, tout ce qui était inutile à porter de main. Donc… tu n'as pas intérêt à détruire mon merveilleux travail.

Elle éclate de rire. Un rire franc et sincère. C'est vrai qu'elle va mieux et ça me fait un bien fou. À ce moment-là, j'ai envie de pleurer de joie de la voir ainsi, plutôt qu'être avalée par son lit. Nous avons échangé de grands moments ces derniers temps. J'ai été son infirmière pour permettre à son mari d'aller travailler. Sa confidente… elle a aussi été la mienne. Sa femme de ménage… sa secrétaire… sa nounou pour aller chercher ses enfants. En fait, je faisais partie intégrante de cette famille. Un après-midi, son mari nous a même surpris dans le même lit, endormies. C'est un homme admirable et très amoureux de sa femme. Ma présence ne le dérangeait pas. Elle le soulageait certainement. Il ne me le confiait pas mais il n'avait pas besoin de le faire. Ses attentions à mon égard en disaient long. « Tu dois être épuisée toi aussi Kris », s'inquiétait-il régulièrement en me raccompagnant à la porte. « Ne t'en fais pas pour ça. À demain ». Il avait raison. Quand j'arrivais à mon appartement, le seul effort encore possible était de me jeter sur mon lit, avec la satisfaction du devoir accompli. J'en tirais aussi un avantage ; être bien trop occupée pour pleurer sur mon sort.

— Promis, je ne touche à rien. Mais c'est mon pauvre mari qui va être sous tension. Car si moi je ne retrouve rien, imagine pour lui. Il avait déjà du mal avec ma propre organisation mais là…

— OK ! J'ai compris… Je vais lui faire un plan très détaillé de la maison et ce qu'il a à savoir. Et dis-lui de m'appeler s'il ressent des pulsions de meurtre contre une porte de placard ou une pile de tee-shirts.

Le silence s'installe.

— Tu sais qu'il t'aime beaucoup ? Et les enfants ne parlent que de toi.

— Tu as une famille formidable Fanny.

— Oui… je sais… j'ai beaucoup de chance. Et je t'ai toi, finit-elle en me faisant un clin d'œil.

Elle se lève et pose nos tasses dans l'évier.

— Tu m'appelleras ? Peut-être pas tous les jours. Mais…

Je me lève et la prends dans mes bras.

— Comment veux-tu que je me passe de mon coach ?

À ce rythme-là, je risque de passer plus de temps avec mon portable qu'avec ma propre famille. Mais à bien y réfléchir, elle en faisait aussi partie.

Chapitre 15

7 juillet.

Les choses sérieuses commencent enfin.

J'ai bien l'intention d'en profiter. Je suis surexcitée. Autant que peut l'être un chiot pendant sa première balade en dehors de son périmètre autorisé. Je sais ce que mon grand-père dirait. « Il ne faut pas essayer d'ajouter des années à sa vie, mais de la vie à ses années » et j'ai bien l'intention de lui faire honneur. Il aurait bien sûr formulé son dicton différemment, en remplaçant années par mois. Question d'adaptation.

Je me force d'effacer les derniers mois… les idées noires… la fatalité… cette saloperie de temps qui n'en finit pas de défiler. Bon ! Le seul point négatif ; me trimbaler « la grosse Bertha ». Si je prends mon traitement correctement et que je m'octroie des temps de repos, tout devrait parfaitement bien se passer. J'ai les choses bien en main.

Destination Cauterets dans les Hautes-Pyrénées. Six cents kilomètres, sous le soleil pour nous accompagner.

Mes parents passent me chercher. Mon frère les suit de près. Ma belle-sœur me fait un signe de la main à travers le pare-brise le temps que mon père charge mes valises. Vic part directement de chez elle. Elle veut profiter d'une escale à Bordeaux pour voir son frère. Le reste de la famille nous rejoint directement là-bas.

Dès que je monte dans la voiture, je change d'état d'esprit. Je ne suis plus celle des derniers mois. Je ne veux pas être la Kris mourante. Je serai une tout autre personne pendant ce séjour. Même la Kristelle d'avant la maladie, je n'en veux pas. Pas de barrières, pas d'interdits, pas de limites. Enfin dans la mesure du possible. Je suis bien consciente qu'il faudrait m'adapter avec ce corps déjà bien fatigué.

Je veux pouvoir vivre pleinement et ABSOLUMENT. Chaque minute, chaque détail, chaque émotion, chaque moment volé. Je veux laisser mon empreinte dans chaque parcelle de chacun d'eux. Je veux qu'ils se souviennent de moi comme on se souvient de la beauté d'un paysage, le rire insouciant d'un enfant, comme un champ de coquelicots un jour d'été généreusement ensoleillé.

J'allais devoir user de beaucoup de subtilité. Cette nouvelle Kris allait les surprendre pour ensuite les rendre soupçonneux. J'ai préparé ma liste d'arguments. Je leur ferai mes yeux de biche. J'ai pris des cours avec « Bambi ».

Hier au soir, j'ai tapé sur ma barre de recherche « que faire avant de mourir ». Je suis tombée sur un nombre impressionnant de blogs créés par des personnes qui vivent la même merde que moi. J'y ai vu de tout. Certains ont dressé des listes considérables de vœux à réaliser. Rien qu'en les lisant, j'en avais le tournis. Trop oppressant… trop stressant… déprimant. Il y avait aussi ce gars qui courait tout le territoire pour réparer ses mauvaises actions de jeunesse. Il avait posté une vidéo plutôt drôle de lui, en train de se prendre la raclée du siècle par une femme d'une quarantaine d'années qui était, semble-t-il, une ex petite amie au lycée. Visiblement, elle ne l'avait pas oublié. D'autres passaient leur temps, scotchés sur leur écran d'ordinateur et écrivaient leurs dernières pensées. Leurs exutoires si vous voulez mon avis. Pour ça, il me faudrait plus d'une année.

J'avais décidé de ne rien m'imposer. Je prendrais ce qu'il viendrait au jour le jour. Tête baissée, je fonce. Je veux être un cycliste professionnel. Chaque kilomètre parcouru sera une victoire. Mon maillot jaune est prêt, avec comme inscription dans le dos ; « vis ce jour comme s'il était le dernier ». J'ai bien l'intention de franchir la ligne d'arrivée en première position. Je me contenterai même de la seconde place. C'est excitant et terrifiant à la fois.

Fanny doit au même moment lire dans mes pensées. Ses messages ne font aucun doute.

Fanny : « Tu es sur la route championne ? Prête pour la grande aventure ? »

Moi : « Oui… Plus que jamais. Mon vélo va fendre l'air et ma gourde est prête. »

Fanny : « ? »

Moi : « Je t'expliquerai. »

Les cent premiers kilomètres ont eu raison de moi. Je me suis endormie exténuée. Je me demande si la voix de Bonnie Tyler n'aurait pas des vertus soporifiques. Grand fan, mon père nous passe en boucle son album. Je ne veux pas lui gâcher son plaisir. Quoi qu'il en soit, recharger mes batteries ne me fera pas de mal. Je ne suis pas inquiète. Mon stock de « Duracel » m'accompagne. Ma cancérologue m'a fourni une réserve colossale de « coup de fouet ».

Je me réveille. La voiture ne bouge plus. Je sens des regards posés sur moi. Quand je tourne la tête, mon frère est à quelques centimètres de mon visage. Son caméscope me fixe, tout particulièrement la bave qui s'est échappée de ma bouche. Tout sourire, ma nièce n'en loupe pas une miette, équipée de son portable. J'entends Julie juste derrière eux. Elle hurle que ce n'est pas cool de me faire ça, ce qui accentue le ricanement agaçant de son cher mari. Je fronce les yeux et je peaufine déjà mentalement ma vengeance. Je me régale à l'avance. Bien sûr, je fais l'offusquée. Je sais que c'est ce qu'ils attendent tous de moi. Leur victoire fait plaisir à voir.

Mon frère retrouve son calme et m'explique que c'est la pause « pipi ». Il m'assène le coup de grâce en ajoutant :

— Tu n'as sans doute pas envie avec cette fontaine qui sort de ta bouche !

Et le voilà reparti à pouffer comme un ado de quatorze ans.

Mon portable sonne, ce qui sauve in extremis Romain d'une rouée de coups.

Vic.

— Très tendance ton nouveau maquillage ma poulette !

— De quoi tu me parles ?

Je regarde les joyeux lurons. Ma nièce me fait un clin d'œil en me montrant la photo que Vic venait de recevoir. Je connais désormais la responsable.

— Heureusement que je peux faire confiance à Anna pour les délires croustillants !

Elle ne perd rien pour attendre.

— Ton frère va bien ? je lui demande pour faire diversion.

— Boulot… dodo. Rien de passionnant. Il me désole de passer à côté de sa vie. Bref, c'est son problème. Ça fait des années qu'on se prend le ciboulot à propos du même sujet. Vous en êtes où ? me demande-t-elle.

— « Qu'on se prend la tête », Vic. Fais un effort ! Je ricane. Ne t'inquiète pas. Suffisamment assez loin pour plusieurs photos compromettantes.

— Oh merde ! J'aurais dû partir avec vous. Vous avez l'air de bien vous éclater.

— Tu te rattraperas.

Après trois autres pauses toilettes, un arrêt repas et un pneu crevé pour mon frère (je soupçonne une vengeance de là-haut), nous arrivons enfin à la villa.

Mon oncle Éric est déjà arrivé ainsi qu'une partie de sa progéniture ; Charles, Mina et leurs conjoints respectifs.

Je leur saute au cou. Des cris hystériques s'échappent de nous. Nous avons tous, à peu près, le même âge et en quelques secondes des images de nos vacances ensemble m'envahissent.

— Marc n'est pas là ? je m'interroge.

— Il arrive en fin de soirée, me répond son frère.

Je brandis fièrement les clés de la villa. Les applaudissements ne se font pas attendre.

Cette vieille bâtisse, décorée avec goût, est un enchantement. Les photos n'ont pas menti et nous ne risquons pas de nous marcher dessus. C'est immense. Après des « Waouh ! Regarde ! », « Oh splendide », « Bon sang ! La vue de malade ! » et j'en passe, tout le monde rejoint sa voiture pour y récupérer leurs valises. Chaque couple choisit sa chambre dans un joyeux brouhaha. Charles est plus en retrait. Il est, lui aussi, impressionné mais son silence ne me rassure pas.

— Ça ne va pas ? La villa ne te plaît pas ?

— Je mentirais si je te disais le contraire ! -Il se tourne alors vers moi, l'air inquiet-. Pourtant… je ne sais pas… tu demandes une maigre participation pour trois semaines dans ce palace !

Merde ! Merde ! Merde ! Rebondis vite Kris !

— Peut-être ! Mais ce que tu oublies, c'est que nous sommes plusieurs à participer. Ça réduit considérablement les frais.

Il reprend son air dubitatif. En connexion avec son cerveau, je pouvais presque l'entendre calculer.

Je ne me démonte pas pour autant, intervention commando en place.

— Ça ne te dirait pas de prendre un petit verre pour fêter nos vacances ?

Je lui indique d'un mouvement de tête la terrasse et les verres déjà installés sur la table. Il sort de sa réflexion et je vois son visage s'apaiser. Ouf ! Il s'en était fallu de peu.

Avant de trinquer à mon lamentable mensonge, je rejoins ma nièce assise au bord de la piscine. Depuis notre arrivée, on ne pouvait pas dire que son enthousiasme sautait aux yeux. Je m'installe près d'elle.

— C'est cool cet endroit. Tu ne trouves pas ?

Ses pieds battent la surface de l'eau mais aucun son ne sort de sa bouche.

— Tu as pu parler avec les jumeaux et Louis ?

Mina, ma cousine, avait deux ados de bientôt seize ans. Un garçon et une fille. Vifs et curieux, rien ne leur échappait. Manifestement, eux étaient ravis d'être ici. Charles, mon cousin, avait un garçon de seize ans, Louis, et une petite dernière de deux mois. Une arrivée tardive. Ils avaient essayé pendant huit ans avec l'aide de tout ce que la médecine pouvait leur proposer mais sans succès. Ils s'étaient donc résignés jusqu'à ce que le miracle se produise. Fervents catholiques pratiquants, ils avaient attribué cette réussite à leurs nombreuses prières.

Toujours muette comme une tombe, je lui jette un peu d'eau histoire de vérifier qu'elle ne s'était pas transformée en statue. Elle bouge. Je suis tout de suite rassurée. Cependant, le regard qu'elle m'envoie en dit long. Je suis pratiquement sûre qu'en cet instant précis, elle a silencieusement formulé un sort. La transformation en amas de pierres serait donc pour moi.

— Anna ! Arrête de faire la gueule et parle-moi !

— OK ! On commence par quoi ? Par ces trois énergumènes dont un est une tête d'ampoule et les deux autres ont un pète au casque ou alors que je vais devoir passer trois semaines sans voir Alex ?

— Sérieux… tu es dure avec eux. Louis est sympa. C'est vrai qu'il parle comme une encyclopédie mais tu avoueras qu'il est super intéressant. Laisse-lui une chance… et les jumeaux sont…

— Sont tarés. Ils n'arrêtent pas une seconde avec leurs goules.

Je souris.

— Tu aurais vu leur mère à leur âge. Ils ont de qui tenir.

— En tout cas… Ne comptez pas sur moi pour dormir dans la même chambre qu'eux ! Ce qui était bon pour vous à votre époque ne l'est pas forcément pour nous.

Son téléphone sonne. Son visage se transforme aussitôt. J'en déduis que le fameux Alex en était pour quelque chose. Elle ne met que quelques secondes pour se relever et s'isoler dans un coin. J'imagine la conversation. « C'est trop nul », « tu me manques », « tu verrais mes cousins ! Des boloss » …

Mon frère prend sa place près de moi.

— Hé microbe ! Bravo pour la villa. Elle déchire !

— Ta fille n'est pas de cet avis.

— Oui bé tu sais quoi ? Quand elle aura dix-huit ans, elle pourra le donner… son avis. Allez ! Ne t'inquiète pas. Par contre, maman me préoccupe. T'as vu ? Elle n'a pratiquement pas desserré les dents.

— Je pense savoir pourquoi. Je lui parlerai.

En fin d'après-midi, mon oncle Paul nous rejoint. Nous décidons d'improviser pour la première soirée un apéritif dînatoire sur la terrasse. Chacun y allait de son petit commentaire, son histoire de vie, ses anecdotes. Mon père prenait du plaisir à retrouver son frère Paul. Mon oncle Éric profitait au maximum de ses petits-enfants, suivi de près par Sidonie sa nouvelle compagne. Véro, la femme de Charles, berçait sa petite dernière affichant une mine aux anges. Julie, comme à son habitude, courait dans tous les sens pour satisfaire tout le monde. Tony, le mari de ma cousine Mina était en grand débat avec mon frère sur des destinations de voyage qu'il voulait tester. Nos ados avaient fui les adultes pour se réfugier sur leurs portables respectifs.

Ma mère est aux abonnés absents. Quelques rotations plus tard, je l'aperçois enfin, près de la rambarde où la vue sur la montagne s'étendait à perte de vue.

— Maman ?

— Oui ma grande !

— Pourquoi restes-tu seule comme ça ?

Je connaissais parfaitement la réponse. Cependant ayant à mon effigie une bonne expérience des réactions de ma mère, rentrer dans le vif du sujet n'était pas la meilleure approche.

— Ne fais pas attention à moi.

— Comme tu veux. Je vais essayer de t'ignorer pendant trois semaines. Même pas un regard !

Elle me dévisage surprise. Je lui fais un clin d'œil pour appuyer mon humour. Elle se tourne vers le groupe.

— Ma sœur me manque. Voir Éric avec sa nouvelle compagne me brise le cœur. Et je ne vais pas te mentir, je ne la supporte pas. Sidonie ! Avoue que ce prénom est stupide ! Et regarde la façon dont elle est habillée ! Regarde cette robe ! Elle doit l'avoir depuis son adolescence. Ça déborde de partout ! On dirait une méduse prise dans un filet.

J'observe à mon tour cette personne. Elle tient dans ses bras le bébé. Sa tenue ne me choquait absolument pas. Elle aurait été vêtue d'une magnifique robe de soirée que ma mère aurait, de toute façon, trouvé à redire.

Au décès de ma tante, mon oncle a été anéanti. Nous avons tous cru qu'il ne s'en remettrait pas. Deux ans après, il nous présentait Sidonie. La pauvre n'avait pas eu la vie facile en arrivant dans notre famille. Je n'en avais jamais réellement compris la raison. Sans doute n'avaient-ils pas fini leur processus de deuil ? Mes cousins et ma cousine l'avaient totalement rejetée. Munie d'une patience étonnante, elle leur avait laissé le temps nécessaire. Devant le bonheur de leur père, ils avaient donc cédé. Du moins, c'est ce que je m'étais imaginé puisque nous n'en avions jamais reparlé.

Ma mère la fixait avec mépris.

— Elle n'est pas la grand-mère de ces enfants ! Sous ses airs de femme aimante, moi elle ne me trompera pas. Et jamais elle n'arrivera à la cheville de ma sœur.

Je la prends par les épaules. Sa tristesse me touche mais son animosité ne me dit rien qui vaille.

Une voix forte et familière me sort de mes pensées.

— Ne me dites pas que vous avez commencé la fête sans moi ! Marc…

Tout le monde s'exclame de joie et l'entoure. Je tire ma mère par le bras pour les rejoindre. Elle s'y oppose au début pour se laisser faire rapidement. Je sais qu'elle adore Marc. Il ne pouvait pas mieux tomber.

Une fois la foule dissipée, je m'approche de lui. Il me prend dans ses bras et me soulève du sol.

— Kris ! Ma belle ! Tu sais que tu es un génie toi ? Ton idée... tout ça... dit-il en écartant les bras.

Marc... Une force de la nature. Généreux, bout d'entrain et toujours optimiste. Je ne connais pas une personne qui ne l'appréciait pas. Animateur dans l'âme, on est assuré de passer de bons moments. D'ailleurs, son site internet de guide touristique professionnel est rempli de commentaires très élogieux. Il sait aussi garder son sérieux quand la situation l'exige. Toujours le mot qu'il faut et en toute occasion. Sa devise : « rien ne mérite notre chagrin, la vie est une fête ». Un adversaire pour papy. Je sais qu'il sera mon atout principal. C'est la personne qu'il me faut.

La soirée se poursuivra très tard. Je dois lutter pour ne pas m'enfuir dans ma chambre en courant. « La grosse Bertha » m'envoie des signes de mise en garde. « Je t'aurai ma vielle ». J'ai bien l'intention de ne pas la laisser prendre le contrôle ce soir. Surtout pas ce soir. Pourtant, elle est puissante. Bien plus que moi.

Quand je rentre dans ma chambre au milieu de la nuit, ma nièce s'est installée dans un des lits jumeaux. Je m'assois près d'elle et la regarde dormir. Visiblement, elle a mis à profit sa menace. J'espère juste que les autres ne lui en tiendront pas rigueur. Elle dort à poing fermé. Elle a un visage d'ange avec ses longs cheveux blonds qui flottent autour d'elle. Ce petit nez retroussé qu'elle a gardé de sa naissance, me fait penser à celui d'une petite fée. Je ne vais pas me mentir, l'avoir près de moi, et rien qu'à moi, me remplit de bonheur. Je lui replace une mèche qui lui barre le front et lui murmure que je l'aime avant de rejoindre mon lit. L'effort est considérable. J'admets avoir été au-delà de mes limites. N. B. : Ne surtout pas en faire part à ma cancérologue sous peine d'être rapatriée d'urgence.

Chapitre 16

Quand je me réveille, Anna dort toujours. Je prends en cachette mon traitement avant de rejoindre tout le monde. Des bruits de fond me parviennent. Mélange de conversations et de tintements de vaisselle. Mon portable m'annonce qu'il est onze heures. Onze heures ? Mes maux de tête n'ont pas disparu avec la nuit. Je fulmine. J'ai aussi reçu un message de Vic.

Vic : « Je vous rejoins pour le repas du midi. »

Quand je me regarde dans le miroir, je pousse un soupir. La tâche va être ardue. Si j'ai mon stock de Duracell, j'ai aussi celui de mon cache-misère. C'est parti pour la métamorphose, à grand coup de fond de teint et de blush. Par chance, une des salles de bain communes se trouve près de ma chambre. Je n'aurai donc pas besoin de me faufiler en mode tortue ninja, priant de ne croiser personne.

Quand j'arrive dans la cuisine pour me servir un café, je tombe sur ma mère. À ma grande surprise, elle a le sourire. De peur de déclencher quoi que ce soit, je ne lui pose aucune question. Subtilité et patte de velours.

— Bonjour « man ».

— Coucou ma grande ! Bien dormi ?

— Merveilleusement bien. Toi aussi à ce que je vois !

Elle me tourne le dos et me dit presque en chantant.

— C'est une magnifique matinée, ma chérie. N'est-ce pas ?
Va vite en profiter et prendre ton café sur la terrasse. Moi, je
finis cette vaisselle.

Cette femme n'est pas ma mère. En tout cas, rien à voir avec
celle d'hier soir. Je rejoins mon père installé dans un énorme
fauteuil en osier. Lui aussi a l'air d'excellente humeur, à en juger
son sifflement joyeux.

— Bonjour mon p'tit rayon de soleil !

— Salut « pa ».

Je tourne la tête vers la montagne. Cette vue est à couper le
souffle. J'espère que mon paradis sera identique. S'il existe bien
sûr. J'ai toujours préféré la montagne à la mer. Moins de foule…
pas de sable qui se faufile partout même dans les endroits les
plus incongrus… pas de voisin qui secoue sa serviette juste au
moment où vous croquez dans votre beignet. Et le calme… les
oiseaux qui chantent… cette petite brise qui …

— Allez un, deux, trois… Bonzaï !

Un énorme jaser d'eau sort de la piscine. Rien d'étonnant !
Marc, mon frère, Tony et les jumeaux s'en donnent à cœur joie.
J'ai comme l'impression que certains ont retrouvé leur âme
d'enfant. Ils font plaisir à voir. Mon père en a même levé les
yeux de son journal.

— Je savais qu'il fallait absolument une piscine dans cette
villa.

— Sans aucun doute ! me répond-il tout en se replongeant
dans sa lecture.

J'hésite un moment et me lance.

— Maman a l'air d'aller mieux qu'hier soir.

Il baisse son journal et me regarde en fronçant les sourcils.

— Ça me paraît évident ! En même temps, j'en connais la
raison.

De nouveau, il se remet à lire. Je n'y crois pas ! Il va me laisser comme ça sans aucune information supplémentaire. Non mais je rêve !

— Et si tu pouvais me donner un indice, je t'en serais reconnaissante.

Sans un mot, il plie lentement son journal et le pose sur ses genoux. Je le soupçonne de prendre exagérément son temps. Enfin, il s'approche de moi et me chuchote.

— Je ne sais pas si je dois te mettre dans la confidence ma grande. Moins il y aura de témoins, mieux ça sera, me dit-il sur le ton de la conspiration.

— Papa ! Mais de quoi tu parles ?

Il regarde tout autour de lui comme s'il vérifiait que personne ne l'entende. Il se rapproche encore un peu plus, nerveux et tendu. Je pouvais sentir son souffle sur mon visage. Il me foutait carrément la trouille.

— Tu n'as pas vu ton oncle Éric et Sidonie ?

— Non pas encore. Pourquoi ?

— C'est normal.

— Pourquoi dis-tu ça ? Où sont-ils d'ailleurs ?

Il pose son bras sur mes épaules.

— Ça, c'est une excellente question !

Il tourne encore la tête plusieurs fois pour s'assurer je ne sais quoi.

— Ta mère et moi les avons traînés dans un petit refuge totalement isolé. Nous les avons renfermés et nous avons dit à tout le monde qu'ils étaient partis dans la nuit pour des raisons personnelles. Action… réaction !

Je ne bouge plus. Je ne respire plus. Même « la grosse Bertha » est en mode « off », les yeux sortis de leurs orbites.

C'est la fin des vacances ! Nous avons eu si peu de temps ensemble. Les flics vont débarquer... emmener mes parents au poste pour kidnapping et séquestration. Je me vois déjà au parloir, leur disant que je les aime malgré tout. Est-ce qu'on les laissera sortir pour mon enterrement ?

Ma mère s'installe près de nous.

— Kristelle ? Ça va, ma chérie ? Tu es blanche comme un linge !

J'entends mon cousin crier quelque chose mais mon cerveau est englué dans un profond brouillard. Juste quelques mots arrivent difficilement à le percer. « Hé papa ! », « balade », « déjà de retour », « et cette messe ? ».

Quand je tourne la tête vers la piscine, j'aperçois mon oncle, sa compagne Sidonie, Véro et Charles.

Sous le choc, je fixe mon père pendant que ma mère siffle entre ses dents...

— La revoilà celle-là.

Je relâche tout l'air que j'avais retenu dans mes poumons. Mon père me gratifie d'un clin d'œil et d'un sourire moqueur. Vic a raison. Je lis trop de roman policier et je suis prête à avaler n'importe quoi.

Chapitre 17

Vic arrive comme prévu, les bras chargés de cadeaux. De spécialités bordelaises aux jeux de société, mais surtout sa bonne humeur et son grain de folie. Ma meilleure amie, mon binôme est là. Un volcan pouvait bien entrer en éruption, un tsunami tout dévasté, je m'en contrefichais. Elle est magnifique dans sa robe gitane et ses cheveux de feu relevés en chignon. Tout le monde l'accueille avec entrain. Vic est particulièrement appréciée dans ma famille. Sa personnalité solaire en est pour beaucoup. Malgré l'effusion de joie que provoque Vic, mon attention est attirée par autre chose. L'attitude inhabituelle d'un membre de mon clan me laisse perplexe. En retrait, la tête basse, les mains dans les poches… J'ai même l'impression que ses cordes vocales font un piquet de grève car pendant de longues, très longues minutes, pas un mot ne sort de sa bouche. Fait rare chez Marc.

Nous passons le reste de la journée à profiter de ce que nous offre la villa entre baignades, détente sur les transats, parties de volley, pétanque. Nous avions, tous, décidé de nous accorder une journée de repos et d'explorer les environs dès demain.

Anna m'inquiète. Elle s'isole toujours, les écouteurs vissés dans les oreilles. Parfois, elle s'éloigne, sans doute pour téléphoner à son petit ami. Les jumeaux ont fait plusieurs tentatives pour l'intégrer. Elle reste indifférente. Louis ne l'approche pas. Parfois, je le surprends la regarder. Sa timidité semble le bloquer. Il faut dire que ma nièce n'y met pas du sien non plus. Je ne serais pas étonnée qu'elle dorme encore avec moi cette nuit. En même temps, je ne vais pas m'en plaindre. Ces moments privilégiés me permettent de profiter d'elle, sans éveiller les soupçons.

Ma belle-sœur, installée près de moi depuis une vingtaine de minutes, ne tourne plus les pages de son livre. Elle aussi, contemple tristement sa fille. Je me penche vers elle.

— Moi aussi elle me fait de la peine.

— Hein ? Quoi ?

— Je vois bien comment tu regardes Anna.

Elle me dévisage, pique un fard.

— Ah ! Ça ? Non mais tu sais les ados…

Pourquoi ai-je l'impression qu'un malaise installe ? Elle se lève comme si elle avait le feu aux fesses.

— J'ai une de ces soifs moi ! Tu veux que je te ramène quelque chose ?

J'acquiesce d'un mouvement de la tête et la voilà qui disparaît comme un gâteau au milieu d'affamés. Je la suis du regard avec un mélange de surprise et d'étonnement. C'était quoi ça ? Tout à coup, Hercule Poirot prend possession de mon corps. Il y a quelque chose à gratter là-dessous.

Sidonie prend la place de Julie dans le transat. Elle aussi a un air tristounet. Je ne la connais pas beaucoup. Tout ce que je sais, c'est que mon oncle en est totalement amoureux. L'attention et les multiples gestes tendres qu'il a à son égard ne trompent pas. Je n'ai eu que quelques occasions d'échanger avec elle durant ces trois dernières années. De simples banalités. Je pense qu'inconsciemment je me suis rangée de l'avis de ma mère. Tout moi ça ! Ne jamais approfondir… laisser couler les choses. J'ai toujours été discrète et peu curieuse avec mon entourage. Du coup, je suis pleine de remords. La pauvre femme ! Elle ne mérite pas ça. La nouvelle Kris va y remédier et dès à présent.

— Ça va Sidonie ?

Elle tord la bouche, me faisant comprendre que quelque chose la contrariait.

— Je peux faire quelque chose ?

Elle me regarde avec un petit sourire et me dit dans un souffle.

— Comment comprendre ta mère et m'en faire une alliée… ça, ça m'aiderait.

Je la sens complètement désespérée et là, sincèrement, je ne vois pas quoi lui dire. Elle continue.

— J'ai tout essayé. Vraiment tout. La gentillesse, l'écoute, la générosité, la compassion… tout ! Ton oncle me supplie d'être patiente mais je ne suis pas d'accord. Pas que je veuille forcer les choses… mais plus il passera du temps et plus ça sera difficile. À l'instant, je lui ai proposé de l'aider pour le repas du soir. Elle a prétexté qu'elle avait Julie et qu'elle n'avait besoin de personne d'autre.

Elle arrête soudain et me dévisage.

— Mon Dieu ! Je viens de réaliser que je te mets dans une situation extrêmement embarrassante. Excuse-moi.

— Non ne t'inquiète pas.

— Je n'aurais peut-être pas dû venir.

— Bien sûr que si ! Écoute… Nous avons trois semaines pour que les choses changent et j'ai quelques petites idées.

Son visage s'illumine. J'ai intérêt d'assurer.

Quand arrive la fin de la journée, nous décidons tous d'une activité pour le lendemain. À l'unanimité, nous choisissons une balade en montagne. Marc et Vic sont complètement emballés et proposent de se rendre à l'office du tourisme dès la première heure. Ils pourront ainsi récupérer des itinéraires de parcours banalisés. J'angoisse un peu car je ne suis pas sûre de pouvoir suivre la cadence. Mes oncles et mes parents nous proposent de partir entre jeunes. Ils garderont le bébé. Je les envierais presque. Cependant, la soif d'aventure prend le dessus. Je veux vivre chaque seconde de ces vacances, ce qui implique de prendre des risques. Je fais les gros yeux à « la grosse Bertha » pour qu'elle me laisse champ libre et que je savoure cette excursion. Nous décidons donc de nous coucher tôt ce soir pour être au mieux de notre forme pour demain. Je ne me fais pas prier et m'autorise un petit somnifère pour mettre toutes les chances de mon côté.

Chapitre 18

7 heures. Mon alarme me crie dans les oreilles. Je balance mon portable à l'autre bout de la pièce.

7 heures 05. Ma deuxième alarme me fait sursauter.

7 heures 09. Mon cousin Marc va finir par défoncer la porte à force de cogner dessus.

7 heures 13. Je rêve qu'on me tire par les pieds. Bon sang ! On me tire vraiment par les pieds !

8 heures 11. Je suis la dernière à apparaître sur le parking de la villa, accueillie bien évidemment, par des applaudissements. Même les ados sont à l'heure. Là, j'ai honte. Je les honore d'une splendide révérence. Autant être ridicule avec panache.

Nous marchons depuis plus de trois heures. L'expression « la montagne, ça nous gagne » n'a aucun sens quand vous escaladez, grimpez, glissez sur les caillons et que vos pieds vous supplient de les abandonner en chemin. Je pensais à une tout autre expression à ce moment-là : « la montagne, ça vous saigne ». « La grosse Bertha » est dans le même état que mes dessous de bras… dégoulinante. Ce n'est que justice. D'autant plus qu'elle ne me rend pas la rando facile en m'empêchant de coordonner correctement mes bras et mes jambes. Marc nous a assurés que ce parcours était un des plus faciles. De toute évidence, il nous a tous pris pour des athlètes de haut niveau.

— Microbe ! Avance ! me crie mon frère. Ce n'est pas possible comme tu es lente ! Une vraie tortue sous Lexomil. Tu manques d'exercice ma vieille !

Je lui enverrais bien une réplique toute choisie, mais je suis trop concentrée à regarder mes pieds et m'assurer qu'aucun escargot ne me double. Je suis effectivement bonne dernière. Plus nous avançons dans la matinée et plus la chaleur nous plombe.

Nous arrivons près d'une rivière. Un cri de victoire retentit dans le groupe. À l'unisson, nous demandons une pause. Les sacs à dos sont jetés au sol, les chaussures de marche sont éjectées de nos pieds meurtris comme des boulets de canon. Nous dévorons nos sandwichs comme si nous n'avions pas mangé depuis des jours. Certains ont décidé de se baigner. Il y a un peu de courant mais l'appel de l'eau est trop tentant.

Un concours s'organise pour qui arrivera le premier sur la rive opposée. Mon frère, Tony et Marc foncent comme si leurs vies en dépendaient, trop contents de mettre en avant leurs capacités de mâle en rut. Ceux qui ne cherchent pas la compétition prennent le temps en s'aspergeant d'eau.

— Aidez-moi ! Je ne peux plus m'arrêter ! Romain… !

Nageant de toutes ses forces, Julie se débat dans l'eau, emportée par le courant. Romain, qui avait déjà rejoint l'autre rive, la regarde s'éloigner sans réagir, ses deux acolytes collés à lui.

Je me redresse prise de panique. Pourquoi personne ne court à son secours ? Je fais quelques pas, prête à intervenir quand mon frère hurle les mains en porte-voix.

— Ma chérie ! Tu as pied. Il n'y a qu'un mètre d'eau. Redresse-toi… Maintenant !

Julie s'exécute, reste immobile quelques secondes et enfouit son visage dans ses mains rouge de honte. Elle revient vers moi, raide comme un piquet, pendant que les commentaires allaient bon train. Elle me frôle et me dit essoufflée.

— Aucun commentaire.

— Je ne me permettrais même pas.

Une fois qu'elle m'a dépassée, j'éclate à mon tour.

Nous reprenons notre excursion, tous requinqués. Je croise les doigts espérant mieux m'en sortir. J'ai emporté avec moi « mon coup de fouet ». Madame Mouffoir m'avait fait part de leur efficacité mais à prendre seulement en cas d'extrême urgence. Je ne sais pas ce qu'elle entendait en parlant d'urgence. Mais après une heure de marche, je sens effectivement la différence. J'ai même réussi à dépasser les ados. Carrément génial ce truc-là !

Nous tombons sur une petite chapelle très rustique. Elle est en bon état et indiscutablement adorable. Véro et Charles ne se font pas prier, sans jeu de mots bien sûr. Ils franchissent le seuil avec beaucoup de cérémonial. Je les suis sous l'œil médusé de Vic. Je peux presque la comprendre avec tous les débats que nous avons pu échanger sur le sujet de la religion. Pourtant, ces derniers temps, mon sens critique était mis à rude épreuve. En fait, je l'avoue, je me questionne beaucoup. Qu'y avait-il après la mort ? Disparaissons-nous réellement ? J'avais lu de multitudes théories sur le domaine. Pour faire court, la science affirmait que l'heure venue nous n'existions plus. D'autres parlaient d'une lumière et de rejoindre nos proches déjà partis. Un autre monde parallèle. Pour ceux-là, la mort venue, le corps humain cesse de fonctionner. Pourtant, un être humain n'est pas seulement charnel. Il est aussi doté d'une conscience et d'une âme. Le corps ne représente en fait qu'une enveloppe, un

« véhicule » et nous serions amenés à exister mais différemment. Je crois que je veux tout simplement croire en cette théorie. Pourquoi ? Car j'ai carrément la trouille évidemment ! Quand on est confronté à la mort et même si ça va à l'inverse de nos convictions de départ, nous nous raccrochons à ce qu'il y a de plus confortable et surtout supportable. Après tout ! Pourquoi pas ? À l'évidence, j'avais fait deux heureux. Véronique et Charles ne me lâchaient pas d'une semelle pendant notre petite visite dans ce minuscule sanctuaire. Mais… ne nous emballons pas hein ! Je suis loin de me convertir totalement tout de même. Juste un peu sensible en ce moment.

Marc fait irruption dans la chapelle.

— C'est bon là ? Vous ne voulez pas que j'aille vous chercher un curé pendant qu'on y est ?

Son frère le fusille du regard.

— Ça te demande tant d'efforts de respecter un peu les autres ?

— Tout le monde vous attend !

— Et tu es le seul à te plaindre. Arrête de nous faire chier.

— Tout doux frangin ! siffle Marc les yeux plongés dans ceux de son frère.

— Ne me parle pas comme si j'étais un brave petit toutou ! articule celui-ci.

Les garçons s'étaient rapprochés dangereusement. Clouée sur place, mon regard passe de l'un à l'autre. Ils me faisaient quoi là ? Je m'interpose avant que ça tourne au combat de coqs.

— Hé les gars ! C'est bon ! Vous avez tous les deux prouvé que vous aviez un taux élevé de testostérone. On arrête là !

Marc s'adresse à moi sans même tourner la tête.

— Vic ! Ne te mêle pas de ça s'il te plaît.

— Marc ! Je pense qu'il faut…

Ils ne m'écoutaient déjà plus. Charles réplique presque aussitôt.

— À elle aussi tu vas donner des ordres ? Hein, Marc ? Dès qu'on ne rentre pas dans une certaine catégorie. Attends… non ! Dans « Ta » catégorie, on est expulsé comme un vulgaire moustique ? Tu n'es pourtant pas un exemple à suivre.

Marc se raidit instantanément et poursuit.

— Mais d'où ça sort ça ? Un exemple à suivre ? Je ne l'ai jamais prétendu ! Bon OK ! Tu sais quoi Charles ? Tu nous as démontré que tu avais deux planètes dans le caleçon. Ça te va ?

Marc s'éloigne. Par ses poings toujours serrés, nous comprenons que Charles n'en avait pas fini. Il se jette sur son frère. Tremblant de rage, il le percute sur le côté et le pousse à terre. Je ne reconnais plus mon cousin de nature plutôt pacifiste et mesuré. Il était totalement méconnaissable.

Mina, ma cousine, qui était partie en contrebas assouvir une envie pressante, arrive juste à ce moment-là. Elle reste figée devant ce spectacle. Mon frère et Tony interviennent pour en prendre chacun un, pendant que Véro sanglote quelques mètres plus loin. Je ne comprends absolument rien à la situation. Je ne les avais encore jamais vus ainsi. J'avais forcément loupé un épisode. Je me tourne vers Véro et la questionne du regard. Dès qu'elle croise mes yeux, c'est pour baisser aussitôt les siens.

La tension apaisée, nous reprenons notre marche. En tête, Tony près de Charles et le reste du groupe se tenait en retrait. L'ambiance est glaciale et nous ne le devons pas à l'air montagnard.

Vic se colle à moi.

— C'est quoi ce délire ?

— Pour tout te dire, je n'en sais fichtrement rien. Je suis sûre d'une chose, c'est que ça ne leur ressemble pas. Marc est impulsif... ça, tout le monde le sait. Mais c'est l'attitude de Charles qui me sidère. Y'a un truc entre eux mais quoi ?

— En tout cas, c'était super excitant ! me dit-elle en souriant de toutes ses dents.

Je la regarde, médusée.

— Non mais toi ! T'as un problème ma pauvre fille !

— Ouais... Je sais, ricane-t-elle.

Nous sommes obligées de retirer nos casquettes respectives et mordre dedans pour ne pas exploser de rire à la vue de tous. Nous nous soutenons l'une et l'autre pour ne pas nous effondrer. Pourtant quelque chose en moi reste en alerte. Pourquoi ces deux-là s'étaient-ils criés dessus ? Une énigme à rajouter à ma liste.

Ça fait une demi-heure que nous marchons tous la tête dans les épaules depuis l'épisode du règlement de compte. J'entends des gloussements qui proviennent des ados. Je suis contente de constater qu'Anna y participe mais aussi très curieuse d'en connaître la source.

Quand j'arrive à la hauteur des mini-adultes, ils cessent illico. Pourtant, je vois bien qu'ils sont tous sur le point d'imploser à force de se retenir.

— C'est quoi le truc drôle ?

Les jumeaux me répondent en cœur.

— Rien pourquoi ?

Je me tourne vers monsieur Larousse.

— Allez Louis ! Dis-moi-toi !

Il se redresse, fier comme un lion du haut de sa falaise.

— Je ne trahirai pas mes compatriotes.

Anna, qui se tient légèrement à l'écart, dernière barrière avant la capitulation finale – ah ! Fierté quand tu nous tiens –, tourne la tête de l'autre côté. Je fulmine. Je n'obtiendrais rien d'eux. À moins que…

— Si vous me dites tout, je vous promets de vous emmener en discothèque un soir !

Les jumeaux, toujours avides de nouvelles sensations, s'interrogent silencieusement d'un coup d'œil avant de me montrer du doigt Mina, juste devant eux. Et là… c'est un vrai festival. Les larmes dégoulinent sur nos joues. Même Louis, de nature à toujours garder un semblant de dignité en toute circonstance, est incapable de se maîtriser.

Tout le monde s'arrête et nous observe. Mina sent tous les regards se poser sur elle ou plutôt sur son postérieur. De celui-ci, pend un bon quarante centimètres de joli ruban blanc triple épaisseur. Conséquence évidente de son dernier passage aux toilettes.

Nous arrivons à la villa en fin de soirée, beaucoup plus détendus. Nous le devons bien évidemment à notre modeuse, spécialisée en PQ. Elle en gardera un souvenir assez humiliant. Comment dit-on déjà ? Ah oui ! « Faire contre mauvaise fortune bon cœur ». Je serais curieuse d'écouter Vic prononcer cette expression à sa sauce.

Chapitre 19

Mon frère semble en pleine forme aujourd'hui. Cette rando n'était pour lui qu'une simple formalité. C'est loin d'être le cas pour moi. Bon OK... je partais vaincue d'avance. Il est bâti comme un catcheur, avec la dextérité d'une ballerine et surtout aucune Bertha pour le ralentir.

— J'ai une grande proposition à vous faire ! s'exclame-t-il, les yeux pétillants comme un gosse de cinq ans. Je vous promets un grand moment.

Quand il est comme ça, j'ai juste envie de m'enfuir en courant. Néanmoins, j'ai une compassion toute particulière pour mes jambes qui se remettent difficilement de l'effort produit la veille. Je choisis donc de me planquer derrière mon roman en espérant disparaître complètement. Certains ont, semble-t-il, la même opinion et jouent la carte de l'indifférence en plongeant, à leur tour, la tête dans leurs occupations. Seule Vic applaudit des deux mains et lui crie.

— Dis-nous, dis-nous... !

Traîtresse ! Je lui envoie aussitôt mon petit trente-huit dans les mollets. Elle pousse un râle et me regarde surprise.

— Ne l'encourage pas.

Elle me tire la langue et reprend de plus belle.

— La visite d'une chèvrerie bio ?

Je pouffe de rire imaginant mon frère, de presque deux mètres de haut, s'extasier devant un chevreau en train de téter les pies de sa mère. À moins que cette dernière accomplisse sa tâche en exécutant, simultanément, des pompes.

— C'est un peu plus excitant, lui dit mon frère en la gratifiant d'un clin d'œil complice.

Tony prend la relève.

— La visite d'une chèvrerie bio avec des call-girls.

Avec la dextérité d'un félin, Mina lui envoie sa Tongue en plein visage pour ensuite lever le majeur de sa main droite qu'elle dresse vers le ciel.

Les jumeaux penchent pour une journée dans un parc d'attractions.

— Encore mieux que ça ! leur répond mon frère. Attention vous êtes prêts ?

Nous entendions le verdict.

— Du « rafting » ! fanfaronne-t-il.

Les réactions sont partagées. Véro utilise son joker « je suis une bonne mère » et nous explique qu'elle voudrait passer un peu de temps avec son bébé. Nous savons parfaitement qu'elle a une trouille incontrôlable de l'eau. Ma mère prétexte une vieille douleur à la hanche. Louis, qui n'a jamais été un grand sportif et encore moins de sport extrême, vient juste de se rappeler une conférence sur le net, aujourd'hui même, sur la découverte de l'expansion cosmique. Mon père et mes oncles adhèrent complètement ce qui m'inquiète un peu. Je ne suis pas sûre qu'ils réalisent vraiment dans quelle aventure ils s'engagent.

— Papa ? Tu sais ce qu'est le rafting ?

— Oui ma grande, me répond-il tout sourire.

— Donc tu sais que c'est très physique !

Il donne un coup de coude à son frère.

— Écoute ma progéniture qui me prend pour un vieux croulant.

Je préfère m'abstenir et ne pas blesser son ego. C'est vrai que les hommes de la famille ont toujours su s'entretenir et garder la forme. Je dois avouer que mon père est en excellente condition pour son âge. Pour ma part, éviter cette activité me semble plus judicieux. Je décide donc de laisser mon corps se remettre de notre journée d'hier.

— Il vous faut quelqu'un pour immortaliser vos exploits. Je serai votre homme ! À moi l'appareil photo et le caméscope !

Sidonie se propose pour être mon assistante. Ma mère se raidit dans son fauteuil. Je comprends très vite qu'elle le prend comme un affront. Je n'ai toujours pas d'idées pour ces deux-là, mais il allait falloir que je m'y attaque rapidement avant un dérapage malheureux. Je connais une personne qui pourrait m'aider.

Le rendez-vous avec la base de rafting est en début d'après-midi. Nous décidons donc de faire deux voitures, une de garçons et une autre de filles. Nous n'avons qu'une dizaine de kilomètres à faire. Les garçons décident donc de partir avant nous, trop excités d'attendre. Je les comprends. Mina n'en finit pas de se préparer et Julie est déjà allée trois fois aux toilettes en l'espace de dix minutes. Je ne sais pas ce qu'il lui arrive mais je la sens de plus en plus nerveuse en ce moment. Enfin arrive Mina. Mais qu'est-ce que... Vic explose de rire. Julie semble avoir attrapé le même virus que moi... symptômes majeurs : l'immobilité et le mutisme. Sidonie est déjà dans son rôle d'assistante-photographe et la mitraille.

Vic reprend le contrôle la première.

— Mina ? Je ne veux pas te vexer, surtout que tu es superbe…
mais pour ce genre d'activité, je ne pense pas que tu sois à ton
aise.

Elle porte une robe à bretelles bleu roi, avec un décolleté
assez plongeant et des talons hauts assortis. Ses longs cheveux
bruns ont été lissés et savamment coiffés. Son maquillage est
incroyable, digne d'une star de cinéma. Elle est tout simplement
sublime.

— Je te renvoie la remarque ! s'exclame-t-elle en lorgnant
Vic.

Vic baisse la tête pour s'observer et se tourne vers moi
totalement désemparée. Je n'ai toujours rien dit. Je comprends
vite que ma meilleure amie me laisse volontiers prendre la
situation en main. Je n'en ai pas le temps qu'aussitôt Mina me
regarde d'un air désolé et continue.

— Enfin Kris ! Tu aurais pu fournir un effort toi aussi ! J'ai
emporté toute ma garde-robe. Tu aurais dû me demander ? Je
t'aurais filé une de mes tenues ?

Je n'arrive pas à la suivre et visiblement, je ne suis pas la
seule.

— Mina ? Tu sais où nous allons ? je lui demande.

— Mais qu'est-ce qu'il vous prend à toutes ? Bon, on y va à
ce casting ? D'ailleurs ? Je ne vous ai pas demandé ? C'est un
casting pour quoi ? Pour la télé ? Pour un film ou une pub ? Ne
me dites pas que c'est pour un de ces défilés stupides de la plus
belle touriste de Cauterets hein ?

Elle monte dans la voiture.

À présent, j'y vois plus clair. Quand je veux lui expliquer son
erreur, Vic lève une main vers moi pour me faire taire et me
chuchote.

— J'ai compris moi aussi. Casting…Rafting. Je pense qu'on va bien rire. -Elle reprend ensuite d'une voix normale-. Tu as raison Mina ! Nous allons finir par être en retard. Allez zou ! Toutes en voiture.

Quand nous arrivons à destination, Mina s'écrie :

— À chouette ! Des photos près de l'eau ! Super idée !

Quand elle voit défiler un groupe d'inconnus munis de gilets de sécurité, de casques, de combinaisons néoprènes, elle change de couleur. Elle tourne la tête vers sa droite et lit la pancarte au-dessus de l'accueil. « Base de rafting Cauterets ».

— Non ! Ne me dites pas que…

— Quoi ? Que tu ne veux pas tenter le concours de miss Rafting ?

Mes comparses gloussent comme des poules devant un coq. Vic lui trouve un short et des baskets. Elle se change en nous faisant promettre de ne rien dire au reste du groupe.

Les animateurs répartissent les deux radeaux pneumatiques équitablement. Chacun à part égale, que ce soit pour le poids mais aussi pour utiliser au mieux les capacités du groupe. Nous écoutons cérémonieusement les consignes de sécurité. J'ai beau me dire que je ne fais pas partie de l'embarcation, je suis quand même à deux doigts de prendre des notes. Ça n'a pas l'air comme ça mais je me rends vite compte que c'est extrêmement technique. Il nous parle de précipices, de torrents, de mouvements d'eau parfois dangereux, d'obstacles et qu'il est important de garder le contrôle. Pourtant, d'où nous sommes, il n'y a pas de quoi en faire toute une histoire ! La rivière est aussi plate qu'un lac. Dès que l'animateur donne le feu vert et autorise la mise à l'eau des radeaux, je demande à tout le monde de se regrouper pour une photo. En la prenant, je remarque que Julie a le teint aussi frais qu'une carpe décongelée depuis des semaines.

— Julie ? Ça va aller ?

— Tu as entendu ce gars ? Le mec de la base ? Si dans un mètre d'eau je panique alors là, ce n'est même pas la peine !

Je m'apprête à la rassurer et à l'encourager quand mon frère s'approche.

— On t'attend matelot. Allez ! À l'abordage !

Il la tire par le bras. Tout en le suivant, Julie garde son regard suppliant dans le mien et monte dans le radeau. Je lui fais mon plus beau sourire espérant que ça lui suffise. Ça n'a pas dû faire son effet car elle me crie de prendre soin d'Anna pour elle et de lui refuser si elle me demande un tatouage.

Pour ceux qui ne participent pas, il est prévu un emplacement incontournable pour les voir passer. Un membre de l'équipe nous y emmène en voiture. Quand nous y arrivons, nous avons presque le souffle coupé. C'est magnifique ! À cet endroit, la rivière est bien plus large qu'à la base du rafting et les remous sont impressionnants. S'en est même terrifiant. Notre chauffeur nous explique que c'est le passage le plus périlleux et dangereux. Un pont rejoint l'autre rive et il nous conseille de bien nous mettre au centre si nous voulons profiter de l'arrivée de nos aventuriers. Je ne me fais pas prier. Sidonie s'occupe du caméscope.

Une dizaine de minutes plus tard, nous percevons des hurlements résonnés contre les parois de la montagne. Rapidement, les deux radeaux font leur apparition. Sous la direction de mon père, Charles et mon oncle Éric, la première embarcation a pris son rythme de croisière. Elle se faufile entre les rochers avec une technique exemplaire, digne d'une abeille butinant paisiblement, d'une fleur à une autre. Le spectacle est incroyable de précision. Il semblerait que ce soit mon père qui dirige l'expédition par des ordres simples et clairs. Le reste de l'équipe masculine les applique à la lettre.

— Ton père a l'air complètement à l'aise dans cette discipline ! e dit Sidonie totalement sous son charme.

J'en reste sans voix. Il a rajeuni de dix ans. Il est vif, méthodique et parfaitement maître de lui. Armée de mon appareil photo, je les mitraille dans tous les sens, complètement subjuguée. Les membres féminins, quant à elles, se tiennent au cordage du radeau, tous sourires et confiantes. Mina prend même le temps de me faire un signe. Finalement, elle l'aura eu son moment de gloire.

Après quelques minutes, les cris reviennent. Nous comprenons très vite qu'ils proviennent du radeau suivant. La deuxième partie du spectacle a pris une autre tournure. L'autre radeau a l'allure d'un taureau lâché dans une arène, avec sur son dos, sept pantins désarticulés. Je me lancerais bien dans une « holà » endiablée tellement l'instant est hilarant. Je tourne la tête vers Sidonie et m'assure qu'elle filme ce grand moment. De toute évidence, elle se régale aussi. Le premier rocher qu'ils percutent – et c'est vraiment le mot vu la violence de l'impact – les propulse sur celui d'en face. Pour rebondir sur un autre… ainsi de suite. Une vraie boule de flipper ! J'essaie de maîtriser mon envie d'exploser de rire mais en vain. Mon frère aboie ses instructions pour essayer de rétablir l'équilibre de l'embarcation. Tony fronce le nez, visiblement gêné par l'eau qui recouvre ses lunettes. Marc a l'air de prendre un malin plaisir à détruire les indications de Romain avec un regard et un sourire machiavélique en prime. Pourtant, le plus drôle reste à venir. Julie et Anna sont allongées sur le ventre au fond du radeau, hurlant comme des otaries dyslexiques. Leurs postérieurs légèrement levés et leurs mains crispées sur tout ce qu'elles ont pu attraper pour s'accrocher. De notre mirador, La scène est absolument délicieuse.

Vic ? Mais où est Vic ?

Je cherche au fond de l'embarcation. Rien ! Je regarde près de Marc, mais ne la trouve toujours pas. Soudain, j'entends mon nom au milieu de tout ce brouhaha.

— Kris ? Hé ho !

Je l'aperçois enfin à l'arrière, allongée sur le dos les jambes croisées, la tête renversée sur le boudin du radeau. Il ne lui manque plus qu'un Mojito dans les mains et un chapeau de paille pour parfaire le tableau de « la nana qui se la coulait douce ».

Je lui fais de grands signes, juste au moment où, une énorme lampée d'eau s'abat sur son visage. Elle crache... tousse un peu... mais ne se laisse pas déstabiliser pour autant. Cette fille est démentielle.

— Kris ? me hurle-t-elle à nouveau. Encore ?

Complètement conquise par son courage et son flegme, je lui crie.

— Toujours !

Chapitre 20

Nous rentrons à la villa tous fiers des exploits de nos braves. Chacun y va de sa petite histoire et de son ressenti. Il y a ceux qui s'en tiennent aux faits et il y a les autres. Mon cousin Charles n'en finit pas de venter la performance du meneur en la personne de mon père, qui lui de son côté, a pris au moins dix centimètres de plus à force de redresser la tête à chaque compliment. « Tu as été incroyable ! », « tu nous avais caché tes talents ! », « tu es le pro du rafting ! ». Il essaie de rester détaché et humble mais je sens se dégager de lui un orgueil mesuré. À ce rythme-là, il allait se frapper la poitrine à grand coup de poing. Bon ! C'est vrai… J'avoue avoir été moi aussi bluffée. Il n'est pas prêt à redescendre de sitôt de son nuage. C'est son moment.

Et il y a Julie… Elle s'est installée dans un fauteuil de la terrasse, la mine accablée. Julie a une version bien à elle. Encore toute tremblante, les genoux ramenés sous le menton, elle nous livre sa version. « Rivière déchaînée… un monstre », « j'ai cru mourir », « des tonnes d'eau et des rochers aussi hauts qu'un gratte-ciel », « le courant était incontrôlable et le radeau allait aussi vite qu'un train lancé à vive allure ».

— Je pense que tu exagères un peu, la taquine Vic.

— Exagérer ?   Rien   qu'un   peu ?   s'exclame-t-elle. Évidemment… tu n'as rien vu de tout ça ! Tu faisais bronzette.

Mon frère, de son côté, affirme avoir eu la plus mauvaise équipe. La compétition, c'est son truc. On ne rigole pas avec ça. Son amour-propre en a pris un coup. Être coiffé au poteau par son propre père... c'est moche ! C'est le moment que je choisis pour me venger. Je n'ai pas oublié l'immonde vidéo de ma bave sur le chemin des vacances.

— Quelle performance désastreuse effectivement ! Mais ne t'inquiète pas mon frère chéri... tu vas avoir tout le loisir de revivre la scène aussi souvent que tu le voudras, lui dis-je en levant le caméscope, triomphante. Et pourquoi pas, prendre des notes pour t'améliorer !

Il me jette un regard menaçant. Je l'embrasse sur la joue et lui dis :

— 1 partout !

Avec mon doigt, je dessine une ligne imaginaire sur mon menton pour lui rappeler cet épisode humiliant. Il en reste complètement hébété. Sa petite sœur si sage et prévisible était capable de vengeance. Ça me fait penser à une autre citation de grand-père. « Parfois, la meilleure vengeance est de sourire et de passer à autre chose ». Désolée papy ! J'ai échoué lamentablement.

— Je vois... le ton est donné. Message reçu. Surprenante microbe !

Soudain, au milieu de tous ces vivants commentaires, nous parviennent des cris venant de l'intérieur de la villa. Le constat est sans équivoque. Ce n'étaient pas des cris de joie mais des insultes. Nous restons pendant plusieurs secondes immobiles, comme cloués au sol. Chacun regarde son voisin de droite et de gauche pour repérer ceux qui manquaient à l'appel. Ne voyant pas leurs compagnes respectives, mon père et mon oncle, sont les premiers à se précipiter vers les hurlements. Le reste du groupe comprend aussitôt et nous voilà tous en train de courir à leur suite. J'arrive dans les dernières redoutant ce que je m'apprêtais à voir. J'ai souvent vu ma mère s'énerver durant mon enfance. Je savais donc de quoi elle était capable. Je me souviens de quelques-unes de ses victimes comme cette pauvre caissière. Elle n'avait pas voulu prendre un bon de réduction que lui présentait ma mère. Le coupon était dépassé d'une journée et du coup, plus valable. Maman n'avait rien voulu entendre. La jeune fille, dotée d'une énergie de lamantin, lui avait calmement expliqué le pourquoi de son refus. C'était sans connaître l'entêtement de Béatrice Valet. Alerté par les cris de ma chère procréatrice, l'agent de sécurité s'était approché et lui avait demandé de régler la caissière sous peine d'un échange avec le directeur. Pas intimidée une seconde, elle lui a craché qu'elle espérait bien le rencontrer et lui faire part de l'incompétence de son personnel. Nous avons effectivement fini dans le bureau de ce dernier. Cette femme possédait la ténacité d'un bouledogue. Quand elle avait planté ses dents dans l'os, elle ne le lâchait plus. Depuis cet épisode, je ne suis plus jamais entrée dans une grande surface l'esprit serein, croyant, qu'à tout moment un agent allait me sauter dessus et hurler : « C'est elle ! C'est sa fille ! Appelez les flics ! ».

— Tu crois réellement que tu vas réussir à me tromper ? Tu crois que je ne sais pas ce que tu essaies de faire ? crie ma mère.

— Mais bon sang ! De quoi tu parles ? lui répond Sidonie. Je n'essaie de tromper personne.

Ma mère était comme enragée. Les bras raides le long de son corps… les poings serrés… il ne fallait pas grand-chose pour qu'elle fonce sur elle tête baissée.

— Ne joue pas à ça avec moi !

— Béatrice ! Si tu voulais bien me laisser parler. Laisse-moi t'expliquer !

Sidonie avait dû, elle aussi, hausser le ton. Ce n'était pas la colère qui l'animait mais juste le besoin de se faire entendre.

— Et que tu me retournes le cerveau comme tu le fais avec tout le monde ? N'y compte pas.

Mon père tente une approche et lui dit :

— Ma chérie ! S'il te plaît… Il faut que tu…

— Toi… ne t'en mêle pas ! Et ne me dis pas ce que je dois faire ou pas ! C'est de ma sœur qu'il s'agit et cette femme n'est qu'une opportuniste.

La réaction de Sidonie ne se fait pas attendre.

— Je veux bien qu'on m'accuse de tout un tas de choses mais certainement pas d'opportuniste ! Fabienne était peut-être ta sœur mais elle était aussi mon amie. Ne l'oublie pas.

Euh… Là, j'avoue que j'étais complètement larguée. Sidonie ? Une amie de tata Fabienne ? Je cherche des explications dans le regard de Mina, Charles et Marc. Ils savaient certainement ce qu'il en retournait puisqu'il s'agissait tout de même de leur mère. Pas un ne me donne satisfaction. Ils m'évitent, même, en tournant la tête. Mon frère, juste derrière moi, vient chuchoter à mon oreille.

— Microbe ? Tu m'expliques ?

OK ! Ce n'est pas Romain qui allait satisfaire ma curiosité.

— Opportuniste ne te plaît pas ? Attends… Ne bouge pas… J'ai tout un panel à te proposer si tu veux.

— Oh ! Je te fais confiance pour ça. Mais tout ce que tu réussis à faire, c'est te donner en spectacle. Tu es injuste et égoïste.

Ma mère explose littéralement. Je ne suis pas sûre que Sidonie mesure les conséquences de ses paroles. Elle va la réduire en miettes.

— Mais c'est qu'en plus elle se ferait passer pour la pauvre victime !

— Tu vas trop loin, Béatrice !

— Je m'en contrefiche... Si-do-nie, lui crache-t-elle les mains posées sur ses hanches.

Mais où est mon oncle ? Il y a encore cinq minutes, il se tenait à côté de mon père.

Je me tourne vers Romain.

— Où est tonton Éric ?

— Attends ! Regarde ! Maman va lui sauter à la gorge ! Et je veux voir ça.

Je lui envoie un uppercut dans l'épaule. Il ne bouge même pas d'un millimètre. Ce mec n'est fait que de muscles. Je me demande s'il l'a même senti.

N'en loupant pas une miette, Vic tient un Mojito dans sa main, confortablement installée dans un fauteuil. Je la fusille du regard lui faisant comprendre que nous n'étions pas au théâtre. Elle lève les bras au ciel, d'impuissance. Je lui décoche un regard qui la suppliait de m'aider. Elle reprend sa paille dans sa bouche et fait claquer sa langue cotre son palais. Dans le langage de la rouquine la plus sexy, ça voulait tout simplement dire : « alors là ma vieille, je suis à court d'idées ».

Je tourne de nouveau sur moi-même espérant une main tendue. Rien... nada... Mais qu'est-ce que j'ai bien pu faire dans une autre vie pour mériter autant d'indifférence ? Il y a carrément non-assistance à personne en danger là ! Je m'éloigne de tout le monde et surtout de ma mère qui va se transformer bientôt en « Hulk ». Je pars à la recherche de mon oncle. Il faut arrêter ce carnage.

Je le retrouve au bord de la piscine, les mains dans les poches, faisant les cent pas.

— Tonton ? Qu'est-ce que tu fais là ? Tu devrais venir ! Il faut stopper ça.

— Kris… souffle-t-il visiblement épuisé les épaules basses. Qu'est-ce que tu imagines ? Que je peux arrêter d'un côté ta mère qui contient cette colère, cette fureur serait le mot juste, depuis trop longtemps et de l'autre ma compagne qui a décidé de se faire accepter et qui est tout aussi têtue qu'une mule ? Et sincèrement si ton père n'y arrive pas… Je ne vois pas très bien comment moi je vais y parvenir.

— Mais c'est quoi cette histoire ? Sidonie une amie de tata ?

— Écoute Kris ! Ce n'est pas le moment-là… marmonne-t-il en reprenant ses allées et venues.

OK ! Là aussi, je n'aurais aucun soutien. Ce n'est pas ce que j'imaginais de mes dernières vacances avec mes proches. Il fallait faire quelque chose ou bien ça allait être un énorme fiasco. Qu'est-ce qu'il se passait dans cette famille ? Entre Charles et Marc… leur cadavre planqué dans leur placard et maintenant, ça !

Plan A : j'envoie le coup de grâce en leur révélant l'existence de ma tumeur et leur avoue que je n'ai plus qu'une année à vivre. Je pense que ça devrait suffire à les calmer. C'est ma cancérologue qui serait ravie ! Elle veut que je sois entourée ? Elle va être servie. Et Fanny ? Avec ses grandes explications à grand coup de : « laisse-leur avoir ce temps avec toi en toute conscience, ils doivent savoir la vérité ». Je ne me voyais pas leur annoncer ainsi mais… aux grands maux les grands remèdes.

Plan B : allez vite ! Un plan B… c'est le vide. Le trou noir. Même le néant avait ses limites, j'en étais convaincue.

Je retourne à grande enjambée vers ce qui va devenir ensuite une apocalypse. Je déteste ce que je m'apprête à faire mais je n'ai aucun plan B et surtout pas le temps d'en élaborer un. Alors, avant de devoir essuyer les murs de cette villa du sang de Sidonie, je ne réfléchis plus et je fonce. Je croise les quatre ados et les dépasse. J'entends derrière moi Anna argumenter ; « vu la tête de tata ça va chauffer grave ».

Julie, elle aussi d'un pas décidé, vient vers moi.

— Il faut faire quelque chose Kris ! me dit-elle effrayée.

Non ! Tu crois ?

Je suis presque soulagée qu'elle m'arrête dans mon élan. Ça ne fait que retarder la bombe que je vais lâcher mais je suis ravie de gagner quelques secondes.

— Je cherche une diversion. Et je t'avoue que, là, maintenant, j'ai beaucoup de mal.

Elle doit me croire sur parole car ses épaules s'affaissent aussitôt.

Au bout de quelques secondes, elle me regarde, toujours silencieuse. Soudain, ses yeux se plissent de satisfaction.

— Laisse-moi faire. J'en ai une, moi, de diversion bichette.

Je ne sais pas où elle veut en venir mais cette fois ce n'est plus moi qui me dirige vers les cris d'un pas déterminé. M'arrachant à ma surprise, je la suis au pas de course. C'est assez inhabituel que Julie prenne ce genre d'initiative. À bien y réfléchir, ça n'est jamais arrivé.

Avec beaucoup d'agilité, elle se faufile entre les spectateurs. Elle pose une main rassurante sur le dos de mon père qui n'a toujours pas réussi à canaliser sa femme. Elle lui chuchote quelque chose et vu l'expression de son visage, il est tout aussi étonné que moi. On est loin de la petite Julie discrète qui ne se mêle jamais des affaires des autres. De plus, elle dégage un sang-froid et une assurance folle. J'en suis presque jalouse. Elle se place alors entre les deux femmes qui, sans se soucier d'elle, continuent leur compétition de grossièreté. Autant vous dire que Maman gagnait haut la main à ce petit jeu.

— Je suis enceinte, s'époumone-t-elle pour couvrir les voix de nos deux gorgones.

Plus de vociférations. Enfin le silence. Je savoure ce moment de grâce. C'est un vrai plaisir de… quoi ? Qu'est-ce qu'elle vient de dire là ?

Je regarde mon frère qui pousse un soupir.

— Julie ! Franchement, ce n'est pas le moment de plaisanter.

— Tant que ces deux furies se calment, ça me va moi, rétorque mon père. Elle se débrouille plutôt bien d'ailleurs.

Julie se tourne vers son mari.

— Ce n'est pas une blague. Je suis enceinte Romain.

Je reste prostrée une main posée sur mes lèvres. Je crois même que je ne respire plus. Quoique si, car mon cœur bat comme un diable. Ça t'en bouche un coin « la grosse Bertha » ! Personne ne connaîtra ton existence ce soir. De toute évidence, elle ne plaisante pas quand il s'agit de diversion. J'admets la sienne plus sympathique. Je me retiens de lui sauter au cou. Je vais être à nouveau tata. Elle le lit sur mon visage et elle ouvre grand ses bras. Je ne me fais pas prier pour la serrer contre moi. Mes larmes inondent son épaule. Elle ne sait pas que celles-ci sont un mélange de joie et de profonde tristesse. Je ne verrai pas grandir cet enfant. Il ne se souviendra pas de moi. Il ne saura pas à quel point j'aurai su l'aimer.

Mon frère n'a toujours pas bougé d'un iota, complètement abasourdi.

— Tu viens embrasser ta merveilleuse femme ou je viens te chercher par la peau du cul ? je lui balance tout sourire.

Je crois que lui aussi ne respirait plus car il prend soudainement une grande inspiration et se précipite vers elle. En les regardant s'embrasser à grand coup de « je t'aime », quelques détails me reviennent en mémoire. Les passages fréquents de Julie aux toilettes... l'insistance de son regard sur Anna mais aussi et ça je ne m'en aperçois que maintenant, son refus depuis le début des vacances de boissons alcoolisées.

Pendant une demi-heure, ce ne sera plus les insultes que nous entendrons au loin dans les montagnes, mais des « félicitations à vous deux », des « ça, c'est une annonce ! » ou encore des « petites cachottières ! ». Si quelqu'un arrivait à ce moment-là, jamais il n'aurait cru ce qu'il s'était joué quelques minutes plus tôt. La magie de la vie. L'être humain est imprévisible ! C'est ce qui en fait sa richesse. J'avais du mal à reprendre mes esprits, avec cette impression d'être coincée, encore une fois, entre le deuxième et le troisième étage d'un ascenseur émotionnel. Surtout, je me sentais vidée de toute énergie. Ma tête me faisait atrocement souffrir et ma vue se brouillait. Cette fois, ce n'était pas de larmes. Mes jambes ne me portaient plus et je n'avais aucune envie de m'effondrer devant tout le monde. Il me fallait du calme et que cette pression déserte mon corps. Discrètement, je m'éloigne. Prendre mon traitement... m'allonger. J'avais plus que jamais besoin de mes vitamines. Un grand coup de fouet s'imposait. Parcourir une partie de la villa pour rejoindre ma chambre ne s'est pas fait sans mal. Je me suis crue en pleine épreuve de Koh-Lanta. Bon ! Par chance, je n'aurais pas à gober l'œil d'un pauvre poisson sans défense. C'était toujours ça. J'approche de mon lit et m'enfonce dans le matelas. Si j'en avais encore la force, je crierais de joie pour ma victoire. Sauf que celle-ci s'en était allée avec ses valises sous le bras.

Je sursaute quand j'entends frapper à la porte. J'ai dû m'endormir car je ne me souviens pas avoir pris cette position tout à l'heure.

— Kris ? Je peux entrer ?

Julie.

J'essaie de reprendre mes esprits et questionne « la grosse Bertha ». Installée de tout son long sur une chauffeuse, elle jette un œil vers moi et me fait un signe désinvolte de la main me faisant comprendre qu'elle faisait une pause.

— Oui ! Mais seulement pour m'annoncer que tu attends des jumeaux.

Elle passe la tête dans l'entrebâillement de la porte tout sourire.

— Un ne te suffit pas ? Tu en demandes encore plus ?

— Tu connais les tantes ! Toujours des insatisfaites. Particulièrement celles qui n'ont pas leur propre enfant. Tu aurais pu fournir un effort et nous annoncer que tu attendais des triplés.

Elle ferme la porte derrière elle. Elle a dû laisser son sourire de l'autre côté car je ne le vois plus sur son visage. Elle reste debout, me fixant, les pieds enracinés dans le sol. Elle me fait penser à un flamant rose avec une crevette coincée dans son long cou.

— OK ! Je retire cette remarque stupide. –Toujours aucune réaction de sa part. Julie ? Je plaisantais ! Bouge ! Tu commences à me faire flipper là.

Elle cligne des yeux. Enfin un signe.

— Kris ! -Elle se précipite vers moi et s'assoit sur mon lit-. Non mais t'as vu ta tête ?

Elle pose ses mains sur les miennes.

— J'appelle Vic.

Je lui prends le bras aussi vite que je peux. Et sincèrement, même un nourrisson de six mois serait plus rapide que moi.

— Mauvaise idée. À coup sûr, elle tomberait dans les pommes. Tu lui demanderas de te parler de l'écharde que je m'étais plantée dans le doigt l'année dernière. En plus de la retirer moi-même, j'avais dû soigner la vilaine blessure qu'elle s'était faite à l'épaule en s'évanouissant.

— Mais Kris ! Tu es gelée et je suis désolée de te dire ça mais même un cadavre aurait meilleure mine. Et cette perte de poids. On en parle ? Si c'est un de tes autres régimes, ça devient carrément ridicule ! Je vais finir par croire ton père !

— Quoi ?

— Il est très inquiet. Franchement, je commence à lui donner raison. Mais regarde-toi ! Et je te préviens, ton frère va finir par te tomber dessus.

— Mais on est en plein complot là ! Qu'ils se rassurent, je ne suis pas en plein régime.

— À la bonne heure ! Mais il va en falloir un peu plus pour me convaincre.

J'implore à nouveau mère nature. Un séisme, un cyclone, une éruption volcanique, une tempête, un tsunami… quoi que ce dernier, en pleine montagne… j'ai un doute. Bref ! N'importe quoi qui me sauve la mise. Mais vite ! J'ai l'estomac dans les chaussettes et mon cerveau est aussi lent qu'une limace atteinte d'un AVC.

— Voir ma mère se transformer en Cruella… découvrir que Sidonie avait un lien avec ma tante et toi qui nous sors un bébé de ton chapeau… ce n'est pas que je veux passer pour une chochotte, mais vraiment là, j'ai eu ma dose de sensation pour une dizaine d'années. Et pour couronner le tout, je suis en alerte rouge. Elles ont même décidé de se prendre pour les chutes du Niagara.

Je scrute le visage de Julie en espérant qu'elle gobe mes arguments. Elle ne le voit pas mais je croise les doigts pour un miracle.

— Avoue que ma grande nouvelle a fait son effet !

Je soupire de soulagement. Je m'en tire bien à nouveau. Je pense même écrire à l'Élysée pour proposer des leçons à notre Président : « comment raconter des salades sans se faire prendre ». Il a un bon niveau mais pas autant que le mien.

— Tu as été incroyable ! m'empressé-je de dire, rassurée de changer de sujet.

— Pour être honnête avec toi, je me suis surprise toute seule. C'est fou cette puissance que j'ai pu ressentir ! Je me suis sentie forte, confiante... Bon, j'ai juste un petit regret... C'est de l'avoir annoncé de cette façon. J'attendais le bon moment mais il y avait urgence.

Elle fait une pause et me dit soudain.

— Mais attends ! Quand je t'ai rejointe ! Tu allais faire quoi pour arrêter ça ?

— À ce moment-là, je n'en avais encore aucune idée.

Quelle horreur ! Mentir était définitivement ma seconde nature et mon cœur se brisait à chaque fois. Post-scriptum : écrire également à Pinocchio.

— Malgré tout, nous n'avons que repoussé le problème, Kris. Ces deux femmes se détestent. Et je t'avoue que j'ai épuisé mon stock de « grandes révélations ». C'est quoi cette allusion à ta tante Fabienne ?

— Aucune idée ! Mais je compte bien le découvrir.

Soudain, la porte se met à trembler dans un bruit épouvantable nous faisant crier de peur. Mon frère ouvre sans attendre. Je souris, nostalgique. Si gamine ses apparitions fracassantes me faisaient bondir de colère, j'étais aujourd'hui soulagée de voir que rien n'avait changé. Chez nos parents, Il rentrait dans ma chambre et adorait me taquiner en envahissant mon espace personnel. Ça finissait toujours dans les hurlements, les insultes et les coussins volaient dans tous les sens.

— Vous faites quoi ? Une réuuunion clandistine ? Hoooors de question de choisir le prénom de mon fils sans moi ! dit-il en levant l'index au plafond. Ça ne va pas microme ? T'es blansse comme un linze ?

Mon frère semblait avoir fêté dignement son nouveau grade. Il se tenait difficilement au chambranle de la porte. Parler lui demandait un effort surhumain. Quant à nous, impossible de le comprendre.

Julie le regardait totalement ahurie. Mon frère ne boit pratiquement pas d'alcool. « Incompatible avec mes prouesses de grand sportif » aime-t-il nous dire. Manifestement, il avait décidé de l'ignorer ce soir.

Les bras croisés sur sa poitrine visiblement furieuse, Julie se plante devant lui.

— Romain Valet !

— Oui ma feeeeemmmme !

Le spectacle était hilarant et je me retenais de glousser.

— Tu es sou ?

— Nannnn !

Il la prend dans ses bras et l'embrasse avec ferveur.

— Tu sens l'alcool à plein nez ! Et qui te dit que ce sera un garçon ? Il a pour l'instant la taille d'un citron. Alors pour le prénom on a le temps !

Elle se tourne vers moi.

— Citron ! Pas mal pour une première nomination ! Non ?

— Et ton nez à toi est diliccccieux ! lui dit-il en lui faisant faire une volte-face et en lui pinçant le nez. Elle a quoi la franchine ?

Sa femme lui répond, un défi dans les yeux.

— Qu'est-ce que les femmes ont tous les mois et qui dure entre trois et cinq jours ?

Malgré son état, Arnaud se redresse du mieux qu'il peut, totalement prêt à relever l'énigme.

— Le salaire de leur mari ? articule-t-il sérieusement. Euh... microme, tu es l'exception à la règle hein !

Chapitre 21

La petite fête improvisée d'hier soir entraîne des répercussions cataclysmiques pour certains ce matin. Une chaîne de solidarité s'est installée pour les plus atteints en faisant tourner les tubes d'antidouleur et les verres d'eau. J'ai l'impression d'être en plein tournage d'un film d'horreur qui aurait pour titre « la villa des déchets humains ». Comme de coutume dans ces moments-là, il revient toujours la même bonne résolution : « c'était la dernière fois ! Je ne touche plus un verre d'alcool ! ». Mon frère était sans aucun doute le plus touché. Je m'empresse d'aller aux nouvelles.

— Ça va ? Tu tiens le choc ?

— Oh Kris ! Je t'en supplie ! Ne parle pas aussi fort ! me dit-il en réajustant ses lunettes de soleil. J'ai tellement la gueule de bois que je pourrais ouvrir une menuiserie.

Mina et Tony, résolus à combattre leur excès d'alcool, décident de descendre dans la vallée pour visiter la ville de Cauterets. Je les accompagne. J'attends beaucoup de cette opportunité pour peut-être obtenir des explications sur cette histoire avec tata Fabienne et Sidonie.

La ville de Cauterets est juste incroyable avec un charme fou. Situé à 950 mètres, Cauterets est l'alliance parfaite d'une petite ville de montagne et d'un village aux allures citadines. Le patrimoine et les activités complètent les atouts parfaits pour passer d'agréables vacances. L'histoire et le développement de Cauterets sont étroitement liés à la richesse des sources d'eau thermale qui en font sa renommée. C'est un réel plaisir de s'y balader et de découvrir.

Après deux bonnes heures de marche, nos corps nous crient de les oublier. Une petite terrasse ombragée d'un café nous fait les yeux doux.

Mina ne nous laisse pas une minute de repos. Son débit de paroles frôle l'overdose. Elle a visiblement compris la raison de ma présence et met tout en œuvre pour ne pas revenir sur le sujet d'hier. Si elle croit me décourager, c'est justement l'inverse qui se produit. Je suis bien déterminée à découvrir ce qu'on me cache. Qui est réellement Sidonie ? Je ne me souviens pas l'avoir croisée dans l'entourage de ma tante et mon oncle. Nous nous réunissions toujours pour les repas de famille. Nous connaissions très peu les amis de chacun. Ils nous arrivaient d'en évoquer certains mais le prénom Sidonie ne me disait absolument rien. Pourtant, aucun doute, ma mère semblait la connaître. Même en me remémorant les obsèques de sa sœur, je n'avais aucun souvenir de Sidonie.

— Oh ! Regardez en face ! s'enthousiasme exagérément Mina. Une charcuterie ! Et si nous prenions quelques spécialités pour ce soir ?

Sans même attendre une réponse de notre part, nous la voyons filer comme un lapin prit en chasse par une meute de loups.

— Je pense qu'elle avait besoin d'une pause, dis-je à son mari.

Il n'ose même pas relever la tête. Un malaise pesant s'installe entre nous.

— Tony ! Je veux juste comprendre.

Il s'obstine à faire le mort.

— Tu ne peux pas faire comme si je n'existais pas !

— Non c'est vrai ! Surtout avec toi Kris. Et je te promets que ça me torture, mais ce n'est pas à moi de t'en parler.

— Alors, dis-moi comment je dois m'y prendre avec « madame montée sur trois mille volts » ?

— Si elle ramène un saucisson, enfonce-lui dans la bouche. Ou alors menace-là de kidnapper sa pâte à tartiner ! Avec moi, ça marche à tous les coups.

— Mais tu es un vrai tyran ma parole ! je m'écrie espérant adoucir l'atmosphère.

— Kris ! J'aimerais pouvoir t'aider. Je t'assure. Mais là ! Vraiment ! Je préfère que tu voies ça avec Mina.

Je n'insiste pas. Je connais Tony depuis notre adolescence. C'est un chic type. Quand Mina me l'a présentée, il m'a tout de suite plu. Il est tendre, attachant, toujours d'humeur égale. Il a un talent incontestable en humour et surtout il a un amour inconditionnel pour sa femme. Quand elle l'a rencontré, ma cousine était empêtrée dans les ennuis jusqu'au cou. Ses fréquentations étaient douteuses voir dangereuses. Elle rendait dingues ses parents. Une vraie rebelle. Il avait réussi là où nous avions tous échoué. C'était une bénédiction ce gars-là. Ça n'avait pas été facile mais il avait tenu bon. Si aujourd'hui il m'affirmait qu'il ne pouvait pas m'aider, c'est qu'il était réellement dans l'incapacité de le faire. Et je devais respecter ça.

— Ok Tony ! Je comprends. Ça me désole mais je n'ai pas d'autre recours que m'en prendre à un pauvre pot de chocolat.

Nous éclatons de rire.

— Qu'est-ce qui est si drôle ? s'empresse de dire Mina que nous n'avions pas entendu revenir.

— Nous parlions de pâte à tartiner, je lui réponds tout en essayant de retrouver mon souffle.

— Essaie celle au spéculos. C'est une tuerie. Je devrais d'ailleurs...

Tony se lève sous prétexte d'aller régler nos consommations. Il se retourne une dernière fois et m'encourage avec un clin d'œil discret. Mina avait repris son monologue sans se laisser la peine de respirer. Il fallait que j'abrège ses souffrances.

— Mina ! je crie presque recouvrant sa voix. Et si on arrêtait ce petit jeu ?

Elle tombe dans un silence quasi pesant et cherche Tony des yeux. Je ne l'avais jamais connue aussi intimidée en ma présence. Je fixe ses mains qui subissent une vraie torture tellement elle les massacre sous le stress. La voir comme ça me donne envie d'abandonner. Je ne la reconnais pas. Mina est la personne la plus joyeuse que je connaisse. En un tour de main, elle a cette facilité à dédramatiser un évènement douloureux et d'y apporter une touche de légèreté. D'un caractère optimiste et battant, elle ne recule devant rien. J'ai toujours admiré ça chez elle. Elle nous faisait du bien. Généralement naïve, nous nous moquions souvent d'elle. Je m'étais souvent demandé si elle n'en jouait pas, parfois, pour se sortir de situations impossibles.

— Explique-moi ce qu'il s'est passé hier.

Silence.

Elle allait finir par se démembrer. Une fois rentré à la villa, j'allais avoir du mal à m'expliquer si je revenais avec un doigt de Mina recouvert de glace au fond d'une glacière.

— C'est quoi cette histoire avec Sidonie qui, si j'ai bien compris, était une amie de ta mère ? Je ne me souviens pas d'elle. Et surtout pourquoi ma mère lui en veut à ce point ?

...

Cette fois, elle s'en prend aux branches de ses lunettes de soleil qui ne vont pas résister bien longtemps. Je les lui arrache des mains et l'oblige à me regarder dans les yeux.

— Mina ! Mais bon sang ! Qu'est-ce qui te fait autant peur ?

— Que tu juges papa. Que tu nous juges tous. Et quand je vois la réaction de ta mère…

Brusquement, elle fond en larme.

Je me redresse sur ma chaise. Qu'est-ce qui avait bien pu se passer pour que ça prenne une telle ampleur ?

— Ma mère ? Attends, tu rigoles ! Elle s'emballe pour un rien. L'autre jour, elle a même pété un câble pour une histoire d'emballage de jambon. Quand elle a voulu retirer le plastique en tirant sur la languette prévue à cet effet, elle lui est restée dans les mains. T'aurais vu sa tête ! Et je ne te parle même pas du débat qui en a suivi ! Mon père lui a proposé d'acheter leur propre cochon et qu'il était prêt à lui fabriquer un enclos mais qu'elle se débrouillerait pour le couper en tranche.

Mon histoire lui arrache un sourire. Je souffle silencieusement de soulagement et reprends.

— Est-ce qu'un jour tu m'as entendu porter un juger sur quelqu'un ?

— Je me souviens d'une fois… À propos du maillot de bain de Marc, me précise-t-elle avec un sourire au coin des lèvres.

— Ah non ! C'est injuste ! Remettre cette histoire vieille de plus de vingt ans sur le tapis ! Et tu n'étais pas la dernière à en rire je te rappelle ! Avoue que ce maillot… ce n'était juste pas possible ! C'était pour son bien. Il était ridicule. Je l'ai sauvé d'une humiliation certaine, je lui dis le plus sérieusement possible.

— Il adorait son maillot léopard.

— Il l'adorait parce que votre père l'avait assuré que ça plairait aux filles.

Revenir sur nos souvenirs d'enfance avait déposé comme un baume de sérénité sur nos esprits malmenés. Au bout de deux ou trois minutes, Mina se lance.

— Sidonie connaissait maman. Elle était son infirmière, lâche-t-elle rapidement comme pour s'en débarrasser.

Je ne m'attendais pas à ça. Je n'osais même pas bouger de peur d'anéantir son élan.

Ma tante était atteinte d'amylose cardiaque. L'annonce de cette maladie nous avait tous anéantis. Ses médecins avaient entrepris tout ce qu'il avait été possible de faire. Seulement, la maladie avait rapidement gagné du terrain. Dans un premier temps, une hospitalisation avait été de rigueur. Malgré les tentatives, son état s'était dégradé progressivement. Il avait fallu se rendre à l'évidence. Elle avait fait promettre à son mari de mourir chez elle et non dans une chambre d'hôpital impersonnelle et austère. Mon oncle s'était procuré tout le matériel nécessaire et le personnel de soins. J'ai souvent rendu visite à ma tante, seule ou accompagnée de mes parents. Pas plus d'une heure à chaque passage pour ne pas la fatiguer. Ma mère passait des après-midis entiers auprès d'elle. Comment avais-je pu oublier Sidonie ?

— Pourquoi je ne me souviens pas d'elle ?

— Elle se faisait discrète, nous répétant l'importance d'être à l'écart pendant les visites de maman. Ta mère l'a rencontrée car elle restait plus longtemps que vous tous. Elle ne la quittait plus les derniers jours.

Elle marque une pause.

— Sidonie a été formidable avec maman. Elle ne comptait pas ses heures. Elle nous a même proposés assez rapidement si elle pouvait installer un lit de camp près d'elle. Sidonie a été présente 24 heures sur 24 à la veiller sans relâche. Nous avons tous été soulagés de sa décision. Maman semblait elle aussi beaucoup plus sereine de la savoir à ses côtés. Elles sont devenues de plus en plus proches. Sa présence a été bénéfique pour nous tous. Nous étions démunis car nous savions que la fin se rapprochait. Sidonie savait trouver les mots pendant ces mois insupportables. Elle a été incroyable. Elle nous prenait dans ses bras, nous consolait, nous réconfortait et nous apprenait à lâcher prise. Sa présence était indispensable. Tu comprends Kris ? C'est important que tu comprennes ça !

Son insistance était sincère et bouleversante. Revivre à travers ses mots leur calvaire me serre la gorge. Je sens les larmes me monter aux yeux, pendant que ma cousine laissait aller les siennes.

Je hoche la tête, silencieuse, l'encourageant à continuer.

— Je ne sais pas comment nous aurions fait sans elle. Quand maman est partie, nous lui avons fait nos adieux. Deux ans plus tard, papa nous annonçait qu'il avait rencontré une femme et il voulait nous la présenter. Nous avons été totalement surpris de sa révélation. Seulement deux ans après avoir perdu maman. Nous n'avons pas accueilli cette nouvelle avec les cotillons et le champagne. Mais c'était sans compter sur la personne qu'il voulait nous présenter. Sidonie ! Le choc !

Elle s'arrête et fouille dans son sac pour récupérer un mouchoir. Elle tremble. Il fait pourtant une chaleur torride. Je lui prends la main espérant que ça l'apaise.

— Nous le prenions comme une trahison. Surtout pour Maman. Nous avons dit des horreurs à papa. Nous étions tellement en colère contre lui. Quant à Sidonie… nous ne voulions même pas la voir. Nous pensions qu'elle s'était bien

138

foutue de nous. Charles a été le pire d'entre nous. Il était comme enragé. Il a eu des paroles très dures avec notre père, le mettant en garde sur la réaction de la famille... de nos amis. Il lui répondait qu'il s'en contrefichait. J'ai bien cru que notre famille allait exploser en mille morceaux. Nous avions déjà perdu maman. La blessure n'était pas encore cicatrisée. Charles avait eu raison sur un point. Beaucoup de personnes nous ont tourné le dos mais papa restait campé sur ses positions. Rien ne le ferait changer d'avis. Il nous répétait qu'il avait droit au bonheur.

Elle s'arrête à nouveau pour prendre une gorgée de son thé glacé.

— Je suis surprise que ta mère ne t'ait pas dit la vérité.

— Je suis aussi surprise que toi. Elle avait sans doute ses raisons.

— Nous avons finalement fini par accepter ! Notre père retrouvait le sourire auprès de Sidonie. Il était heureux. Elle a été d'une patience avec nous... et pourtant on ne peut pas dire qu'on lui ait facilité la tâche. Ils nous ont expliqué s'être croisés un jour au cinéma. Ils ont pris un verre ensemble. Ensuite un rendez-vous dans un restaurant... un deuxième quelques semaines après. Ils n'avaient rien prémédité. Ils...

Je serre la main de Mina pour l'interrompre.

— Tu n'as pas besoin de continuer. Tu n'as pas besoin d'essayer de me convaincre de quoi que ce soit.

— Tu n'es pas choquée ?

— Choquée ? Oui bien sûr ! D'entendre que certains se sont détournés de vous. Oui ! De ça, je suis choquée. Les gens peuvent avoir une ouverture d'esprit de la taille d'une serrure. Mais surtout choquée que tu ne m'aies pas suffisamment fait confiance pour m'en parler, lui dis-je en souriant. Toi aussi tu avais tes raisons. Je les comprends parfaitement. J'aime beaucoup Sidonie. Elle a cette profondeur d'âme que j'apprécie, même si je ne la connais pas encore très bien. Je vais même t'avouer une chose. Toute cette histoire n'y changera rien à part peut-être me donner l'envie de mieux la connaître. Tout ce que je peux affirmer aujourd'hui, c'est que vous semblez heureux et je n'ai pas besoin de plus Mina !

Elle me dévisage, sans un mot, sans signe particulier. Elle se lève alors et elle me prend dans ses bras. Nous restons là, savourant ce moment, ce lâcher-prise. Quand elle s'écarte de moi, elle poursuit.

— Nous avons quand même un problème ! Ce n'est pas que je ne comprenne pas ta mère… il nous a fallu nous aussi beaucoup de temps… Mais j'ai bien cru qu'hier soir, elle allait la pendre à un arbre sur la place publique.

— Et ça serait moche de couper tous les arbres de Cauterets et de ses alentours pour éviter cette catastrophe. Je l'aime bien moi ce petit coin de paradis. Pas toi ?

Nous éclatons de rire en même temps.

Chapitre 22

De retour à la villa, je m'isole pour appeler Fanny. Jusqu'à maintenant, nous n'avions échangé que quelques messages et j'avais hâte d'entendre sa voix.

Au bout de quatre sonneries, je vérifie l'heure. Dix-huit heures. Elle est généralement plus rapide pour me répondre. Je sens monter la déception quand arrive la sixième sonnerie. Bientôt, je tomberais sur la messagerie. Alors que je suis sur le point de raccrocher, elle me répond avec une voix qui me fait frissonner.

— Hé ! Fanny que se passe-t-il ? Tu vas bien.

— Je… je m'étais endormie. Attends quelques secondes.

J'entends du tissu se froisser. Un soupir…

— Alors la vacancière ?

— Ce n'est peut-être pas le moment. Tu as l'air épuisée.

— Allez ! Dis-moi ! Je veux tout savoir. Cette journée de rafting ?

La détermination de Mina pour son concours l'a beaucoup amusée. Elle s'est régalée pendant l'épisode des embarcations dans les précipices et avait plaint la pauvre Julie d'avoir cru sa dernière heure arrivée.

— Elle a dû être ravie de retrouver la terre ferme.

— Tu ne peux pas savoir à quel point ! Dès sa descente du radeau, elle s'est précipitée derrière un arbre et a vomi à ne plus pouvoir s'arrêter. Elle a fait promettre à mon frère de l'oublier pour des activités de ce genre. Tu l'aurais vu… Il culpabilisait de l'avoir entraîné dans cette aventure.

— Et Mina ? Pas trop déçue d'avoir dû troquer ses escarpins pour une paire de baskets ?

L'écouter me poser des questions sur ma famille, comme si elle les connaissait intimement, me fascinait. Quelques semaines avant mon départ, elle avait tenu à ce que je lui parle de chacun d'entre eux. Leur personnalité, leur caractère, leurs points forts, leurs faiblesses… elle était dotée d'une mémoire remarquable. Pas un instant elle ne se trompait ou était perdue le temps de nos conversations. Elle savait parfaitement qui était qui. Les liens de parenté, les âges, les affinités… comme si Fanny avait toujours fait partie de ma vie et celle de mes proches.

— Oh Mina n'a pas eu d'autre choix que de ravaler sa fierté et faire bonne figure. Par contre, je n'en dirais pas autant de son splendide maquillage qui a déclaré forfait assez vite. Son visage était strié de traces noires. Quand ils ont débarqué, Vic lui a crié… je cite : « mon dieu Mina ! C'est une chance que tu ne doives pas te rendre à un concours de beauté ! » Mina l'a foudroyée du regard ce qui laissait présager une éventuelle vengeance. Mais parle-moi de toi ? Comment vas-tu ?

Fanny ne répond pas tout de suite à ma question. Quelques secondes s'écoulent pendant que mon baromètre d'angoisse s'affole.

— Kris… j'ai dû retourner à l'hôpital. J'ai fait un malaise. L'augmentation du traitement est toujours aussi difficile à supporter.

Je sens ma gorge se serrer. Le sang me monte à la tête.

— Quand ?

— Hier. Je ne suis rentrée que de cet après-midi, il y a à peine une heure.

— Pourquoi tu ne m'as pas prévenue ? David aurait dû le faire !

— Ne lui en veux pas. Je ne le voulais pas. Mon cher mari m'a pourtant mise en garde, me répétant que tu n'apprécierais pas.

— Eh bien il avait raison ! J'ai besoin de savoir comment tu vas !

— Écoute Kris ! Tu as, toi aussi, ton fardeau à porter. Tu n'as pas besoin du mien en plus. Je ne voulais pas plomber ton moral. OK ? Tu as assez de « ta grosse Bertha » pour te rappeler que chaque instant, chaque minute, chaque seconde sont précieux. Tu as tout organisé pour que ces vacances à Cauterets soient inoubliables. Alors tu n'as pas besoin de ça pour les assombrir. Trois semaines… trois petites semaines. Ça ne représente qu'un souffle dans ce que nous traversons. Un battement d'ailes. Alors, ne les gâche pas. Tu entends ? Promets-le-moi !

Je sens sa voix dérailler. Si elle craque, je ne serais pas loin derrière. La boule dans ma gorge menace d'exploser. Je n'ai pas la force de répondre. Mes cordes vocales vont me trahir. Je le sais.

Fanny n'abandonne pas.

— Kris ? Promets-le-moi !

Je fais appel à tout mon courage pour donner le change.

— Oui. Je… Je te le promets.

Le silence s'installe, lourd… pesant.

J'aimerais être près d'elle. Lui préparer son thé… retaper son oreiller… lui faire la lecture… m'allonger à ses côtés et refaire le monde. Ou tout simplement la regarder dormir, comme ces deux mois difficiles avant mon départ. Je prends réellement conscience, à ce moment-là, l'importance que Fanny a prise dans ma vie.

— Comment fais-tu avec les enfants ?

— Ma mère est venue passer quelques jours à la maison. Elle est arrivée quelques heures avant mon retour de l'hôpital. Elle a déjà pris des initiatives. Tu ne reconnaîtrais plus le salon. Elle a déplacé tous les meubles sous prétexte qu'un canapé avait toujours sa place face à la cheminée. Non mais tu y crois toi ? Elle dit que ça ne pouvait pas en être autrement. Je ne savais pas qu'il y avait des codes imposés sur l'agencement des intérieurs de maisons ! Mais attends le meilleur ! Elle a mis dans chaque pièce des diffuseurs d'huile essentielle au parfum lavande. Elle sait pourtant que la lavande me fait éternuer ! Malgré tout, elle m'a soutenu que c'était efficace contre le cancer. Kris ! Elle va me rendre complètement folle ! Elle m'a même proposé d'installer un lit d'appoint près du mien.

J'explose de rire. Elle en fait autant.

— Je suis sûre que ton mari va adorer l'idée.

— Il va plutôt finir par demander le divorce oui ! Je vais finir seule, avec, sous le bras, mes enfants, mon cancer et ma mère qui passera son temps à repeindre la cuisine et aligner mes boîtes de conserve.

— Non ! Tu sais bien que je serai là ! Je placarderai la photo de ta mère chez tous les grossistes de la ville avec en commentaire « Danger ! Ne vendez rien à cette femme ! Criminelle d'intérieure ».

— Et tu as une solution pour cette satanée odeur de lavande ?

— Mettre le feu aux diffuseurs !

— Je vais plutôt lui brancher dans le....

144

— Non ! je m'écrie. Je t'en prie ! Je ne veux pas savoir où tu veux les brancher.

Je retrouve ma Fanny. Une force de la nature. Les mots « humour » et « répartie » ont été, de toute évidence, inventés pour elle.

— Ta mère joue à Nany Mcphee et la mienne à Nelly Oleson.

— Aïe ! Et qui a le rôle de Laura Ingalls ?

— La compagne de mon oncle.

Je lui explique la tragédie qui s'est jouée à la villa et les aveux de ma cousine. Lui raconter me permet de prendre un peu de recul. Je suis impatiente de connaître son avis.

— Je n'imagine même pas les difficultés que ton oncle et Sidonie ont dû traverser. Si je devais partir, j'espère bien que David refera sa vie !

— Même s'il s'agit de ton infirmière ?

— Elle ou une autre… quelle différence ? Les gens s'attardent trop sur des détails stupides et inutiles. Ils en oublient l'essentiel. Ils se cachent derrière cette incompréhensible bienséance. Ils se trompent d'époque si tu veux mon avis.

— Justement oui, je l'attendais.

— Ne me dis pas que je viens de te faire une révélation ?

— Bien sûr que non ! Je me disais juste que tu aurais une idée. Il faut qu'elles se parlent mais sans se bouffer le nez. Le problème, c'est qu'elles ne le feront pas d'elles-mêmes !

— Alors, ne leur laisse pas le choix !

— Qu'est-ce que tu veux dire ?

— Provoque un tête-à-tête ! Il y a bien des forêts de sapins dans vos montagnes ? Emmène-les là-bas… attache-les ensemble et laisse-les quelques heures. Elles n'auront pas d'autres occupations que de se parler, me suggère-t-elle en riant.

— Fanny ! Je m'écrie prenant un ton scandalisé.

— Quoi ? C'est une idée comme une autre !

…

— Et pourquoi pas après tout ? Tu es un génie !

— C'est maintenant que tu le découvres ?

Nous nous quittons en nous promettant de nous rappeler très vite.

Chapitre 23

Mon frère nage en plein bonheur. Julie est devenue sa priorité. Telle une reine égyptienne, elle trône sur une chaise longue. Il ne lui manquait plus qu'une clochette pour obtenir tout ce qu'elle désirait. Romain s'active dans tous les sens. Rien n'est trop beau pour sa petite femme. Un coussin pour reposer sa nuque... une boisson fraîche... un massage pour soulager ses pieds. Je me sens tout à coup transportée dans un épisode de « madame est servie ». Pourtant, un détail manquait.

Bon sang ! Anna !

Prise dans ce tourbillon d'évènement, je n'avais pas eu une seconde en tête à tête avec elle.

— Maman tu as vu Anna ?

Ma mère était concentrée sur une grille de mots fléchés.

— Non Ma chérie. Dis-moi ? Un synonyme de passion en cinq lettres ?

Je m'éloigne d'elle tout en répondant à sa question.

— « Folie » maman. C'est un mot que tu devrais pourtant connaître ! Surtout en ce moment.

Je ne lui laisse pas le temps de riposter. Je devais trouver Anna. Je progresse dans la villa, l'imaginant seule dans un coin isolé, ses écouteurs enfoncés dans les oreilles et le visage dévasté par les larmes. Une ado en pleine crise existentielle qui apprend qu'un bébé allait pointer le bout de son nez et chambouler tous ses repères habituels… lui voler sa place d'enfant unique. Comment je ne m'en étais pas inquiétée avant ? Ma petite Anna ! Ma petite fée ! Elle devait tous nous détester de l'abandonner ainsi.

J'explore une à une toutes les pièces de la villa. Elle est introuvable.

Soudainement, je m'arrête au milieu du couloir.

— C'est quoi ça ?

Un bruit sourd, ensuite des coups attirent mon attention. De la musique. Je lève la tête. Ça vient du grenier. C'est elle ! Aucun doute. Elle s'est réfugiée dans l'univers qu'elle maîtrise le mieux. En montant les escaliers, je cherche la meilleure approche pour lui parler. Lui dire que sa vie ne changera pas pour autant. Que nous allons être là pour elle aussi.

J'arrive devant la porte du grenier et ouvre sans frapper.

« Oh oh oh What Makes You Beautiful ! Oh oh oh What Makes You Beautiful ! »

Les quatre ados crient en cœur sur une musique carrément entraînante et se trémoussent à en perdre deux ou trois membres.

— Hé oh ! je hurle en faisant de grands signes.

Louis est le seul à m'entendre et se précipite sur l'enceinte pour baisser le son. Les autres le sermonnent aussitôt, totalement agacés. Ce dernier leur fait signe de regarder derrière eux.

— Tata ! s'empresse de dire Anna.

— Mais vous faites quoi ?

Ils me dévisagent tous comme si je débarquais d'une autre planète.

— Tatie ! Je sais bien que tout ça, ce n'est plus de ton âge…

Les ados et leur délicatesse…

— Anna ! Je n'ai pas toujours eu cet âge-là ! Tu sais qu'avant d'être parents ou tantes, nous avons avant tout été des adolescents ?

— Peut-être… mais vous n'aviez pas les « one direction » ! Ça, ça se danse !

— Les quoi ? Bon OK ! Anna ? Je peux te parler s'il te plaît ?

Ma pauvre Anna ! Je voyais clair dans son jeu. Elle voulait nous faire croire qu'elle gérait, que tout était sous son contrôle… que les évènements ne l'atteignaient pas. Nous nous isolons sur le palier de l'escalier.

— Anna… Ma chérie… tu sais que je t'aime. Je veux que tu saches que l'arrivée de ce bébé ne changera rien. Je ne veux pas que tu te sentes exclue de…

— Tu imagines ! Je vais être grande sœur ! C'est chanmé quand même !

— Écoute Anna ! Tu ne peux pas parler la langue des adultes ? Car là franchement…

— Je voulais dire que c'était carrément une bonne nouvelle !

Je vois. Elle est encore plus touchée que je ne le pensais. Son enthousiasme maîtrisé me brise littéralement le cœur.

— Ma puce ! Avec moi tu n'es pas obligée de faire semblant du genre les oiseaux chantent, le ciel est bleu et tout le tralala !

— Non mais je suis carrément sérieuse en plus ! Et le top du top, c'est que maman et papa vont me lâcher un peu. Ils vont être tellement sur le bébé que moi je vais être grave indépendante. Non parce que tu sais… Je les aime bien hein… mais avoue que c'est trop quand même. Anna rentre à l'heure… Anna fait tes devoirs… Anna range ta chambre… Anna pose ton portable… Anna baisse ta musique, énumère-t-elle en roulant les yeux. Tu verrais maman ! Elle n'arrête pas de me dire que je serai toujours sa première petite perle et blablabla… C'est l'occas' rêvée pour demander la pilule et un nouveau portable. De toute façon, je la trouvais trop cheloue depuis quelque temps. Elle me regardait sans arrêt avec cet air de cocker qui a perdu son jouet qui couine. Je comprends mieux maintenant !

Elle s'arrête et me scrute.

— Mais tu ne leur dis rien hein ?

Je crois que ma mâchoire va finir par se décrocher de stupéfaction. Les ados et leur capacité à tirer profit de toutes situations ! De redoutables manipulateurs.

Pour sa mère, elle n'avait pas tort. J'avais moi aussi pu observer l'attention qu'elle portait à sa fille. Malgré mes tentatives de les comprendre, elle avait vite détourné la conversation. Ma nièce semblait avoir plus de flair que moi.

— Anna Valet ! Tu es une diablesse ! je m'insurge, finalement soulagée.

— Tata ! Franchement… je peux te faire confiance n'est-ce pas ?

Elle était suspendue à mes lèvres.

— Promis, je ne dirai rien.

Elle me saute au cou et m'embrasse bruyamment.

— Dis-moi ? T'as l'air de mieux t'entendre avec tes cousins ?

— Mais graaaaaave ! Les jumeaux, ils déchirent en fait. Bon… Louis est trop perché. Il nous sort sa science dès qu'il le peut. Une vraie tête d'ampoule celui-là ! Mais ça va. Il est cool quand même.

— C'est trop froid alors !

— Quoi ?

— C'est super ! C'est trop froid.

Ma nièce, hilare, se prend à présent pour une sauterelle.

— Tata ! On dit « c'est trop frais » pas « trop froid ».

Et bim ! Je ne l'avais pas vu venir celle-là. Ça m'apprendra à vouloir me la jouer « je suis une tata super branchée ».

— Bon OK ! Vas-y moque toi. À y réfléchir, je vais peut-être aller voir tes parents pour leur parler de tes plans !

Son visage se déforme de peur. À mon tour d'apprécier.

— Respire ! Je ne dirai rien.

Je prends la direction de l'escalier triomphante.

— Tatie ? Il faudrait que je te parle d'un truc. Tu sais… enfin je…

— Tu voudrais changer de chambre et aller dormir avec les autres.

Elle me scrute en fronçant les sourcils, visiblement surprise. Au bout de quelques secondes, sa bouche s'entrouvre mais rien ne sort.

— Oh ça va ! Ne te fatigue pas. Tu crois que je dormais avec ma tante à seize ans ?

— Mais je ne veux pas que tu le prennes mal, tu sais.

— Je crois que je vais survivre ma puce.

Chapitre 24

C'est le 14 juillet. Le dernier que je verrai. Enfin plus ou moins puisque la « grosse Bertha » a décidé que je n'en profiterais pas. Ma vue est particulièrement brouillée et incertaine. Ouvrir les yeux me demande un effort surhumain. La moindre luminosité est une torture. J'allais devoir garder mes lunettes de soleil en permanence et donc endosser aujourd'hui le rôle d'une starlette. Fantastique ! Moi qui ai en horreur les gens qui ont cette manie ! Tu leur parles mais tu n'as aucun moyen de t'assurer de leur écoute ou s'ils préféraient se trouver ailleurs. Je suis de ceux qui pensent que le regard a toute son importance. Les yeux sont le reflet de nos âmes.

J'adore les feux d'artifice. J'en aime chaque détail. Dès que les lumières s'éteignent pour annoncer le début du spectacle, je sens une énergie puissante parcourir mon corps et se préparer au choc. Les sensations sont délicieuses voir orgasmiques. Ce que j'aime par-dessus tout, c'est entendre les premières notes de musique qui les accompagnent. À mon sens, un feu d'artifice n'en est pas réellement un sans un accompagnement musical. Ça vous prend aux tripes... ça vous transporte. Nos yeux ne sont pas en reste. Ces mélanges de couleurs, les différents effets de lumière, de formes, d'illusions... J'aime le bruit des détonations et cette vibration qui nous inonde. L'odeur âcre de poudre qui vous monte au nez. Plus rien n'a d'importance pendant une vingtaine de minutes. Seuls nos sens sont en éveils.

Quand nous étions enfants, nos parents nous emmenaient tous les ans sur deux feux d'artifice. Celui de Nantes où nous vivions et celui d'une station balnéaire, selon le choix de destination de nos vacances. Légèrement sensible au bruit un peu trop puissant depuis mon plus jeune âge, mon père restait toujours derrière moi. Il posait ses grandes mains douces sur mes oreilles pour en atténuer le son. Je m'adossais alors contre son torse savourant le moment.

Avec Noël, le 14 juillet était le moment que je chérissais le plus car tous les deux représentaient l'unité, le partage, la solidarité et l'échange. J'étais donc déterminée à contaminer ma famille, même si je devais pour cela, puiser dans mes dernières ressources. Bien sûr, j'étais consciente que durant cette dernière année, j'allais devoir vivre profondément chaque évènement. J'étais prête. Ça avait déjà commencé avec ses vacances auprès d'eux. Auprès de cette famille si formidable et si imparfaite qu'elle soit. Alors oui ! Rien ne pouvait m'arrêter.

Pendant mes recherches sur le site de Cauterets, j'avais appris la préparation du 14 juillet, accompagné d'un grand repas sur la place de l'esplanade des œufs. Je réserve donc pour nous tous. Quand je fais part de mon initiative à ma famille, un tôlé d'applaudissements ne se fait pas attendre. Ça n'a pas eu le même effet quand je leur ai proposé de nous y rendre avec un moyen de transport original.

— Attends Microbe ! Tu veux dire quoi par « original » ? Non parce que… Ne compte pas sur moi pour faire le guignol !

— Rien qui ne mettra ta dignité en péril frangin.

La villa était remplie de photos d'époque. Une avait attiré mon attention. On y voyait une famille d'à peu près quinze personnes se rendre à la fête nationale en calèche. Cette photo datait de 1821. Mon idée avait germé de cette découverte. Le tout, à présent, était de trouver ce qu'il nous fallait. J'avais tout de même un problème. J'avais en horreur les chevaux. Je ne leur voulais pas de mal ! Je les trouvais majestueux… seulement, ils me terrifiaient.

— Nous allons nous y rendre en calèche comme le faisaient les habitants d'ici il y a deux siècles.

Méfiant, tout le monde me regardait comme si je venais de leur révéler l'apparition d'une deuxième lune dans notre système solaire.

— Et tu comptes nous dégotter ça où ? s'exclame Charles le pragmatique. Sans compter qu'il faut certaines compétences pour s'en servir.

— Moi je trouve l'idée super sympa et très romantique ! s'écrie Mina en se blottissant contre Tony.

— Mon grand-père en avait une. J'adorais y monter quand j'étais gamine, continue ma mère complètement emballée.

— Nous n'allons pas passer inaperçus avec ça ! remarque mon oncle Paul.

Vic s'approche de moi et me chuchote.

— Eh bien ma vieille ! Tu me surprends. Toi qui détestes ces animaux !

Je lui souris. Je comprenais son étonnement. Habituellement, j'étais de ceux qui se laissaient guider. Les initiatives et la spontanéité lui étaient réservées. Mon rôle se résumait à gérer les dommages collatéraux et j'avais généralement pas mal de boulot. Cette fois, j'étais bien décidée à quitter ma zone de confort.

Mon oncle Éric semblait avoir la solution. Près de notre villa, Il avait repéré dans la cour d'une ferme, une immense calèche.

Elle était en piteux état mais avec un peu de travail et de temps, elle ferait sans doute l'affaire. Nous sommes donc allés rendre une petite visite à notre voisin.

— Quoi ? Vous voulez en faire quoi ?

Le pauvre homme n'avait visiblement pas l'habitude des visites mais le plus étonnant était sa tenue vestimentaire. Il portait un pantalon de travail. Jusque-là rien de bien anormal. Cependant, son tee-shirt affichait le dessin d'un poney arc-en-ciel barbotant dans l'eau avec pour inscription « Je ne peux pas... j'ai aqua poney ». Pour clôturer l'ensemble, un immense chapeau mexicain était vissé sur sa tête.

— C'est pour le 14 juillet monsieur. Nous voudrions vous l'emprunter pour nous y rendre comme le faisaient les gens d'ici autrefois, s'égosille mon oncle.

Et sourd comme un pot !

Tony semblait avoir avalé un piment tout. Son visage écarlate parlait pour lui. Charles lui frottait le dos par solidarité. Mal à l'aise, mon père baladait ses yeux de gauche à droite cherchant sans doute sur quoi les poser. Ou bien était-il victime d'hallucinations ! À tout moment, je m'attendais à ce qu'il nous montre du doigt un ours en train de jouer du violoncelle, une marguerite entre les dents. Ce qui l'aurait sûrement arrangé.

Médusé, l'homme nous regarde les uns après les autres. Son œil gauche était fermé, sans doute la caractéristique d'une concentration extrême. Il avait au bout des lèvres un mégot malmené qui ne demandait qu'à atterrir au sol. Pendant notre échange, son regard scrutait la route derrière nous. Je le soupçonnais espérer que la cavalerie débarque, tous gyrophares allumés. Il devait certainement nous prendre pour des malades échappés de psychiatrie.

— Bien évidemment, nous serons ravis de vous avoir à dîner un soir pour vous remercier, je sors tout sourire.

Il crache son mégot à quelques centimètres des chaussures de mon père qui s'écarte de justesse.

— Bon ! Si vous y tenez… Y vous emmènerais Laurel et Hardy en fin de journée, nous dit-il en se retournant à vive allure. Le sont fous ces Parisiens… finit-il en s'éloignant.

— Nous ne sommes pas de Paris, monsieur. En fait nous…

— C'est qui Laurel et Hardy ? s'interroge mon oncle.

Il était déjà loin, certainement impatient d'en finir avec nous. N'y tenant plus, Tony libère la pression et laisse ses cordes vocales s'exprimer.

Sur le parking de la villa, c'est le branle-bas de combat. Munis de nos ballets, torchons et autres accessoires, nous frottons comme des dingues. Enfin pour ma part, ce n'est franchement pas une réussite. Je ne risquais pas d'intégrer l'équipe de Valérie Damidot de sitôt.

— Microbe ! Tu nous fais quoi là ? On a dit frotter, pas caresser !

— Romain ! Laisse ta sœur tranquille ! Ma puce… Va te reposer un peu. On va finir, m'ordonne mon père.

— Je crois que j'ai un peu trop abusé de ce merveilleux Pineau qu'a rapporté tonton Paul hier soir.

— Non mais écoutez-là ! Et tu vas la croire « pa » ? Elle était assise près de moi à table. -Mon frère se tourne vers moi-. Et tu n'as pas bu une goutte d'alcool ! Tu essaies de te défiler comme quand on était enfant.

Je n'ai pas le temps de me défendre que déjà mon père me pousse vers la villa. Ça fait du bien de ne pas avoir à se justifier. Je jette, cependant, un dernier regard vers mon père. Je le trouvais un tantinet protecteur.

Ma mère est assise sur mon lit et me secoue délicatement l'épaule.

— Kris ! Ma grande... réveille-toi.

— Oui Maman. Je descends prendre mon petit déjeuner.

— Je crois qu'il est, soit trop tôt, soit trop tard pour un chocolat chaud avec des céréales krispies.

Oh zut ! La villa, les montagnes, les vacances... le 14 juillet. La calèche.

Je me redresse difficilement.

— Mais quelle heure est-il ?

— 18 heures.

— J'ai dormi 4 heures ? Mais pourquoi vous ne m'avez pas réveillée plus tôt ? lui crié-je en me dirigeant vers la porte.

— Ton père nous a demandé de te laisser dormir jusqu'au dernier moment. Et je te jure qu'il ne plaisantait pas avec ça. C'est vrai que tu sembles fatiguée ces derniers temps ! Tu travailles trop.

Je me retourne vers ma mère, occupée à remettre mon lit en état.

— Papa a fait ça ?

— Ne t'inquiète pas ! Tout est prêt. Tu n'as plus qu'à t'habiller.

Elle me cache quelque chose. Elle sourit exagérément comme les matins de Noël.

— Ah la voilà !

Sans que je puisse réagir, Vic me prend par la main. Effectivement, j'étais bonne dernière. Nous sortons de la villa dans une joyeuse excitation. Quand nous atteignons le parking, je n'en crois pas mes yeux. La calèche ne ressemble plus à celle que j'avais quittée avant d'aller m'allonger. Des tissus bleus, blancs et rouges cachaient les panneaux de bois. Même les majestueux chevaux qui répondaient sous les noms de Laurel et Hardy n'avaient pas été épargnés. Leurs colliers étaient eux aussi décorés.

Marc s'approche de moi et me tend son bras.

— Si madame veut bien se donner la peine ! Le carrosse est avancé.

— C'est magnifique ! je m'exclame en m'accrochant à lui.

— Nous te devions bien ça pour nous avoir tous réunis. Et tout le monde connaît ton adoration pour les 14 juillet, fillette.

Je n'ai rien ajouté. J'en aurais été incapable même avec la meilleure des volontés.

Le parcours jusqu'au village de Cauterets prend des airs d'aventure à la Indiana Jones. Marc tient les guides. Je dois avouer qu'il est assez doué. Je n'en dirais pas autant des deux canassons difficiles à maîtriser. Romain et Tony ont dû, à plusieurs reprises, descendre de la calèche pour les arracher à l'herbe tendre du bord de route. Je soupçonne une vengeance. NB : éviter les rubans tricolores sur les encolures de ses bestioles.

Comme à son habitude, Charles râle regrettant le confort de sa voiture haut de gamme. Nous espérons arriver tous à bon port et surtout en vie. Tout au long du trajet, les personnes que nous croisions nous complimentaient en nous chantant la Marseillaise. Notre arrivée sur la place de Cauterets s'est transformée en attraction. Un troupeau de curieux a très vite entouré la calèche pour caresser les chevaux.

Une table nous attendait, décorée de bougies et de lampions suspendus au-dessus de nos têtes. L'air était doux. Les gens riaient et avaient bien l'intention d'en profiter. Ma famille ne faisait pas exception à la règle. Un fond de musique accompagnait nos conversations. Tout était parfait. Ma mère et Sidonie fournissaient des efforts pour se supporter prenant soin de respecter une distance raisonnable pendant notre repas. Charles semblait, à présent, détendu. Mon oncle Paul avait retiré son masque de tristesse. Vic rayonnait, son épaule collée à celle de Marc. Cette dernière observation me fait sourire. Quelle idée ! Vic et Marc. Je la fais disparaître d'un geste imaginaire de la main.

La première détonation se fait entendre. Cauterets étant entouré de montagne, le feu d'artifice se tire sur un des versants. Enfin, le spectacle commence. Je retrouve ma joie d'enfant. Par-dessus tout, je retrouve les mains de mon père qui se sont discrètement posées sur mes oreilles. Comme à notre habitude, je me laisse aller contre son torse. Je sens cette boule à l'estomac m'envahir petit à petit. Les larmes me préviennent de leur arrivée. Pour une fois, je vais les laisser couler. Pour cette fois, je vais les laisser à leur victoire et remercier silencieusement l'obscurité les dissimuler. Je lève la tête vers mon père qui semble lui aussi ému. Il doit penser à cette petite fille qui n'en est plus une aujourd'hui et au temps qui passe. Mes pensées à moi sont bien moins agréables. Elles vont péniblement vers ces mains que je ne pourrai pas emporter. À la générosité et la personnalité combative de ma mère… aux ambitions de mon frère… la douceur de Julie et la jeunesse fougueuse d'Anna. Je pense à l'énergie et l'insouciance de Vic… la fureur de vivre de Marc… les conseils de Charles… l'innocence de Mina. Ma valise débordera de tous ces petits bouts d'eux. Le départ sera-t-il plus supportable ?

Chapitre 25

Le retour en calèche est nettement plus animé qu'à l'aller. Certains ont largement abusé de la bière qui coulait à flots pendant le bal. J'entends déjà les jérémiades désespérées de nos fêtards à leur réveil demain. Certaines bonnes résolutions ont la dent dure. Mina et Vic se sont improvisées DJ, reprenant en cœur tous les succès des années quatre-vingt-dix et malheur à ceux qui ne participent pas. Les ados essaient de prendre le dessus en changeant de registre pour un plus récent. Ils sont vite arrêtés par la voix tonitruante de Vic bien décidée à garder la main. Charles n'est décidément plus dans le contrôle. À plusieurs reprises, nous avons dû l'empêcher de grimper sur ces pauvres chevaux. Il nous affirmait qu'il avait été un excellent cavalier de l'infanterie dans une autre vie. Je n'ai pas pu m'empêcher de tout filmer. Demain, les félicitations s'imposeront pour son lâcher-prise. Mon frère n'est pas en reste. Il s'improvise danseur chorégraphe en entraînant notre mère dans la foulée. Marc essaie, tant bien que mal, de maintenir la calèche sur ses quatre roues. Comme à l'aller, je suis assise à ses côtés et le soutien avec mes maigres encouragements.

Nous arrivons enfin. Notre moyen de transport se vide en un temps record. Certainement au grand soulagement de Laurel et Hardy. Tony accompagne Marc chez le propriétaire de nos deux fidèles destriers. Beaucoup avaient décidé d'un bain de minuit sans s'embarrasser de leur maillot de bain. En quelques secondes, la piscine ressemblait à une énorme marmite en train de bouillir. Tony ne tarde pas à revenir.

— Marc n'est pas avec toi ?

— Non. Il voulait brosser un peu les chevaux avant de nous rejoindre. Moi, ce n'est pas mon truc les canassons.

— Moi non plus.

Il fonce vers les joyeux batraciens. Je pars dans la direction opposée pour rejoindre Marc que je retrouve en chemin.

— Laurel et Hardy vont bien ? je lui demande.

— Je suis prêt à parier qu'ils s'enfuiraient s'ils nous croisaient à nouveau, me dit-il en riant.

— Je ne savais pas que tu t'y connaissais en chevaux !

— Très peu en fait. C'était lors d'un voyage au Mexique... Un vieux qui tenait un ranch a insisté pour m'apprendre deux ou trois bricoles.

— OK je vois ! Est-ce qu'il t'a aussi donné des cours de séduction ?

Je sens Marc se raidir d'un coup.

— Je suis très flatté Kris... mais ça risque de faire désordre dans la famille.

— Idiot ! je lui souffle en lui dégottant un coup de coude dans les côtes. Cependant, je connais une jolie rousse qui...

— Attends là ! Tu me fais quoi ?

— OK je reformule. Vic n'est pas indifférente à ton charme irrésistible, cousin ! Tu as dû t'en apercevoir, j'imagine !

— Ah non Kris ! Je te vois venir ! Pas ça !

— Ah bien ! On avance. Donc tu vois venir quelque chose !

Il soupire et accélère le pas.

— Tu sais quoi ? On va arrêter de suite cette conversation. Et depuis quand tu nous joues la marieuse ? Ça ne te ressemble pas.

Il marque un point. Je devais calmer mes ardeurs. Je commençais à éveiller les soupçons. Je le suis malgré tout. Difficilement, mais je ne lâche pas.

— Et tu crois t'en tirer comme ça ? Marc ?

Il ne s'arrête pas pour autant continuant à grande enjambée.

— Marc ! je lui crie totalement essoufflée. Je vois bien qu'elle en pince pour toi. Et sincèrement, j'aime bien l'idée.

Vic n'aurait pas apprécié cette remarque mais ça avait au moins le mérite de stopper mon fuyard. Je me place devant lui. Il avait le visage fermé et les lèvres pincées. Je ne le reconnaissais pas. Son regard était sombre et tourmenté. Il était même… terrifié ! Apparemment, la conversation n'avait pas la même teneur pour nous deux. Je la voulais légère. Visiblement pour lui, elle prenait un tournant douloureux.

— Marc ! Ça va ?

Aucune réponse. La tension montait dangereusement. Là, j'étais carrément inquiète.

— Écoute Kris. Vic est vraiment géniale comme nana, mais elle ne me connaît pas. Si c'était le cas elle… – Il hésite et cherche ses mots. Je ne suis pas la personne qu'il lui faut.

Quoi ? Pourquoi parle-t-il de lui de cette façon-là ?

— Qu'est-ce que tu me racontes ? J'ai vu comment tu la dévorais des yeux. Et c'est quoi ça, « je ne suis pas la personne qu'il lui faut » ?

— Tu veux être gentille ? Ne t'en mêle pas. C'est compliqué à t'expliquer. Pour résumer, Vic n'a pas besoin d'un mec comme moi dans sa vie.

— Marc ? Qu'est-ce que tu…

Il lève sa main droite m'intimant de ne pas continuer.

— Je t'assure c'est mieux comme ça.

Il se détourne et s'éloigne à nouveau. Alors là ! J'en reste sans voix. Depuis quand Marc se dévalorisait-il ainsi ? Lui ! Un mec à ne pas fréquenter ? Je n'avais pourtant pas rêvé. Les regards insistants… les rapprochements… les sourires partagés… et surtout, je savais reconnaître quand mon amie était attirée par un homme ! Il n'y avait aucun doute possible. Alors peut-être m'étais-je trompée sur les intentions de Marc ?

— Kris ?

Perdue dans mes réflexions, je n'avais pas remarqué la présence de Charles.

— Charles ! Je parlais justement avec ton frère ! Je le trouve un tantinet à cran ce soir.

— Oui je sais. Je ne voulais pas être indiscret mais j'ai entendu une partie de votre conversation.

Il marque une pause. Il ne voulait pas être indiscret ? Quelque chose me dit que sa présence n'a rien d'un hasard.

— Kris… ton amie Victoire est une chic fille et je ne voudrais pas qu'elle souffre.

Voilà que lui aussi s'y mettait. La dispute près de la chapelle me revient aussitôt en mémoire. Il se passait définitivement quelque chose entre ces deux-là. J'allais peut-être ce soir en avoir le cœur net. À moi d'œuvrer adroitement dans ce sens.

— Qu'est-ce qui te fait dire ça Charles ? Pourquoi Vic souffrirait ?

— Je ne pense pas que ce soit à moi de t'apprendre certaines choses. Tout ce que je peux te dire, c'est qu'il ferait bien de se tenir à distance. Et j'y veillerai, sois-en sûr.

Quoi ? Marc avait passé l'âge qu'on le piste ! Et sous quel prétexte ? Je sentais la colère me chatouiller les narines. J'avais beau essayé de lui ordonner de rester où elle se planquait, mais rien à faire. Elle se faufilait comme une anguille. J'en étais la première surprise. Je n'étais pas du style à perdre mes moyens. Bien au contraire. Jamais un mot plus haut que l'autre. Quand je parlais d'une nouvelle Kristelle et de vivre de nouvelles expériences, je ne me souvenais pas avoir ajouté sur la liste « essayer de garder son sang-froid ».

J'avais toujours eu une préférence pour Marc. Pas que je n'aimais pas Charles... mais à y réfléchir, mes souvenirs avec lui avaient un goût amer contrairement à ceux passés avec son frère.

— Tu y veilleras ? j'articule un peu trop fort. Qu'est-ce que tu veux dire par là ?

Sur la défensive, Charles se redresse.

— Hey ! Doucement Kris ! Qu'est-ce qu'il te prend ?

— Non mais tu plaisantes là ! Je ne sais pas ce qu'il se passe entre vous mais jouer le rôle du grand frère ça allait bien quand vous étiez des mômes !

— Sincèrement, je m'en passerais figure toi ! ajoute-t-il.

— Tout me laisse penser le contraire, je sors du tac au tac.

Déterminé, il croise les bras sur sa poitrine, bien décidé à ne pas se laisser déstabiliser. Ce n'était pas dans ses habitudes et je doutais qu'il les transgresse pour moi. Il affiche alors sur son visage un air d'autosuffisance exaspérant. Son attitude brise d'un coup la distance que j'avais imposée à ma colère.

— Arrête ton cinéma Charles ! Vraiment, ça devient lassant ton petit jeu de « je suis le plus fort ».

Merde ! Je l'avais dit. Je voyais bien qu'il était tout aussi étonné que moi. En deux ou trois pas, il a effacé le peu d'espace qu'il restait entre nous.

— Mais de quoi tu parles là ?

164

De toute évidence, il était complètement sincère. Il ne voyait vraiment pas à quoi je faisais allusion. À ce moment, l'ancienne Kris refait alors surface. Elle comprenait ce que lui ne pouvait pas. Nous l'avions laissé faire depuis notre enfance. Il était le raisonnable, le prévoyant, notre garde-fou quand nous ne rêvions que d'indépendance et d'aventure. Il était le plus âgé de nous tous. Par la suite et tout naturellement, il avait petit à petit eu de l'emprise sur nous. Le contrôle, l'autorité mais surtout la supériorité. Charles nous assommait de remarques moralisatrices tout en nous rabaissant. Quelques souvenirs me reviennent, comme à notre plus jeune âge. « Oh tu portes encore des couches pour dormir ? Pas moi et ça fait longtemps ». Ou adolescent, « t'as que treize de moyenne ? Moi j'ai seize ! ». L'examen de conduite ne m'avait pas été épargné. J'avais dû le repasser deux fois. Il s'était empressé de souligner mon incompétence. Je n'avais pas été la seule à subir ce genre d'attaques. Si enfant j'avais encaissé sans trop comprendre, tout avait été différent à l'adolescence. Par la suite, j'ai laissé tomber. Cette fois, la Kris qui comptait les jours ne le supportait plus.

— De ta façon de nous rabaisser. De nous faire comprendre qu'on ne t'arrive pas à la cheville. Nous faire passer pour des ignares.

J'ai dit ça moi ? J'ai un instant de recul. Trop tard ma vielle ! Tu ne peux plus reculer. Je crois que ça aurait eu le même effet si je l'avais giflé.

Il n'a pas dit un mot pendant plusieurs secondes. Je me demandais même si je n'avais pas endommagé quelques neurones. Son cerveau n'enregistrait plus. Bug foudroyant… Black-out…

Il se racle la gorge.

— Je ne peux pas croire que TOI tu me dises ça !

— Pourquoi ? Parce que je suis la gentille et adorable Kris ? Toujours d'humeur égale ? Et tellement serviable et compréhensible ?

Bon sang ! N'y a-t-il donc personne pour me faire fermer le clapet ?

— Oui… effectivement… rétorque-t-il.

J'avais envie de hurler. J'étais bien consciente de l'image que je donnais à voir. Je n'en voulais plus. Ça pouvait être idiot mais, même si ce n'était pas le moment, j'imaginais mes éloges funestes. Vous voyez le genre ? Non ? Moi très bien. « Nous n'oublierons jamais notre fille, notre amie, notre cousine, notre collègue… Kristelle. Une personne si délicieuse, généreuse, prévoyante et humaine. Une perle ! Jamais elle ne se mettait en danger… jamais elle ne s'emportait… un exemple pour nous tous ». Quelle tristesse ! Je ne voulais pas de ça.

Quand soudain, je me prends la tête entre les mains et me penche en avant. La douleur est insupportable. « La grosse Bertha » me rappelle à l'ordre. J'y vois comme un signe. Une interdiction au changement. Condamnée à rester qui je suis. Même l'exprimer n'était pas autorisé ! Ma mise à mort ne lui suffisait-elle pas ?

Je sens un bras se poser sur mes épaules.

— Kris ? Ça ne va pas ?

— Rien qu'une migraine, j'articule difficilement. Je vais aller me coucher.

Je rejoins la villa à l'aveugle, frustrée par cette interruption.

Chapitre 26

Un peu plus d'une semaine que nous sommes dans la villa. Il faut que j'appelle ma cancérologue. J'y pense depuis deux ou trois jours reculant l'échéance au moindre prétexte. Trop tôt, trop tard... trop occupée... trop fatiguée... mais surtout, je n'ai pas le courage de briser cette bulle de protection que j'ai réussi à construire, entourée de ma famille. Je fixe mon portable. Je le supplie de ne pas m'avaler pour me transporter dans cet hôpital. Cet appel me contraint d'évoquer cette tumeur, de parler du traitement. Je le prends tous les jours. Je ne l'oublie jamais. Je le sors de son emballage... je le gobe. Ne surtout pas donner d'intérêt à ce geste. C'est plus facile comme ça. Avoir madame Mouffoir au téléphone, me replonge instantanément dans le drame de ma vie.

— Service oncologie bonjour !

Mon cœur se serre aussitôt. J'ai la nausée.

— Allo ! Oui... bonjour. Je voudrais parler à madame Mouffoir. Je suis Kristelle Valet, une de ses patientes.

— Ne quittez pas s'il vous plaît.

Elle me met une mélodie d'attente. Je reconnais aussitôt le prélude de Chopin. J'ai l'impression d'être transportée dans une chambre mortuaire. S'ils s'imaginent nous procurer un sentiment relaxant et apaisant, moi, ça me donne le cafard. Celui, ou celle, qui avait sélectionné cette mélodie avait forcément une idée en tête. Nous soumettre pour enfin accepter notre sort. C'était une évidence. Mieux encore, ils devaient laisser les patients en fin de vie les choisir. Succès garanti. Déprime assurée.

— Allo !

— Madame Mouffoir ?

— Kristelle ! Vous en avez mis du temps à me rappeler !

— Vous rappelez ?

— On ne vous a pas donné le message ?

Mais de quoi me parle-t-elle ? Je n'étais pas la seule à avoir besoin de vacances.

…

— Bref ! C'est sans importance. Comment allez-vous ?

Je lui explique les derniers jours. Je lui évoque les moments d'isolement quand ça devient trop compliqué. Je lui parle de ma vue qui devient encore de moins en moins claire. Je lui parle de mes maux de tête. De mes membres parfois engourdis… des nausées… de mon manque d'appétit… de mes siestes obligatoires pour pouvoir tenir un minimum. Cependant, je m'abstiens de parler de mes angoisses, même les nocturnes. Je refuse de lui raconter ma terreur quand mes jambes sont à un tel point peu coopérantes que je dois pratiquement me traîner jusqu'à ma chambre. Je ne lui dis rien de mes sifflements auditifs qui me donnent envie de m'arracher la tête. Je ne lui parle pas non plus de mes migraines qui parfois me feraient perdre la raison. Je n'évoque pas les jours qui passent et qui me rapprochent de plus en plus de mon dernier voyage. Je ne lui dis que le superflu. Je sais que je ne devrais pas lui mentir. Je n'en suis pas fière, croyez-moi ! Elle ne mérite pas ça. Ces quelques petits désagréments que je lui dépeins, n'en seront que des petits.

Je garde le reste pour moi. Une manière de croire que tout est sous contrôle. Illusoire... peut-être... mais réconfortant malgré tout.

J'ai l'air d'être convaincante. Ou alors, nous sommes les actrices les plus douées pour jouer le rôle du faux semblant. Elle n'insistera pas. À mon grand soulagement.

— Très bien Kris. Et comment ça se passe avec votre famille ?

Je sais parfaitement à quoi elle fait allusion. Mais là aussi, j'ai les choses bien en main. Ou presque ! Non ! Pas du tout en fait.

— Ça progresse tout doucement.

Je me fais l'effet d'une architecte qui doit rendre des comptes à son client. Bravo ! De mieux en mieux.

— Je vois. Est-ce que vous avez besoin de quelque chose ?

— Une solution ou plutôt un miracle pour me sortir de ce merdier ? je lui balance un peu violemment.

Et voilà ! C'est sorti tout seul. J'en ai la confirmation encore cette fois-ci. Cette tumeur a définitivement anéanti la partie du cerveau qui régule mes humeurs. C'est moche !

...

Je pense que ma cancérologue m'a raccrochée au nez. Je ne lui en voudrais pas. Je vérifie mon écran de portable qui m'informe que je suis toujours en ligne.

— Je suis désolée.

— Ne vous excusez pas.

— Je n'ai pas à vous parler comme ça.

— Et vous, vous ne devriez pas subir tout ça.

Je me masse la tempe gauche. Cet excès de colère donne un prétexte à la « grosse Bertha » pour faire son apparition.

— Je dois vous laisser.

— Je compte sur vous pour m'appeler dans cinq jours, insiste-t-elle.

— OK. Je compte sur vous pour oublier mon emportement.

— C'est déjà oublié.

— Oh ! Docteur ?

— Oui ?

— Il y a bien une petite chose que vous pouvez faire pour moi et pour vos autres patients ! La musique d'attente… la changer pour une plus joyeuse serait une bonne idée. Ou je crains que vos malades ne meurent de dépression et non de leur tumeur.

Chapitre 27

C'est aujourd'hui le grand jour. C'est aujourd'hui que je passe à l'action. Place aux révélations... aux aveux. Plus le choix. Ça ne peut plus durer. J'ai un plan bien rodé que j'ai méticuleusement travaillé. Je n'ai pas le droit à l'erreur. Il faut que je sois directe et sûre de moi. Ça va être émotionnellement très dur. Ne pas craquer. J'ai de la chance, « la grosse Bertha » semble me fiche la paix. Elle a certainement compris l'enjeu de cette mission. Je lui suis tellement reconnaissante qu'une ébauche de réconciliation se faufile dans mon esprit. Heureusement, je ne tombe pas dans son piège et retrouve vite la raison. Il s'en est manqué de peu.

Je vais devoir déployer une tonne d'énergie. OK... je l'avoue... la réaction de ma famille m'effraie. Comment vont-ils le prendre ? Vont-ils me reprocher de leur avoir menti ? Pourtant, je suis plus que jamais déterminée. Prête à toute éventualité. « Tout obstacle renforce la détermination. Celui qui s'est fixé un but n'en change pas ». Celle-là n'est pas de mon grand-père mais du boucher en bas de chez moi. Ces deux-là se seraient bien entendus.

Quatorze heures. Nous sortons de table. C'est l'instant idéal. Tout le monde est repu et détendu. Je sais que le temps est compté. Je dois faire vite. Très vite. J'observe dans un premier temps les occupations de chacun. Vic papillonne auprès de Marc. Il faut vraiment que je m'occupe de ces deux énergumènes. Leur tour viendra. Mon père et mes oncles ont entrepris de se lancer dans une partie de pétanque. Les cousins, en pleine séance de bronzette. Dans le salon, mon frère et Julie regardent une série sur le net.

Ma première victime feuillette un magazine. La deuxième est dans la cuisine. Je m'occuperai de cette dernière dans quelques minutes, si tout se passe comme prévu.

— Sidonie ? Excuse-moi de te déranger… Ça t'embêterait de descendre à la cave avec moi pour choisir le vin de ce soir ?

— Bien sûr que non ! Mais ce n'est pas ton père et ton oncle qui s'en occupent habituellement ?

Je me suis préparée à cette question. Je réponds donc sans détour.

— Nous sommes tout aussi capables qu'eux. Tu ne crois pas ? Et il fait si frais en bas…

Elle se lève. Je jubile. Je savais qu'en me servant subtilement de l'éternelle discorde de l'égalité des sexes, j'obtiendrais un résultat. La première étape de mon plan fonctionne à merveille.

On accède à la cave par l'extérieur. Il y a une trentaine de marches à descendre. Pas étonnant qu'elle soit aussi fraîche. Elle se situe exactement sous la partie dortoir de la villa. J'adore cette pièce. Elle fait la moitié de la villa. Elle est superbe. Voûte en pierre… une magnifique table en chêne pouvant accueillir une quinzaine de personnes et l'éclairage tamisé lui donne un aspect chaleureux. Il y a une collection impressionnante de grands crus à faire rougir un œnologue.

— Tu as raison. Qu'il fait bon ici !

Je me dirige vers les étagères pour choisir une bouteille. Je veille à ce que ma proie me suive. Après une minute ou deux, je passe à l'étape suivante de ma mission.

— Quelle idiote ! Papa m'a parlée d'un vin qu'il fallait absolument que l'on goûte pendant les vacances. J'ai oublié son nom.

Je prends l'air navré.

— Je remonte lui demander. Je reviens.

Elle acquiesce en silence et continue sa chasse au trésor.

Je grimpe les escaliers aussi vite que je le peux. J'arrive essoufflée devant ma mère.

— Maman j'ai besoin de toi dans la cave.

Elle me fait face et me regarde comme si je venais de sortir une énormité.

— Dans la cave ? Mais qu'est-ce que tu veux que l'on y fasse ?

Je ne peux pas lui sortir la même histoire qu'à Sidonie. Ça ne marchera pas avec elle. Mais ça aussi, je l'ai anticipé.

— Tu ne l'as pas vu ? je me révolte.

— Quoi ?

— Cette splendide machine à coudre d'époque ?

Ma mère adore la couture. C'est une réelle passion. Elle est capable de chose incroyable à partir de rien. Une aiguille, un fil, du tissu… Elle vous fait de véritables œuvres d'art.

— Et ils l'ont stocké dans la cave ? Non mais vraiment ! Je ne sais pas ce qu'il peut se passer dans la tête des gens parfois. Avec l'humidité qu'il doit y avoir dans cet endroit… Crois-moi, j'en toucherai deux mots au propriétaire !

La voilà qui galope en direction de la cave pour porter secours à cette pauvre machine en détresse. Je la suis le sourire aux lèvres. Elle descend et entre. Je la laisse faire plusieurs pas cherchant des yeux sa protégée. Je n'irais pas plus loin. Je tire la grande porte en chêne et je pousse le loquet. Je pose mon oreille sur la porte. Pas un bruit. L'épaisseur de celle-ci ne laisse rien filtrer. Fière de moi, je remonte et cette fois en prenant tout mon temps. Elles vont l'avoir elles aussi. Je n'ai plus qu'à croiser les doigts pour qu'elles ne le gâchent pas en cris et reproches.

Moi : « Mission accomplie. ☺»

Fanny : « Tu t'es assurée que le sapin supporte leur affrontement ? »

Moi : « Je ne pouvais pas faire subir ça à un pauvre conifère. J'ai opté pour la cave de la villa. Elle est aussi efficace qu'une grotte. »

Fanny : « Tu comptes les libérer dans combien de temps ? »

Moi : « Une semaine. Tu crois que c'est trop ? Ou peut-être pas assez ! »

Fanny : « Tu sais… les avocats ont un tarif exorbitant ! »

Moi : « Le juge m'applaudira des deux mains. Pas besoin des tuniques noires. »

Mon oncle est le premier à me demander où se trouve sa compagne. Je suis concentrée sur une grille de sudoku. Je déteste ce jeu. Je sais aussi que si je me lance dans la lecture de mon roman, je serais condamnée à lire et relire les mêmes lignes. Au moins avec ce jeu stupide – qui, j'en suis sûre, ne sert à rien – je ne loupe pas grand-chose. Je peux donc être sur mes gardes tout en donnant l'illusion d'être extrêmement occupée. Et oui, je ne laisse rien au hasard. Je savais bien que mon addiction pour les romans policiers me servirait un jour.

— Elle ne t'a pas prévenu ?

Mon oncle secoue la tête en signe d'incompréhension.

— Elle m'a dit qu'elle avait besoin de se dégourdir les jambes.

— Ça ne lui ressemble pas de partir comme ça sans rien me dire, s'inquiète-t-il.

— Elle ne voulait sans doute pas te déranger.

— Elle est partie toute seule ?

— Hum… je crois oui.

Je replonge dans ma grille, le laissant à sa réflexion. Je regarde ma montre. Ça fait un peu moins d'une heure qu'elles sont ensemble.

Une demi-heure plus tard, c'est au tour de mon père.

— Tu as vu ta mère ?

— Elle est partie faire des courses. Elle ne t'a rien dit ?

— Non.

— Elle est partie avec qui ?

— Toute seule, je crois.

— Ah ! OK.

Chacun retourne à ses occupations. Ça me laisse un peu de temps. Il est encore trop tôt pour les libérer. Je préfère attendre la troisième vague de questions. Je sens une certaine pression m'envahir. Le doute fait vite son apparition. Peut-être que… bon sang ! C'est évident ! Je n'aurais jamais dû faire ça !

Une heure plus tard, je suis carrément au bord du gouffre. À présent, c'est une évidence ! J'ai fait une énorme connerie. Je n'oserai jamais ouvrir cette satanée porte. Je peux peut-être m'enfuir sans que personne ne s'en aperçoive. Je quitte le pays. Les États-Unis ? Non le Canada ! Encore trop proche. La Nouvelle-Zélande ! Ça sera parfait. Je change de nom de famille. Je me teins les cheveux en blond. Je porterai des lentilles de couleur.

Ça fait maintenant une bonne demi-heure que j'échafaude mon plan de fuite. Je n'ai plus aucune hésitation. Je ne vais pas mourir des griffes de « la grosse Bertha » mais des mains de ma mère. Elle ne me pardonnera jamais. Elle ne voudra rien entendre sur mes intentions de les réconcilier. Ça fait à présent presque trois heures qu'elles sont enfermées et la peur me cloue dans mon fauteuil.

Autour de moi, l'anxiété commence à se faire sentir. Certains parlent de prendre les voitures et de chercher nos deux disparues. Deux groupes se forment. Le premier décide d'aller dans le centre de Cauterets, retrouver ma mère et l'autre rejoindre les sentiers de randonnée pour Sidonie. Je ne peux pas les laisser faire. Il me faut un avis impartial. Je coince Vic dans un coin.

— Je sais où elles sont, je lui dis tout bas.

— Quoi ? Tu attends quoi pour le dire à tout le monde ? s'exclame-t-elle en me tirant vers le groupe.

Je la retiens, le regard suppliant.

— Écoute-moi ! je siffle entre mes dents.

Je lui explique leur absence… où elles se trouvent… et le pourquoi de tout ça. Elle ne m'interrompt pas une seule fois. Cependant, l'expression de son visage en dit long. Je suis alors sur le point de lui demander de m'accompagner à la prochaine gare.

— Alors là ma vieille… tu es dans de sales couettes.

Vic ! Ce n'était pas le moment de lui donner une leçon de grammaire.

— Tu te fous de moi ? Tu es, sans arrêt, en train de dire que je ne prends jamais aucun risque… que je suis plan-plan, trop sage, aucune initiative ! Tu me rabâches les oreilles avec tes leçons de morale et tes « on ne vit qu'une fois » ! Et là tu…

Elle éclate de rire. Je pose les mains sur mes hanches.

— Et je pourrais savoir ce qui te fait rire ?

Elle essaie de reprendre son souffle et me dit.

— J'ai créé un monstre ! L'élève a dépassé le maître.

Je soupire complètement désemparée.

— Vic ! Il fallait que je fasse quelque chose ! Tu l'as vu comme moi, l'autre soir. Elles se détestent !

— Tu les as renfermées dans la cave depuis le début de l'après-midi ! Il est près de dix-sept heures. Tu crois qu'elles vont réagir comment à ton avis ?

Je sens la sueur me couler dans le dos. Ce qui me semblait être une bonne idée il y a quelques heures m'apparaît comme un désastre venant de la bouche de ma meilleure amie.

— Et je fais quoi maintenant ?

— Je ne vois qu'une solution. Dire la vérité.

…

— Allez ! Ramène-toi.

J'étais comme paralysée et cette fois-ci ce n'était pas la « grosse Bertha » la responsable.

— Kristelle ! Bouge !

Je la suis, la tête enfoncée dans mes épaules.

Les discussions vont bon train. On pouvait lire l'angoisse sur leurs visages. Je les regarde, complètement paniquée. Si un aigle royal choisissait ce moment pour m'emporter dans les airs, ça n'aurait pas été de refus.

Vic, qui se tient près de moi, me pince le bras en me jetant un regard de braise. Je prends une grande bouffée d'air et me lance.

— Je sais où elles sont.

Mon père se rapproche de moi, attendant la suite. Je me ratatine.

— Dans la cave. Je le sais parce que c'est moi qui les y aie mises. Enfin plutôt renfermées. Je voulais qu'elles se parlent et qu'elles règlent leur différend une bonne fois pour toutes sans avoir la possibilité de s'enfuir.

Je l'ai dit tellement vite que je ne suis pas sûre d'être cohérente. Maintenant, j'ai une dizaine de paires d'yeux qui me fixe comme si je venais de leur avouer que la fin du monde était pour demain.

— Tu as fait quoi ? me questionne mon frère.

— Depuis combien de temps elles sont là-dedans ? renchérit mon père.

— Depuis le début de l'après-midi ! je lâche dans un soupir.

Mina se tient la tête entre les mains. Charles se laisse tomber dans un fauteuil. Marc interroge Vic pour vérifier mes dires. Je ne bouge plus. Peut-être qu'en me concentrant, j'arriverais à me trouver un don. L'invisibilité.

— Mais qu'est-ce qu'il t'a pris ? éructe mon frère. Tu es consciente que maman va te faire vivre un enfer ?

Qu'est-ce que je peux bien répondre à ça ? Bien évidemment que j'y avais pensé ! J'avais le temps de voir venir ! Non ? Ou pas. J'avais peut-être mal évalué les conséquences. Me balançant d'un pied sur l'autre, je me faisais l'effet de quelqu'un entré dans le programme de protection des témoins qui voit débarquer les truands.

Personne n'osait faire un geste. L'effet de surprise n'était pas retombé. Ou alors, chacun évaluait les ricochets de mon initiative.

Mon oncle Éric, qui n'avait encore rien dit, prend la parole.

— Sidonie ne voudra pas rester une seconde de plus ici. Nous n'avons plus qu'à faire nos valises. Les vacances sont fichues.

À nouveau, le silence s'installe.

Soudain, je sens Julie s'approcher de moi et s'accrocher à mon bras.

— C'est facile de s'en prendre à Kris ! Je suis complètement d'accord avec elle. Il fallait faire quelque chose. Et elle a eu le cran de le faire, elle, au moins. On verra pour les reproches plus tard. Il serait peut-être temps de les libérer. Non ?

D'un pas assuré, elle se dirige vers le lieu du crime. Nous la suivons, affichant tous, des mines déconfites. Arrivée à la porte de la cave, elle se retourne, nous questionne du regard pour avoir notre approbation. Nous savions tous que nous allions devoir faire face à une déferlante de remontrances, d'accusations et surtout de hurlements. Nous retenions notre souffle.

Quand Julie pose la main sur la poignée, des cris aigus traversent la porte. Mina ne demande pas son reste pour remonter l'escalier. Marc la coupe dans son élan.

— On reste ensemble sœurette.

Les cris redoublaient. Cette fois, c'est moi qui prenais la direction de la sortie. Je me suis heurtée aux pectoraux de mon frère.

Julie se décide enfin à ouvrir la porte. Nous rentrons tous prudemment, prêts à intervenir. Dans un premier temps, nous ne les voyons pas. La lumière tamisée jouait parfaitement son rôle. De plus, la cave était immense.

— Elles sont ici ! s'écrie mon oncle Éric.

Il y avait un petit renfoncement où se trouvait un canapé Chesterfield et en face de celui-ci, une table basse. Enfin ce qu'on pouvait en voir. Une dizaine de bouteilles de vin la recouvrait. Certaines étaient entamées et d'autres complètement vides. Nos deux séquestrées étaient avachies dans le canapé, un verre à la main. Ma mère semblait totalement concentrée sur ce que lui racontait Sidonie. Elles n'avaient même pas remarqué notre présence. Nous nous sommes rapprochés et nous les avons regardées sans dire un mot. Ma mère a soudainement éclaté de rire. Un rire franc et sonore.

— Je ne te crois pas ! dit-elle alors en versant maladroitement du vin dans leur verre.

— Tu devrais ! Tu aurais dû voir ce pauvre homme. C'était à mourir de rire, s'exclame Sidonie.

Mon père décide de les interrompre et se racle la gorge pour signaler notre présence. Elles se tournent vers nous, les yeux brillants et les pommettes incandescentes.

Ma mère est la première à prendre la parole. Nous remarquons tous qu'il lui faut une concentration digne d'un chirurgien pour articuler correctement. Nous en connaissons la cause. Pas besoin d'avoir fait math sup pour comprendre qu'elles étaient totalement et irrémédiablement ivres.

— Mais regarde qui voilà Sidoooo ! Nos geôliiiiiers ! dit-elle en se redressant.

Sidonie se met à ricaner tout en buvant son verre. Mina qui se trouve près de moi, me chuchote :

— Sido ?

Je lève les épaules, impuissante. Je prends une grande inspiration prête à faire mon mea-culpa. Je leur devais bien ça.

— Maman, Sidonie… Je suis désolée. C'était mon idée. Je ne sais pas ce qu'il m'a pris et je comprendrais très bien que…

— Tu as perdu ma vieille ! Tu me dois un bon resto ! s'exclame Sidonie.

Ma mère grogne en se laissant retomber dans le canapé.

— Et merde ! Je l'aurais juré.

— Mais tu l'as fait je te rappelle !

Elles s'écroulent l'une sur l'autre, totalement hilares.

— Vous avez tout de suite compris ce qu'il se passait ? je leur demande.

Ma mère jette un regard complice à sa partenaire de boisson.

— Tu entends ça ? J'ai comme la désagréable impression que ma fille, mon bébé, ma toute petite, nous prend pour des idiotes.

Romain enchaîne aussitôt.

— Et c'est quoi ce pari que tu as perdu ?

— J'étais persuadée que c'était ton père qui était derrière tout ça. Mais Sidonie m'affirmait que c'était un de vous. Mes propres enfants ! Bon ! C'est bien joli tout ça mais il va falloir qu'on se mette au fourneau. J'aime bien ton idée de poivrons farcis Sido ! Tu as la recette sur toi ?

Cette dernière place son index sur sa tempe et tapote à plusieurs reprises.

— Tout est là, madame !

Elles se lèvent en s'aidant mutuellement et traversent le groupe. Mon intrépide mère s'arrête près de moi et me dit.

— Chérie ! Tu es tellement pâle !

Elle me désigne les restes de leur beuverie.

— Prends une bouteille et sers-toi un petit verre. Ça ne te fera pas de mal. Crois-moi !

Et elle repart.

Mon père se rapproche de moi.

— Bien joué ma grande ! Il semblerait que ton plan ait fonctionné. Regarde-les !

Je repose mon regard sur ce duo qui ne pouvait pas, il y a encore quelque temps, se retrouver dans la même pièce. Et les voilà en train de s'échanger des confidences. Mon père m'embrasse sur le front.

— Je te laisse. Je vais m'assurer que ta mère arrive entière jusqu'à la cuisine et lui préparer un bon café. Vu son état… ça ne lui fera pas de mal.

Il se détache de moi pour revenir et m'enlace.

— Merci mon petit rayon de soleil.

C'est mon imagination qui me joue des tours ou mon père tremble ?

Chapitre 28

Je me réjouissais de ma réussite. Je suis celle qui pouvait faire face. Celle qui arrange tout. Je suis Pascal le grand frère… je suis Michaela Quinn et sa détermination. J'ai assuré comme une pro. OK ! Quelques heures plus tôt, je ne me la ramenais pas autant. J'étais même à la limite d'implorer « la grosse Bertha » d'en finir sur le chant. Ça, c'est mon côté petite baisse de confiance. Oh ça va ! Juste un petit coup de mou. Mon oncle Éric est venu me remercier. Il n'en revenait pas. La métamorphose était incroyable. Il avait demandé à sa compagne ce qu'il s'était passé dans la cave. Elle n'avait rien voulu lui dire. « Ce sont nos affaires », a-t-il eu pour toute réponse. De son côté, mon père avait lui aussi cherché à en savoir plus. Fiasco total ! Ils ont donc laissé tomber. Sidonie n'était plus considérée comme la personne à abattre. Elles ne se quittaient plus. Elles rigolaient aux mêmes blagues, se levaient en même temps pour aller chercher les plats, se concertaient sur tout et sur rien. Il allait falloir nous y faire. Habitués aux tensions, nous devons tout simplement nous désintoxiquer. Ce changement entraînait des répercussions sur tout le monde. L'ambiance générale semblait totalement différente. Plus légère, apaisante et douce. Comme après un orage, l'air électrique s'était complètement dissipé.

Ça fait maintenant plus d'une heure que nous avons tous retrouvé nos chambres pour la nuit. Je suis plongée dans mon roman. Il m'avait fallu plusieurs minutes pour m'installer confortablement mais surtout allumer toutes les sources de lumière que pouvait fournir cette pièce. Ma vision foutait carrément le camp. Un peu plus chaque jour. Ce soir, mes yeux se croisaient carrément les bras en signe de mauvaise volonté.

On frappe à la porte quelques coups à peine audibles.

— Oui !

Tel un petit vieux ratatiné, mon frère entre dans ma chambre sur la pointe des pieds. Il a son index posé sur ses lèvres m'intimant au silence. J'étouffe un ricanement à travers mon pull. La scène valait le coup. Un mètre quatre-vingt-quinze à contorsionner… pas si simple de toute évidence.

— Hey microbe ! Il faut que tu… -Il s'arrête d'un coup et se redresse de tout son long-. Merde frangine ! C'est fini le 14 juillet ! Tu fais quoi avec toutes ses lumières ?

— Tu ne vois pas que je suis en train de lire ? Idiot !

Bien évidemment, je n'allais pas lui balancer au visage que sa petite sœur chérie perdait la vue. Il prend un air surpris. Tous mes sens sont en alerte. Ne pas lui laisser le temps de cogiter.

— Bon, je suppose que tu n'es pas venu me voir pour me parler de mes excès d'énergie ? Alors, crache ta « Valda » car je suis en plein dans le dénouement de l'histoire où je vais enfin savoir lequel de James ou Christopher, la belle Dorothée est amoureuse.

— Lâche Récré A2 et suis-moi.

— Romain ! Non ! Laisse-moi ! Je suis trop bien là ! je lui dis en m'enfonçant exagérément dans mes oreillers.

— Kris ! Ramène tes petites fesses maintenant ! s'écrie-t-il tout en essayant d'atténuer un maximum sa grosse voix. La vraie vie mérite parfois bien plus d'attentions que tes fichus bouquins.

Je grogne en me levant. « La grosse Bertha » qui pensait faire une pause me fusille du regard. Et oui emmerdeuse ! Ça, c'est mon frangin ! Et s'il connaissait ton existence, je t'assure qu'il te flanquerait une bonne raclée.

— Bien sûr, ça ne peut pas attendre demain…

Son regard parle pour lui. Il ne me laissera pas tranquille. Pas la peine de lutter.

— Viens !

Je regarde mon portable. Une heure du matin ? Je jure de l'attacher à un piquet et laisser les vautours le bouffer si ça n'en vaut pas la peine.

J'enfile mes baskets.

— Magne-toi bon sang ! Sinon on va tout louper.

Mais de quoi me parle-t-il ?

Je ne vais sans doute pas assez vite pour lui puisqu'il me prend par la main et me tire dans le couloir, ensuite dans la salle à manger et me porte presque jusqu'à la baie qui accède à la terrasse. Bigre ! Je ne l'ai jamais vu comme ça. Pour le coup, mon excitation monte en flèche et autant que faire soit peu, je cours derrière lui. Soudain, il s'arrête. Je le percute de plein fouet en poussant un petit cri. Je suis prête à parier qu'il ne m'a même pas sentie, bâti comme il est. Je m'apprête à protester quand il plaque, juste à temps, sa main sur ma bouche. Il me demande de m'accroupir. Je m'exécute.

— Tu entends ? me chuchote-t-il.

Dans un premier temps, je ne distingue rien. Il fait un noir d'encre. Nous sommes tout près de la piscine. Il ne me faut que quelques secondes pour percevoir des clapotis, des bruits sourds de succions et des... oh non ! Des gémissements.

— Ne me dis pas que...

— Si microbe ! Il y en a qui s'envoie en l'air dans la piscine. La même piscine dans laquelle nous nous baignons tous les jours.

Je retiens un frisson de dégoût.

— Tu sais qui c'est ? je demande ahurie.

— Il n'y a pas cent mille possibilités. Tony et Mina ou alors Véronique et Charles.

— Et pourquoi pas oncle Éric et Sidonie ? Après tout... c'est un jeune couple, je balance la voix pleine de défi.

— Non mais t'es sérieuse là ?

— Oh ça va ! Ne fais pas l'offusqué !

Nous tendons à nouveau l'oreille. Je commençais à me sentir de trop ce qui n'était, visiblement pas, le cas pour Romain. Je le soupçonnais préparer un coup.

— Moi, je ferais bien une apparition. Tu me suis ?

Eh bien voilà ! Du grand Romain !

Je commence à m'y opposer quand je me rappelle le but de ces vacances. Oser, prendre des risques, dépasser mes limites. Alors, j'acquiesce en dégainant une grimace machiavélique. Il n'a pas eu besoin de plus.

D'un signe, il me fait comprendre de rester à ma place. Puis, il me laisse dans l'obscurité, planquée derrière une fougère. Après quelques secondes, qui m'ont semblé une éternité, les lampadaires de la piscine se sont allumés.

Un cri de femme se met à résonner dans la vallée. Mon frère me rejoint. Dans un premier temps, nous ne distinguons que quatre mains qui tâtonnent les margelles. Nous nous mettons tous les deux à pouffer comme deux ados pour ensuite exploser de rire. L'homme réussit à récupérer son caleçon et nous demande.

— Qui est là ?

Cette voix... C'est impossible ! D'un coup, nous devenons muets nous interrogeant du regard. Nous sortons de notre cachette les mains enfoncées dans nos poches.

L'homme enfile son caleçon, aide sa compagne à sortir de l'eau et lui donne son peignoir. Quand ils nous rejoignent, nous n'avons toujours pas bougé d'un millimètre. Ils passent près de nous, sans s'arrêter ni nous regarder. Seul notre père ose rompre le silence.

— À demain les enfants.

Chapitre 29

Je me lève avec une enclume logée dans le ventre. Je ne pourrai plus jamais regarder mes parents dans les yeux. Je suis presque soulagée de n'avoir que quelques mois à vivre. Quand nous avons regagné notre chambre, Romain n'a pas sorti une seule syllabe. Nous avons juste hoché la tête pour nous souhaiter bonne nuit. Des idées de fuite me reprennent à nouveau. Formidable ! Ce séjour m'en apprend bien plus sur moi-même que ces dernières années. Kristelle Valet, tu es une lâche. Mes yeux se posent sur mon maillot de bain, accroché à la poignée du placard.

— Désolée… mais ça en est fini pour toi.

Je ferai mes adieux à cette satanée piscine quand viendra son tour.

Je traverse la salle à manger en espérant éviter certaines personnes. Il suffisait de me faire discrète. J'envisageais même de déménager mes affaires dans la cave. Cette pièce m'avait portée chance et c'était justement ce qu'il me fallait. Une conversation attire mon attention.

— Elle arrive maintenant ? Enfin… tu veux dire aujourd'hui ?

— C'est ça. Tu as tout compris.

— Mais comment c'est possible ? Et qu'est-ce qu'on va lui dire ?

— Comment « tu » vas lui dire ?

— Alors là, tu rêves ! Je n'ai pas l'intention de m'en mêler ! De plus, ce sont vos histoires de famille.

— Quelle histoire de famille ? je demande, faisant sursauter les deux intéressés qui ne s'attendaient pas à me voir.

Marc reste figé complètement paralysé. De toute évidence, je ne tirerais rien de lui. Je me tourne alors vers Vic qui se mord l'intérieur de la joue ce qui, chez elle, est le signe manifeste de grand stress. Elle me cachait quelque chose.

— J'ai dit famille ? Quelle imbécile ! Je voulais plutôt dire « de fille » ! me dit-elle en m'empoignant le bras sur un ton faussement enjoué. Est-ce que ça te dirait de faire les boutiques aujourd'hui ?

Alors là, on avait un gros problème ! Vic déteste faire les boutiques. Son genre à elle, ce sont les longues balades dans la nature ou encore passer ses jours de repos dans les refuges pour animaux. Certainement pas pour s'extasier devant la dernière création de Thierry Mugler. Elle se précipite vers sa voiture pour pratiquement me jeter, sans ménagement, dedans. Manifestement, Vic cherche à m'éloigner de la villa. Peut-être pour une surprise ! Ou bien mon frère lui avait raconté notre lamentable gaffe de cette nuit et par compassion elle voulait m'éviter des heures d'humiliation et de honte. Après tout, quelle que soit la raison, elle me rendait un grand service. Elle me servait ma fuite sur un plateau d'argent. Je n'étais pas contre m'échapper quelques heures et je me réjouissais de les passer avec elle. La cave attendrait.

Le temps est couvert mais la température agréable.

— Oh regarde Kris ! Un marché de créateurs ! s'extasie-t-elle soulagée par cette découverte qui lui évitait les boutiques de mode.

J'ai l'habitude de ses excès excentriques mais là… ça frise le ridicule. Depuis le départ de la villa, elle n'en finit pas de jacter ne laissant aucun silence entre nous. Sa nervosité commence à me gagner et me fiche la trouille. Bon sang ! Elle sait tout ! Mais comment l'a-t-elle appris ?

Je la suis en essayant de garder le rythme. Elle est carrément dans son élément. Elle est en admiration devant les œuvres et ne manque pas d'échanger avec les artistes, me refoulant à la deuxième position. Elle gagne certainement du temps pour me parler ou plutôt pour me tuer dans un coin.

Un carillon attire soudain mon attention. Ce son est hypnotique et harmonieux. Malgré le brouhaha de la place, je n'entends que lui. D'où peut-il venir ? Je ferme les yeux et me laisse guider jusqu'à lui. Quand je le trouve enfin, je découvre une vieille dame assise sur une chaise en paille, devant une minuscule table, au fond d'une petite ruelle. Elle porte un foulard sur la tête et un autre sur ses épaules. Elle lève alors son visage vers moi et me sourit. Son visage ridé est doux et lumineux. Mon regard est attiré par le sien. Je n'avais jamais vu des yeux comme ceux-là auparavant d'un bleu profondément envoûtant, au couleur de l'océan. Elle dégage quelque chose de chaleureux et réconfortant.

— Bonjour ! me dit-elle. Assois-toi. Tu dois être bien fatiguée.

J'obéis sans bien comprendre pourquoi. Mon regard ne la quitte pas. Un long silence s'installe. À aucun moment, je n'ai souhaité n'y même envisagé le briser. Plus rien autour n'existait. Plus aucun son de la rue ne venait à nous. Nous étions dans une bulle. Une bulle apaisante. Enfin, d'un mouvement fluide et délicat, elle prend mes mains dans les siennes. Une chaleur indescriptible m'envahit aussitôt, comme si une main invisible m'enveloppait d'une couverture chaude et épaisse.

— Ton chemin arrive bientôt à sa fin. Dire au revoir va être douloureux ma petite et te laisser partir une déchirure pour tes proches.

Je sors enfin de mon mutisme.

— Comment ? Mais qui... qui êtes-vous ?

— Je suis celle qui va t'expliquer.

— M'expliquer quoi ?

— Que tu n'as pas à avoir peur.

Elle écarte alors mes mains et les place paumes tournées vers le ciel. Pendant de longues minutes, elle fait glisser ses doigts fins et flétris sur les lignes de mes mains. Elle soupire parfois... grimace aussi.

— Ce mal te ronge, mon enfant. Il va vite, me dit-elle le regard planté dans le mien. Tu as une belle âme. Tu es généreuse et altruiste. Sincère et dévouée. Tu es aussi terriblement effrayée de les quitter.

Comment tout cela pouvait-il être possible ? Comment cette vieille dame pouvait-elle savoir ?

J'acquiesce en silence totalement incapable de dire un mot. Elle se tait quelques secondes pour reprendre à nouveau.

— Le grand voyage te tourmente. Tu te poses beaucoup trop de questions. Quand le jour viendra, tu sauras et tu comprendras.

Je prends alors une grande inspiration.

— C'est trop difficile. Je n'y arriverai pas. Les laisser est au-dessus de mes forces. Et il y a tant de choses que je n'ai pas encore...

Ma voix se brise d'un coup.

— Nous ne sommes que de passage. Il faut que tu saches aussi que ce n'est pas une fin en soi. Retiens bien ceci.

Elle se penche un peu plus vers moi.

— Tu n'as rien à craindre, chuchote-t-elle en posant sa main sur ma joue. Tu ne seras pas seule. Quelqu'un t'attendra et il saura te guider. Tu comprends ?

— Sincèrement… non. Qu'est-ce qu'il va m'arriver ?

— Ce qui nous arrive à tous quand nous quittons ce monde.

Elle repose doucement ses mains sur les miennes.

— Maintenant, rejoins ton amie. Elle te cherche.

Je me retourne mais ne vois pas Vic. Comment savait-elle que je n'étais pas seule ? Et comment savait-elle pour Vic ?

Désorientée, je me lève. Elle me sourit à nouveau et hoche la tête pour m'encourager à la quitter. Je m'éloigne. Au bout de la ruelle, Vic se précipite vers moi.

— Kris ! Où étais-tu ? Je te cherche depuis une heure !

Depuis une heure ? Je n'ai pas pu rester autant de temps avec cette femme ?

J'ai du mal à rassembler mes idées.

— Avec cette vieille dame, là-bas, je lui explique en lui montrant l'endroit d'où je venais.

Elle jette un œil.

— Quelle vieille dame ?

Quand je me retourne, elle n'y est plus. Pas la moindre trace ! Même les chaises, la table et le carillon ont disparu. Je prends appui sur le mur qui se trouve derrière moi et porte mes mains à mon visage.

— Kris ? Est-ce que ça va ? Kris tu me fais peur là ! Tu es aussi blanche qu'une robe de baptême ! Viens ! On va aller s'asseoir. Tu fais sans doute une chute d'hypo.

Nous nous installons à une terrasse de restaurant. Aussitôt assises, Vic attrape le bras d'un serveur et lui demande, ou plutôt, lui ordonne de nous apporter de l'eau. Il ne semble pas pressé. « Mais cours idiot ! Tu ne vois pas que mon amie ne se sent pas bien ? ». Si j'avais été dans mon état normal, je l'aurais sermonnée pour lui avoir parlé ainsi. Mais là, ce n'était franchement pas le moment. J'étais même prête à aller la chercher moi-même. J'avais la gorge complètement sèche. Je cherchais encore une explication à cette rencontre.

— Tu m'expliques ce qu'il t'arrive, ma belle ? C'est quoi cette histoire de vieille ?

Je lui parle du carillon. De cette femme assise seule à sa table. Du ressenti en sa présence. De sa façon de faire.

— Mais tu me parles d'une médium ou d'une voyante ? Cette pratique s'appelle de la chiromancie.

— De la quoi ? je lui demande perplexe.

— De la chi-ro-man-cie. C'est le terme employé pour les personnes qui lisent dans les lignes de la main. Qu'est-ce qu'elle t'a prédit ?

Aïe ! Ça se corse. Que vais-je bien répondre à ça ? Vite ! Réfléchis !

— Euh… rien de particulier… que quelqu'un m'attendait.

Comme je n'étais toujours pas convaincue de mes dons pour le mensonge, je choisis justement ne pas mentir. Elle m'avait bien dit que quelqu'un m'attendrait ? Non ?

— Quoi ? Tu as dit quoi ? bafouille-t-elle.

Vic avait l'air d'un chevreuil surpris par les phares d'une voiture lancée à pleine vitesse.

— Que quelqu'un m'attendait… mais ça ne veut sans doute rien dire.

— T'attendait où ?

Elle avait l'air totalement paniqué. Ça prenait une tournure étrange.

— Aucune idée. Vic ! C'est quoi le problème ? Depuis le départ de la villa, tu as une attitude carrément démesurée.

Elle s'enfonce dans sa chaise.

— Tu me promets que tu ne vas pas t'énerver ?

— Ça dépendra de ce que tu vas m'annoncer, je lui dis le plus calmement possible, ce qui n'était qu'un leurre.

Je commençais à faire le rapprochement avec les bribes de conversation que j'avais surpris entre elle et Marc. Je pressentais que la suite n'allait pas me plaire.

Elle prend une grande bouffée d'air et me lâche tout de go.

— Valérie arrive à la villa aujourd'hui.

Chapitre 30

— Kris ? Mais où vas-tu ? Attends-moi.

J'avais, sans le savoir, trouvé le traitement miracle pour me débarrasser des symptômes liés à ma tumeur. La rage ! Direct en perfusion. Rien de tel pour vous requinquer en un temps record. Il fallait absolument que j'en touche deux mots à ma cancérologue. J'avais même de la peine pour « la grosse Bertha » qui rencontrerait des difficultés pour prendre le contrôle cette fois-ci. Vic galope derrière moi aussi nerveuse qu'un démarcheur d'encyclopédie en fin de journée. Elle me criait dessus sans se soucier des gens qui la regardaient comme une éventuelle menace. « Y'a pas idée de nos jours de se donner en spectacle ainsi », râle un petit grand-père s'adressant à la personne près de lui. Affolée, une petite fille d'à peine six ans, dit à sa mère : « maman ! Tu crois que la dame rousse va tuer l'autre dame ? ». Non petite ! Rassure-toi. C'est moi qui allais la réduire en miettes.

— Kristelle Valet ! Si tu ne t'arrêtes pas tout de suite, je te jure que je t'envoie tous les ours de Cauterets à tes trousses ! Et je t'assure qu'ils ne sont pas aussi adorables que ce bon vieux Winnie l'ourson.

— Essaie pour voir !

— Mais Kris ! Non de dieu ! Tu vas t'arrêter oui !

Elle était à bout de souffle. Je prends conscience que moi aussi mais je laisse ma colère gérer ce détail. Je m'immobilise et me retourne, les yeux plantés dans ceux de Vic. Elle me dévisage et croise ses bras sur sa poitrine.

— Arrête de me regarder comme si j'avais tué ton chat. Mais bon sang Kris ! Tu ne vas pas la laisser te déstabiliser ? Tu vaux plus que ça !

Valérie… le simple fait de l'évoquer et me voilà en train d'échafauder des plans pour la renvoyer de là où elle venait. C'est dingue mais j'ai même le schéma de construction d'un lance-pierre taille humaine dans la tête. Je vois déjà le vol plané qu'elle ferait et moi, tout près, en train d'applaudir en poussant des cris de joie. Le spectacle est grandiose. Des stratagèmes pour qu'elle nous fiche la paix, j'en ai toute une liste. En fait, j'ai eu largement le temps de la remplir. Dix-huit ans exactement. Et quand je dis « nous », je ne parle pas de « la grosse Bertha » mais de mon grand frère qui supporte autant que moi ses attaques, ses remarques agressives et ses sous-entendus. Dix-huit ans qu'elle nous pourrit la vie. Dix-huit ans qu'elle crache son venin. Qu'elle nous reproche la mort de son frère Mathieu. Qu'aurions-nous pu faire de plus ? Il avait fait un choix. Terrible, soit dit en passant. Un choix qui l'avait tout droit mené à la catastrophe et avait dévasté notre famille. Pendant des années, nous avions analysé les dernières minutes passées avec lui.

7 mai 1998. Veille d'un jour férié. Mathieu nous appelle. « Ce soir les mecs… on sort ». Ses coups de fil étaient toujours les mêmes. Il décidait, on exécutait. Il faut dire qu'il n'avait pas besoin de nous supplier. Les soirées avec Mathieu étaient forcément réussites. Il y avait cependant trois règles que nos parents nous imposaient. De 1 : alcool avec modération. De 2 : les garçons étaient responsables de leurs sœurs respectives. Et

de 3 : ne jamais quitter la soirée en en laissant un derrière. Mathieu et Valérie habitaient à une trentaine de kilomètres de chez nous. Nous avions l'habitude de les rejoindre et nos soirées étaient essentiellement orientées vers la boîte de nuit « le diamant ». Un bus nous y conduisait. Nous y étions en vingt minutes. Du coup, la règle numéro un n'était pas trop difficile à respecter. Pas de « Sam » à prévoir. Pas de verres à compter.

J'avais seize ans. Romain vingt et un. Valérie et Mathieu nous suivaient de très près. Ces soirées m'électrisaient totalement. Je passais de ma chambre douillette de princesse, à ce monde si excitant des adultes. Je me souviens parfaitement dans quel état d'esprit je me trouvais à chaque sortie. Liberté… indépendance… rencontres. Étroitement complice avec Valérie, nous nous préparions dans sa chambre jusqu'à ce que les garçons perdent patience et nous extirpent du miroir. Sauf ce soir-là. La pauvre Valérie était clouée au lit par une méchante gastro foudroyante. Elle a refusé que je lui tienne compagnie. « Si c'était toi qui étais malade, j'irais Kris ! » Je savais qu'elle mentait mais je savais aussi qu'elle ne voulait pas que je loupe une seule de nos sorties. « Et demain, tu me fais un rapport. Et détaillé ma vieille ! ». Nous nous apprêtions à rejoindre l'abri de bus quand Mathieu avait décrété que nous allions opérer autrement. En douce, Il avait volé les clés de la voiture familiale. « Ils n'en sauront rien. Nous serons largement de retour avant leur réveil ». Mon frère l'avait traité de fou. Nous allions avoir des problèmes. Cependant, rien n'arrêtait Mathieu. En y repensant, il aurait fait un super procureur. Ses arguments tenaient toujours la route. Je crois qu'il aurait facilement pu convaincre un astronaute que la terre était plate. Pour mon frère et moi, il était le mec le plus courageux et audacieux. Il nous fascinait.

196

La soirée se passait comme les autres. Valérie me manquait mais je me faisais un devoir de tout enregistrer pour lui en faire le compte rendu le plus réel. Je ne quittais pas mon frère pendant que Mathieu papillonnait de groupe en groupe mais surtout de verre en verre. À plusieurs reprises, Romain lui en avait fait la remarque. « Tu as la voiture à ramener ! N'oublie pas ! ». N'ayant pas sa sœur sous sa garde, il avait sans doute eu envie d'en profiter. Ou tout simplement, envie d'impressionner cette nana accrochée constamment à son bras. Je ne sais pas. Toujours était-il, qu'au moment de rentrer, il n'était visiblement pas en état de conduire. Il avait lamentablement échoué à la règle numéro un et mon frère n'avait pas encore passé son permis. Ils ont eu une énorme dispute sur le parking du « Diamant ». « Tu ne conduiras pas Mathieu ! Tu es inconscient ! » le sermonnait Romain. Ce dernier lui avait proposé de laisser la voiture ici et de prendre le bus. On la récupérerait le lendemain. Mathieu n'avait rien voulu entendre. Il était comme ça Mathieu. Têtu et tenace. Vous rajoutez l'emprise de l'alcool et bim ! Cocktail Molotov. Malgré les tentatives physiques de mon frère pour le retenir, notre cousin monta derrière le volant et partit en faisant crisser les pneus. Une autre règle de foutue… la numéro trois. Son véhicule a été retrouvé dans un fossé, entouré autour d'un arbre. Il a été tué sur le coup au dire du médecin du SAMU. Ses parents n'ont pas survécu à cette tragédie et se sont séparés. Depuis ce jour, Valérie n'a plus été la même. Mathieu était tout pour elle. Elle nous tenait entièrement responsables de la mort de son frère. Elle a presque réussi à nous en convaincre. Surtout Romain.

Pendant cinq ans, elle a refusé de nous voir. Elle ne répondait plus à nos coups de fil, nos messages et ne venait plus aux repas familiaux. Ensuite, elle a fait quelques apparitions. Toutes ont été un vrai désastre. Insultes… remarques cinglantes… reproches… et même du sabotage. Je me souviens des soixante-dix ans de notre grand-mère où elle a, par deux fois, renversé son verre sur ma robe. Bien évidemment, le verre contenait toujours du vin. Son objectif n'aurait pas été aussi démoniaque si ça avait été de l'eau. Elle prenait alors un air faussement navré, criant à qui voulait l'entendre : « oh ! Ma pauvre Kristelle ! Je suis tellement désolée ! En même temps, cette robe ne t'allait franchement pas ! Elle te donne l'allure d'une prostituée ! ». Sa haine redoublait à chaque apparition. Je la soupçonnais même d'y prendre du plaisir. Comme si nous ne souffrions déjà pas assez comme ça. Mon frère, lui aussi, n'avait pas été épargné. Elle aimait tout particulièrement lui rappeler cette nuit tragique. « Ah ! Romain ! Félicitation ! Tu as enfin ton permis ! Tu vas pouvoir te rendre utile et aider tes proches en difficulté ! ». Il y a eu la toute première rencontre avec Julie. « Julie ! Enchantée ! J'espère que tu n'attends pas de mon cher cousin de l'écoute et de la sécurité ? Tu risques d'être déçue ! C'est important la confiance entre deux personnes qui s'aiment ! Tu ne crois pas Romain ? ». Bref ! Chaque occasion était une attaque bien orchestrée. J'avais très souvent eu envie de lui rentrer dedans. Romain était beaucoup plus modéré que moi. « Elle est anéantie Kris ! Laisse-lui du temps ». Je me suis résignée et j'ai suivi les conseils de mon frère. Le perdre m'aurait rendue totalement folle.

Les années ont passé. Sa colère ne s'est pas estompée pour autant. Bien au contraire. Nous étions devenues des ennemies jurées. Romain essayait, lui, de ne pas en faire de cas. Je n'étais pas dupe. Sa culpabilité l'empêchait de réagir.

Cependant, aujourd'hui, il y avait un paramètre supplémentaire. Mon dernier été avec ma famille. Et ça… il était hors de question qu'elle me le gâche. Dix-huit ans… nous avions assez payé. Elle voulait la guerre ? Elle l'aurait.

Décidément, nos personnes disparues foutaient un sacré bordel depuis quelques jours. Si comme certain le pense, nous les retrouvons quand vient notre tour, je serais leur dire. Avant ça, je les prendrais dans mes bras.

Chapitre 31

Vic nous ramène à la villa. Mon gilet pare-balle et mon casque lourd sont en place. Je suis prête. Je suis une bête de guerre et au maximum de mes capacités. Enfin, je l'espère. Je visualise déjà très bien la scène. Droite sur mes jambes, la tête haute, en position « j'encaisse les coups » et je rends. Pas le temps d'installer un ring mais l'idée y est. J'ai fait un débrief avec mes bras de saumon et mes muscles ramollis. Il n'est pas question qu'ils me lâchent en route. Je repense à cette formation que ma directrice m'a proposée ; initiation au self-défense que j'ai refusée. Quelle gourde ! Ça sera donc à la façon Kris. À la façon fifille quoi. Je fouille dans mon sac énergiquement.

— Merde Kris ! Qu'est-ce que tu fous sérieux ? Tu cherches quoi ?

— Ma lime à ongles.

— Parce que tu crois que c'est le moment de te faire une manucure ? On arrive dans cinq minutes là !

— J'aiguise mes armes. T'occupe. Roule.

Elle pousse un soupir.

— J'aimerais que tu te calmes.

— Tu avais entièrement raison quand tu me disais que je n'étais pas assez offensive. Mais ça va changer.

— Bon sang ! Tu vas arrêter de m'écouter ! Je ne suis pas toujours de bons conseils ! Qu'est-ce qu'il t'arrive en ce moment ? Tu es impulsive, parfois même hors de contrôle.

Vic se stationne devant la villa. Marc vient à notre rencontre tout en scrutant mon amie. Je la vois lui faire un signe de la tête. Ils me fatiguent ces deux-là avec leurs codes et leurs cachotteries. Il s'avance alors vers moi et me prend par les épaules.

— Hey ! Cousine. Tout va bien se passer. OK ?

— Effectivement ! Quand je lui aurai réglé son compte.

— Écoute-moi ! Ne lui fais pas ce plaisir. Elle attend justement cette réaction de ta part. Nous ne la laisserons pas faire. Tu le sais bien. Mais je dois te dire quelque chose avant. Il va falloir l'oublier un instant, là.

Après l'accident de Mathieu, tout le monde nous avait soutenus. « Elle se lassera et passera à autre chose », nous disaient-ils. Ça n'avait malheureusement pas été le cas. Elle avait la ténacité d'un moustique qui voulait assouvir sa soif de sang. Nous en étions arrivés à ne plus l'inviter nulle part craignant qu'à tout moment l'Etna entre en éruption. Marc avait été un allié exceptionnel. Comme cette fois où Valérie avait usé d'une imagination spectaculaire et ce n'était rien de le dire. Un autre repas dominical… une autre occasion de déverser sa colère. Ma voiture en avait payé les frais, dégoulinante de peinture blanche. Celle de Romain avait eu le droit à des messages très explicites, incrustés dans sa carrosserie. « Traite, lâche, dégonflé… » Eh bien d'autres. Marc l'avait surprise en pleine action. Il l'avait agrippée de force pour la ramener chez elle. Elle criait comme une otarie dyslexique bien décidée à ne pas se laisser faire.

Parlant d'otarie dyslexique... Julie vient vers moi en gesticulant comme si elle était possédée. Si elle aussi essaie de me convaincre que Valérie ne sera pas un problème, je lui fais bouffer ses magazines « Tout savoir sur la maternité ».

Je serre les dents et lui dis avant même qu'elle n'ouvre la bouche :

— Tu ne vas pas t'y mettre toi aussi ! Où est-elle ?

Perplexe, ma belle-sœur s'arrête à quelques centimètres de moi.

— C'est justement ce que j'allais te demander ! Dis-moi qu'elle est avec toi ?

Elle se fiche de moi là !

— Julie ! Si cette trouble-fête se trouvait avec moi, tu es bien placée pour savoir que je lui aurais refait le portrait et qu'elle serait en ce moment en train de me supplier.

Elle se fige. Maintenant, c'est mon frère qui me saute dessus tout aussi hystérique.

— Tu as Anna avec toi ?

— Quoi ?

— Bon Dieu Kris ! Tu ne lis pas tes messages ?

Je vois venir, à la suite, le reste de la famille. Ils affichent, tous, des mines de papier mâché. J'ouvre mon portable.

Romain : « Les ados ne sont pas revenus de leur balade. Ils ne répondent pas aux messages ni aux appels. Sont-ils avec toi ? »

Julie me parlait d'Anna.

Chacun me donne sa version. Nos adolescents sont partis en milieu de matinée. Ils avaient décidé d'une balade de deux heures et promettaient de rentrer pour le repas de midi. Nous avions déjà atteint l'après-midi. Le plus inquiétant... leur silence. Nous tombions inlassablement sur leur répondeur. Tout le monde espérait qu'ils nous avaient rejoints à Cauterets. Je pouvais imaginer leur déception. De nature à voir le mal partout, je restais totalement silencieuse et pétrifiée. J'en avais même oublié la présence de Valérie qui se tenait à l'écart du groupe.

Ne pas la regarder… ne pas la regarder…

Marc est le premier à reprendre son sang-froid.

— Bon… OK… il faut s'organiser. On va se séparer en petits groupes. Il faut que l'on puisse suivre plusieurs pistes. Il est quatorze heures et nous avons encore du temps avant la nuit. Béa et Sidonie vont rester à la villa en imaginant qu'ils rentrent d'eux-mêmes. Chaussez-vous correctement. Prenez de l'eau avec vous et du nécessaire de soin.

Julie pousse alors un petit cri en s'accrochant à mon frère. Je revois Julie, quelques années en arrière, emballer Anna avec de la cellophane, le jour où Romain avait jugé les petites roulettes de son vélo inutiles.

— Simple mesure de sécurité ma Chérie, lui dit doucement Romain. Nous avons moyen de faire au moins trois groupes ! s'exclame-t-il dans notre direction.

Les poings enfoncés dans leurs poches et le regard ailleurs, personne n'ose faire un geste.

— Allez ! On bouge ! se met à crier Marc en frappant dans ses mains.

Nous avions eu besoin de dix minutes seulement pour nous préparer. Pendant que la plupart enfournaient différente chose dans leur sac à dos comme de l'eau, un pull en cas de rafraîchissement, casquette, bandage, antiseptique… moi je me précipitais sur ma boîte de coup de fouet, mes piles Duracell et de deux bâtons de marche que j'avais dénichés dans l'arrière-cuisine. Il fallait que je mette toutes les chances de mon côté. J'avais entendu dire qu'avant de porter secours à quelqu'un, il fallait dans un premier temps s'assurer de notre propre sécurité. Je ne sais pas qui avait bien pu faire ce constat-là mais de toute évidence il l'avait élaboré à mon intention. C'était peu dire.

Quand je retrouve tout le monde dehors, les groupes sont déjà formés.

Mon frère me remarque et s'approche de moi.

— Papa a insisté pour être avec toi.

— Pourquoi ? je lui dis en fixant mon père en pleine discussion avec Marc.

— Je ne sais pas et je m'en fous. Certainement parce que tonton Paul est sur mon groupe et qu'il fait ça par équité. Tu as ton portable avec toi ?

Je le sors de la poche arrière de mon pantalon.

— Romain ? Tu ne penses pas qu'il faudrait prévenir la gendarmerie ?

Son visage, déjà maltraité par l'angoisse, se déforme sous mes yeux. Je réalise d'un coup qu'il n'était pas prêt pour cette étape. Cette démarche déclenche chez les parents l'insupportable, l'inenvisageable. Là, tout de suite, je me ficherais des claques. Non mais… ce n'est pas possible d'être aussi stupide.

Je le prends dans mes bras me voulant rassurante.

— On va les retrouver. On fonce et on avisera en temps voulu.

Un groupe prend la direction du chemin derrière la villa. Elle mène dans la vallée en contre bas. Un autre décide de prendre celle du centre-ville de Cauterets. Le dernier se dirige vers les hauteurs.

Julie me talonne, manquant, à chaque instant, de s'emmêler dans mes bâtons de marche. Ça devrait être ma spécialité. Elle est au bord de la crise de nerfs. Comment ne pas l'être ? Je suis loin d'être hyper sereine. Vous voyez cette toile peinte par

Edvard Munch le « Cri » ? Eh bien c'est tout moi en ce moment. Pourtant, je ne laisse rien paraître. Julie n'a pas besoin de ça.

— Et s'ils rencontraient un ours ? me dit-elle. Ou bien un loup ?

— Julie ! Tout va bien se passer. Ne t'inquiète pas. Ce sont des gosses intelligents. Ils ne se mettront pas en danger.

Tout un tas de possibilités me donne la nausée. Un rapace carnivore… Freddy Krueger incarné en marmotte… des pâquerettes mangeuses d'homme… un crash d'avion… un extraterrestre qui les enlève… je vous ai déjà parlé de mon incroyable optimisme ? Il semblerait que mes bonnes résolutions pour vivre l'instant présent ont fichu le camp en embarquant par la même occasion mon courage. Bon… évidemment, je ne dis rien de tout cela à Julie. J'essaie de rentrer en télépathie avec ma nièce et la supplie de se méfier des gentilles marmottes soi-disant inoffensives.

Chapitre 32

Ça fait déjà plus de deux heures que nous marchons et que nous braillons les prénoms des ados. Aucun succès. Régulièrement, nous jetons un œil sur nos portables en espérant des nouvelles des autres groupes. Autre chose m'inquiétait. Le soleil avait pris sa descente de fin de journée et s'était réfugié derrière les montagnes. D'ici deux heures, il ferait presque noir. Nos ados avaient-ils pensé à apporter des torches avec eux ? Sans doute pas puisqu'ils avaient prévu de revenir en fin de matinée.

— Papa ? Quelle heure est-il ?

— 18 heures ma puce. Tu es fatiguée ? Tu veux que l'on s'arrête ?

Je faisais peur à ce point ?

— Non non... pas de souci.

Bien sûr que tout allait bien ! Hormis un bourdonnement qui m'empêchait de comprendre les conversations autour de moi... mes jambes qui n'en faisaient parfois qu'à leur tête, m'obligeant à les remettre sur le bon chemin... ma vue qui avait décidé de me donner une idée de ce que pouvaient ressentir les taupes... Pauvres créatures ! Enfin, ces fichus tremblements que j'essayais de maîtriser... mais tout allait bien ! Il suffisait de le vouloir. Non ? Mon père suivait mon rythme, collé à mes pas. Il avait sans aucun doute remarqué ma baisse de régime. Pourtant, jamais il ne m'en fait la remarque.

— Je manque d'entraînement. De retour à Nantes, je suis bonne pour une inscription en salle ! je dis d'une traite essayant de donner le change.

— Mmmh… me donne-t-il en retour. Kris ? Je voulais te parler de quelque chose et…

Il n'a pas le temps de finir que son téléphone crie les Quatre Saisons de Vivaldi. En d'autres circonstances, l'instant aurait été magique surtout avec ce paysage qui nous entourait. Au lieu de ça, la tension est à son comble. Tremblante, Julie s'accroche à mon bras. Elle ne remarque pas qu'à ce moment-là, c'était elle qui me servait d'appui.

— OK… très bien… oui bien sûr… on arrive.

Mon père range lentement son portable dans sa poche. Sans un mot… sans un regard. Toujours nos pieds bien plantés dans le sol, nous ne le quittons pas des yeux. S'il continue ce mystère, c'est une équipe de réanimateurs qu'il nous faudra. Charles commence le premier.

— Alors ? Dis-nous !

— On rentre. Les enfants sont à la villa, répond-il visiblement mal à l'aise.

Il nous tourne le dos et part d'un pas décidé. Julie me saute au cou, soulagée. J'observe mon père s'éloigner. Cette attitude ne lui ressemblait pas. Il se passait quelque chose.

Quand nous arrivons à la villa, il ne manquait plus qu'un groupe sur les trois, le nôtre. Les jumeaux et Louis sont installés sur le canapé du salon, leurs têtes enfoncées dans leurs épaules. Mon frère fait les cent pas dans la pièce, raide comme un tronc d'arbre. Tony, le père de tic et tac, leur crie dessus.

— Vous pouvez me croire vous deux… vous n'allez pas vous en tirer comme ça ! On y passera peut-être la nuit s'il le faut mais vous allez tout nous dire. Alors, autant en finir maintenant.

Julie se précipite vers Romain.

— Où est Anna ?

— Tu veux entendre un truc drôle ? Figure-toi que ces trois zigotos ne veulent pas nous dire où elle se trouve.

— Quoi ? Anna n'était pas avec eux ? s'écrie Julie.

Je comprends à présent le silence de mon père sur le chemin du retour.

— Ils sont en boucle sur un… je ne sais pas… une promesse. Un pacte plus exactement. Ils appellent ça un pacte « blood ». Je ne sais même pas ce qu'ils veulent dire par là.

J'examine les trois ados qui se triturent les mains. Un pacte de sang… ils protègent Anna. Mais de quoi ? Où est-elle ?

Arrive alors, toute une série de menaces, de chantages ou d'intimidations qui font écho avec les avertissements que m'envoie « la grosse Bertha ». En même temps, à quoi je pouvais bien m'attendre ? Entre la recherche des mini-adultes, les quatre heures de marche, l'absence d'Anna… et n'oublions pas le futur affrontement avec Valérie. Rien d'étonnant. Où était-elle celle-là d'ailleurs ? Je rejette Valérie, d'un geste imaginaire et rageur. Peu importe cette harpie. Chaque chose en son temps.

Les conversations tournent en boucle. Nos jeunes ne décrochent toujours pas un mot s'envoyant régulièrement des œillades d'encouragement. « Non ! On ne lâche rien. » J'ai souvent pu remarquer cette solidarité chez nos jeunes dans l'établissement dans lequel je travaille. Mes collègues possédaient chacun leur méthode pour les faire craquer. D'ailleurs, ce soir, je les retrouvais chez certains de ma famille.

Pour Charles... l'intimidation : « écoute-moi bien Louis... si tu ne me dis pas ce que tu sais, je te jure que je te balance dans le premier train pour t'expédier direct en colonie de vacances. ».

Pour Mina... le chantage : « vous vous souvenez de votre demande ? Cette grande fête pour vos seize ans avec tous vos potes de lycée ? Eh bien vous êtes à deux doigts que ça vous passe sous le nez ! »

Même Sidonie et tonton Éric s'y étaient attelés, espérant que leur grade de grands-parents ferait toute la différence. Ayant élevé trois enfants, mon oncle était ravi de nous partager ses compétences. Ce qu'il n'avait pas envisagé c'est que trois décennies avaient tout balayé, comme ça, sans préavis.

Bref ! Tout tenter et rien obtenir... ça commençait à bien faire.

Les ados... les rois de la manipulation... les « je sais tout » ... les regards soutenus et provocateurs... « Pfff, les adultes, vous ne comprenez rien ». Je connaissais tout ça parfaitement bien. L'expérience professionnelle jouait en ma faveur. Il fallait vite agir avant que la migraine qui menaçait d'arriver ne m'en empêche.

Je m'approche des jeunes et m'installe face à eux. Un soupçon d'assurance accompagnée une pointe de compassion, et le tour était joué.

— Je vous comprends... Vous ne voulez pas la trahir. C'est tout à fait normal. On vous laisse tranquille ! Plus de questions, plus de cris ! Vous pouvez vous détendre.

Les trois comparses se figent, totalement sidérés. Bien décidée à ce que mon plan marche, j'insiste pour gagner leur confiance. Je pose alors mes mains sur leurs genoux.

— Tout va bien se passer. Après tout, vous n'avez rien fait de mal.

Mon frère m'attrape par le bras pour me relever.

— Mais tu es devenue complètement folle ma parole !

J'attendais justement cette réaction de sa part. Il allait être mon complice sans le savoir.

— Romain ! Calme-toi ! Ce ne sont que des enfants voyons ! Nous leur en demandons beaucoup trop.

Je me tourne vers les ados confirmant mon soutien à grand coup de sourires bienveillants et rassurants.

— Regarde-les ! Ils ont l'air si fragiles et désemparés. Nous sommes les adultes. C'est à nous de prendre soin d'eux et de veiller à ce que rien ne leur arrive. Les protéger au mieux. Au lieu de ça, nous les laissons sans défense dans ce monde si effrayant ! Si redoutable ! Le danger est partout aujourd'hui pour nos enfants.

Animée par un gestuel théâtral parfaitement voulu, je virevolte pour faire face aux parents.

— Non mais sérieux ! Réfléchissez ! La liste est longue. L'adolescence n'est déjà pas la période la plus facile avec ces fichues hormones qui nous empoisonnent la vie. Vous n'avez quand même pas oublié ? Et s'il n'y avait que ça ! L'alcool, la drogue, le harcèlement, le sexe, la peur de l'échec scolaire... et le plus effrayant, les dangers d'internet !

Je fixe mon auditoire, petit et grand. Pas un ne cille. J'avais toute leur attention. Les bras croisés, Marc me regardait avec un sourire en coin. J'ai tout de suite compris qu'il voyait clair en mon jeu. Son clin d'œil, à peine discret, me donne du courage.

— Romain ! Combien de fois m'as-tu dit qu'Anna passait tout son temps sur son portable ? Mais est-ce que tu sais ce qu'elle y fait ? Avec qui elle parle ? Ce qu'elle y apprend ? Ce qu'elle y voit ? Ils ont accès à tellement de sites malveillants !

Sans parler du chat en ligne qui est le terrain préféré de personnes malsaines voir perverses et redoutables.

Ça faisait son effet. J'avais planté une graine dans leurs esprits. Encore quelques minutes et le coup de grâce allait tomber.

— Ne me dites pas que vous n'en êtes pas conscients ? Je rajoute sur un ton plus élevé, prenant un air scandalisé les mains posées sur mes hanches.

Non mais là… je me surprenais moi-même. Sophie Marceau m'apparaissait comme une figurante à côté de ma prestation. Je me voyais déjà tenir l'oscar de la meilleure actrice de l'année.

— Mina ?

Elle sursaute à l'évocation de son prénom.

— Tu sais exactement ce que font tes jumeaux à chaque seconde toi ? De plus… pas de bol… double peine pour toi !

Je n'étais vraiment pas le genre à donner des leçons de morale. Bien au contraire. Mon but était de déclencher une réaction en chaîne. Je déstabilisais les parents, pour alors, tout obtenir de leurs progénitures.

Pendant ma plaidoirie, Marc s'était rapproché de Romain. Je le vois alors chuchoter quelque chose à son oreille. Romain devient blême d'un coup. Il se ressaisit et regarde Julie.

— Dès que je lui mets la main dessus, je te promets qu'elle va être un petit moment sans son portable.

Je me tourne vers les trois adolescents qui s'étaient redressés, sentant le vent tourné en leur défaveur. Piégés ! Fait comme des rats ! Avant même que j'en remette une autre couche, les parents se précipitent sur leurs enfants et leur demandent leur Saint Graal. Et là, comme par magie, leurs voix sont miraculeusement revenues.

— Elle est à Cauterets. Dans un hôtel.

— Comment ça dans un hôtel ? éructe mon frère. C'est quoi cette histoire ?

Nos trois condamnés se questionnent du regard. Lequel oserait aller plus loin ? Les deux garçons n'ont pas mis longtemps pour enfouir la tête dans leurs genoux, laissant leur cousine dans le pétrin. Elle donne un coup de coude dans les côtes de son frère et soupire comprenant qu'elle n'aura aucun soutien de ces deux lâches. Ah ! Les mecs...

— Elle a eu un message d'Alexandre.

— Alexandre ? interroge mon père ? C'est qui celui-là ?

Je le stoppe d'un geste, de peur qu'il réduise à néant tous mes efforts. Je prends alors ma voix la plus naturelle possible.

— Ah oui ! Alex. Son petit ami ? Elle m'en a parlé. Et il lui disait quoi dans ce message ?

Je la vois ensuite se décomposer devant moi. Enfin, d'une traite, sans doute pour en finir au plus vite, elle nous balance.

— Qu'il avait pris un billet de train et qu'il arrivait à Cauterets dans l'après-midi. Il avait tout organisé. Même la réservation d'une chambre.

— Je vais le tuer ce vaurien ! siffle mon frère en filant vers l'extérieur.

— Est-ce que tu te souviens du nom de l'hôtel ? je lui demande.

— Non. Mais la rue oui ! Richelieu.

Son visage enfoui dans ses mains et totalement muette, Julie n'avait pas bougé de place depuis un moment. Je jette un regard vers Marc qui faisait de son mieux pour ne pas exploser de rire. Je file vers lui et l'écarte du groupe.

— Tu veux un conseil ? Efface vite ce sourire, je lui souffle discrètement. Et, je t'en prie, accompagne-le.

212

— Tu connais Romain, surtout quand il s'agit d'Anna. Ce gamin est déjà mort.

Je le regarde, furieuse.

— OK… OK… j'y vais. Mais tu ferais bien de venir avec nous. Une touche féminine sera la bienvenue.

Chapitre 33

Dans la voiture, la tension est à son maximum. Romain est plongé dans un mutisme oppressant. Je le soupçonne d'étudier la meilleure stratégie pour cacher le corps d'un adolescent. Marc conduit lentement pour me permettre de le raisonner.

— Écoute frangin… je crois vraiment que tu devrais te calmer. Tu ne devrais pas…

— Microbe ! Reste en dehors de ça. Je t'ai laissée m'accompagner. Laisse-moi régler ça à ma manière, me dit-il sur un ton qui se voulait sans appel.

Marc lève les yeux au ciel. Nos regards se croisent dans le rétroviseur. Romain avait toujours été une forte tête dès notre plus jeune âge. Ça ne m'avait jamais posé aucun problème. Il était un grand frère formidable et protecteur. Très pratique quand il s'agissait de me défendre pendant les heures de récréation.

J'essayais à nouveau d'envoyer un message à ma nièce mais l'accusé de réception restait muet. Elle ne me facilitait pas la tâche.

— Tu ne peux pas aller plus vite ? s'impatiente Romain.

— Pourquoi ? Tu es pressé de démolir un gamin de dix-sept ans ?

— Arrête tes conneries et roule bordel.

Il ne quitte pas des yeux son portable suivant méticuleusement son navigateur. Chaque kilométrique avalé nous rapprochant de notre Juliette et de son Roméo le faisait grincer des dents. Une diversion ne serait pas de refus. Je cherche dans ma mémoire. Il me fallait être subtile et rusée.

— Paméla.

Je l'avais sorti de ma bouche comme un boulet de canon. Marc se retourne vers moi quelques secondes, essayant de comprendre mes intentions. Romain n'avait pas bougé mais je sentais presque les décharges électriques lui traverser le corps.

— Kris ! Ne m'oblige pas à te descendre de la voiture par la force.

Garder le contrôle. Girl power !

— Paméla, redis-je, déterminée.

— C'est qui cette Paméla ? demande Marc.

— Tu ne vas pas revenir là-dessus ? Ça fait vingt ans Kris !

— Ah mais si... si si si ! C'est justement ce que je suis en train de faire. Et il y a un peu plus de vingt ans, il me semble.

Romain se penche vers moi. Je comprends à son expression qu'il est étonné de mon intervention. Et « bim » frangin ! Moi aussi je peux être une vraie tête de mule. Je relève le menton pour me donner du courage. J'avoue que je prends carrément mon pied. Pourquoi je ne l'ai pas fait plus tôt ? Il me fixe toujours, les sourcils dressés.

— OK... je peux savoir qui est Paméla ? insiste Marc.

— C'est une fille qui s'est retrouvée dans le lit de mon frère alors qu'ils n'avaient que quinze ans. Je réponds en foudroyant Romain des yeux.

Marc éclate de rire.

— Bravo cousin ! Et dire que moi j'ai été puceau jusqu'à mes dix-neuf ans... oh merde ! Tu as tout mon respect.

— Ferme-la Marc !

— Hey mollo… j'ai compris… je roule.

Pour ma part, je n'en avais pas fini avec lui.

— Tu veux peut-être raconter le reste de l'histoire ? Je suis sûre que Marc va adorer la suite !

— Y'a rien à dire. L'affaire est close.

Marc trépigne d'en apprendre plus.

— Me dis pas que c'est ton père qui… non parce que ça serait comique vu la situation de ce soir. Ah ah ! Fichu karma. Tel père, telle fille.

Mon frère lui envoie un coup dans l'épaule. Ce qui a eu pour effet de décupler le fou rire de notre cousin. Je décide de continuer et d'enfoncer le clou.

— Ah mais non ! Ça aurait été trop facile ! C'est le père de Paméla qui est venu lui casser la gueule. Et avec toute une armée ! L'oncle, les cousins, les amis des cousins… une vraie tribu. Notre mère a dû appeler les flics.

Marc ne peut plus se contenir.

— Mais pourquoi je n'ai jamais entendu parler de cette histoire moi ?

Alors, à ce moment-là, je suis au paroxysme d'un immense bonheur.

— Tout simplement parce que mon cher frère nous a fait promettre à l'époque de ne rien dire à personne. Et pour une bonne raison ! Quand les flics sont arrivés, il s'est pissé dessus !

— Je veux bien croire que tu aies eu la trouille, ajoute Marc.

— Non ! Tu ne comprends pas ! Il s'est carrément pissé dessus.

Notre chauffeur était tellement hilare qu'il s'est senti obligé de s'arrêter sur le bas-côté, juste en face du panneau d'entrée d'agglomération « Cauterets » et un autre signalant de rouler au pas. On ne pouvait pas faire mieux.

— Bon ! C'est bon ? Vous vous êtes bien foutus de ma gueule ? On peut reprendre la route pour que je récupère ma fille ? Marc ! Ça suffit et…

— Oui, dit-il en essayant de se reprendre. Je sais. Je roule et je ferme ma gueule. Mais bon sang ! Laisse-moi reprendre mon souffle mon vieux ! Cette anecdote est incroyable.

— Je déteste qu'on me fasse passer pour un imbécile ! J'y arrive très bien tout seul.

Marc se retourne vers moi à nouveau et en cœur, nous explosons.

Quelques minutes plus tard, nous descendons de la voiture pour arpenter la rue Richelieu. Elle faisait une soixantaine de mètres. Il fallait trouver à présent dans quel établissement étaient nos tourtereaux. Ce rappel de souvenir avait eu, pendant un temps, le mérite de détendre un peu l'atmosphère. Malgré ça, arrivé devant la porte du premier hôtel, Romain avait retrouvé son masque de serial killer. Bon, je l'admets… le terme est un peu fort. Pourtant vous devriez voir son regard noir, sa mâchoire crispée et son corps tendu à l'extrême.

— Restez ici je vais demander, nous dit-il.

— Non ! On va t'accompagner mec. On ne voudrait pas que tu te pisses dessus une seconde fois ! se moque Marc en essayant de garder son sérieux.

Une jolie brune se trouvait à l'accueil.

— Qu'est-ce que je peux faire pour vous ?

— Nous recherchons deux jeunes qui seraient dans un hôtel de la rue Richelieu. Une jeune fille avec de longs cheveux blonds et les yeux bleus… un garçon coupé à la brosse, assez grand.

— Vous avez un nom de famille ? Ça sera plus facile pour moi.

— Essayez Valet. C'est le nom de ma fille. Je ne connais pas le nom du garçon.

— Non je n'ai rien monsieur. Je suis désolée. Si c'est votre fille, je suppose qu'elle est jeune ? lui dit-elle en lui faisant les yeux doux.

— Seize ans.

— Alors ils ne sont pas chez nous. Nous n'avons que des familles et des retraités actuellement. Mais vous pouvez essayer au « lion d'or » ? De toute façon, il n'y a que deux hôtels dans cette rue. Le nôtre et celui-ci.

— Merci.

Romain sort comme s'il avait un troupeau de bisons aux fesses. Nous le suivons en saluant la réceptionniste.

Devant la porte du « lion d'or », mon frère fulminait les poings serrés.

— Pour sûr, il va le voir de près le lion.

Il entre en gonflant le torse. Nous nous regardons, Marc et moi, tout en secouant la tête de désolation. Il ne manquait plus qu'il se frappe le torse. Moi Romain ! Moi homme fort ! Ridicule ! Nous le suivons. Il est déjà en train d'interroger un homme d'une cinquantaine d'années qui lui répond d'une voix forte, vulgaire et agacée. Connaissant mon frère, le réceptionniste va vite le regretter.

— Ah mais oui ! Un joli brin de fille cette petite nana ! C'est le jeune homme qui l'accompagne qui va passer un bon moment si vous voulez mon avis, dit-il d'un rire gras.

Le pauvre homme... Loin d'être conscient de ses tristes paroles.

— Le numéro de la chambre, lui demande Romain, la mâchoire prête à céder sous la pression.

— Pourquoi ? Vous voulez avoir votre part du gâteau vous aussi ? crache-t-il en gloussant.

Ce type est totalement suicidaire ! Romain est sur le point de lui sauter à la gorge. Je m'interpose entre lui et sa future victime. Quoique victime… je l'aurais bien qualifié d'un autre terme. Marc n'est pas resté sans rien faire et a déjà posé une main sur l'épaule de mon frère pour le retenir. Je prends alors le contrôle.

— Frangin ! Laisse-moi faire.

Ses yeux brillent de colère. Bon là, je lui donne raison. Je connais ce genre d'espèce. Je les appelle les mâles en rut. J'en ai croisé plus d'un. Ces gros lourdauds qui se croyaient drôles et irrésistibles. La tournée des bars avec Vic m'avait permis de me faire une idée assez poussée sur ces spécimens.

Convaincante… déterminée… Sûre de moi… avec une pointe d'autorité… trop facile ! Tout moi quoi ! Enfin presque.

Je redresse les épaules… lève la tête pour avoir l'air dominant. J'ai vu ça dans un film et c'était plutôt réussi. Je me tourne vers l'abruti.

— Monsieur… votre prénom est ?

Je cherche un badge sur sa chemise.

— Pour toi ma belle ce sera ce que tu voudras.

Cet homme est un cas désespéré.

— Très bien, je lui dis, pas une seconde intimidée. Ce sera alors « goujat ».

— Hey, ma p'tite dame ! Faudrait p'être voir à vous calmer ! Je vais vous…

Je l'interromps d'une main levée.

— Arrêtez votre cinéma ou j'appelle les flics ! Je vous explique pourquoi. La jeune femme en question est la fille de ce monsieur qui se trouve juste derrière moi. Elle est mineure. L'article 89-432 du Code pénal interdit l'accès d'un établissement comme celui-ci à une mineure si elle n'est pas accompagnée d'une personne majeure. Vous saisissez le malaise ? Donc… par conséquent… vous allez fermer votre clapet à baratins et nous donner le numéro de la chambre avant que je lâche le père de cette demoiselle pour qu'il vous réduise en miettes. Et croyez-moi, je regarderai la scène avec délice.

Je conclus ma tirade avec un sourire diabolique sur le visage.

Il n'y avait plus un bruit. Le calme plat. J'ai même douté de la présence de mes deux comparses derrière moi n'entendant plus leur respiration. Il manquerait plus qu'ils aient fui comme des lapins. Un coup d'œil pour vérifier. Je veux bien prendre les choses en main mais tout de même ! Ils me lorgnaient, captivés. Je leur fais les gros yeux. Merde ! Ils ne respirent plus ? Respirez bon sang !

Mon regard se pose à nouveau sur mon souffre-douleur, qui lui, gardait la bouche grande ouverte.

— Bon ! J'attends !

— Chambre 223, bredouille-t-il.

— C'est un bon petit ça ! je conclus en lui tapotant la joue.

Tout droit sorti du parrain. Je remercie silencieusement Al Pacino.

J'embarque mes deux lascars et me précipite vers l'escalier. Suffisamment assez éloigné du réceptionniste, Marc m'attrape le bras.

— Je t'épouse quand tu veux ! Bordel Kris ! Mais tu es pleine de surprise quand tu veux toi ! -Et il se tourne vers mon frère-. Depuis quand tu as une frangine de poigne ?

— Arrête ! Je viens de me pisser dessus tellement elle m'a foutu la trouille, répond-il en m'examinant de la tête au pied.

— Il va falloir que tu perdes cette habitude cousin ! le taquine-t-il en lui donnant un coup derrière la tête.

— En tout cas, je contacte un prêtre dès que je récupère ma fugueuse. Une séance obligatoire d'exorcisme pour toi microbe ! Tu étais carrément incroyable sur ce coup-là ! Je ne savais pas que tu t'y connaissais aussi bien en droit ?

— Juste du bluff.

Pas peu fière de ma prestation, je leur rappelle notre mission première.

— Allez les gars... allons secourir cette demoiselle en détresse. Ou plutôt en ivresse d'amour.

Aussitôt, mon frère remet à nouveau son masque de traqueur. Pour parfaire son rôle, il ne manquait plus que la veste en peau d'ours, une arme à l'épaule et la légendaire barbe fournie. Marc le suivait de près.

Devant la chambre en question, aucun bruit ne fuitait. Romain colle l'oreille à la porte, les deux mains posées de chaque côté de son crâne et la bouche de travers comme s'il voulait l'embrasser. Marc le regarde croyant avoir à faire à un fou sorti d'un hôpital psychiatrique. Une minute passe... ensuite deux. Ça faisait maintenant cinq bonnes minutes qu'il était dans la même position. J'hésitais à m'asseoir par terre et m'accorder un peu de repos.

— Tu fais quoi là ? chuchote Marc. T'as l'intention de rouler une pelle toute la nuit à ce bout de bois ?

— Pourquoi ? T'as mieux à faire ? lui répond-il excédé. Je réfléchis.

— Tu réfléchis ? T'as l'air plutôt d'un vieux pervers là.

— Tais-toi ou je t'en colle une !

— Au moins, tu feras quelque chose.

Marc avait raison. À ce rythme-là, nous allions nous enraciner dans ce couloir miteux. Je pousse le frangin et me colle à mon tour à la porte. Alors, je tambourine de toutes mes forces. Enfin, ce qu'il m'en restait. J'étais totalement vidée. La journée avait été bien trop riche en évènements pour mon cerveau déficient. Mon frère se redresse le regard noir, prêt pour son grand numéro. Derrière la porte, nous entendons de l'agitation.

— Anna ? C'est tata. Ouvre-moi.

J'entends des murmures et du mouvement. Quelques secondes passent.

— Anna ! Viens ouvrir cette porte tout de suite ! je réitère.

Une porte claque dans la chambre. Des pas rapides… un objet qui tombe… encore une porte qui claque… à nouveau des murmures. Je sens ma migraine se pointer et ma main droite sur la poignée tremble, menaçante. Je m'adresse mentalement à la « grosse Bertha » lui expliquant qu'elle ne choisit pas le bon moment. Si je ne fais pas quelque chose maintenant, ce n'est pas Anna qui devra être secourue mais moi, affalée sur la moquette plus que douteuse de cet hôtel.

— Anna si tu n'ouvres pas maintenant, je laisse ton père enfoncer cette porte et je peux te dire qu'il n'attend que ça.

— Papa est là ?

Je soupire de soulagement pour avoir enfin établi un contact.

— Eh bien il a plus l'air d'un vigile de supermarché qui vient chopper un voleur qu'un père, mais oui il est là.

De nouveaux froissements… encore des pas précipités… Sans oublier ses fichus chuchotements. Je vais devenir complètement dingue. Je sens derrière moi Romain s'agiter dangereusement.

Du regard, j'implore Marc. De bon cœur et le sourire aux lèvres, il se met à cogner fermement sur cette porte. De toute évidence, la situation l'amusait. Je me demandais alors comment il réagirait si c'était sa propre fille.

— OK… mais tu rentres toute seule.

Mon frère me jette un regard qui ne laissait aucun doute ; « si tu rentres, je rentre aussi ». Ce n'était clairement pas une bonne idée.

— Promis ! je crie derrière la porte.

J'entendais Romain grogner derrière moi. Des pas se rapprochaient… la clé tourne dans la serrure. On y était. Enfin ! J'ai juste eu le temps de voir passer un bras dans l'étroite ouverture, qu'on m'agrippait et me tirait à l'intérieur de la pièce. La porte claque derrière moi. Anna me fait face en débardeur et petite culotte, frottant nerveusement son front.

— Je n'ai rien fait de mal.

— Ce n'est pas intelligent non plus.

— Tu es de son côté ? Je le savais.

— Non mais tu plaisantes ? Tu veux que je t'applaudisse en plus ?

— Vous me traitez tous comme une gamine.

— Eh bien excuse-moi, mais ton attitude nous prouve bien que tu en es encore une. Tu t'attendais à quoi ?

Elle me tourne le dos et va s'asseoir sur le lit en soupirant. Je la rejoins.

— Il est où Roméo ?

— Quoi ? Tu veux parler d'Alex ?

Je hoche la tête en attendant la réponse.

— Pourquoi tu l'appelles Roméo ?

— Laisse tomber.

— Dans la salle de bain. Papa va le tuer ! me dit-elle en se mordant la lèvre. Il est super en colère contre moi ?

Je me dirige vers la salle de bain et me voilà à nouveau en train de parler à une porte. Si je devais écrire un journal intime, la phrase clé de cette journée serait inévitablement « la fille qui murmurait aux portes ». Peut-être que derrière celle-ci j'y rencontrerais Robert Redford ? De toute évidence, il valait mieux que je me prépare à faire face à un ado boutonneux, d'allure nonchalante et muni d'un vocabulaire limité.

— Alex ? Je suis Kris, la tante d'Anna. Je pense qu'il faut qu'on parle.

J'entends râler mais ne comprends pas le moindre mot. Quand je parlais de vocabulaire limité…

Mon frère commençait à perdre patience nous menaçant de rentrer sans notre accord. Je remarque alors que la porte de la salle de bain n'a pas de serrure donc pas de clé. Je pouvais entrer à tout moment. Mon cerveau s'est mis à partir dans tous les sens. Un ado pris en faute, c'est assurément une bombe à retardement. Ça aussi, je l'avais appris tout au long de mon parcours professionnel. Désamorcer… installer un lien… faire que ce « mini adulte » se sente en confiance. Il fallait y aller en douceur.

— Alex ? Je suis de votre côté ! Je t'assure ! Est-ce que tu veux bien sortir de la salle de bain pour que nous parlions ?

Anna, qui s'était rapprochée de moi, sanglotait en se frottant énergiquement le nez.

— Anna, parle-lui et essaie de le convaincre.

Romain frappe encore une fois à la porte.

— Dépêche-toi ma puce. – Et je m'adresse à mon frère. Tu peux être encore patient quelques minutes ? Tu ne m'aides pas là.

Anna s'était agenouillée et d'une voix étranglée le suppliait de sortir en lui répétant que tout se passerait bien. il n'allait pas rester là-dedans indéfiniment.

— Laisse-moi te donner tes vêtements Alex ! Je vais ouvrir. OK ?

Il n'y avait pas un bruit. Comment un ado dans une telle situation pouvait rester aussi silencieux ? J'incitais Anna à continuer et me répétais inlassablement, tel un mantra, mon action. Désamorcer, installer un lien, qu'il se sente en confiance. Dix bonnes minutes se sont écoulées. Et toujours rien. Soudain, enfin du bruit, provenant du couloir de l'hôtel. Je n'entendais que des brides… « sur le toit », « se casser la gueule », « vous allez me foutre dans la merde ». Je reconnais la voix du réceptionniste.

— Kris ! Sors ! Il y a un problème, me presse Romain.

Je cours vers la porte. Quand le gars de l'accueil me voit sortir, il a un moment de recul. Je souris. Mon petit numéro de tout à l'heure a eu son impact.

— Y'a un gamin sur le toit, me dit-il les yeux baissés. Il est à moitié à poil avec seulement une serviette autour de la taille.

Je reviens sur mes pas et entre dans la salle de bain. La fenêtre est grande ouverte. Je m'approche du bord et retrouve sur le toit d'en face, Alex qui, tel un funambule, se déplace centimètre par centimètre. Ma nièce, la main sur sa bouche et les yeux qui lui sortent des orbites, tremble comme une feuille. Merde ! Qu'est-ce qu'il s'est passé pour qu'on en arrive là ?

— Alex ! je lui crie. C'est idiot ! Je t'en prie, reviens. C'est super dangereux.

Alors qu'il se retourner pour me faire face, la serviette tombe à ses pieds. Anna pousse un hurlement. Alex, nu comme un vers, ramasse à vitesse grand « v » la serviette. Il perd l'équilibre, glisse sur les fesses et s'arrête de justesse au bord de la gouttière. Je hurle à mon tour.

— Ne bouge plus !

Je me tourne vers le réceptionniste.

— Ne restez pas piquer comme ça et appelez les pompiers bordel !

Marc et Romain avaient déjà enjambé la fenêtre pour rejoindre notre cascadeur.

Une heure s'est écoulée. Assise sur le trottoir, Je sers ma nièce contre ma poitrine. Romain vient alors vers nous d'un pas traînant.

— Les pompiers l'emmènent vers le centre hospitalier pour lui passer des radios. Mais plus de peur que de mal. Il a eu de la chance.

Je sentais Anna enfoncer un peu plus son visage au creux de mon épaule. Ils n'avaient pas encore eu « la discussion » qui s'imposait. Si son père était pressé qu'elle arrive, ce n'était pas le cas pour sa fille. Comment lui en vouloir ? Cependant, tout acte entraînait des conséquences. Ça m'allait bien de penser ça ! Vous ne trouvez pas ? J'étais celle qui cachait à ses proches qu'elle allait devoir les quitter. Oui ! Ça m'allait bien de penser ça.

Chapitre 34

Contrairement à l'allée, le retour se fait en silence. Anna reste blottie contre moi. Marc, cette fois, ne sort pas un mot. L'heure n'était pas à la moquerie. « Nous attendrons d'être avec ta mère pour parler de ton attitude », avait simplement réussi à dire Romain.

Julie nous attendait, seule, recroquevillée sur le canapé du salon. Tout le monde s'était couché. J'embrasse ma nièce sur la tempe et les laisse à mon tour. Marc en fait autant.

Quand je rentre dans ma chambre, je suis surprise d'y trouver Vic.

— Valérie n'avait pas de chambre. J'ai pensé que tu préférerais m'avoir plutôt qu'elle.

Je m'insurge.

— Elle n'a pas de chambre pour une bonne et simple raison, Vic ! Je ne lui ai pas demandé de venir. Je n'arrive toujours pas à croire qu'elle soit là.

— J'avoue qu'elle est gonflée sur ce coup-là.

J'enfile mon pyjama à la hâte et me couche.

— Elle ne sait pas ce qui l'attend. Je ne me laisserai pas attendrir. Hors de question ! Nous avons tous souffert de la disparition de Mathieu. J'en peux plus de ses accusations. Nous avons tout essayé cette nuit-là. Il était incontrôlable. Elle croit quoi ? Que je suis aussitôt passée à autre chose ? Pendant des années je me suis refait la scène me disant que peut-être... en nous y prenant autrement...

Vic se tourne vers moi, son regard débordant de compassion. Elle avait été bien souvent mon auditoire, mon réconfort quand j'avais besoin de libérer le trop-plein.

— Qu'est-ce que tu comptes faire ? Te renfermer avec elle dans la cave ? Il paraît que le vin y est très bon ! Éclate-t-elle de rire.

— J'avais plutôt pensé à une grotte bien isolée avec des menottes et un fouet. Le vin, je me le garde pour passer le temps.

— Et tu n'aurais pas besoin d'un Christian et de ses cravates à tout hasard ? glousse-t-elle.

— Pas de témoin ! je lui murmure, accompagné d'un clin d'œil.

Elle se repositionne sur le dos. Je ferme les yeux espérant que le sommeil ne traîne pas à venir. J'étais épuisée et la journée de demain s'annonçait pénible.

— Tu sais Kris... je te trouve différente. Tu es... je ne sais pas. Au risque de me répéter, plus audacieuse... moins spectatrice de ce que tu vis. Volontaire...

— Tu essaies de me dire quoi, là, cocotte ? Car j'ai juste l'impression que tu me prépares pour un entretien d'embauche.

— Tu vois même ça ! Ce que tu viens juste de dire ! s'écrie Vic.

Elle n'a pas tort. Je m'étais pourtant promis d'être prudente. Je voulais du changement mais je commençais à semer le doute.

Vic ne lâche pas l'affaire.

— J'essaie juste de comprendre cette transformation.

— Parce que tu trouves que je m'emporte exagérément à propos de Valérie ? Je m'agace, encore animée par ma colère.

— Oui entre autres ! Mais aussi pour ton initiative avec ta mère et Sidonie. Cette parade du 14 juillet… Ton petit numéro d'avocate avec le réceptionniste ? Et d'où ça sort cette passion soudaine pour la religion ?

— Tout ça parce que je suis rentrée dans une petite chapelle ? Vic ! T'es pas sérieuse ? Et comment tu sais pour ce soir ?

Elle rougit. Voilà ma porte de sortie.

— Marc m'a téléphonée de Cauterets.

— Marc t'a appelée de Cauterets ?

— Oui… Marc m'a appelée. Tu as décidé de répéter tout ce que je dis ? m'interroge-t-elle.

Je la toise du regard.

— Kris ! Ne fais pas ça !

Je me redresse et cale mes oreillers derrière le dos. Je croise les bras sur ma poitrine, ultime manœuvre de persuasion.

— Faire quoi ? J'ai plutôt l'impression que c'est justement toi qui fais des choses. Je ne suis pas une imbécile. J'ai repéré votre manège à tous les deux.

— Ce n'est pas ce que tu crois.

Je souris.

— Et qu'est-ce que je crois ? Dis-moi ?

— Bonne nuit Kris.

Elle me tourne le dos et éteint sa lampe de chevet.

Je me réveille en sueur et grelottante. Mon portable m'annonce qu'il est trois heures du matin. Je suis morte de soif. Je me lève et file vers la porte pour rejoindre la salle de bain. À peine je l'ai entrouverte que j'entends des chuchotements. Je me concentre. Je ne comprends rien de ce qu'il se dit. Je sors un peu plus la tête.

— Comment veux-tu qu'elle sache ? s'énerve une voix grave.

— Mais qu'est-ce que j'en sais moi ?

Vic…

Je tourne la tête vers son lit. Elle n'y est plus.

— Alors… on lui dit, chuchote Vic.

Merde ! Elle est avec qui ?

— Non ! C'est hors de question ! articule la voix masculine.

— Tu vois une autre solution peut-être ?

— Tu y attaches trop d'importance. Tu ne devrais pas. On a déjà eu cette conversation.

— Tu n'y arriveras pas cette fois-là. Tout prouve le contraire. Je ne comprends pas pourquoi tu ne veux pas admettre ce que tu ressens. Je ne lâcherai pas.

— Vic ! Arrête ça !

Cette voix… ça ne peut qu'être…

— Alors, ose-moi me dire le contraire ?

Un bruit dans la cuisine. Des pas qui s'approchent. Vic et l'homme qui montrent des signes de panique. Je comprends instantanément que ma meilleure amie va rejoindre notre chambre dans la seconde. Je plonge dans mon lit. Mauvaise idée ! Mon petit orteil percute lamentablement le bois de celui-ci. Je m'applique à étouffer mes cris. Vic qui entreprend la même cascade que moi mais sans dégât de son côté. Les pas qui passent devant notre porte… une autre qui se ferme… la respiration saccadée de Vic… moi toujours en train d'étouffer ma douleur dans l'oreiller.

Je ne comprends pas vraiment ce qu'il vient de se passer. Bien évidemment, je ne parle pas de ma désastreuse tentative d'atterrir indemne dans mon lit.

Chapitre 35

J'adore cette sensation. Cette légèreté… cette apesanteur… cette liberté. Le silence… pas d'entraves. Pas de contraintes. Aucune obligation. Je vole. Je suis au-dessus des montagnes. Rien que par la pensée je peux me transporter en quelques secondes au-dessus de l'océan. Au-dessus des prairies… d'un lac, d'une rivière… dans n'importe quelles régions, n'importe quels pays. Les crépuscules, les couchers de soleil… le vent sur mon visage… doux et chaud.

Tout est tellement loin. Tout est si paisible. Rien n'a d'importance. Je me sens bien. Je vole. Et j'adore ça.

Pourtant cette sérénité ne dure pas. Un son vient m'envahir. Dans un premier temps, assez faible… mais qui petit à petit prend de l'ampleur pour devenir insupportable. Alors, je perds de l'altitude et je tombe. Je vais me fracasser au sol. Je crie. Je ne veux pas mourir.

Je me réveille en sursaut dans mon lit. Je suffoque. Pendant un instant, je ne comprends pas où je suis. Et tout me revient. La villa… ma famille… mes dernières vacances…

Ce bruit strident n'a pas disparu. Il me vrille les tympans… il se déverse dans mon crâne. Je le reconnais. La sonnerie de mon portable. Même lui devient, de jour en jour, mon ennemi. Les sons en général à vrai dire. Je m'en empare. Un appel de Fanny.

J'inspire profondément pour essayer de dissiper les restes de ce rêve.

— Fanny ! Salut ma belle ! Je suis tellement contente que tu m'appelles ! Figure-toi que tu ne vas pas en revenir ! J'ai tellement de choses à te dire.

— Kris ? C'est David.

Je sens mon corps se figer et ma respiration prend le même chemin. Le mari de Fanny ne m'appelle jamais. Je regarde vers le lit de Vic. Elle n'y est plus. C'est préférable. Comment je peux lui parler de Fanny sans évoquer mon propre calvaire ?

— Kris ? Tu es là ?

J'hésite un instant avec une soudaine envie de lui répondre « non ». Je sais, c'est odieux mais c'est pourtant ce que je ressens. Je ne me fais pas d'illusion. David ne m'appellerait pas sans raison. Je ne veux pas entendre ce qu'il a à me dire.

Je lui réponds malgré le nœud dans ma gorge.

— David… oui excuse-moi. Dis-moi qu'elle va bien.

— J'ai dû l'emmener à nouveau à l'hôpital cette nuit. – Silence. Kris ? C'était encore pire que la dernière fois. – Raclements de gorge. Je ne savais plus quoi faire ! Je te jure que j'ai essayé… mais j'avais tellement peur ! Je ne suis pas à la hauteur. Je…

— Non, non ! Arrête David ! Tu fais tout ce que tu peux. Elle le sait.

Je me mords la joue pour ne pas craquer. Son désespoir m'arrache les triples.

— Je prends le premier train demain.

— Non Kris ! Elle ne veut pas. Elle savait que tu dirais ça. Elle m'a fait jurer de t'en dissuader.

— Eh bien tu as eu raison de l'amener à l'hôpital car effectivement elle perd carrément les pédales là ! J'arrive demain et c'est non négociable.

— Alors c'est moi qui vais finir en soin intensif. Elle va me tuer si tu fais ça.

À nouveau, il s'éclaircit la voix. De toute évidence, il a la même boule coincée dans le fond de l'estomac.

Il reprend.

— Elle m'a fait écrire un message pour toi. Attends une minute.

J'entends un déplacement… un frottement… un « bordel ! Je l'ai mis où ? ».

— C'est bon ! Je l'ai ! Je te le lis. « Kris. Je t'aurais bien appelée moi-même mais il semblerait que mes poumons en aient décidé autrement. On ne peut pas dire qu'ils me soutiennent en ce moment. Tu auras la voix sensuelle de mon adorable mari. Je suis sûre qu'il rougit en ce moment même. Il sera mon souffle. Tu vois ? Je tiens ma promesse. Te voilà prévenue. Je trouve cette idée toujours aussi absurde mais une promesse est une promesse. Bref ! À toi de tenir la tienne. Ne viens pas. Si je te vois dans ma chambre d'hôpital je te jure que je rassemble le peu de force que j'ai pour te botter le cul et t'expédier dans tes montagnes. Que ce soit à dos de chameau ou plutôt à dos d'aigle ou d'ours. Je ne plaisante pas Kris. Tu sais de quoi je suis capable. Alors, ne torture pas David qui doit déjà se demander comment il va survivre à ma fureur s'il m'annonce que tu débarques. Aie pitié de lui. Ne t'inquiète pas, je n'ai pas l'intention de traîner dans cette chambre lugubre. Je compte sur toi. Bise ma grande. P. S. : qui a gagné le combat entre ta mère et Sidonie ? Suite au prochain appel. »

— Elle ne peut pas me demander ça.

— C'est pourtant ce qu'elle fait !

Je réfléchis à toute vitesse. Comme si David l'avait compris, il ne dit plus un mot. Il doit certainement, de son côté, supplier je ne sais quoi pour que je prenne la bonne décision. Il a bien assez à gérer.

— Promets-moi de me tenir au courant de tout.

— Bien sûr.

— D'une prise de sang aux analyses… d'un changement d'oreiller au verre d'eau qu'elle va boire… du passage aux toilettes à la couleur de son urine…

— C'est bon Kris ! J'ai compris.

— Merci David. Elle a de la chance de t'avoir. Ne l'oublie pas.

— C'est moi qui en ai, me dit-il la voix éraillée.

Je n'ose même pas imaginer ce qu'il vit.

— Prends soin de toi aussi OK ?

— Ça, c'est plus compliqué. Salut Kris.

Il raccroche.

Les yeux dans le vide, je fixe sans le vouloir mon portable. Je pourrais sauter du lit, faire ma valise en quelques minutes et prendre le train ! C'est ça ! C'est exactement ce que je vais faire. Je me lève et réunis toutes mes affaires. Je file dans la salle de bain pour récupérer mon nécessaire de toilette. Je redresse quelques secondes la tête pour découvrir mon reflet dans le miroir. Je détourne les yeux presque aussitôt. J'arrête alors tout ce que je suis en train de faire et écrase mon poing sur le lavabo. Une fois… deux fois… et de trois. J'ai envie de crier. De colère… de douleur… mais surtout contre cette maudite promesse. Et je sais… oui. Je sais que je ne peux pas partir. Elle ne me le pardonnerait pas. Et le pire dans tout ça, c'est que si c'était moi au fond de ce lit d'hôpital et elle ici, je ne lui pardonnerais pas non plus. Alors je m'écroule, là... sur le sol de cette salle de bain qui est le seul témoin de mon chagrin. De mon impuissance. Je pleure pour Fanny mais aussi pour moi. Je suis furieuse. J'ai envie de crier toute cette injustice. J'ai l'impression que ce combat que nous vivons toutes les deux est totalement déloyal. Nous ne nous battons pas à armes égales. Cette saloperie est bien plus forte que nous. Elle nous broie sans ménagement. Elle nous réduit à l'impuissance. Elle nous écrase comme une chape de plomb sans que nous ne puissions rien faire. Elle nous prive de notre dignité, de nos rêves, nos désirs, notre avenir et tout ce qui fait de nous ce que nous sommes. Non ! Nous ne nous battons pas à armes égales.

La porte s'ouvre. Trop vite pour que j'aie le temps de réagir. Valérie me regarde sans faire un geste. Il ne manquait plus que ça. Je me relève aussi vite que je le peux. Je m'empare de ma brosse à dents pour me donner une contenance. Elle ne bouge toujours pas. Je lui jetterais bien mon tube de dentifrice au visage mais j'espère d'elle un minimum de compréhension.

Elle recule d'un pas et me dit :

— Je reviendrai plus tard.

Elle referme la porte derrière elle. J'entends ses pas s'éloigner.

— C'est ça ! Et pendant que tu y es, fous le camp au lieu de saboter mes vacances.

J'empoigne l'évier. Le même qui a subi mes coups il y a quelques minutes. Je pense un instant l'arracher de son mur mais je connais déjà le grand gagnant.

Chapitre 36

Après une heure, je m'extirpe enfin de la salle de bain mais pas sans avoir réparé les dégâts. L'évier devrait s'en remettre ce qui n'est pas le cas de mon visage. En fait, il est tellement dévasté que si j'épluchais un oignon, c'est lui qui verserait des litres de larmes.

Cette idée de vacances, je la dois de Fanny. Tout abandonner revient à la trahir. À ne plus croire en elle. En son combat mais aussi au mien. Il faut que j'y arrive. « La grosse Bertha » me dévisage, provocante et espiègle. Si elle croit m'impressionner… je ne lui ferai pas ce plaisir.

Je retrouve une partie de la tribu sur la terrasse, concentrée sur des jeux de société. Tony, Mina, Véronique et Charles sont installés autour du Trivial Pursuit. Valérie et son père sont au bout de la table devant un jeu de dames. Sidonie, tonton Éric et mes parents se sont lancés dans un tarot. Je me faufile furtivement espérant qu'on ne me remarque pas. Je cherche Vic du regard. Elle nage en enchaînant les longueurs. Je m'installe au bord de la piscine et plonge les pieds dans l'eau.

— Tu t'entraînes pour les prochains Jeux olympiques ?

Je ne suis pas rassurée. Je crains que Vic remarque mon humeur du jour malgré mon acharnement à le faire disparaître. Si ce n'est pas le cas, je serai confiante pour le reste du groupe.

— Tu crois que je peux avoir une petite chance ?

— Pas avec ce maillot de bain en tout cas.

— Moi qui misais justement sur lui.

Elle portait un bikini très bikini.

— Débarrasse-toi de ce pull et viens me rejoindre.

Je jette un œil vers Valérie.

— Humm ! Non. Je préfère me tenir prête.

— Arrête ! Et enlève-moi ce rôle d'agent de sécurité.

— T'en as de bonnes toi ! Comment tu veux que je me détende ? Et pourquoi tu voudrais qu'elle m'épargne cette fois-ci ? Où qu'elle épargne Romain ! D'ailleurs… il est passé où ?

Je cherche mon frère. Introuvable. Lui aussi l'évite certainement. Vic se hisse hors de l'eau et s'installe près de moi, épaule contre épaule.

— Et si cette fois elle avait changé ? Ou peut-être va-t-elle se tenir à carrer ?

De mon pied, je percute le sien.

— On dit à « carreau » Vic. « Qu'elle se tienne à carreau ». Mais quand est-ce que tu vas me sortir une expression correcte ?

— Oh ! Ça va ! Tu m'avais comprise, râle-t-elle.

Je soupire.

— Je ne vois aucune raison pour qu'elle laisse tomber. Je ne te cache pas que je l'ai souvent espéré. Parfois, la Valérie de notre adolescence me manque. Oui c'est vrai… et quand je crois voir dans ses yeux pendant un court instant une accalmie… et bim ! La revoilà à cracher son venin. Je sais qu'elle ne se retiendra pas longtemps. Et là, tu verras ! Alors tu compteras le nombre de secondes qu'elle met à balancer une vacherie ou à se vanter.

Effectivement, j'avais vu juste. Comment pouvait-elle se priver de son passe-temps préféré ; m'enfoncer la tête dans le sable ? Comme si cette satanée tumeur ne suffisait pas. Je me demandais même si ces deux-là n'avaient pas signé un contrat ensemble pour accélérer ma fin. Une demi-journée ! Une toute petite demi-journée ! Sans doute juste de quoi me préparer. Je devrais peut-être la remercier ! C'est au repas de midi qu'elle ouvre les hostilités. Je m'étais pourtant appliquée à mettre une distance physique nécessaire entre nous, même pendant les repas.

— Elle est superbe cette villa ! s'exclame-t-elle.

— Oui c'est vrai ! s'enthousiasme comme à son habitude Mina. Et ça, on le doit à Kris. Elle nous a trouvés un vrai petit coin de paradis.

Je ne pouvais pas m'empêcher de tendre l'oreille. Je sentais l'entourloupe à des kilomètres à la ronde.

L'air de rien, Valérie persiste.

— OK je vois… une location pareille doit coûter un bras ! Surtout pour trois semaines !

— Eh bien non justement ! Deux cents euros par couple seulement. Ce n'est pas formidable ?

— Oui formidable ! continue Valérie mielleuse.

L'intonation de sa voix me donnait froid dans le dos. Je n'aimais pas ça.

— Ouais ! C'est bizarre ! Si je tiens compte de l'annonce, on est loin de la somme demandée !

Et voilà ! Catastrophe ! Est-ce que je suis la seule à sentir la terre tremblée ? Je vois treize paires d'yeux me toiser. Romain est le premier à parler.

— Kris ? C'est quoi cette histoire ?

Je sentais mes joues s'enflammer. Il me fallait une bonne argumentation et là, rien ne venait. Je n'avais plus qu'à dire la vérité. Ou presque.

— Rien d'extraordinaire. J'ai demandé une participation et le reste est mon affaire, je lui réponds le plus naturellement possible.

Garder son sang-froid. Je pouvais le faire. Charles s'écrie.

— Ah ! Bé voilà ! Je me disais bien qu'il y avait un truc qui clochait !

Ignorant la remarque de Charles, mon cher frère insiste.

— Et de combien est le reste ?

J'avais déjà replongé la tête dans mon assiette de risotto et j'y étais plutôt bien.

— Kris ? intervient ma mère.

— Ça me regarde.

— Je ne connais pas tes intentions mais nous n'avons pas besoin de charité ! lâche oncle Éric.

Je n'aimais pas le ton que prenait cette conversation. Valérie, qui s'était enfoncée dans son fauteuil, prenait de toute évidence un malin plaisir à la suivre. Je n'avais qu'une idée en tête, lui retirer ce sourire qu'elle affichait, conquérante. Des idées me venaient sur la façon de m'y prendre mais j'avais plus urgent à faire en cet instant.

— Il ne s'agit pas de charité. Juste un cadeau. J'ai encore le droit d'offrir des cadeaux à ma famille ! Non ? j'argumente en prenant un air enjoué.

Rester calme. Souffle, Kris. Je ne lui ferai pas cette joie. Sa bombe n'explosera pas.

— C'est touchant… continue Tony. Mais c'est gênant aussi, Kris.

— Eh bien vous avez tort. Moi je suis ravie et je pouvais le faire. Alors si vous le voulez bien, on passe à autre chose.

La tension était palpable. Je les observais du coin de l'œil. L'incompréhension sur leur visage donnait le ton. Comment pouvaient-ils comprendre mon entêtement ? J'aurais sans doute eu la même réaction. Quand j'avais validé la location quelques mois auparavant, je me souviens de ce sentiment d'euphorie qui m'avait traversée. À présent, je doutais tout à coup de moi. Mon intention n'était pas de les blesser. Était-ce le moment de leur dire la vérité ? Pas comme ça ! Pas de cette façon ! Je sens alors une main se poser sur la mienne. Celle de mon père. Je réalise seulement à cet instant qu'il n'avait encore rien dit. Quand je lève les yeux vers lui, je crains d'y voir des reproches mais c'est tout le contraire qui se produit. Son regard est doux et rassurant. Au lieu de sentir du soulagement, je suis totalement déstabilisée. Je trouve surprenant que mon père se contente de mon explication. Ce n'est clairement pas dans ses habitudes. Quand je regarde ma mère, je sens bien qu'elle fulmine me promettant silencieusement un débat endiablé. Il faut désamorcer tout de suite cette situation avant d'atteindre le point de non-retour.

— Bon OK ! Comme vous le savez tous, je n'ai pas de compagnon, je n'ai pas d'enfants donc pas de frais. J'accumule depuis plusieurs années des chèques vacances qui ne servaient à rien jusqu'à maintenant. Vous êtes tout ce que j'ai. Vous êtes les personnes avec qui j'ai envie d'être. Ces vacances, je ne les aurais partagées avec personne d'autre. J'ai toujours eu la chance de vous avoir auprès de moi. Et ça, ça n'a pas de prix et ce n'est pas permis à tout le monde.

Je sens une légère réaction de mes oncles. Éric devait sans doute avoir une pensée pour sa femme et Paul pour Mathieu. Ce n'était pas le but de les torturer mais c'était aussi la triste vérité. Je réalise que je ne pouvais pas être plus près de ma douloureuse révélation.

— Je l'avoue… j'aurais dû être plus claire sur mes intentions. Mais je veux que vous sachiez qu'en aucun cas je voulais vous mettre mal à l'aise. Vous me connaissez tous, je ne supporte pas être au centre des conversations. Alors oui… c'est maladroit de ma part et je m'en aperçois aujourd'hui. Je n'ai jamais voulu vous blesser en préparant ces vacances. Si c'est le cas, je m'en excuse. Pourtant, je ne regrette absolument pas. J'espère que rien ne sera gâché car j'y tiens. VRAIMENT. Alors si vous le voulez bien, nous allons continuer à passer d'excellentes vacances et profiter tous ensemble.

J'étais vidée mais délivrée. Une bouffée de fierté m'a totalement submergée. D'habitude discrète et effacée, je m'étonne de l'assurance que j'affiche. J'ai presque envie de sauter de joie ou plutôt me jeter sur Valérie pour la remercier. Enfin… il ne faut pas exagérer non plus !

C'est justement cette Kris-là que je cherchais. Petit à petit, elle se dévoilait. Petit à petit, elle s'affirmait. Elle attendait sans doute le bon moment. Il était arrivé. Là… devant tous ceux qu'elle aimait. Cette fois, elle était bien décidée à ne rien lâcher. Elle me plaisait.

Après de longues secondes d'un silence difficilement supportable, Marc se lève et s'approche de moi.

— Est-ce que ma merveilleuse cousine veut bien se lever pour que je l'embrasse ?

J'obéis.

— Merci pour ce magnifique cadeau Kris.

Je relâche toute la pression dans ses bras. Il doit le sentir car il me chuchote :

— Tout va bien se passer. Il va falloir quand même que tu m'expliques où tu as caché l'autre Kris !

Il dépose un baiser au creux de mon cou.

— Elle avait besoin de vacances, je murmure à mon tour.

Je sens des mains se poser sur mon dos. Des bouches embrassent mes joues... des remerciements timides mais sincères à mes oreilles. Enfin reviennent les éclats de rire. Les vacances pouvaient reprendre. La bombe n'avait pas explosé. Je cherche du regard mon père. Contrairement aux autres, Il était resté sur sa chaise. Quand nos regards se croisent enfin, ce que j'y lis me bouleverse. Gratitude... fierté... mais surtout cette profonde tristesse que je n'explique pas.

Chapitre 37

Était-ce mon aveu ou bien notre journée de la veille à chercher nos ados fugueurs... quoi qu'il en soit, nous étions tous aussi inanimés qu'une limace dopée au prozac. La terrasse ressemblait à un campement improvisé entre transats et matelas gonflables. Certain lisait... d'autre dormait. La villa elle-même semblait somnoler. Valérie est notée aux abonnés absents. À y repenser, je ne l'avais pas croisée depuis la fin du repas. Ma bouche s'étire pour laisser place à un large et généreux sourire. C'est plus fort que moi. Je l'imagine dans sa chambre folle de rage. Avec des crampes. Oui ! De belles grosses crampes à l'estomac. J'admets que c'est ridicule et surtout puéril comme réaction. J'ai même envie de quitter mon transat et d'aller voir ça de mes propres yeux. Juste pour m'assurer que le score est correct. Kris : 1 ; Valérie : 0.

— Où vas-tu ? me demande Vic.

— Voir où en sont les points ?

— Quoi ? Quels points ?

Pour toute réponse, je lui envoie un baiser.

Je me dirige d'un bon pas vers la chambre de Valérie. Je suis aussitôt attirée par des voix agacées. Elles proviennent de la chambre de Marc.

— Sors d'ici, Charles !

— Je sortirai quand je l'aurai décidé.

Je me colle à la porte. J'entends Marc soupirer. Rester discrète et écouter. Je sais… pas de quoi en être fière. Je devais être clouée au lit par une maladie infantile au moment de la leçon parentale « ne pas écouter aux portes ».

— Mais qu'est-ce que tu attends de moi ? Qu'est-ce que tu veux que je fasse bon sang ?

— Tu as au moins pris de ses nouvelles ? s'énerve Charles.

— J'ai appelé le service où elle est admise.

— Tu lui as parlé ?

— Ça servirait à quoi bordel ! hurle Marc.

— Merde Marc ! Au moins faire des excuses ! crie Charles à son tour.

— Tu peux baisser d'un ton ?

Ensuite, plus rien. La porte risque de s'ouvrir à tout moment révélant mon indiscrétion. Alors que je suis prête à partir sur la pointe des pieds, Charles reprend la parole.

— Tu n'as pas une once d'humanité ! Tu me dégoûtes.

— Ouais… ouais… c'est ça. Je ne risque pas de l'oublier. Tu me le répètes en boucle. Eh bien tu sais quoi ? Je vais te donner un scoop. Je n'en ai rien à foutre ! Et autre chose… fais comme si je n'existais pas.

Des pas se rapprochent. Je vais me faire griller. J'ouvre la porte la plus proche de moi. Un placard… rempli à ras bord. Impossible de me faufiler là-dedans. Pourtant, je m'y engouffre. J'ai juste le temps de me faire une place, la joue pressée contre un balai et un fer à repasser enfoncé dans le dos. Je referme cette fichue porte. Charles sort mais pas sans une dernière réplique.

— Je vais tellement t'ignorer que tu vas finir par douter de ton existence.

Pourvu qu'il ne voie pas la mienne pour commencer.

Après le départ de Charles, je reste encore un petit moment dans ma cachette improvisée. Je n'avais pourtant que quelques pas à faire pour atteindre ma chambre. Mais rien de mieux qu'un placard qui sent les produits d'entretien et la poussière pour réfléchir. Tout le monde devrait essayer. C'est surtout l'assurance de ne pas être dérangé. Il me fallait ce temps-là pour réunir toutes les informations. Et il y en avait. Dans un premier temps, leur combat de coqs lors de notre première balade. Je me souviens des paroles de Charles : « dès qu'on ne rentre pas dans ta catégorie », « tu n'es pourtant pas un exemple à suivre ». Il y avait eu aussi cette étrange conversation avec Marc : « Vic n'a pas besoin d'un mec comme moi ». Ensuite avec son frère, bien décidé à tenir Marc à l'écart de cette dernière. Ah oui ! La nuit dernière. Vic avec cet homme qui, j'en suis pratiquement sûre, était Marc. Pourtant, avec ce que je venais juste d'entendre j'étais totalement larguée. « Tu as pris des nouvelles d'elle ? ». Et c'était quoi ce soi-disant service qu'il avait appelé pour faire des excuses ? Mais à qui ? C'était un joli bordel dans ma tête ! Soit dit en passant, à l'image de ma cachette.

Je n'avais donc pas le choix. Je savais que Marc n'était pas encore sorti de sa chambre. Je m'extirpe, suivi du balai collé à mon épaule. Déterminée, j'avais bien l'intention de tirer ça au clair. Je rentre sans en demander la permission. Je ne le vois pas tout de suite, mais j'entends un bruissement. Sa porte d'armoire est grande ouverte. Je sais qu'il est derrière car je vois ses pieds. Nos parties de cache-cache étant enfants me servent enfin à quelque chose. Je regarde sur le lit et je remarque un sac de voyage.

— Marc ?

Il penche la tête et jette un rapide coup d'œil vers moi. Il a une mine de pigeon écrasé. Le voir comme ça me vrille l'estomac.

— Tu fais quoi là ?

Ma question est ridicule. Il ne faut pas être devin pour comprendre. Pour ma défense, je n'ai jamais prétendu avoir le QI d'Einstein. En même temps, il n'est pas question de la théorie de la gravité à ce moment précis. De toute évidence, son frère ne lui fait pas de cadeau et lui, n'essaie même pas de se défendre. Quand nous étions gamins, j'avais été témoin de nombreux règlements de compte entre eux et pour le moins qu'on puisse dire, Marc ne se laissait pas impressionner. Bien au contraire. Habituellement indépendant et doté d'une assurance admirable, cette fois-ci, il s'écrasait. Il y avait bien une raison à ça. Qu'il le veuille ou non, il allait devoir m'expliquer. La nouvelle Kris pouvait être aussi tenace qu'un chewing-gum ayant élu domicile dans une touffe de cheveux. J'avais définitivement fait un trait sur ma légendaire réserve et sur mes « ça ne te regarde pas ma vieille ». Je commençais à y prendre goût. Je prenais conscience qu'en m'impliquant davantage dans leurs erreurs, leurs bonheurs, leurs réussites, leurs doutes me permettaient de les redécouvrir. De définir qui ils étaient vraiment. Ce sont ces treize premiers jours passés en immersion avec eux qui me l'auront appris. En fait, pour être tout à fait honnête, tout le mérite revenait à « la grosse Bertha ». Et ça me coûtait de l'avouer ! Est-ce que ce changement aurait eu lieu si elle n'avait pas pointé le bout de son nez ? Bref ! Ce n'était pas le moment pour les questions existentielles.

Pendant ma réflexion, Marc en avait profité pour vider la moitié de son placard.

— Hé oh ! Tu sais, quand une personne pose une question, elle est en attente d'une réponse en règle générale !

— Fiche-moi la paix ! me répond-il froidement.

Sa réponse me fait l'effet d'un uppercut. Il fallait que je sorte de ma zone de confort. Pour ainsi dire, ne pas me laisser faire.

— Allo, Marco ! Ici Kris ! Tu te souviens ? Celle avec qui tu échafaudais des plans pour draguer les minettes ! Je pactisais avec la cible et toi tu récoltais les mots doux en fin de soirées ! Ça te parle ?

Je m'approche de lui et le débarrasse de sa trousse de toilette qu'il s'apprêtait à mettre dans son sac. Je le force à me regarder.

— J'ai beau chercher partout, je ne vois pas d'ennemie dans cette chambre. Alors, ne me considère pas comme tel.

Après quelques secondes de silence, il s'assoit sur son lit la tête rentrée dans les épaules.

— Excuse-moi… je n'avais pas à te parler comme ça.

— Excuses acceptées. Et maintenant, tu m'expliques ?

— Rien de grave… une petite brouille entre frangins.

Non mais je rêve ! Et il croit qu'il va réussir à me faire avaler ça. J'aperçois un miroir accroché au mur. Je m'en approche et m'étudie.

Encore un long silence. Je peux voir le reflet de mon cousin. Il m'observe.

— Tu fais quoi ? me questionne-t-il.

— J'essaie de voir si j'ai l'air aussi débile que ça. – Je lui fais face. Tu ne crois franchement pas que je vais gober une soi-disant petite querelle avec Charles ? Le Marc que je connais l'aurait envoyé se faire voir ailleurs au lieu de se défiler comme un repris de justice.

Marc se redresse d'un coup. Sourcils relevés, il me contemple.

— Dis donc toi ! Tu te dopes à quoi en ce moment ? Non parce que j'en veux bien aussi ! Un coup, redresseuse de tort, un autre coup, ravisseuse ou encore dans le rôle d'une avocate… et cette grande générosité pour cette villa ? Qui soit dit en passant me va très bien hein…

J'ai tout à coup le sentiment que ses paroles me tendent une perche. C'était peut-être le bon moment. « La grosse Bertha » allait faire son apparition, ici, dans cette chambre. Après tout, j'allais lui demander des explications. Pourquoi ne pas être complètement honnête et lui avouer l'inavouable ? Comment je pouvais lui imposer de me dire ce qu'il se passait, si moi-même je n'étais pas tout à fait sincère ? J'en avais des sueurs froides. J'en fais toute une histoire pourtant rien de plus simple. « Tu me dis tout et je te dirai ce qui me tue et quand ça me tuera ». Et voilà ! Pas plus compliqué que ça. Donnant donnant.

— N'essaie pas de noyer le poisson, cowboy. Il ne s'agit pas de moi là.

Je m'assois près de lui. Son visage est crispé. Il pivote vers moi.

— Tu ne vas pas aimer Kris.

Son regard en dit long.

— Laisse-moi en juger par moi-même.

— Tu vas me détester.

— Ça, ça m'étonnerait ! je rétorque en relevant la tête énergiquement.

Enfin, j'espérais.

Chapitre 38

— Je savais que tu n'aimerais pas, gémit-il en faisant les cent pas dans la chambre. En même temps, je ne peux pas t'en vouloir. Je suis un vrai salaud.

Je l'ai écouté sans dire un mot. Je meurs d'envie de repartir vers ma planque qui sent l'encaustique. J'ai besoin d'être seule à nouveau pour faire le point. Reconstituer un nouveau puzzle. Il y a tellement d'informations et mes pauvres neurones ont déjà bien assez à faire avec leur ennemi. J'ai parfois l'impression de me noyer. Ne plus avoir les idées claires. Ne plus être capable de relier les données. Mon programme beugue… Saturation du microprocesseur… ralentissement du système. Marc attend une réaction de ma part et comme elle ne vient pas, il est totalement désemparé.

— Kris ! Dis quelque chose ! Traite-moi de tous les noms si tu veux mais bordel, dis quelque chose !

Je quitte le fauteuil près de la fenêtre et m'approche de lui. Je pose ma main sur son bras pour le rassurer sur mes intentions.

— Oui oui… attends ! On va reprendre OK ? j'articule en me frottant le visage. Cette fille… heuuu… Alice tu m'as dit ?

— Élise, soupire-t-il.

— Élise. OK… Alors tu dis que tu l'as rencontrée où ?

— Chez Charles. Il avait organisé un dîner chez lui avec ses collègues. Je revenais des États-Unis et il voulait que j'y sois. Sans doute pour en foutre plein la vue à sa bande de cravateurs. Tu connais Charles ! Un frangin qui revient des States… ça en jette. Lui qui ne bouge jamais de son quartier. Enfin, c'est plus ou moins l'argument qu'il m'a sorti.

— Mais cette fille… C'est une de ses collègues aussi ?

— Si on veut. Mais c'est surtout la fille de son boss. Je ne le savais pas quand je suis arrivé. Dans un premier temps, Charles me l'a présentée comme une des leurs. Ensuite, il m'a pris à part dans la soirée et m'a demandé de m'occuper d'elle. La distraire. Je ne l'avais jamais vu comme ça ! Il était très nerveux. Sur le moment, j'avais trouvé son attitude bizarre. C'est en apprenant qui elle était que j'ai commencé à comprendre où il voulait en venir. C'était la fille du boss. Il voulait l'impressionner. Le truc classique mais dégueulasse.

— Tu ne l'avais jamais rencontrée avant ?

— Bien sûr que non ! Pourquoi tu me le demandes ?

— Je ne sais pas. Tout est allé tellement vite ! Avoue que c'est délirant ! je m'exclame. Et tu n'as rien vu venir ?

— Sincèrement ? Non. Absolument rien. Comme je te l'ai déjà expliquée. Pour moi, notre rencontre s'arrêtait à cette soirée. Elle ne m'attirait vraiment pas. Trop snob… trop guindée… trop confiante. J'ai vite compris qu'en un claquement de doigts elle pouvait obtenir tout ce qu'elle voulait. Une fille à papa. Un papa, qui semble-t-il, avait plus de tunes que nous pourrions en avoir. Et il y a eu cet appel de Charles, me disant qu'elle l'avait contacté pour avoir mon numéro. Elle lui a expliqué son coup de cœur pour moi. Elle voulait me revoir. Moi, je n'en voyais pas l'intérêt mais mon cher frère m'a mis une pression de dingue. C'était important pour son job… qu'il ne pouvait pas se mettre son patron à dos... bla-bla-bla... Il m'avait suggéré de jouer le jeu quelque temps... qu'elle se lasserait vite de moi comme avec ses autres conquêtes. Pendant que lui se faisait mousser auprès du paternel. Un stratagème complètement absurde et je ne me suis pas privé de le lui dire. Dans un premier temps, j'ai carrément refusé.

— Effectivement, ce n'est pas la meilleure idée qu'il ait eue.

— Ça a été le début de la fin. On s'est revu. Je voyais bien qu'elle s'accrochait de plus en plus à moi. Les semaines, ensuite, les mois ont passé. Je n'aimais pas le rôle qu'on m'imposait. Vraiment pas Kris.

— Mais qu'est-ce qui t'empêchait d'y mettre fin ? je m'insurge.

— Charles ne voulait rien entendre ! À plusieurs reprises, j'ai voulu arrêter cette comédie ! Il me suppliait de ne pas tout foutre en l'air. Il allait avoir bientôt la responsabilité d'un gros dossier. Une faveur du grand boss. Il ne pouvait pas louper cette opportunité. Que c'était un tournant dans sa carrière. Élise filait le parfait amour et le papa richissime était aux anges pour sa princesse. J'ai vite compris qu'il avait fait de moi son pantin. Plus le temps passait... et plus je m'enfonçais.

— Merde, Marc ! Je ne comprends pas ! Comment t'as pu te laisser embarquer là-dedans ? T'as toujours été un type de valeur ! Où t'avais foutu tes beaux principes à ce moment-là ?

— Véro était au début de sa grossesse. Charles craignait de ne pas être à la hauteur financièrement. À ses dires, cette promotion aurait changé la donne.

Il se prend la tête entre les mains.

— Et c'est quoi cette histoire d'hôpital psychiatrique ?

Il prend alors une grande inspiration et termine.

— J'en pouvais plus. Je te jure ! Ça me rendait malade. Je me dégoûtais. Élise commençait à me parler de projet comme acheter un appart ensemble, un chien, me trouver un boulot stable. Elle voulait en parler à son père. J'ai paniqué. Ce n'était pas une vie pour moi ça. Alors, j'ai rompu. Elle n'a rien su des manigances de Charles. Elle a pété un câble. Pendant quelques semaines, je n'ai plus entendu parler d'elle. Encore moins de mon frère. Et un matin, elle refait surface et m'annonce qu'elle est enceinte. Je ne te dis pas la claque que je me suis prise dans la gueule. Je lui ai demandé une preuve. Oui… je sais… c'est moche. Elle n'a pas pu m'en donner. C'était un piège. Je n'en revenais pas qu'elle ait au moins tenté.

— On ne finit pas en hôpital psy pour autant !

— C'est là qu'arrive le plus sordide. Elle a essayé de se foutre en l'air. Ses parents l'ont internée. Apparemment, elle n'en était pas à son premier coup d'essai. Elle a un gros souci avec le refus et la frustration. Elle a un lourd passé en psy.

— Super ! Il a fallu que tu tombes sur une psychopathe !

— Charles me voit comme le seul responsable. Et il n'a pas tort. Merde Kris ! Cette pauvre fille est enfermée par ma faute ! Comment j'ai pu faire une chose pareille ?

— Bon OK ! Tu n'as pas été malin sur ce coup-là. Mais dire que tu es le seul responsable, tu pousses là ! Ton frère t'a manipulé comme un enfant de cinq ans. Il n'avait pas à se servir de toi pour arriver à ses fins. Tu es conscient de ça quand même ? Je ne comprends même pas qu'il ait pu t'embarquer dans son plan ! Qu'il t'ait demandé de lui faire la conversation le premier soir… passe encore. Par contre, prendre le contrôle de ta vie en te prenant en otage… ça c'est moche ! Très moche ! Et je t'assure que je mesure mes mots.

— Il avait besoin de moi pour sa carrière et faire vivre sa famille.

— Moi j'appelle ça du chantage affectif ! Et tu ne vas pas me faire croire le contraire ! – Je marque un temps d'arrêt. Pour cette pauvre fille, ce n'est quand même pas toi qui lui as fourni la corde !

— Mais de quelle corde tu me parles ?

— Sa tentative de suicide ?

— Elle a pris des cachets !

— Oui je vois… mais à preuve du contraire, tu es toujours guide touristique et non pharmacien ou psychologue ! Tu comprends l'idée ?

— Peut-être mais en attendant, je suis à une éternité de la belle représentation du prince charmant.

— Nan ! Ne me dis pas qu'il existe vraiment ? je m'exclame en prenant un air offensé.

— Kris ! Je suis super sérieux là.

— Mais moi aussi figure-toi ! Grand-père disait toujours que les femmes attendent le prince charmant, ce concept publicitaire débile qui fabrique des déçues, de futures vieilles filles, des aigries en quête d'absolu alors que seul un homme imparfait peut les rendre heureuses.

Il me fixe surpris.

— Et tu es d'accord avec ça ?

— À part cette idiote de Cendrillon, je ne connais pas une femme qui te dirait le contraire !

— Alors ce que tu veux me dire c'est que vous n'êtes pas toutes dans l'attente d'un homme beau, riche, bien élevé, tendre, drôle, galant et j'en passe.

— Si ! Je ne vais pas le nier ! Quand on a huit ans et qu'on fait la collection des Walt Disney ! Et il semblerait que ta fameuse Élise n'ait pas jeté la sienne. Par contre, je suis heureuse de t'annoncer que Vic, elle, ne l'a pas gardée.

À l'évocation de ma meilleure amie, Marc se referme. Je lui laisse quelques secondes, juste ce qu'il faut pour se ressaisir.

— Depuis quand tu as compris ? me demande-t-il.

— Dès le début.

— Elle t'a tout dit ? Elle n'aurait pas dû.

— Ça n'a pas été nécessaire. J'ai des yeux pour voir, des oreilles pour entendre et un cœur pour comprendre.

— Tu n'es pas fâchée ?

— J'ai beau être très proche de vous deux, je n'ai pas le monopole sur vos vies quand même ! Et deux semaines… je comprends que vous vouliez attendre pour m'en parler.

— Deux semaines ?

Il a l'air en pleine panique. Ou alors il se fout de ma poire.

— Je sais qu'on passe des vacances agréables et que, pour le coup, on ne voit pas les semaines passer, mais oui ça fait déjà deux semaines que nous sommes à la villa. Enfin, jusqu'à preuve du contraire.

Chapitre 39

— Tu ne bouges pas de là, dis-je d'autorité en prenant la direction de la porte.

— Mais je…

Je me retourne juste avant de quitter la pièce, le regard noir. Marc capitule et comprend qu'il ne terminera pas sa phrase. J'adore mes nouveaux pouvoirs.

Je traverse le couloir au pas de charge et croise Valérie. Elle apparaît toujours au plus mauvais moment. Les épisodes de la salle de bain et du repas de midi refont immédiatement surface. La tension remonte d'un cran supplémentaire. Elle doit le sentir pour se coller au mur ainsi et me laisser passer. C'est préférable. Et dire qu'elle était mon objectif de départ avant que mes oreilles surprennent la conversation de mes deux imbéciles de cousins !

J'arrive dans le salon et tombe nez à nez avec Charles. Je m'arrête à quelques centimètres de lui et pose mon index sur son torse.

— Ça sera bientôt ton tour. Tiens-toi prêt.

Je ne lui laisse pas le temps de réagir. Reprenant ma course, j'arrive sur la terrasse et repère ma proie. Elle est en grande conversation avec Anna sur les bienfaits de l'amour. Comment entretenir la flamme… comment garder une communication seine… toujours être honnête et respectueux avec son partenaire.

Elle rajoute même qu'il est important d'installer la confiance, la transparence et la sincérité. Non mais je rêve ! Je vais lui en donner moi de la sincérité.

Sans un mot, je m'approche d'elle et la tire par le bras.

— Kris ! Mais qu'est-ce qu'il te prend ? Tu m'fais mal !

Je repasse par le salon en traînant sans ménagement ma prisonnière. Elle trébuche à plusieurs reprises et m'ordonne de lui expliquer mon comportement. Elle s'arrête aussitôt quand elle comprend où je l'emmène. Nous retrouvons Marc, aussi à l'aise qu'un pingouin dans le désert. Alors que Vic semblait avoir avalée un champ de coquelicots. Je referme la porte derrière moi. Ils se font face. Un silence de plomb s'abat dans la chambre.

— Prenez votre temps surtout ! j'aboie sur un ton d'impatience.

Vic questionne Marc du regard.

— Elle sait, lui répond-il.

— Eh bien ! Pour un qui ne voulait absolument rien dire…

— Je n'ai pas changé d'avis Vic.

Je me plante devant ma meilleure amie.

— Quand est-ce que tu allais me dire que vous étiez ensemble ?

— Quand ton cher cousin me l'aurait autorisée ! Parce que tu crois que ça me faisait marrer de te cacher ça pendant six mois ?

— Six mois ? je m'insurge en dévisageant Marc.

— Oups ! Je n'avais pas insisté sur ce détail, articule-t-il difficilement.

Vic reprend.

— Mais tu lui as dit quoi au juste ?

— Absolument rien comme il était prévu. Mais il faut croire qu'elle a des antennes planquées quelque part.

— Hey ! Je suis là ! OK ? Et merci pour votre confiance ! Bravo !

Marc s'approche de moi tout penaud.

— Kris ! Ça n'a rien à voir avec ça. Tu dois comprendre ! Tu sais à présent. Mais tout ça est fini et Vic le savait depuis le début. Je ne lui ai fait aucune promesse. Je…

— Ah oui ton éternel refrain… – Vic me prend à partie. De toute évidence, il t'a expliquée pourquoi il ne voulait pas aller plus loin avec moi ? Parce que figure-toi que je n'ai le droit à aucune explication ! Il semblerait qu'il ne me mérite pas !

Elle est carrément hors d'elle. Je me tourne vers Marc.

— Tu ne lui as rien dit ?

— Tu te fiches de moi ? Tu crois sincèrement que j'ai envie de lui raconter quel enfoiré je suis ?

J'avais déjà du mal à les imaginer ensemble…

— Il faut que tu lui dises Marc !

— Certainement pas !

Vic s'interpose entre nous deux.

— Non mais on nage en plein délire ! Me dire quoi ? s'écrie Vic.

Mon cousin me sonde du regard. Je sais qu'à ce moment il aimerait être partout sauf ici. Je pose les mains sur mes hanches.

— À toi de jouer cowboy.

Je me rapproche de lui, l'embrasse sur la joue et sors de la chambre. Je n'ai pas été surprise de retrouver Charles dans le couloir, adossé au mur. À voir sa mine torturée, il n'en menait pas large.

— Qu'est-ce qu'il se passe avec Marc ?

Je voyais clair dans son jeu. Tout savoir sans en dire de trop et risquer de se confondre. Je n'étais pas née de la dernière pluie. J'allais lui apprendre la réelle signification du mot « franchise ».

— Qu'est-ce que tu crois qu'il se passe ? Dis-moi ? je lui lance sans ménagement. Tu m'as tout l'air de ne pas savoir où te mettre ? Tu n'as pas la conscience tranquille ? Ou peut-être qu'à moi aussi tu vas essayer le chantage ?

Et bim ! Tu ne l'attendais pas celle-là !

— Il t'a expliquée que...

— Il m'a tout raconté. De la soirée organisée chez toi jusqu'à l'internement.

Il prend une grande inspiration.

— Pauvre fille ! J'ai cru que j'allais faire un AVC quand j'ai appris son hospitalisation.

— Il faut avoir un minimum le cerveau irrigué pour en faire un... d'AVC ! Et excuse-moi, mais je doute que le tien fonctionne correctement.

Il se raidit. S'il cherchait de la compassion à son égard, il allait être très déçu.

Ne voulant pas lui laisser l'avantage, j'enchaîne aussitôt sur un ton qui se voulait sans équivoque.

— Effectivement, je suis d'accord avec toi sur un point. Pauvre fille ! Personne ne mérite un sort comme le sien. –Je reprends mon souffle. Mais toi ! Ta responsabilité dans cette désastreuse histoire ? Tu y as pensé ? Est-ce qu'une seconde tu t'es dit que cette comédie ne pouvait plus durer ? Est-ce qu'une seconde tu as pris conscience que tu jouais avec les sentiments des gens ? En l'occurrence ton frère ! Et pour arriver à tes fins !

Je sentais mes forces m'abandonner. Cette journée était à classer dans mon top dix des journées merdiques. Tony fait son apparition à ce moment-là.

— Hey ! On vous cherche partout ! Ça vous dit un jeu de mime tous ensemble ?

Sauvé par le gong ! Un peu de légèreté serait la bienvenue.

— Super idée ! je m'écrie un peu trop enthousiaste.

Charles ne répond pas et file à toute vitesse sans doute le plus loin possible de mes reproches. Nous le suivons du regard.

— Eh bien dis donc ! Même quand il est en vacances, on croirait qu'il s'est coincé les doigts dans une prise, fait remarquer Tony.

Nous éclatons d'un rire franc et libérateur. Du moins pour moi.

Cette soirée a tenu toutes ses promesses. Vic et Marc nous ont rejoints au bout d'une heure. Aucune valise ne suivait mon cousin. Quant à ma meilleure amie, elle était plus radieuse que jamais. Ils se sont approchés. Ils m'ont embrassée laissant planer dans leurs regards quelques sous-entendus et se sont installés près de moi, juste à temps pour admirer Mina. Mon incomparable cousine nous régalait avec une imitation acrobatique. Elle avait comme gage faire deviner à son équipe le titre d'un film : « vol au-dessus d'un nid de coucou ». Elle ne ménageait pas ses efforts, surtout perchée sur une paire d'escarpins aussi haute qu'un immeuble. Elle battait des bras pour imiter l'oiseau en question. Je m'attendais à la voir réellement s'envoler à tout moment. Tony s'épuisait en la mettant en garde toutes les dix secondes, d'une chute imminente.

— Porter des talons de vingt centimètres ! C'est quoi votre but, vous, les nanas ? Pécho un aigle en plein vol ?

— Tu n'es pas loin de trouver la réponse ! Sauf que le volatil est un peu plus petit qu'un aigle ! je lui rétorque accompagné d'un clin d'œil.

Chapitre 40

Vingt et un juillet. La veille de mon anniversaire. Ce jour est spécial. On n'attache généralement aucun intérêt aux journées qui précèdent les plus importantes. Et pourquoi le faire ? Les lendemains font leurs apparitions, fidèles au rendez-vous. Et pourtant ! Cette évidence est loin d'être infaillible. Elle ne l'est pas pour moi. Viendrait le moment de faire mes adieux aux petits moments de vie comme la veille du dernier couché de soleil... du dernier sourire de mon père... la dernière étreinte de ma mère. La veille de la dernière nuit et celle du dernier au revoir. Tout prend une autre dimension quand on se sait condamnée. Tout va tellement vite. Trop vite ! J'ai aujourd'hui du mal à me souvenir de mes projets. Ceux de toute une vie. J'en ai encore ! Néanmoins, ils ont perdu de leur splendeur. Auparavant, leurs tailles se comparaient aux montagnes de Cauterets. À présent, ils n'atteignent que la taille d'un grain de riz.

Ce matin, encore dans mon lit, je m'interroge. De quoi ai-je envie ? Je souris car je sais ce que je veux. Encore un autre anniversaire. Et un deuxième... un troisième... un quatrième. Pour enfin mourir centenaire dans mon lit bien au chaud, entourée des photos de mes enfants, de mes petits-enfants et de tous mes souvenirs ramenés de mes nombreux voyages.

Une grande fête ? La dernière. Il faudra alors donner le change avec ma famille. Serais-je capable de tenir ? Et pour tout dire, sa réussite me terrifiait. Du moins, ce que j'en attendais. Ces vacances me l'ont rapidement fait comprendre. En les préparant, je les avais façonnées, imaginées, échafaudées mais surtout embellies. Telles que je les avais vécues enfant. Là était le problème. J'étais restée sur mes ressentis de l'époque, d'une gamine insouciante, curieuse et volontaire. Avec une seule contrainte ; croquer la vie à pleine dent. C'était un festival de joies, de découvertes, de risques, de confidences et de partages. Cette enfant s'en était allée. L'adulte avait pris sa place. Les émotions et les sensations n'étaient plus les mêmes. Effectivement, je les regrettais. J'aurais aimé les retrouver. J'en prenais à peine conscience. Qu'est-ce que j'espérais ? J'étais ridicule. Bien sûr que rien ne serait comme avant ! Avais-je voulu retrouver mon enfance pour échapper à la mort ? « Ça ne fait aucun doute ! » me dirait le grand psychanalyste Sigmund Freud !

Anna se matérialise près de moi m'arrachant à mon analyse.

— Ma petite tatie ! s'écrie-t-elle en se tordant les mains, visiblement nerveuse.

Je me cale contre mes oreillers, prête à accueillir un nouveau coup d'état de ma nièce. Elle avait toute l'air d'une détenue essayant de négocier sa liberté conditionnelle.

— Oh toi… je te vois venir.

— Pourquoi tu dis ça ? J'ai quand même le droit de passer un peu de temps avec toi ? s'offusque-t-elle en se faufilant sous mes couvertures.

— Généralement, tu n'es pas aussi anxieuse.

Elle détourne la conversation.

— Tu as bien dormi ? Est-ce que tu veux que je t'apporte ton petit déjeuner ?

Mon petit déjeuner au lit ! Mon émetteur à baratin s'active aussitôt. Cette gamine manquait cruellement d'expérience en matière de manipulation.

— Et si tu arrêtais de me lécher les bottes et que tu allais droit au but ?

Elle prend un air interdit et se raidit.

— Tu gâches tout mon plan ! s'emporte-t-elle. Il était parfait.

— Rassure-moi… tu en as un autre en réserve ?

Elle lève les yeux au ciel et s'enfonce un peu plus dans le matelas.

— Qu'est-ce que tu attends de moi ? Si ça concerne ton petit ami, tu oublies de suite. Je ne peux plus rien faire pour toi.

— En fait non.

Je pousse exagérément un soupir d'aise.

— Te fournir en cannabis… t'accompagner pour une IVG… ou encore te couvrir pour t'enfuir avec un homme de dix ans ton aîné ! Ça aussi je suis aux abonnés absents.

Elle se redresse.

— Tu y vas fort là ?

— J'y vais fort ? Tu ne manques pas de culot toi ! Tu as besoin que je te rafraîchisse la mémoire ? Hôtel ? Petit ami sur le toit ? Pompiers qui…

— C'est bon ! J'ai compris.

— J'en suis ravie.

…

— En fait je… je suis venue te parler de ta promesse.

Alors là ! C'est la panne. Une promesse ! Mais quelle promesse ? Elle doit lire la surprise sur mon visage.

— La balade en montagne ! Quand tu as absolument voulu savoir pourquoi on riait !

— Le papier toilette coincé dans le pantalon de Mina ! je m'exclame, rassurée de pouvoir encore extraire de petites choses de mon cerveau.

Elle me fixe attendant la délivrance. Je prends un malin plaisir à la torturer en prenant mon temps.

— Et ? finit-elle par dire d'impatience.

— Vous apprendre à jouer aux mille bornes ? Mais bien sûr ma puce !

— Tatie ! râle-t-elle.

Je glousse, galvanisée par le pouvoir que j'opère sur elle.

— Aucun sens de l'humour votre génération hein ? OK OK ! J'avais bien compris que tu me parlais de la discothèque.

Elle est suspendue à mes lèvres. Si je fais durer plus longtemps le suspens, je crains que ma petite Anna explose à la façon puzzle. Des centaines de morceaux de ma nièce suppliante, éparpillées dans la pièce... ça risquait de semer la pagaille.

— Une promesse est une promesse ! je lui dis songeuse. Allez c'est bon ! Ce soir, on chauffe la piste.

J'ai à peine terminé ma phrase qu'elle me saute au cou et m'embrasse.

— Tu es la meilleure !

En un battement de cils, elle est déjà hors de la chambre. J'entends alors des cris hystériques dans le couloir. J'en déduis que les trois autres spécimens unis par le même langage, les mêmes visages boutonneux et les mêmes hormones n'ont pas loupé une miette de notre conversation. Leur joie me contamine. Leur jeunesse réveille les souvenirs de la mienne. Il y a si longtemps que je n'ai pas dansé ! Je ne suis pas retournée en discothèque depuis Mathieu. C'était maintenant ou jamais de faire mes adieux au passé puisque l'horloge n'en faisait qu'à sa tête. L'intrusion d'Anna se révèle être finalement une bénédiction. Son idée tombe à pic. Sans le vouloir, elle avait pris les rênes de cette journée qui me hantait.

Je voulais me soulager d'un autre poids. Avoir des nouvelles de Fanny. La réponse à mon message ne se fait pas attendre. Son mari m'informe qu'elle se repose et qu'elle a passé une nuit plus sereine. Il espère que les prochains SMS seront écrits de sa propre main. Deux bonnes nouvelles alors que je n'avais pas encore posé un pied au sol. Un autre proverbe de papy s'introduit dans mes pensées. « Sache bien employer ta journée, la vie passe en un instant. » Il ne croyait pas si bien dire.

Chapitre 41

La rumeur se propage dans la villa en un temps record. L'idée de cette soirée fait l'unanimité, à l'exception de nos parents. Ils sont cependant ravis d'avoir un moment entre sexagénaires. Nos jeunes passent une partie de la journée à choisir leurs tenues de lumière. Les filles transforment le salon en une véritable loge d'artiste. Des monticules de vêtements recouvrent le moindre meuble et la table est jonchée de toute sorte de produits d'esthétique. En les regardant s'affairer, je suis aussitôt transportée vingt ans en arrière dans la chambre de Valérie. Mon cœur se serre. Quand je me retourne pour rejoindre l'extérieur, je manque de percuter mon binôme de l'époque. Elle aussi semble perdue dans ses pensées. Nos regards se croisent. Gênée, elle est la première à tourner la tête. Je reprends mon chemin et la dépasse. La même nostalgie brille au fond de ses yeux.

L'heure approche. Les ados sont au comble de l'excitation. Ils nous supplient de vite nous préparer. Leurs hurlements ne se font pas attendre quand nous leur affirmons que nous étions déjà prêts. Nos tenues leur tirent des grimaces. Même Mina, pourtant grande experte en matière de mode, n'est pas conforme à leur dress code. Révoltée, Anna n'hésite pas à en faire part à son père et sans la moindre délicatesse.

— Il est hors de question que tu m'accompagnes comme ça ?

— Et qu'est-ce que tu entends par « comme ça » ?

Elle roule les yeux d'agacement.

— Ton bermuda ! Enfile au moins un pantalon !

— C'est drôle ce que tu me dis là, ma chérie ? Ce sont justement les premiers mots que j'ai dits à ton petit ami l'autre soir sur le toit de l'hôtel !

J'adorais la répartie de mon frère. Toujours les bons mots, au bon moment. Elle ne l'avait pas volée celle-là !

Nous nous entassons dans les voitures. Jusqu'à présent, personne n'évoque mon anniversaire. Ils ont sans doute oublié. J'aimerais pouvoir en faire autant.

La discothèque la plus proche est à une vingtaine de kilomètres à l'extérieur de Cauterets. Si nos ados comptaient en profiter, il en était de même pour nous. Ça commençait pendant le trajet, mais à notre façon. Retour direct dans notre registre préféré. Nos jeunes nous conjurent d'arrêter « ce calvaire », nous désignant « d'has been ». Le tour en calèche ne leur avait visiblement pas servi de leçon. Ce qu'ils ne comprenaient pas, c'est que plus ils insistaient, plus nous nous égosillions. Un vrai show ! « Ace of Base » à « Oasis » … De « Mikael Jackson » à « Céline Dion » … De « Gilbert Montagné » au groupe « Image ». Rien ne leur est épargné.

À notre arrivée, les quatre mini-adultes se précipitent hors des véhicules soulagés d'en sortir vivants. Pour ma part, j'hésite à descendre et continuer notre concert privé.

Nous rentrons avec la sensation de basculer dans un autre univers, loin de celui de notre adolescence. Je me bouche aussitôt les oreilles et je constate que je ne suis pas la seule à le faire. Mon frère essaie de me dire quelque chose. Je fixe sa bouche espérant lire sur ses lèvres. Inutile. Mina s'est réfugiée derrière moi et se cramponne à mon pull. Elle a l'air de croire que le sac d'os que je suis, va lui servir de rempart. Les ados sautillent déjà sur place. Il semblerait que leurs corps aient tout naturellement retrouvé leur milieu naturel. Les projecteurs et les stroboscopes partent dans tous les sens comme s'ils étaient à la recherche d'une cible bien précise. Je sens la crise d'épilepsie pointer le bon de son nez. J'agite la tête dans tous les sens pour repérer Marc et Vic. Mais rien à l'horizon. Comme s'il était encore possible d'avoir un horizon dans cette foule aussi compactée qu'un paquet de sucre en morceau. Un gaillard d'à peine vingt, ans et aussi large qu'un deux tonnes, me bouscule. Il tient dans ses mains un verre de la taille d'un aquarium.

— Merde ! Désolé Madame…

Madame ! Je t'en foutrais des « madame ». La jeune fille qui l'accompagne, me dévisage de la tête au pied et affiche un air de dégoût. Je lui ferais bien avaler le bout de tissu qui lui sert de haut.

Qu'est-ce que je fiche ici ? Je n'attends pas de réponse et laisse mes jambes prendre la direction de la sortie. C'était sans compter sur ma meilleure amie qui m'agrippe le bras.

— Tu vas où comme ça ? me crie-t-elle.

— Et toi ? Tu étais passée où ?

— Repérer les toilettes pour m'envoyer en l'air avec un bataillon de mecs ! s'exclame-t-elle en me donnant une tape sur l'épaule. Suis-moi.

Marc n'est pas loin et s'adresse à mon frère. Il lui montre du doigt un endroit, qu'apparemment, lui seul peut voir. Pour ma part, je ne distingue qu'un grouillement de bras en l'air et de têtes qui se balancent au rythme de la musique.

— Non mais tu ne vas pas bien toi ! Hors de question que je traverse cette foule.

Vic pose ses mains sur ses hanches.

— Tu veux quoi Whitney Houston ? Que je t'amène ton Kevin Costner ? Allez ! Avance ! On a trouvé un coin sympa pour les croulants de notre espèce.

Qu'est-ce qu'elle entendait par « un coin sympa pour des croulants de notre espèce » ? Petit 1 : le mot croulant était totalement exagéré. Petit 2 : je ne vois pas comment elle allait réussir l'exploit de nous dégotter un espace à peu près respirable dans ce capharnaüm... Et petit 3 : Kris ferme-là et concentre-toi sur le postérieur de Vic pour ne pas la perdre de vue. Mina, toujours accrochée à mon bras, pousse un cri strident. Elle fixe quelque chose. Je suis sa trajectoire du regard. En fait, ce n'est pas quelque chose mais plutôt un jeune couple. Non ! En fait, ils sont trois ? Non ! Quatre ! Sur une banquette... un mélange de membres... Je penche la tête pour mieux percevoir mais surtout essayer de comprendre. Quatre jeunes s'embrassent à pleine bouche, passant d'un partenaire à l'autre, en exécutant des figures à faire rougir un contorsionniste. Je tourne la tête vers le reste du groupe. Véro a posé ses mains sur ses yeux. Julie, scandalisée, cherche Anna dans la foule, les joues en feu.

Nous reprenons notre chemin. Au bout de quelques pas, un écriteau nous fait face. « Club réservé pour les plus de vingt-cinq ans ». Nous franchissons alors un second univers, totalement différent, où nous ne sommes pas obligés de nous transformer en anguille pour y accéder. Et le nec plus ultra, nous pouvons communiquer normalement sans utiliser le langage des signes. J'aurais pu me mettre à genoux et remercier le propriétaire de ce club.

Nous repérons un coin confortable pour nous installer sans mangeur de bouche. Rapidement, nous mettons en place un roulement pour jeter un œil sur nos ados. Le premier à s'y coller est Romain. Le DJ passait des tubes de notre époque. Il n'a pas fallu bien longtemps pour nous donner envie et nous tortiller sur la piste de danse. Je savais mes capacités physiques limitées. Elles ne me permettraient pas d'imiter les prouesses de Travolta. J'avais donc décidé de me ménager, alternant la danse et notre réapprovisionnement au bar. Attendant patiemment ma commande, je sens alors quelqu'un s'installer sur l'autre tabouret et se pencher vers moi.

— Bonsoir !

La mise en scène habituelle. L'approche travaillée… la voix mélodieuse et sensuelle… le sourire soi-disant irrésistible… et un goût très prononcé pour l'after-shave bon marché. En somme, le prince charmant du monoprix. Je lui jette un rapide coup d'œil et lui fais un petit signe de la main. J'espérais que mon peu d'enthousiasme le découragerait assez vite.

— Je peux vous offrir un verre ?

Raté.

— Pardon ?

Il s'approche un peu plus et pose sa main dans mon dos.

— Je peux vous offrir un verre ?

J'avais toujours eu en horreur ce genre de plan de drague. D'ailleurs, il fallait avouer que, pour sa défense, ses semblables congénères n'étaient guère plus imaginatifs. À l'adolescence, on devait leur distribuer un mode d'emploi sur le sujet avec des instructions plus idiotes les unes que les autres comme : avoir une démarche chaloupée et virile quand vous atteignez votre objectif. S'asperger allégrement de substance odorante pour les enivrer… Et pour finir, ne pas hésiter à utiliser votre regard de braise pour les faire chavirer, etc… La liste était longue. Mais à ce moment, j'avais plutôt besoin qu'il retire sa main. Je m'écarte légèrement et me tourne vers lui. J'allais lui faire comprendre sa perte de temps mais c'était sans compter sur Vic. Elle s'était placée stratégiquement, se voulant discrète. Vic et son sourire confiant, son regard pétillant de malice et ses pouces en l'air. Je rêve ou elle est en train de me coacher ? Elle va me le payer. J'espérais plutôt qu'elle vienne à mon secours et qu'elle me débarrasse de monsieur « mains baladeuses ».

— Quelque chose ne va pas ?

— Comment ?

— Tu réponds toujours à une question par une autre ?

— Non ! Enfin si... Non. En fait, je ne veux rien boire. Merci.

En jetant des œillades désespérées vers Vic, je laisse volontairement pendre mon bras. Par quelques mouvements de la main, je lui ordonne de rappliquer illico.

— Tu viens souvent ici ?

— Quoi ?

— Tu recommences.

La tête posée avec insouciance au creux de sa main, Vic ne laisse aucun doute sur ses intentions ou plutôt sur son absence d'intentions. Je vais réellement la tuer. Quand je réussirai à me débarrasser de ce tombeur, je vais lui montrer de très près mes trente-huit fillettes.

— Non. Juste en vacances.

Les filles, plus téméraires que moi, l'auraient envoyé balader dès la première parole ! Mais dans mon cas, il y avait eu un loupé à la création de ma personnalité. Les ingrédients « altruisme » et « civilité » m'avaient été administrés trop généreusement. De plus, je ne pouvais pas nier qu'il était à craquer. Brun... yeux gris... une fossette au menton... épaules larges mais sans être trop musclé. Oui... il aurait pu me plaire. J'aurais même pu faire l'impasse sur sa désastreuse manœuvre de drague. Cependant, je n'étais plus seule. J'avais « la grosse Bertha » qui me collait au basque.

— Tu fais quoi dans la vie ? continue-t-il.

Il ne lâche rien.

— Je m'occupe d'adolescents en difficulté.

— Tu es psy ?

— Non. Aide médico-psychologique.

— Et ça ne veut pas dire la même chose ?

— Pas vraiment non.

Le silence s'installe. C'est bon signe. Il commence à s'essouffler.

— Moi je suis coach sportif.

Encore raté.

— Je bosse à Cauterets. J'ai toute une clientèle assez sympa. On est plusieurs coachs. Super ambiance. On a des haltères, des bancs de musculation, des vélos dernier cri… des tapis de compétition. Et on a fait installer…

J'ai totalement décroché. Je sais, il m'en faut peu. Je n'arrête pas de penser à ce foutu mode d'emploi. En ce moment même, il en est à la règle numéro 8, il me semble : les épater avec notre profession car c'est le seul sujet que l'on maîtrise. Je hoche la tête pour donner le change. Vic a disparu. Elle ne perd rien pour attendre. Je cherche autour de moi mon prochain sauveur puisque chevelure de feu m'a abandonnée.

— Je t'ennuie ?

— Bien sûr que non ! je lui sors pleine d'entrain.

Cette fois, s'il ne me grille pas, c'est qu'on ne peut plus rien faire pour lui.

— J'ai… il faut que je file aux toilettes.

— Ah oui ! C'est votre truc vous les nanas ! s'exclame-t-il, fier d'étaler ses connaissances sur la gent féminine.

— Tu veux dire quoi par-là ?

Il se colle à moi en prenant un air de conspiration.

— Tu vas te saupoudrer le nez ?

Merde ! Le frère jumeau de Vic ! Il ne manquait plus que ça.

— Ouiiii ! je m'écrie. Les femmes n'ont effectivement aucun secret pour toi !

Je file aux toilettes sans demander mon reste. Je tombe sur un groupe de six ou sept nanas en pleine séance make-up. Rien d'extraordinaire si ce n'est que certaines d'entre elles ne connaissaient visiblement pas le concept « intimité ». Une s'acharnait à montrer à qui le voulait son épilation maillot, pendant que deux autres se palpaient les seins, comparant leurs tailles. Faire demi-tour me semblait la meilleure solution. Dès que je reconnecterais mon cerveau en plein arrêt cardiaque. La porte s'ouvre alors derrière moi. Mon intrépide amie fait son apparition. Nos regards se croisent. La bonne nouvelle, c'est que le cerveau de Vic est bien plus performant que le mien et par conséquent capte vite le malaise. Elle prend une grande inspiration et passe son bras sous le mien.

— Ma chérie ! Tu es sûre que ça va ? crie-t-elle presque. Le médecin t'a bien expliquée de te ménager. Une tuberculose n'est pas à prendre à la légère. Tu ne crois pas ?

Elle me pince le bras et me souffle à l'oreille de tousser. Ce que je fais, brave petit mouton que je suis.

Plus personne ne parle. Plus personne ne bouge. Je crois même que plus personne ne respire.

Soudain, c'est la panique. J'évoquerais plutôt de chaos. Les visages sont livides. Les corps s'entrechoquent. Les mains s'agitent et récupèrent ce qui peut être sauvé. Un malheureux escarpin a même perdu son double dans la bataille. Juste le temps de dire « ouf » et la scène de crime s'est vidée. De quoi donner des idées pour d'éventuels exercices d'évacuation. À condition de les effectuer dans des salons de thé ou de beauté.

La porte battante des toilettes n'avait toujours pas retrouvé ses esprits, vibrant encore. Vic tout sourire me dit.

— Efficace non ?

— Quoi ? Me faire passer pour une contagieuse irresponsable ? Tu m'excuses si je ne trouve pas ton idée géniale ?

— Juste un merci aurait suffi. Tu veux peut-être que je les fasse revenir ? Je suis sûre que tu aurais pu t'entendre avec ces reines du make-up ! Ne me dis pas que mon coup de pouce ne tombait pas à pique ?

J'explose.

— Si tu m'avais posée la question il y a un quart d'heure, je t'aurais répondue « oui » sans hésiter.

— Tu plaisantes ? Tu veux me parler du beau mec au bar ?

— Mes signes de détresse n'étaient pas assez explicites ? je hurle.

— Quoi ? Ce truc que tu faisais avec ta main ?

Pour toute réponse, je lui assène mon regard de tueuse.

— Calme-toi ou tu vas te déclencher une autre quinte de toux.

— Vic !

— Kris ! me dit-elle sur le même ton.

…

Il n'y avait plus besoin de paroles. Nos corps tendus parlaient pour nous. Vic brise le silence la première.

— Tu veux que je te tripote les seins ? Mais je te préviens ! Je suis certaine de gagner ! s'exclame-t-elle en bombant le torse.

Sans prévenir, ma colère fout le camp, laissant la place à nos éclats de rire.

— Qu'est-ce que tu lui reproches à celui-là ? me demande-t-elle une fois calmée.

— Va lui parler et tu comprendras.

— Kris ! Tu me fais le coup à chaque fois ! Trop petit, pas assez grand, trop maigre, pas assez musclé… un QI de mulot ou bien trop intello…

— Il est coach sportif.

— OK ! Donc aucune excuse sur le plan physique, continue-t-elle triomphante. C'est quoi alors ? Un cheveu sur la langue ? Un œil qui dit merde à l'autre ? Non ne me dis pas, j'ai trouvé ! Il postillonne. Pas de problème ! J'ai un stock incroyable de lingettes sur moi, finit-elle en sortant, fièrement, le paquet de son sac.

— Arrête ça ! Et aide-moi plutôt à me débarrasser de lui.

— Hey ! Il ne t'a pas proposée le mariage non plus !

— Tout comme. Avant de le quitter, il était en train de me faire un résumé de sa vie.

— T'es au courant que c'est de cette façon que les gens font connaissance Kris ? Quand est-ce que tu vas te laisser approcher ? Tu attends quoi ? D'être sûre de toi ? Eh bien te connaissant, tu auras une canne au bout de la main quand le grand jour arrivera.

Une canne ! Je n'aurai pas le privilège d'en tenir une un jour. Encore moins me voir franchir la quarantaine… découvrir mes premiers cheveux blancs… mes premières rides… mes premières douleurs articulaires. En même temps, cette liste ne me fait pas rêver. Elle ne contient que des points négatifs. Mais il y a l'autre liste. Celle qui fait mal. Celle qui vous déchire de l'intérieur. Celle qui vous procure une rage tellement insupportable que vous pourriez en perdre l'esprit.

Mes larmes montent sans mon autorisation. Je tourne la tête. Je me dirige vers le lavabo et entreprends de me laver les mains. Vic reste silencieuse. Réaction inhabituelle chez elle. J'aimerais pouvoir rebondir. Dire un truc léger. Mais cette boule dans ma gorge en a décidé autrement. Vic réduit l'espace entre nous et se colle dans mon dos pour m'enlacer. Elle n'en a pas conscience mais ce geste allait complètement anéantir mes derniers remparts.

— Hey, ma toute belle ! Ça va aller. OK ?

Elle me prend par les épaules et m'oblige à lui faire face.

— T'es à fleur de peau toi en ce moment ! Dis-moi ce qu'il se passe.

Je fuis son regard.

— Kris ! C'est moi ! Parle-moi.

J'en ai tellement envie. Ne plus garder pour moi cette souffrance et cette peur qui m'étouffent. Peut-être que le moment est venu ? Ce n'est pas celui que j'espérais pour elle. Encore moins l'endroit idéal. Mais existait-il vraiment ? Car à y réfléchir… à quoi ressemblerait-il ? Peut-être un paysage rassurant ! Un bord de mer ! Près d'une cheminée qui nous réchaufferait ? Le matin ? Pendant un coucher de soleil ? Quelle importance… le résultat serait le même. Le chagrin tout aussi intense. Le désespoir sans pitié.

Devant mon silence, mon amie s'emporte.

— Kris ! Tu commences à me faire peur là ?

Je prends une grande inspiration.

— Tu as raison. Tu as toujours été la plus perspicace de nous deux. Je suis exigeante. Avec moi-même mais surtout avec les hommes que je rencontre. Et dire que je t'en ai toujours fait le reproche. Quelle amie je fais ! Mais tu sais aujourd'hui, avec du recul, je me dis qu'il n'y a pas de hasard. Tu sais Vic… la personne qu'on choisit est celle qui va nous accompagner dans tout un tas de décisions. Certaines sont difficiles à entendre et à prendre. Il faut un courage incroyable pour enfin faire confiance à quelqu'un qui va partager notre vie. Ce courage, je ne l'ai pas.

— Oui enfin… question courage… regarde-moi ! Je ne suis pas allée bien loin. Ton propre cousin. Je suis désolée de te l'apprendre et casser le mythe de la meilleure amie confiante et déterminée mais… tout fout le camp ! me dit-elle accompagné d'un clin d'œil. Il faut bien l'admettre, j'ai perdu le goût du risque.

Je lui attrape le bras fermement.

— Et alors ? L'essentiel est de trouver la personne Vic. Tu comprends ce que j'essaie de te dire ? Celle qui sera là pour toi ! Celle qui sera prête à se sacrifier pour ton bien-être et ton bonheur !

Mon amie me dévisage avec intensité.

— Qu'est-ce que tu essaies de me dire là, cocotte ?

— Promets-moi de ne jamais oublier ça ?

— Tu penses que Marc n'est pas cette personne ? s'inquiète-t-elle.

— Bien au contraire !

Elle passe sa main dans ses cheveux.

— OK ! Je te promets. Et toi ? C'est quoi ta raison à toi ? Le culte du célibat pour garder sa liberté n'est plus un effet de mode. Il serait tant d'appliquer tes propres conseils.

— Tout n'est pas aussi simple pour certains d'entre nous. La vie nous réserve toute autre chose Vic. Et je fais partie de cette catégorie-là. J'aimerais que ça en soit autrement.

— Si tu crois que Guillaume Canet va quitter sa splendide et merveilleuse femme pour toi… il va falloir reconsidérer tes désirs à la baisse !

Je souris. Ça, c'était du « grand » Vic.

— Écoute Vic ! Il faut que je te dise… je…

La porte s'ouvre sur Véro et Mina. Elles me prennent chacune un bras et m'emmènent. Leurs yeux brillent de complicité. Je leur demande des explications. Pour toute réponse, elles se jettent un regard de connivence et ricanent. Je pivote la tête vers Vic. Elle ne semble pas surprise de mon kidnapping mais encore troublée par notre conversation. Elle me connaît. Elle a dû sentir que quelque chose clochait.

Un détail me met en alerte. Nous avons déjà bien avancé vers la piste de danse et pourtant je n'entends pas le tempo de la musique. Déjà la fermeture ? Ça fait quoi… un peu plus d'une heure que nous sommes arrivés ! Je vois alors venir vers moi deux flics aux visages fermés. Ils prennent les places de mes cousines et m'empoignent sans ménagement. Je sens le froid des menottes me serrer les poignets. C'est quoi ce bordel ? Je cherche un membre de ma tribu. Personne. Je regarde à nouveau derrière moi espérant y trouver Vic. Elle aussi a disparu. Très bien ! Pas un pour venir à mon secours ! À quoi me servait cette famille ? Je fouille dans ma mémoire. Ai-je oublié de payer cette fichue amende ? Celle d'il y a trois semaines pour stationnement gênant en plein centre de Nantes ? Ou alors je n'avais pas envoyé ma dernière facture d'électricité ? On pouvait être arrêté pour ça ? Ce silence me nouait la gorge. Les autres clients du club me regardaient avec curiosité. Certains baissaient la tête pour ne pas croiser mon regard. Mais bon sang ! Où était Romain ?

Chapitre 42

Tétanisée par la peur, je ne résiste pas. Arrivés sur la piste de danse, les deux gendarmes me font asseoir dans un fauteuil et me retirent les menottes. Une musique sort alors des enceintes. Un de mes geôliers se place devant moi et approche son visage dangereusement du mien. J'ai totalement arrêté de respirer. Soudain, comme par magie, il s'anime en remuant ses hanches. Son collègue s'est installé derrière moi et me masse le cuir chevelu. Tout le monde applaudit au rythme de la musique. J'aperçois enfin mes semblables qui n'en loupent pas une miette, tout sourire. Les minutes qui vont suivre ne laissent aucune équivoque. Un strip-tease. J'ai le droit à la totale. Les gestes rapprochés... les effleurements bien préparés... les pantalons qui s'envolent et les chemises qui tournent au-dessus de leurs têtes. J'empoigne fermement les accoudoirs, priant pour une fin imminente. Je suis au bord du précipice quand on m'allonge au sol. Une des créatures me chevauche pour s'asseoir sur mes hanches. Mon visage dans mes mains, j'implore les divinités pour qu'elles abrègent cette humiliation. Si tant est qu'elles existent. Je pouvais entendre les cris et les sifflements de mes traîtres. Vic et Julie vont même les encourager en poussant des : « allez... allez... » hystériques. L'excitation est à son maximum. Au bout de quelques minutes, ils me redressent enfin.

Ils déposent un baiser sur mes joues aussi écarlates que des fesses rougies par une culotte trop serrée. Ils saluent leur public et disparaissent, pour certainement torturer une autre victime.

Mon frère est le premier à me rejoindre. Il me prend dans ses bras et me chuchote.

— Joyeux anniversaire microbe !

Encore en pleine confusion, mais surtout embarrassée, je lui donne un léger coup sur le crâne.

— Des fleurs et un bijou hors de prix m'auraient largement suffi ! Idiot !

Chacun leur tour, ils vont venir m'embrasser. Valérie ne se donnera même pas cette peine. Nous avons repris notre soirée, plus déchaînée que jamais.

Quand le moment de quitter la discothèque arrive, Vic me conduit à l'écart.

— Y'en a un qui ne t'a pas quittée des yeux. Il est venu me voir pour me demander ton numéro.

— Tu n'as pas fait ça ! je m'insurge.

— Eh bien pour tout avouer, je lui ai filé ton numéro, ton adresse, ton immatriculation de sécu et même la taille de ton soutien-gorge, me débite-t-elle un rictus au coin des lèvres.

— OK je vois ! Je ne sais pas ce que serait ma vie sans toi.

— Enfin, tu le reconnais ! Blague mise à part, ça serait bien une petite explication.

— Je sais comment en finir.

Sans attendre, je le rejoins au bar. À croire qu'il ne s'en est jamais éloigné espérant mon retour.

— Hey ! Bon anniversaire ! Kristelle alors ?

— C'est ça. Merci !

Il me tend la main.

— Moi, c'est Tom et j'aimerais te revoir.

— Je ne pense pas.

Il se raidit d'incompréhension et me fixe quelques secondes.

— OK… ! réussit-il à dire, gêné. Toi, on peut dire que tu ne t'encombres pas avec le superflu.

Je m'assois près de lui. Ce geste de ma part lui redonne du courage. Je peux le sentir dans sa façon de bouger.

— Qu'est-ce que tu vois en me regardant ?

— C'est une question piège ? demande-t-il d'un ton suave.

— Non ! Pas du tout.

— Très bien… je vois une ravissante femme avec du caractère. Méfiante… mais je suis sûr que ce n'est qu'une façade. Difficile à impressionner… malgré tout, les défis ne me font pas peur. Si elle me laisse le temps de mieux la connaître.

— Il y a du vrai. Euh… comment tu as dit ? TOM ? Oui Tom… c'est ça. Nous deux, ça ne va pas être possible. Tu parlais de temps ? Du temps pour apprendre à nous connaître ? Eh bien… c'est justement ce que je n'ai pas !

Je m'approche de lui pour éviter d'élever la voix.

— Ce que tu ne vois pas et surtout que tu ne peux pas voir, c'est que je n'ai plus que quelques mois à vivre. Une tumeur. Une vilaine bestiole me ronge le cerveau.

Ses yeux ne quittent pas les miens. Son visage perd toutes émotions. Je peux même entendre ses moindres pensées. « Elle plaisante là ! Tu ne me plais pas m'aurait suffi ! ».

— Je sais… c'est moche pourtant sérieux, je continue, soutenue par un regard qui ne laissait rien au doute.

Cette fois, j'ai fait mouche. Il s'écarte légèrement de moi et cherche quelque chose derrière mon épaule gauche. Je suis son regard. Vic nous salue d'un petit geste. Il cherche une approbation.

— Tom ! je lui crie presque pour attirer son attention. Elle ne t'a rien dit car elle n'est pas au courant. Alors là… maintenant… tu vas lui répondre en faisant à ton tour un petit signe et avec le sourire.

Il s'exécute encore sous le choc. Il perd d'un coup toute son assurance. Je prends conscience de mon annonce et de son extrême violence mais je l'ai dit, je n'ai pas le temps. Il se dandine sur son tabouret. Il n'y a rien à rajouter. Par pure compassion, je pose ma main sur son bras. Son regard s'arrête sur elle.

— Je suis… enfin, je voulais… bégaie-t-il.

— Bonne nuit Tom.

Je rejoins ma famille. Vic m'interpelle.

— Qu'est-ce que tu lui as dit pour qu'il fasse cette tête ?

— Que j'étais amoureuse de toi mais que tu n'en savais rien.

Elle me pointe du doigt.

— Kristelle Valet !

— Oh ça va ! Ne fais pas ta prude !

— C'est fini pour toi les infusions de camomille ma vieille ! Et j'aimerais bien que la personne qui a pris possession du corps de ma meilleure amie dégage de là !

— Tais-toi ou je te roule une pelle.

Chapitre 43

Deux jours se sont écoulés depuis notre sortie en discothèque. Deux jours sans qu'aucun incident ne soit venu perturber notre tranquillité. Un vrai miracle ! Cette pause est un enchantement. Je bascule entre phases d'éveil ou de sommeils réparateurs. J'étais consciente de laisser certains objectifs de côté. Pour commencer Valérie. Ma demande de RTT à ma chère « Bertha » m'avait été accordée. Elle sait parfois faire preuve d'une extrême générosité. Je profitais donc de cette magnifique journée ensoleillée.

Ma nièce s'installe à mes côtés sur un bain de soleil et croise ses mains derrière sa tête.

— Tatie ?

— Oui trésor ?

— Est-ce que tu t'y connais à propos des esprits ?

Je bascule mon visage vers Anna. La vie après la mort... J'avais, moi aussi, quelques questions en attente.

— Pourquoi tu me le demandes ?

— J'sais pas. J'ai vu des trucs sur internet. C'est super intrigant et ça fout carrément les boules. Louis dit que c'est que des fakes.

— Des fakes ?

Elle me regarde à son tour les yeux brillants de curiosité.

— Tu sais ? Que c'est bidon quoi !

Je laisse passer un instant.

— Sincèrement ma puce, je ne suis pas une pro dans le domaine.

— Mais tu crois que c'est possible toi, communiquer avec les morts ?

Qui n'avait pas, à un moment dans sa vie, voulu savoir. Je me souviens parfaitement du mien. C'était juste après un film. L'histoire d'un gars qui n'avait pas voulu partir vers cette soi-disant lumière après son décès. Il était resté pour démasquer son assassin. Ça m'avait tourmentée un bon moment. Était-ce possible ? Y avait-il réellement quelque chose après notre mort ?

— Chaque religion a sa théorie sur le sujet. Mais tout pense à croire qu'il se passe quelque chose. Malgré tout, d'un aspect scientifique et médical, il a été démontré que notre subconscient pouvait nous amener vers une forme d'hallucination. C'est un univers extrêmement contredit.

— Ouais… Mais la science n'a pas toutes les réponses ? insiste-t-elle.

— Peut-être pas. Ça dépend sans doute de ce qu'on a envie de croire ou pas. C'est à nous d'élaborer notre propre opinion.

Sans prévenir, elle bondit sur ses jambes. Elle se penche et m'embrasse énergiquement.

— Merci tatie !

Elle se précipite vers la villa.

— J'espère que tu t'en souviendras quand tu auras encore besoin de moi pour la prochaine mauvaise passe avec tes parents ? je lui crie.

— Mais grave ! lâche-t-elle sans même s'arrêter.

Je la regarde rejoindre le groupe des ados. À en croire leurs expressions, ils attendaient avec impatience le retour d'Anna.

Un coup d'œil dans ma direction… des exclamations à peine étouffées… Les jumeaux ne cachaient pas leur fébrilité. De vrais zébulons ! Louis était le plus discret. Il secouait la tête de désolation. Anna n'en finissait pas de parler. Elle agitait les bras, se prenant pour un contrôleur aérien.

À son tour, Vic s'allonge près de moi en soupirant bruyamment.

— Ta cousine Mina a vraiment des idées loufoques parfois.

Je ne l'écoute pas. Je suis bien trop absorbée par cette petite bande de comploteurs.

— Je ne sais pas où elle va chercher des trucs pareils ! continue-t-elle.

Les ados se tapent dans les mains comme pour conclure un « je ne sais quoi » et filent, déterminés, à l'intérieur de la villa. BIEN trop déterminés. Bien trop audacieux. Pitié ! Faites que ça ne soit pas encore un de leurs satanés pactes !

— Elle a décidé de tous nous raser la tête et de créer une secte.

— Quoi ? je m'exclame.

— Ah ! Enfin, j'ai toute ton attention ! Ne panique pas. Elle a juste décrété que nous devrions investir dans un manoir et y vivre tous ensemble ! Trop pour moi ! J'adore ta famille… et j'aimerais justement que ça continue ainsi.

…

— Très bien… toujours aucune réaction de ta part… tu es avec moi là ?

Je regarde à nouveau vers la villa.

— Je crois que les jeunes préparent un coup.

— Qu'est-ce qui te fait dire ça ?

— Anna vient de me poser des questions bizarres.

— De quel genre ?

— Les morts… les esprits… si on pouvait communiquer avec eux.

Vic prend un air détaché.

— C'est de leur âge ! Je ne vois rien de bizarre là-dedans.

— Tu as sans doute raison mais j'ai un mauvais pressentiment.

Nous avions eu assez de rebondissements pendant ce séjour. De plus, j'appréciais tout particulièrement ce calme et cette sérénité qui régnaient. Comme Vic n'avait rien de mieux à faire, elle ne demande pas son reste pour enfiler son costume d'enquêtrice. Nous étions prêtes à endosser les rôles de Mulder et Scully. C'était de circonstance.

Vic réussit à nous dégotter une paire de talkies-walkies. Elle semblait s'amuser comme une petite folle et ne manquait pas d'imagination. J'étais parfois obligée de lui rappeler que nous n'étions pas dans un roman de Stephen King. Il fallait faire vite. Nos ados avaient réinvesti leur antre ; le grenier.

Vic chuchote au bas de l'escalier.

— OK. J'ai un super plan ! On monte et on colle nos oreilles à la porte.

— T'en as d'autre des comme ça ? C'est complètement nul comme plan ! De 1, ce vieil escalier va nous trahir avec ces grincements et de 2, tu fais comment pour entendre quoi que ce soit derrière une porte en chêne massif ?

— Oh ça va ! Et comment veux-tu qu'ils entendent les grincements puisque, comme tu viens de le dire, la porte ne leur permettra pas ? s'emporte-t-elle. Je fais de mon mieux !

— Eh bien pas assez si tu veux mon avis ! De toute façon, niveau discrétion l'escalier n'est pas une bonne idée.

Mais j'y pense… Je prends précipitamment la main de mon amie et l'attire à l'extérieur de la villa pour nous retrouver dans le garage. Je m'approche d'une échelle. Enfin, ce qu'il en restait.

— Tu vas monter là-dessus et les écouter par la lucarne, je lui ordonne.

— Tu plaisantes là ! Je ne monte pas sur ce truc. Elle a au moins l'âge de mon arrière-grand-père.

— Tu exagères, lui dis-je en essayant de soulever ce monstre de bois.

— Eh bien monte toi !

— Salut les filles ! Mais qu'est-ce que vous faites là ? Kris ? Qu'est-ce que tu fabriques avec cette échelle dans les mains ? s'écrie Tony.

Vic applaudit, électrisée. Je la fusille du regard.

— On ne serait pas trop de trois, s'explique-t-elle.

J'expose à Tony mes intentions. Emballé, lui aussi veut rejoindre les rangs. Sans plus attendre, je lui propose le poste de cascadeur, ce qu'approuve Vic totalement soulagée.

Après quelques minutes d'installation, Tony est en haut près de la lucarne. Vic est restée en bas et assure la stabilité de cet ancêtre. Pour ma part, je fais les cent pas autour de la villa espérant que personne ne vienne nous interrompre. Mon talkie-walkie émet un son me signalant l'arrivée d'un message.

— Batman à Robin ! Batman à Robin ! Terminé, articule Tony.

J'appuie sur le bouton pour lui répondre.

— Batman ?

Second signal d'appel.

— J'ai toujours rêvé de dire ça un jour. Terminé, glousse-t-il.

Il semblerait que Vic ne soit pas la seule à prendre son rôle à cœur.

— Tu vois quoi ? Terminé.

— Nos suspects sont installés par terre en cercle. Terminé.

— Tu entends quelque chose ? Terminé.

— Oui ! Un essaim d'abeilles juste au-dessus de ma tête. Terminé.

— Batman ! Concentre-toi ! j'explose. Terminé.

— Il y a quelque chose au sol qu'ils ne lâchent pas des yeux. Attends ! Je grimpe un peu plus haut pour mieux voir. Terminé.

Je lui laisse du temps pour sa manœuvre, en me bouffant les ongles.

Le bip retentit.

— Ah merde !

— Quoi ?

— Batman à Robin ! Je redescends. Terminé.

Je me précipite pour les rejoindre. Quand j'arrive, Tony et Vic ont visiblement déjà fait le point.

— Alors ? je leur demande tout essoufflée.

— C'est une tablette de spiritisme, me répond Tony.

— Une quoi ?

— Une Ouija, m'informe ma meilleure amie. Et à ce qu'a pu entendre notre Batman, ils comptent s'en servir ce soir.

Chapitre 44

— Ce n'est pas dangereux ce truc ? s'interroge Julie.

Mon frère, songeur, lui répond.

— On a essayé une fois avec Mathieu. On n'a eu aucun résultat.

— Je m'y suis un peu intéressé ado. Ce n'est pas à prendre à la légère, enchaîne Tony.

— Nan mais sérieusement, je n'y crois pas une seconde. Quand on est mort, on est mort.

Je reconnaissais bien le côté terre à terre de Romain. Pour ma part, je n'étais sûre de rien et la rencontre avec cette mystérieuse femme l'autre jour ne m'aidait pas à y voir clair. De plus, je me rapprochais bien plus de ce monde ésotérique que celui des vivants. Pourtant, la possibilité d'une éventuelle existence après la mort m'apporterait du réconfort.

— Quelqu'un d'autre a déjà fait ce genre de chose ? demande Mina. Parce que… on fait quoi ? On les laisse ? On intervient ? Je vous avoue que je ne suis pas rassurée là maintenant. J'entends encore ma grand-mère paternelle, me faire la leçon sur cet univers quand j'étais gamine. Elle m'a fait promettre de ne jamais m'y intéresser et encore moins d'essayer quoi que ce soit. Il y avait certainement une raison à ça. Et je serais d'avis de prévenir Véro et Charles ?

Ils étaient partis pour la journée et ils comptaient en profiter en finissant leur soirée au restaurant.

— Non non ! intervient aussitôt mon frère. Je n'en vois pas l'intérêt. On s'emballe pour rien. Détendez-vous ! Ce sont juste des gosses qui veulent se faire peur. Hein microbe ? Toi la spécialiste des ados ! Tu en penses quoi ?

Six paires d'yeux se tournent vers moi. Je savais gérer une peine de cœur… situation assez fréquente dans l'établissement où je travaillais. Je savais aussi mettre en garde nos jeunes sur la dangerosité des drogues et détecter assez rapidement quand certains essayaient de nous duper. Rien de plus facile pour moi de leur expliquer d'où venaient les enfants et tordre le cou à cette fichue cigogne. Mais là ! Je calais. Pas une idée. La panne sèche.

— On appelle Ghostbuster ? je lui réponds en prenant un air désolé.

Vic pouffe de rire. Tony manque de tomber de sa chaise. Mon frère lève les yeux au ciel.

— Super l'éduc ! me balance Romain.

— Tu m'as prise pour qui ? David Copperfield ?

— Mais de quoi tu parles ? Il est magicien celui-là !

Il marque un point.

— On leur donne ce qu'ils veulent, lance Marc, surprenant tout le monde.

À son tour de servir de cible. Je pouvais me détendre.

— Tu veux dire quoi par-là ? l'interroge Tony.

— J'ai la même opinion que Romain. Que des foutaises tout ce bla-bla sur le paranormal ! Mais je ne serais pas contre me marrer un peu. Pas vous ?

Julie me questionne du regard. Je lève les épaules en signe d'ignorance.

Mina se tortille dans son fauteuil.

— Je ne suis pas sûre que ce soit une bonne idée. Ma grand-mère…

— Oui on a compris ! Ta grand-mère t'a foutue la trouille. Hé ! C'est bon ! Tu n'es plus une gosse Mina ! renchérit Marc. Allez les mecs ! Un peu d'action ! Je vous ai connus plus téméraires ! Et on fait d'une pierre deux coups ! Si nous nous y prenons bien, je peux vous assurer qu'ils n'y retoucheront plus.

— Et tu veux t'y prendre comment ? demande mon frère.

Un long silence s'installe.

— Tu as laissé l'échelle à sa place Tony ?

— Oui ! Pourquoi ?

— Tu es prêt à remonter ?

— Oui ! Mais où veux-tu en venir ?

— Dans un premier temps, on va commencer par les éloigner du grenier pour pouvoir mettre en place nos effets.

— Mais de quels effets tu parles ? je lui demande.

— J'ai quelques idées en tête.

Les sortir du grenier s'est révélé être un jeu d'enfants. Des ados, ça a toujours le ventre vide ! Il suffisait de les appâter intelligemment. Julie était parfaite pour ce rôle. Fine cuisinière, elle se met aussitôt au fourneau. Hamburgers-frites ! Quand elle crie les deux mots magiques en bas des escaliers, un déferlement de pas lourds et de hurlements de joie ne se font pas attendre. La voie était libre. Nous avions, tout au plus, quarante minutes. Chacun savait exactement ce qu'il avait à faire.

— Tout le monde est en place ? murmure Marc avant de refermer la porte du grenier.

Tony lève son pouce en l'air depuis la petite fenêtre. Romain était lui aussi à l'extérieur pour assurer la sécurité de Tony. Vic valide en s'enfonçant dans l'ancienne armoire. Mina et moi-même, accroupies derrière les malles au fond de la pièce, confirmons d'un signe de la tête. Il referme alors la porte pour rester à l'extérieur et faire le guet.

— Je n'aime pas ça du tout ! me chuchote Mina les genoux repliés sous son menton. Et ce noir me fiche la trouille.

— T'inquiète pas. Tout va bien se passer. De toute façon, si ça dérape, on arrête tout.

Soudain, nous entendons un bruit infernal depuis la planque de Vic. Mina se blottit contre moi. Je la prends par les épaules pour la rassurer.

— Vic ? J'appelle tout bas. Vic ? Ça va ?

— Merde ! Désolée. Je me suis prise l'étagère en me relevant, chuchote-t-elle.

Marc rouvre la porte.

— Hey, les filles ! Qu'est-ce que vous fabriquez ? On vous entend à des kilomètres.

— C'est bon ! Tu te calmes ! lui répond Vic. À moins que tu veuilles prendre ma place ?

Il referme la porte en grognant.

— Ça va vous les filles ? demande ma meilleure amie.

— Eh bien coincée entre une luge en bois qui me rentre dans les fesses et la tête d'un ours empaillé, je ne sais pas si je n'envie pas ta place finalement, je rétorque.

À notre grand soulagement, un impressionnant vacarme nous prévient de l'arrivée de nos apprentis sorciers. Marc frappe un coup contre le mur pour nous le signaler. Qu'est-ce qu'il croyait ? Nous sommes peut-être privées de notre vue dans cette obscurité mais pas de notre ouïe ! Je me ratatine un peu plus. Anna est la première à ouvrir la porte, tout excitée. Elle se dirige de suite vers la banquette et en sort, de dessous, l'objet tant contesté. Des quatre, Louis semble le moins impatient de commencer et il n'hésite pas à le faire savoir.

— T'es vraiment un trouillard toi ! lui assène Anna.

— Non, juste pragmatique. Je suis un scientifique.

Tic et tac enchaînent.

— Vois le bon côté des choses ! Tu vas pouvoir scientifiquement prouver certaines théories ce soir.

Ma nièce allume les bougies et éteint le maigre plafonnier. Ils s'installent tous autour de la planchette et posent chacun un doigt sur cet objet en forme de larme. Tony l'appelle la goutte. Il avait l'air d'en savoir un rayon sur cette pratique. Il nous avait fait un rapide résumé sur son utilisation.

Anna prend les commandes rapidement. Je la soupçonne de vouloir se la raconter un peu.

— Bon ! C'est parti. On se concentre.

Les jumeaux essaient tant bien que mal d'étouffer leurs rires. Ma nièce s'agace.

— Arrêtez ça ! Faut être super sérieux ils ont dit sur le net. Sinon ça ne marchera jamais.

Visiblement, c'est un premier essai pour Anna.

— Je commence. Esprit es-tu là ?

Silence total.

— Esprit ! Si tu es là, fais-nous signe !

Nous nous étions mis d'accord pour faire durer un peu le suspens. Ne rien tenter les premières minutes. La goutte au centre de la planche reste immobile. Anna ne se décourage pas.

— Esprit ? Nous voulons communiquer avec toi ! Fais bouger la goutte qui se trouve sous nos doigts s'il te plaît.

Toujours le silence et aucun mouvement.

Soudain, une voix grave rompt le silence.

— Esprit ? Satan « m-ha-bi-te ».

Il me semble avoir reconnu un des jumeaux. Anna explose.

— Et tu te crois drôle ? C'est carrément dangereux de faire ça !

— Oh ça va ! On peut bien rigoler.

Je sentais que la patience de certains commençait à flancher.

— On recommence et on se concentre., articule-t-elle excédée. Esprit ! manifeste-toi !

Un coup se fait entendre du côté de la petite fenêtre où se trouve Tony. Nos ados poussent un cri à l'unisson. Ils ont, tous, les yeux rivés sur celle-ci. Louis est le premier à retrouver son sang-froid.

— C'est une vieille baraque. Le bois travaille. Tout le monde sait ça.

— Non ! s'écrie Anna. Ça, c'était un coup.

Les jumeaux ont retiré leurs masques de farceur. Ils se sont rapprochés l'un de l'autre et sont aussi muets qu'une carpe devant une assiette d'asticots.

— C'est n'importe quoi ! continue Louis.

— On réessaie pour voir.

Ils remettent leurs doigts à leur place. Anna, la voix moins assurée, s'y colle à nouveau.

— Esprit ! Si c'était toi, peux-tu le refaire… s'il te plaît ?
Rien.

— Ah ! Tu vois ! s'exclame Louis.

Anna le fusille des yeux.

— Esprit ! Peux-tu taper un autre coup ?

C'est à ce moment-là que Vic choisit d'entrouvrir la porte du placard, accompagné d'un grincement à vous glacer le sang. Cette fois, les ados ne bougent pas d'un iota, paralysés par la peur. Louis, qui tournait le dos à l'armoire, secoue la tête, abattu.

— Oulalala ! Attention ! Maintenant, c'est l'armoire. Franchement, c'est stupide.

Il fait mine de se lever. Anna l'arrête aussitôt.

— Attends ! Mais tu ne vois pas ? C'est fou ! Ça marche !

Un des jumeaux propose de stopper la séance, visiblement mort de trouille.

Je presse le bras de Mina lui faisant comprendre que bientôt ils allaient déguerpir en hurlant. Nous pourrons retrouver nos chaises longues et admirer les étoiles. Elle hoche la tête d'approbation et soupire de contentement.

— On ne peut pas arrêter comme ça Louis ! S'il te plaît ! le supplie-t-elle.

Ma nièce est difficile à impressionner. Elle a du cran. À sa place, j'aurais pris la poudre d'escampette depuis un bon moment déjà.

Bruissement sur le parquet. Tout le monde a repris sa place.

La voix d'Anna se fait à nouveau entendre.

— Esprit ? Dis-nous ton nom en te dirigeant vers les lettres.

Évidemment aucune réponse. Je sais que bientôt viendra notre tour. Je patiente pourtant encore. J'avoue que j'y prends même du plaisir.

— Esprit ! Épelle-nous ton nom sur la planche s'il te plaît.

À moi de jouer. Je lance une petite balle blanche sur le sol qui roule vers le groupe. Idée de Marc. Je la trouve géniale. Le bruit qu'elle fait semble se multiplier à l'extrême dans ce silence. Je reste bien accroupie dans l'ombre, entraînant Mina avec moi, nos mains sur nos bouches de peur d'être démasquées. Ne prenant pas la peine de se lever, les ados se traînent vers le mur opposé en poussant des plaintes effrayantes. Cette fois, je nous visualise avec un bon cocktail, installées dans nos transats. Tony en remet une dose en cognant pour la deuxième fois à la fenêtre.

Nos jeunes ont les yeux exorbités passant de la balle à l'endroit du coup entendu.

Anna, la voix tremblante, demande.

— Pourquoi vous nous lancez une balle ? C'est pour jouer avec nous ?

Les jumeaux la pressent de se taire. Louis murmure en boucle qu'il n'y a rien de scientifique là-dedans et qu'il veut sortir de ce grenier. Pourtant, il n'en fait rien. Pendant plusieurs minutes, nous n'entendrons que les respirations saccadées de nos jeunes. C'est alors que Mina approche son visage du mien.

— Pourquoi tu me tapes dans le dos comme ça ? Je suis tout près de toi. Parle si tu veux me dire quelque chose !

— Mais ce n'est pas moi ? je lui réponds perplexe.

Nous nous retournons d'un coup. Il n'y a que le mur.

Anna ne se dégonfle pas et reprend.

— Est-ce qu'il y a quelqu'un ?

Cette fois-ci, c'est un énorme coup qui retentit au plafond et les poutres craquent comme sur le point de s'effondrer. Qu'est-ce que... Je ne sens plus bouger Mina. Les craquements cessent après ce qui me semble une éternité.

Louis se met à crier.

— Regardez ! La goutte ! Elle bouge toute seule.

Je redresse la tête et effectivement je la vois se déplacer sur la planche passant d'une extrémité à une autre alors que personne ne la touche. Je sens alors comme un tremblement près de moi. Un panier en osier prend vie miraculeusement et se balance d'avant en arrière. Dans un boucan assourdissant, les ados se redressent maladroitement et sortent de la pièce. Quand la porte claque derrière eux, la goutte s'immobilise. Le calme revient. Mais qu'est-ce qu'il venait de se passer ? Je tourne la tête vers Mina qui, recroquevillée les mains sur ses oreilles, marmonne des paroles complètement incompréhensibles. Vic sort de sa cachette.

— C'était quoi ce vacarme ? L'armoire s'est mise à se secouer. Ça m'a fichue la trouille.

— Un panier vient de ressusciter sous mes yeux, j'articule, en oubliant ceux qui m'entouraient.

Encore sous le choc, je regarde le plafond puis la planche ouija. Qui a pu toucher Mina ? Mon cerveau surchauffe, essayant de comprendre. Il y a forcément une logique à tout ça et je n'en trouve qu'une. Marc ! Il va me le payer.

Ça tombe bien, le voilà qui rentre.

— Mission accomplie. Ils ont détalé comme des lapins.

— Et j'ai bien failli en faire autant ! je lui lance à bout de nerfs. Qu'est-ce qu'il t'a pris ? Tu as foutu une peur bleue à Mina ! Ce n'est vraiment pas intelligent.

— Quoi ?

— Les coups de Tony… on était d'accord. La porte de l'armoire… pas de souci. La balle, je m'en suis chargée moi-même, comme prévu. Mais le reste…

Marc interroge Vic du regard.

— Je t'assure que cette fichue armoire a tremblé comme si quelqu'un la secouait. Tu l'as forcément entendue toi aussi ?

— À part les cris des enfants… c'est tout ce que j'ai perçu ! répond-il visiblement surpris.

C'était impossible. Il était juste derrière le mur.

— Comment as-tu fait pour le panier qui s'est balancé ? Et pour La goutte ?

Quand je lui explique ce que j'ai vu, il reste totalement consterné.

— Je vous assure que ce que vous me décrivez n'a rien à voir avec moi ! Je n'étais même pas dans la pièce.

Mina, qui a repris ses esprits, lui assène un coup dans l'épaule.

— Bouge d'imbécile ! Ce n'est vraiment pas drôle !

— Bon sang ! Vous m'avez vu sortir ! Comment j'aurais pu brasser une armoire, te toucher et faire déplacer des objets sans être dans la pièce ?

Il n'avait pas tort. De plus, sa sincérité ne faisait aucun doute.

Tony et mon frère arrivent justement à cet instant.

— Qu'est-ce qu'il vous a pris de faire ça ? s'écrie Romain.

De toute évidence, les garçons avaient eu, eux aussi, leur lot de phénomènes étranges.

— De quoi vous parlez ? demande Vic.

Tony s'explique.

— J'avais gardé le talkie-walkie dans la poche arrière de mon pantalon. Je l'avais complètement oublié jusqu'à ce qu'il se mette à fonctionner. Quand soudain une voix très grave me dit « arrête ça Batman ». Et aussitôt après, l'échelle s'est mise à trembler.

— J'étais en bas à la tenir. C'était dingue ! Impossible de la stabiliser. J'ai demandé à Tony de descendre fissa, continue Romain.

Nous nous tournons vers Marc.

— Ah non ! Vous n'allez pas en plus me foutre ça sur le dos ? Vous voyez bien que je n'ai pas le deuxième talkie-walkie ! Où est-il d'ailleurs ?

C'est alors que Mina pousse un cri en scrutant le vieux canapé. Le fameux boîtier noir y était posé.

Chapitre 45

Ce matin, j'ai un message de David. Fanny est toujours à l'hôpital. Son état est stable. Elle est exténuée mais plus réactive. Cette nouvelle me transporte de bonheur. « Je pense que tu devrais l'appeler. Elle est plus forte pour prendre les appels ». Il ne m'en faut pas plus pour m'isoler des regards indiscrets et composer son numéro. Je m'aperçois que mes mains tremblent. Émue, excitée… mais surtout le sentiment de ne pas avoir pu lui parler depuis des mois. Tellement de choses se sont passées. Il me faudra des heures pour tout lui raconter. Ma coach va être fière de moi.

— Kris ! Fais-moi oublier pendant quelques minutes cette chambre impersonnelle, les regards larmoyants de mon cher époux et surtout le bruit insupportable de ces fichues machines. Je vais finir par les jeter par la fenêtre.

Sa voix est lointaine. Sa respiration laborieuse. David ne venait-il pas de m'écrire qu'elle se sentait mieux ?

— Jeter qui ? Ton mari ou les machines ?

— Je savais que tu ne me décevrais pas ! dit-elle en riant.

— Dis-moi comment tu vas ?

— Est-ce que j'ai le droit à un joker ?

— Même pas en rêve ! Tu ne souffres pas au moins ? T'es à combien sur l'échelle de la douleur ?

— Un petit 6.

— Et David ? Comment va-t-il ?

— Ah ! Lui ? Il est à 10.

Je ferme les yeux et je la vois. Je suis dans la chambre avec elle. Je retape son oreiller… je lui masse les mains… je lui parle pour lui faire oublier l'air saturé par les produits médicaux. Je lui souris en ouvrant la fenêtre pour jeter moi-même ces machines qui lui vrillent les nerfs.

— Je veux tout savoir ! Et ne me dis pas qu'il n'y a rien à raconter, enchaîne-t-elle.

Sa demande sonne comme une prière. Alors, sans réfléchir, je me lance dans mon récit. Maman et Sidonie dans la cave… la baignade clandestine de mes parents… la disparition des ados et mon soudain intérêt pour la profession d'avocate. L'arrivée de Valérie et son essai de sabotage… l'idylle de Vic et Marc… notre soirée en boîte de nuit et enfin les phénomènes plus qu'étranges dans le grenier la veille au soir. Nous avons ri, parfois interrompues par ses quintes de toux. Elle ne cesse de me dire qu'elle est impressionnée par ma nouvelle audace. Mon intervention auprès du réceptionniste de l'hôtel est le moment qu'elle affectionne le plus.

— Eh bien ! Nous sommes loin de la Kris totalement perdue dans le parc à Nantes. C'est le somptueux chêne que tu admirais qui t'a transmise de son énergie ?

— Je dirais plutôt la rencontre d'une incroyable femme sous son feuillage.

— Et là voilà poète maintenant ! Attends… laisse-moi énumérer. Organisatrice de séjour, assistante sociale, avocate, détective, spécialiste des étapes fondamentales de l'adolescence, enquêtrice paranormale… Quel panel ! Je suis carrément admirative Kristelle Valet !

— Ne dis pas de bêtise. Je commence à me demander s'ils ne te rajoutent pas autre chose dans ton oxygène.

— Hey ! Chacune sa came ! Et comment se porte ta chère Bertha ?

— Elle essaie de prendre régulièrement le dessus. Mes menaces l'intimident de moins en moins. Et toi avec « zozo » ? On dirait bien qu'il te pourrit la vie en ce moment !

— C'est ce qu'il veut me faire croire ! Mais je n'ai pas dit mon dernier mot ! S'il veut la guerre, il va l'avoir ! Je ne m'avouerai pas vaincue ! Je pense même demander à madame Mouffoir de rajouter quelques gouttes d'eau bénite dans ma perf. Il fera moins le malin ! explose-t-elle de rire suivi d'une énième quinte de toux.

Fanny… je ne connais personne de plus combattante. Au fond de son lit à lutter pour sa vie, elle trouve encore le moyen de plaisanter. Nota bene pour moi-même : en prendre de la graine.

— Préviens-moi si ça marche ! Et si pendant tes heures perdues tu trouves une solution pour « ma » Bertha… je t'en serais éternellement reconnaissante. Je te promets de réorganiser, à vie, tes placards de cuisine.

Quelques secondes s'écoulent en silence.

— Tu me manques Kris. – Elle fait une pause – Je sais que je ne devrais pas te dire ça… que tu n'as pas besoin de l'entendre. Je veux que tu vives chaque heure, chaque minute et chaque seconde de ces vacances en famille. Mais… tu me manques.

J'entends le bruit du masque à oxygène qu'elle a dû remettre sur son visage. Elle inspire profondément. Notre conversation l'épuise mais elle ne l'avouera pas. De mon côté, je sens les signes avant-coureurs qui annoncent les chutes du Niagara. Ma vue se trouble. Une larme coule sur ma joue.

— Fanny... quatre jours. Quatre petits jours et je suis avec toi. Ensuite, je ne te quitterai plus. Tu peux déjà prévenir les infirmières de me préparer un lit d'appoint près du tien. Tu me manques aussi.

— J'ai une meilleure idée ! s'exclame-t-elle avec toute l'énergie qu'il lui reste. Tu nous dégottes une machine à remonter le temps. Tu viens me récupérer à l'hôpital et on repart vingt ans en arrière. J'ai bien réfléchi. J'ai deux ou trois choses à tenter.

Il n'y avait qu'elle pour ce genre de délire.

— Rien de plus facile ! Ils ont bien ça dans les boutiques de bricolage au rayon voyage !

— Je savais que je pouvais compter sur toi.

— Hum... revivre mon adolescence... je suis moins fan. Le visage couvert d'acné qui me donnait l'air d'avoir une varicelle incurable. Un appareil dentaire qui me servait de garde-manger et deux pieds gauches impitoyables...

— J'ai un remède de grand-mère formidable contre l'acné. On portera des colliers d'ails pour chasser les dentistes et je te relèverai si tu tombes.

— Je vois que tu as pensé à tout. Par contre, juste un détail. Je fais comment pour te sortir incognito du service ?

— Hey, ma belle ! Je ne vais pas te mâcher tout le travail ! Je te laisse cette partie-là.

— OK ! Je vois... Tu te sens suffisamment forte pour une séance d'escalade ?

— Pourquoi ? me questionne-t-elle.

— Passer par la fenêtre me semble le plus réaliste.

— Bonne idée ! Mais oublie le matériel de grimpette. Je suis au rez-de-chaussée, éclate-t-elle de rire.

Pour la forme, je pousse un soupir de soulagement.

— Je ne me voyais pas grimper plusieurs étages.

Un long silence gênant nous envahit à nouveau.

— Kris ?

— Oui !

— Est-ce que tu penses à ta mort ?

Elle me prend par surprise. De nature optimiste, Fanny ne s'encombrait jamais avec ce genre de pensées. Son discours se voulait toujours positif et encourageant. Elle connaissait parfaitement mes angoisses sur le sujet. J'avais très vite pressenti qu'elle me protégeait en l'évitant. Jusqu'à maintenant, nos conversations étaient légères et réconfortantes. À ce moment-là, je pressentais l'ampleur de sa détresse. De toute évidence, ces derniers jours passés à l'hôpital ne l'avaient pas épargnée tant sur le plan physique mais aussi psychique.

— Souvent.

— Est-ce que tu as peur ?

— Tout le temps. – Je laisse passer quelques secondes. Mais une amie extraordinaire m'a fait comprendre qu'il fallait profiter de chaque instant.

— Tu sais… moi aussi j'ai peur. J'ai peur de me dire que je ne serai plus là pour mes enfants, pour David.

— Qu'est-ce que tu racontes ? Tu vas t'en sortir.

— Et si ce n'est pas le cas ! Oh Kris ! Et que se passe-t-il après ? Est-ce qu'il n'y a plus rien comme l'affirment certaines personnes ? S'imaginer qu'on disparaît… comme ça. Pour ne devenir qu'un souvenir.

Je connaissais bien ce sentiment d'impuissance. Il vous bloquait la respiration et vous empêchait d'avoir un raisonnement censé. Il vous terrassait et vous paralysait. La mort est un vrai mystère. Aucune personne ne peut aujourd'hui donner avec certitude d'explications rationnelles et éclairées. Je repense à mon grand-père. Quelques jours après la mort de sa femme, il m'avait soufflée cette phrase : « La mort est quelque chose que l'on doit craindre, car pendant que l'on vit, elle n'est pas là, et quand elle est là, on ne vit plus ». Elle prenait tout son sens aujourd'hui.

J'avais délibérément caché ma rencontre avec cette voyante dans cette ruelle. Un peu égoïstement sans doute. Voulant croire que cet épisode n'appartenait qu'à moi. Pourtant, une petite voix me disait que je me devais la partager avec mon amie. Est-ce que ça allait agir sur elle comme un baume réconfortant ? Ou au contraire, la déstabiliser ? Il n'y avait qu'une façon de le savoir.

J'ai donc pris tout mon temps. Chaque détail… chaque ressenti… chaque émotion… Je lui ai raconté comme on lit un livre à un enfant. En douceur, avec patience et même avec un certain recueillement. Je voulais qu'elle perçoive cet instant comme je l'avais moi-même perçu. Parce qu'on veut y croire. Parce qu'on a besoin d'y croire. Pour que la mort soit acceptable.

Elle m'a écoutée, sans m'interrompre. J'ai même cru qu'elle s'était endormie.

— Comment en être sûr ? Tu me dis que c'était une vieille femme ! Elle est peut-être tout simplement sénile, atteinte de troubles mentaux ! Pourquoi la croirait-on Kris ?

— Parce que ça nous fait du bien. En tout cas, moi, elle m'a fait du bien. Et après tout… Pourquoi pas ?

— Parce que ça nous donne trop d'espoir, me souffle-t-elle.

— Eh bien moi ça me va.

— C'est totalement surréaliste Kris !

— Et pas ce que nous vivons ? je m'exclame.

Le silence repointe le bout de son nez. Elle savait que je marquais un point. En quoi croire en une vie après la mort pouvait nous faire du mal ? N'en avions-nous pas déjà assez avec cette torture que nous imposaient nos maladies ? Certains verraient ça comme une échappatoire ! Ils avaient peut-être raison. Effectivement, je faisais sans doute fausse route. Mais était-ce si important ?

— Tu sais quoi ? m'empressais-je de dire. Quoi qu'il en soit, c'est à moi que revient le privilège de faire le grand saut.

Malgré l'angoisse qui grossissait dangereusement au creux de mon estomac, j'essayais de revenir à une conversation plus légère.

— Alors tu vois ! Tu n'as pas à t'en faire. Je me charge de préparer le terrain pour ton arrivée. Toi, vieille... grand-mère... et arrière-grand-mère de douze petits et arrière-petits-enfants. Je t'attendrai avec une bonne tasse de thé et tes biscuits préférés. Tu seras forcément un peu déçue puisque je serai restée éternellement jeune et belle contrairement à toi. Tu me rejoindras... difficilement bien sûr, ton déambulateur à bout de bras, chaussée de tes charentaises.

— Tu as vraiment un don pour remonter le moral dis-moi ! Des charentaises... mais d'où tu sors cette idée ? Une mise en plis avec des reflets violets pendant que tu y es !

Nous nous mettons à rire de concert. Je reprends après avoir retrouvé mon calme.

— Qu'est-ce que tu veux que je te dise ? Nous n'avons pas tous tes talents de coach !

— Je pense pourtant que l'élève a dépassé le maître ! – Elle va chercher au loin un semblant de respiration. – Merci Kris. Merci d'être là. Merci d'être toi.

— J'ai une excellente prof.

— Et moi une excellente amie. Ne l'oublie jamais Kristelle Valet. N'oublie jamais combien tu comptes pour moi.

Cette fois, la boule dans mon estomac explose en mille morceaux. Je sens bien qu'elle aussi est dans le contrôle. Je ne vais pas pouvoir tenir longtemps.

— Quatre jours Fanny ! Ensuite, tu me supplieras de te foutre la paix.

— Ça n'arrivera jamais.

J'entends qu'on s'active près d'elle.

— Je dois te laisser. L'infirmière veut me faire mes soins.

Avant de raccrocher, je lui dis que je pense à elle, que je l'embrasse. Quand je raccroche, j'ai perdu toute assurance et les barrières qui retenaient mes larmes cèdent. Je vais pleurer pendant de longues minutes… sans aucune retenue.

Chapitre 46

J'ai dû déverser des litres de larmes. Mon oreiller m'en fait le triste constat. Je suis épuisée, abattue, vidée de toute énergie. Il y a un soleil magnifique dehors. Je suis irrésistiblement attirée vers l'extérieur. Quand je me lève, je suis prise de vertiges. Ma tête bourdonne et me fait atrocement souffrir. Comme un automate, je traverse la villa. Je ne croise personne. Ça ne pouvait pas mieux tomber. Je n'ai pas le courage d'expliquer la raison de mes yeux rougis et encore moins ma balade en solitaire.

J'ai repéré un petit sentier tranquille et boisé. Je vais y aller doucement. Je suis totalement consciente de manquer de force pour m'aventurer trop loin. Je connais à présent mes limites. Pourtant, le besoin de m'éloigner de la villa m'est indispensable. La conversation avec Fanny a été éprouvante. Le peu de réconfort que je lui apporte est dérisoire. Je le sais. Je déteste me sentir impuissante.

Je marche depuis peut-être une demi-heure quand j'entends des pas derrière moi. Sur le moment, je n'y prête pas attention. Ce parcours doit être assez fréquenté. Les pas se rapprochent et se calent aux miens. Je sens presque le souffle de la personne dans ma nuque. Il ne manquerait plus que je me fasse agresser. Ce psychopathe n'a pas choisi le bon moment et je vais le lui faire comprendre. Je me prépare à intervenir et lui faire manquer sa proie. Je ne suis peut-être pas la représentation exacte de Lara Croft mais j'ai, malgré tout, une arme infaillible. Le désespoir. Plus précisément, le sentiment de n'avoir plus rien à perdre. Cohabiter avec un glioblastome nous rend irrémédiablement insouciants. Les petits tracas de la vie, insignifiants. On nous classe rapidement dans la case des personnes potentiellement dangereuses. Très dangereuses. Perdre son travail ? Même pas peur. Se retrouver en prison pour fraude fiscale ? Laissez-moi rire. Apprendre que son mari se tape notre meilleure amie ? De la rigolade. Alors, un tueur en série qui traque les randonneuses dans les forêts verdoyantes de Cauterets... Il va vite réaliser son erreur. Je vais n'en faire qu'une bouchée. Enfin je l'espère ! Je suis peut-être un peu trop optimiste.

Je me retourne précipitamment espérant créer un effet de surprise.

Valérie.

Je lève les yeux au ciel de contrariété et j'implore en silence qu'on m'envoie mon criminel.

— Laisse-moi tranquille.

Je tourne les talons. Si elle est intelligente, elle en fera autant. Elle me suit. J'enrage. C'est incroyable comme la colère peut réveiller un corps exténué ! Je lui fais face à nouveau.

— Qu'est-ce que tu ne comprends pas dans « laisse-moi tranquille » ?

— Arrête avec tes grands airs. Ça ne te va vraiment pas, me répond-elle.

— Oui effectivement. Ce rôle ne me va pas. Par contre, il te correspond parfaitement bien. Nous avons eu le droit à de splendides démonstrations.

— Je te remercie. J'y ai beaucoup travaillé, rétorque-t-elle tout sourire.

Je marque un temps d'arrêt. Elle se foutait littéralement de moi. Son arrogance était tout simplement déstabilisante et sa provocation très tentante. Elle voulait un tête-à-tête ? Aucun souci ! Et pour être honnête, l'occasion était trop belle pour la laisser passer. J'allais enfin pouvoir libérer toute cette colère.

Je redresse la tête en signe d'approbation, prête à en découdre.

— Très bien. Finissons-en une bonne fois pour toutes. Crache ton venin maintenant et disparais de mes vacances ! m'écrié-je.

— Oh sainte Kristelle. Tes vacances. Ta villa… Tes cousins et Tes cousines… Ta famille… – elle fait une pause – Ton frère ! s'emporte-t-elle les yeux noirs de rage.

Nous y voilà ! Sa bataille… son combat… sa jalousie. Je dirais même sa raison de vivre. Sa raison de vivre… Je prends soudainement conscience de l'ampleur des dégâts. Un uppercut me frappe alors l'estomac. Non ! Sa vie ne pouvait pas se résumer qu'à ça ! Tout laissait croire que c'était pourtant le cas. Ces nombreuses attaques en étaient la preuve.

— Mais qu'est-ce que tu attends de moi exactement ?

Elle s'approche. Si près que je pouvais sentir son haleine.

— Oh ! Tu veux un scoop ? Plus rien aujourd'hui. Mais il y a vingt ans, j'attendais effectivement quelque chose de toi. Tu n'as pas été fichu de le faire correctement. Tu n'es pas entièrement responsable. Ne t'inquiète pas. Ton cher grand frère n'a pas fait mieux.

Elle a les poings serrés. Son corps est tendu à l'extrême.

— Encore la même rengaine ! Mais quand est-ce que tu vas comprendre qu'on a essayé ? Nous l'avons supplié de ne pas conduire cette fichue voiture ! J'éructe. Romain a même été obligé d'en venir aux mains avec lui. Tu connaissais Mathieu. Une vraie tête brûlée. Il n'écoutait personne.

— C'est tellement commode de balancer un argument pareil. – Elle penche la tête sur le côté et me fixe. Mais dis-moi… Kris. Comment arrives-tu à vivre avec ça sur la conscience ? Est-ce que tu peux te regarder dans un miroir depuis cette nuit-là ? Ça fait quoi de laisser crever ton propre cousin ?

Je laisse mes bras pendre le long de mon corps. Je ne croyais pas ce que je venais d'entendre. Non ! Elle ne pouvait pas avoir dit ça ? Mes vertiges me reprennent. Ma gorge est sèche. Des fourmillements ont envahi l'extrémité de mes doigts.

— Comment… comment tu peux dire une chose pareille ? Comment tu peux penser que nous sommes responsables de la mort de ton frère ? C'est dégueulasse ce que tu fais Val !

— Oh pauvre Kristelle ! continue-t-elle, du dégoût dans la voix. La pauvre petite et parfaite Kristelle !

J'hésite à en arrêter là, l'ignorer et reprendre ma balade. Elle ne m'en laisse pas le temps. Elle m'attrape le bras et le tire violemment.

— Romain et toi, vous m'avez enlevée ce que j'avais de plus précieux dans ma vie. Il était tout pour moi ! Mais tu ne peux pas comprendre ça ! Tu ne sais pas le mal… – Sa voix se brise. Tu ne sais rien… cette torture au quotidien. Ce chagrin qui te ronge à chaque instant.

Elle resserre de plus en plus sa prise. Son visage est défiguré par la haine.

— Valérie ! Lâche-moi.

Quelque chose ne va pas. Mes jambes tremblent. J'essaie de les contrôler mais sans succès. Aussitôt, ma tête prend le relais. Des décharges électriques me transpercent le crâne. Ça fait trop mal.

— Valérie ! Lâche-moi ! Je ne me sens pas bien, je lui dis dans un souffle.

— Arrête ta comédie ! Ce n'est pas le moment de te défiler. Tu ne vas pas t'en tirer comme ça.

Je baisse la tête et je m'accroche à son bras. Ce n'est pas normal. Ma tête… elle va exploser.

— Non non ! Écoute-moi ! j'articule péniblement.

Trop tard ! Je m'écroule. Dans un premier temps sur les genoux… ensuite sur le flan. Mes oreilles bourdonnent. J'ai froid. Je sens Valérie s'agenouiller près de moi et me secouer l'épaule.

— Kristelle ! Qu'est-ce que tu as ?

Je me concentre pour lui répondre mais c'est impossible.

— Kris ! Parle-moi !

Elle ne voit pas que je me tue à essayer ?

— Attends ! je lui dis enfin dans un murmure.

— Tu es blanche comme un linge ! –Elle fouille dans sa poche. J'appelle la villa.

Dans un ultime élan, je râle un « non ».

— Comment ça non ? Je ne sais pas quoi faire ! crie-t-elle affolée. J'appelle.

Elle a déjà le portable collé à son oreille. Je tente maladroitement de lui arracher des mains. J'aimerais lui dire de me laisser du temps. Il me faut juste quelques minutes pour que ça passe. Elle comprend que j'essaie de l'en empêcher.

— Reste tranquille Kris ! Pourquoi tu ne veux pas que j'appelle ? Allo ?

Je n'entendrai pas la suite. Je suis déjà loin.

Chapitre 47

Je supplie mes yeux de s'ouvrir. Mes bras de bouger... mes jambes se soulever. Au moins, sortir un son... même infime. J'ai la sensation d'être écraser par une chape de plomb. Qu'une force invisible m'empêche de remuer.

J'entends une voix tout près de moi. Une voix féminine. Je ne la reconnais pas tout de suite. Elle ne s'arrête jamais. Même pour reprendre son souffle. Ce sont des mots rassurants, apaisants. Pourtant la voix est hésitante et terrifiée. Je sens une main sur la mienne. J'aimerais pouvoir parler. Lui dire que je vais bien, que je l'entends. Je perçois aussi d'autres sons. Mécaniques... réguliers. Un bip. Parfois, un ronflement. Ensuite comme des petits coups de marteau pendant qu'une pression me serre l'avant-bras. Seulement quelques secondes et tout se relâche. Il y a cette odeur qui me remplit les narines. Il me semble la connaître. Je cherche dans mes souvenirs.

Une porte s'ouvre. Des pas se rapprochent. Un froissement de tissus. La voix féminine reprend, toujours aussi tendue.

— Je ne savais plus quoi faire.

Ça me revient ! Mon malaise. Valérie et notre dispute.

Une autre voix. Masculine cette fois.

— Tu as bien fait de m'appeler.

Elle a bercé toute mon enfance. Papa.

— Elle ne le voulait pas.

Quelqu'un s'approche de moi.

— Je suis là mon rayon de soleil. Papa est là.

Mon père pose un baiser sur mon front. Je le sens frémir mais il dégage aussi un calme surprenant.

Valérie continue.

— Le médecin a demandé des examens pour comprendre. Elle ne se réveille pas.

— Oui je sais. Je l'ai croisé dans le couloir. Nous en avons parlé. J'avais certaines choses à lui apprendre.

Un objet lourd racle le sol. Sans doute un fauteuil puisque je sens mon père tout proche de moi à présent. Il laisse échapper un soupir. Sa respiration effleure ma joue. Quelques secondes silencieuse… l'extrémité de mon lit s'enfonce. La voix de Valérie est plus nette.

—Tonton Jacques ? Qu'est-ce que tu veux dire par « j'avais des choses à leur apprendre » ?

Comme pour beaucoup d'enfants, j'avais eu mon lot de petits passages aux urgences et de certaines hospitalisations. Comme tous parents, à chaque mésaventure, mon père avait l'habitude d'en dresser une liste détaillée à l'équipe soignante. Allergique à la pénicilline… énumération de mes interventions chirurgicales comme l'ablation de mon appendice… une broche au bras droit suite à un vilain accident de vélo pour mes dix ans. L'imaginer aujourd'hui reprendre ce rôle alors que je venais de fêter mes trente-six ans, avait un je ne sais quoi de… d'embarrassant. Néanmoins, papa… il allait te manquer quelques informations.

Il fallait que je sorte au plus vite de là. Il fallait que je me secoue pour que le médecin, dont parlait Valérie à l'instant, ne poursuive pas ces examens. Je devais sortir de cet état végétatif

312

et leur expliquer. Leur expliquer quoi en fait ? Tout se bouscule dans ma tête encore léthargique.

Mais bien sûr ! Rien de plus facile. Un repas manqué ! Quelle idiote de partir pour une rando et de n'avoir rien avalé avant. Ou encore un manque de sommeil ! Que voulez-vous docteur… les vacances ne sont pas toujours de tout repos ! L'important est d'en profiter ! Non ? Ça ne se reproduira plus docteur. Promis !

J'entends mon père prendre une grande inspiration.

— Il y a quelques jours, Kris a reçu un appel. Elle avait oublié son portable à la villa. Dans un premier temps, je l'ai laissé sonner. Le correspondant insistait. Alors au bout de la troisième tentative, j'ai répondu. Je suis tombé sur une femme. Elle a demandé à parler à Kristelle. Rien de surprenant tu vas me dire. Cependant, son insistance m'a interpellé. « Dites-lui de rappeler madame Mouffoir ». Quand j'ai raccroché, je ne sais pas… j'ai eu comme un pressentiment. J'ai rappelé le numéro. Je suis alors tombé dans le service oncologie de Nantes.

Non non ! Pas comme ça !

Valérie prend rapidement la parole.

— Pourquoi un service d'oncologie ? Ça avait un lien avec son travail ? Une de ses connaissances peut-être ?

— J'ai pensé la même chose que toi pendant un bref instant. Alors, j'ai fait quelque chose dont je ne suis pas très fier. –Il marque une pause. Je me suis fait passer pour son mari.

Papa ! Arrête ! Tais-toi ! Tout mon corps n'était qu'un déferlement de cris. Je lui ordonnais de mettre fin à cette paralysie pour empêcher mon père de poursuivre.

— La femme au bout du fil ne s'est doutée de rien. C'est tellement facile d'obtenir certaines informations quand les questions sont adroitement tournées.

— Et qu'as-tu appris ?

Je sens mon père prendre ma main. Je me concentre pour la retirer. Bouger… maintenant. Je dois absolument l'en empêcher.

— Kris a un glioblastome. Elle le sait depuis avril. Elle a subi une intervention ensuite une radiothérapie. Elle prend un traitement… de la chimio par voie orale.

— Un quoi ? Pourquoi tu me parles de chimio ?

— C'est une tumeur au cerveau Valérie.

Elle pousse un râle. Je sens le lit bouger à nouveau. Mon père embrasse le dos de ma main.

— J'ai effectué des recherches. C'est une tumeur extrêmement agressive avec un pourcentage de réussite quasiment nul.

Un vrai désastre. Comment me sortir de cette impasse ? ça ne devait pas se passer ainsi.

— Il y a forcément une erreur.

— J'aimerais aussi, chuchote mon père. Regarde-là ! Je l'observe depuis quelques jours. Elle est totalement épuisée. Elle essaie constamment de donner le change. Dès qu'on lui en fait la remarque, elle nous sort des arguments qui n'ont aucun sens.

— Ça ne veut absolument rien dire ! Elle est juste surmenée et elle…

— Valérie ! explose-t-il. Ne rends pas les choses plus difficiles qu'elles ne le sont déjà. Que tu n'aies rien vu… je comprends. Tu es arrivée depuis peu. Et il faut dire qu'elle a fait tout son possible pour ne rien laisser paraître.

Un silence presque assourdissant s'est emparé de la pièce.

Mon père poursuit, la voix tremblante.

— Elle ne nous a rien dit… à nous sa famille. Ses parents… son frère. Comment vais-je pouvoir faire ça ? Comment vais-je pouvoir leur annoncer ? Je n'arrive déjà pas à y faire face seule.

— Tu ne vas rien dire.

J'arrive enfin à parler après un effort démesuré.

— Kris ! s'exclame Valérie.

— Ma chérie ! Tu… ça va aller mon soleil, murmure mon père la gorge serrée.

Je n'avais pas encore ouvert les yeux. Affronter leurs regards, leurs détresses… c'était au-dessus de mes forces.

— Tu as compris papa ? Tu ne diras rien. Ni à maman… ni à Romain. Personne ! lui dis-je laborieusement.

Je m'attends à ce qu'il proteste mais, contre toute attente, c'est Valérie qui le fait.

— Tu ne peux pas faire ça ! Tu n'en as pas le droit ! s'emporte-t-elle.

La colère aidant, j'ouvre enfin les yeux.

— C'est toi qui me parles de droit ? Ah oui ! J'oubliais. Tu te crois experte en la matière. C'est ça ? Comme le droit de pourrir la vie des gens par exemple…

— Les filles ! Je ne pense pas que ce soit le bon moment pour revenir là-dessus. Kris ! Il faut te reposer. – Il se tourne vers sa nièce. Nous ne dirons rien. Nous respecterons ta décision. N'est-ce pas Valérie ?

Même la requête de mon père n'a aucune emprise sur nous. Les yeux vissés l'une à l'autre, plus rien n'existait dans cette chambre.

— Tu le regretteras ! Ils ne te le pardonneront pas. Pense au mal que tu leur fais !

— C'est justement en les épargnants que je pense à eux ! Ils auront bien assez à subir quand je ne pourrai plus rien dissimuler.

— C'est égoïste et immature !

— C'est bien à toi de dire ça.

Valérie vs Kristelle. Je n'étais peut-être pas au top de ma forme mais rien ne me ferait plier. Après un long silence, elle se dirige vers la porte, s'arrête avant de sortir et se retourne.

— C'est vrai. Tu as raison. C'est bien à moi de dire ça. Parce que tu vois Kris... j'aurais voulu l'avoir, ce temps-là avec Mathieu.

Elle sort en claquant la porte.

Chapitre 48

Sortir de cet hôpital ne s'est pas fait en un claquement de doigts. Négocier avec le médecin de garde qui insistait pour parler à ma cancérologue, a été un vrai parcours du combattant. Je le comprends. Je ne lui en veux pas. Il veut pouvoir me laisser partir en toute sécurité. Il exige que je m'entretienne au plus vite avec madame Mouffoir. Je lui promets.

Pourtant, le plus dur reste à venir. Rester seule avec mon père me demande un contrôle colossal. C'est tout nouveau pour nous… les silences. Nous sommes comme intimidés l'un par l'autre. Comment allions-nous aborder ce désastre ? Mon père ne me demande pas comment je veux que les choses se passent. Il me ramène à la villa, m'aide à descendre de la voiture et m'accompagne discrètement à ma chambre.

— Papa ?

— Oui ma chérie ?

— Ne m'en veux pas.

Mon père s'assoit près de moi sur le lit.

— Je ne t'en veux pas. J'essaie juste de comprendre pourquoi tu n'as pas pu te confier à moi. Ou peut-être à ton frère ? Victoire est-elle au courant ?

Je lui réponds par un simple signe de la tête.

Il baisse le regard sur ses mains qu'il est en train de massacrer.

— Ta mère... elle aurait aimé... continue-t-il presque pour lui-même. Une maman... elle donne la vie. Elle ne s'imagine pas qu'il puisse arriver une chose pareille à son enfant. Sous ses airs de femme forte... elle est si fragile... si émotive et sensible.

Il secoue la tête comme pour chasser des images insupportables.

— Papa...

— Comment as-tu fait pour supporter ça toute seule ? Et pendant des mois ! Tu ne me croyais pas assez fort ? Tu pensais que je ne serais pas à la hauteur ? Que je n'aurais pas su prendre soin de toi ?

Je regarde mon père. Ses yeux ne me quittent plus. Son visage est marqué par l'angoisse. Ses épaules sont basses. Le premier homme de ma vie vient de prendre une vingtaine d'années d'un seul coup. Comme ça !

— Non, papa. Je voulais juste te protéger. Je voulais juste tous vous épargner.

Il pousse un long soupir et reprend.

— Est-ce que c'est vrai ? Est-ce que cette tumeur est une des plus agressives ? Ils vont bien réussir à te soigner ? Même si ça prend du temps... ils vont réussir à t'en débarrasser ? N'est-ce pas ?

Le voilà ! Ce moment tant redouté. J'avais à plusieurs reprises imaginé comment leur annoncer. Je n'avais pas envisagé que mon père l'apprenne de cette façon. Un coup de fil et tout s'écroule. Notre cocon rassurant et paisible ne ressemble déjà plus à ce qu'il a toujours été. Une immense brèche a tout détruit sur son passage. Je le lis déjà dans les yeux de mon père. Plus rien ne sera comme avant.

— Kris ? insiste-t-il.

J'aimerais que le temps s'arrête ou bien revenir douze heures en arrière. Je n'aurais pas eu l'idée d'aller faire cette balade. Je ne me serais pas écroulée aux pieds de Valérie... cet épisode à l'hôpital n'aurait jamais existé. Si seulement j'avais écouté les signes d'épuisement ! Je serais restée dans mon lit, jugeant imprudent de sortir.

Le regard implorant de mon père est devenu insupportable. Le mien est attiré par la fenêtre. Au loin, un aigle tourne inlassablement sur place. Je le suis comme hypnotisée. Ses ailes sont longues et déployées à son maximum. Il incarne la puissance et la liberté. Alors, je repense à ce rêve et le bien-être qu'il m'avait procuré. Je ferme les yeux un instant et puise dans ce souvenir. Je me laisse envelopper par sa légèreté.

Je sais que je lui dois la vérité. Je suis prête. Enfin... je crois. Peut-on vraiment l'être un jour ? Attendre le bon moment... c'est absurde. Il n'y en a pas. Je suis toujours du regard cet oiseau majestueux. Je peux être comme lui, puissante et solide. Alors, je me lance.

— Non, papa. Ils ne pourront rien faire je lui dis enfin calmement.

Mon père pousse un petit cri étouffé mais surtout déchirant. Il plonge alors son visage dans ses mains. Ses épaules sont secouées par le chagrin. Mon cœur se serre. Je tends ma main vers lui mais n'arrive pas à l'atteindre. Je n'en ai pas la force. Le toucher revient à accepter. Le toucher, c'est déjà partir loin de lui. Loin de ceux que j'aime. Après quelques minutes, il se redresse difficilement. Il se tourne vers moi et ouvre ses bras. Son regard est doux.

— Viens là, mon rayon de soleil.

À ce moment-là, je perds toute détermination. À ce moment-là, je suis la petite fille de mon père. Lui, si tendre et protecteur. À ce moment-là, je ne suis plus que la fillette de cinq ans à qui on lit une histoire, qu'on console d'une chute à vélo, qu'on rassure à la suite d'une querelle avec son amie d'école. Je me blottis dans ses bras puissants et pose ma tête sur son torse. Je respire son parfum. Toujours le même. J'écoute ce cœur si bon. Ce cœur qui m'aime depuis tant d'années. Et je comprends. Je comprends que je ne suis plus seule.

Nous restons enlacés, dans un silence religieux. Il n'y a de toute façon plus rien à dire. Seuls face à nos réflexions, à nos doutes et nos tourments. Je connaissais parfaitement les miens. J'avais eu du temps pour ça. Mais mon père ? À quoi pouvait-il penser en cet instant ? À ma naissance ? Les premières nuits blanches ? Les premières inquiétudes légitimes de parents ? Mes premiers sourires ? Mes premiers pas ? Mes premiers jours d'école ? Mes premières boums ? Mes premiers flirts ? Ma première sortie seule au volant de ma voiture et à ses recommandations ?

Pendant notre étreinte, nos respirations se calaient sur le même rythme. Naturellement… sans aucun effort. Nous ne faisions plus qu'un. Espérant l'un comme l'autre que ce moment ne s'arrête jamais. Je ne sais pas combien de temps nous sommes restés ainsi. Il me semble des heures.

Mon père est le premier à briser cette parenthèse salvatrice.

— Ma puce… Il va bien falloir l'annoncer à maman et Romain.

— Je sais bien Papa.

Je lui réponds les yeux fermés, ma tête toujours posée sur sa poitrine. Ma voix est faible et craintive. Alors, mon père m'écarte doucement de lui et prend mon visage dans ses mains.

— Oh ma puce ! Tu n'es plus seule. – Il déglutit difficilement. Je suis là à présent. Et on va faire ça ensemble, ma chérie.

Mes larmes, tant retenues, ne m'obéissent plus. Je les laisse sortir. Je ne les contrôle plus. Je ne pensais pas qu'elles me procureraient un jour autant de paix et de réconfort. Des mois de lutte. De long mois à combattre. À combattre l'horreur. J'allais enfin pouvoir lâcher prise. Je méritais de lâcher prise. Pourtant, j'essaie de ne pas regretter mon choix de départ.

Il faut à présent mettre une stratégie en place. Ils ne nous restent que quelques jours avant la fin des vacances. J'insiste pour l'apprendre à tout le monde, ici, dans ce cadre paisible entouré de ces splendides montagnes. J'espère une vérité moins écrasante. C'est ridicule. Je le sais bien. Mon père me demande une faveur. Procéder en deux étapes. Avant tout, il souhaiterait un temps réservé pour maman, Romain, Julie et Anna. Ensuite, nous l'annoncerons au reste de la famille.

— Que va-t-on faire pour Valérie ? Et si elle parle avant… et que…

— Laisse-moi m'occuper d'elle, me lance-t-il d'une voix assurée. Tu vas peut-être avoir du mal à le croire mais elle a réellement paniqué pendant ton malaise ! Et quand je lui ai expliqué ce que j'avais appris, elle… elle était dévastée.

Le silence vient à nouveau nous envahir.

— Papa ! Mon Dieu ! Je ne sais pas si j'y arriverai. Papa… j'ai tellement peur.

Il m'attire à lui et je ne demande qu'à me blottir de nouveau dans ses bras.

— N'oublie pas que je suis là maintenant. Nous sommes une équipe, mon trésor. Alors, fais-moi confiance.

Ma mère choisit ce moment pour frapper à ma porte et entrer sans attendre de réponse.

— Alors vous deux ? Qu'est-ce que vous fabriquez ? Ça va mieux ta cheville, ma grande ?

Surprise, je regarde mon père. Il semble l'être tout autant que moi.

— Vous avez filé direct ici sans qu'on vous voie. Valérie nous a expliqués ta chute pendant votre balade. Dis donc Kris ! On dirait bien que vous êtes sur le point d'enterrer la hache de guerre toutes les deux ? dit-elle nous gratifiant d'un clin d'œil. Bon Allez ! Venez vite ! Je suis en train de gagner à qui veut gagner des millions. Il faut que vous voyiez ça !

Elle repart telle une tornade. Mon père me sourit.

— Tu vois ma chérie ! Deux miracles dans la même journée ! C'est certainement un signe. Valérie dans notre camp et ta mère enfin gagnante pour autre chose que des bons de réduction du supermarché.

Chapitre 49

Objectif à atteindre ; trouver le moment et le lieu idéal. Idéal… Ce mot me fait grimacer. Je ne le trouve pas approprié à la situation. Idéal m'inspire la perfection. Nous sommes loin du compte.

Mon père m'ordonne de ne pas m'en faire. Il tient à régler cet aspect. Je lui demanderais bien de me trouver un traitement pour me débarrasser de « la grosse Bertha ». Mais soyons honnêtes. Ça n'a rien à voir avec une fuite d'eau dans mon appartement ou faire la vidange de ma voiture. Toutes les petites filles voient en leurs pères des super-héros en puissance. En grandissant, cette image prend un autre sens. Bien évidemment, ils ne peuvent pas lever d'une seule main une voiture au-dessus du sol. Ils ne peuvent pas non plus empêcher un train de dérailler à la seule force de leurs bras. Ou Arrêter, en un quart de seconde, un incendie qui ravage une forêt. Ils sont bien plus que ça ! Ils sont la solution à beaucoup de nos problèmes du quotidien. Ils sont une écoute constante à nos chagrins. Ils sont nos guides dans nos parcours de vie. Comme disait mon grand-père ; « un homme n'est jamais si grand que lorsqu'il est à genoux pour aider un enfant ».

— Kris ?

— Papa ? Mais tu as disparu depuis des heures !

Il m'embrasse sur le front.

— Viens, ma chérie. Suis-moi.

Il m'aide à me relever du transat.

— Prépare quelques vêtements chauds. Je vais prévenir ta mère et ton frère.

Ses traits sont tirés. Il semble épuisé.

— Mais nous allons passer à table !

Il pose sa main sur ma joue.

— Oui c'est vrai. Mais pas ici.

Nous prenons tous les six la route. Ma mère n'arrête pas de le harceler pour enfin savoir où il nous emmène. Romain me demande discrètement si je sais quelque chose. Évidemment, j'ai ma petite idée et elle me glaçait les veines. Anna n'est pas du tout enchantée de quitter ses cousins. Sa réaction m'arrache un sourire. On est loin de la Anna d'il y a trois semaines et de sa rébellion.

Après quelques kilomètres, nous nous arrêtons près d'un adorable petit chalet totalement isolé au milieu des bois. Cet endroit me fait aussitôt penser au conte de Hansel et Gretel des frères Grimm. À l'extérieur, une table remplie de nourriture nous attend. J'en ai les larmes aux yeux. Cet endroit est comme hors de temps. À tout moment, je m'attends voir surgir tout un défilé de fées, de lutins, d'écureuils et de lapins. Tout le monde explose de joie devant tant de magie. Même Anna ne peut se retenir. Elle se précipite pour faire le tour du propriétaire en poussant des exclamations d'extase dont seuls les ados ont le secret. Mon père se rapproche de moi.

— Cet endroit est incroyable ! Tu ne trouves pas ?

Je n'ai pas de mots. Je suis fascinée et totalement sous le charme. Ce petit coin de paradis est presque irréel. Je sens alors monter en moi une oppression désagréable. Quel gâchis de le salir ! Mon père le perçoit aussitôt. Il pose son bras sur mes épaules et me serre contre sa poitrine. Je lève les yeux vers lui, reconnaissante bien évidemment, mais effrayée.

— Il ne le sera pas longtemps.

Les yeux dans les yeux, nous restons là un moment, retenant péniblement nos larmes.

— Papy ? Tu as vu ? Il y a même une balançoire dans l'arbre juste derrière, s'écrie Anna.

Il acquiesce en lui souriant. Ma nièce est trop excitée pour remarquer la larme qui glisse sur le visage de son grand-père. Nous regardons maman ouvrir les fenêtres, subjuguée par tant de beauté. Julie s'est installée dans le rocking-chair près du tas de bois. Elle ferme les yeux et jure à mon frère que s'il ne lui en trouve pas un identique pour la maison, elle demande le divorce. Romain caresse les rondins du chalet, ébloui par l'architecture. Nous savourons ce moment. Ils sont tellement heureux.

— Ton moment sera le mien mon rayon de soleil. Prends ton temps, me chuchote-t-il en m'embrassant sur le haut de la tête.

Je retiens un sanglot, me racle la gorge et cours vers ma mère qui m'appelle de l'intérieur du chalet.

La découverte des lieux terminée, mon père nous propose de passer à table. Romain est le premier à poser la question.

— Et en quel honneur tu nous fais venir ici papa ?

Mon père lève son verre et explique sur un ton qui se veut léger.

— Les vacances avec tout le monde, c'est sympa ! Mais je voulais aussi passer un peu de temps uniquement avec mes enfants.

— Tu as eu une excellente idée, mon chéri ! C'est une merveilleuse surprise ! Je te rappelle que nos quarante ans de mariage arrivent à grands pas. Alors surtout, ne perds pas ton enthousiasme, lui dit maman en trinquant avec lui.

Nous dégustons notre repas, profitant de chaque minute. Julie nous expose ses projets de décoration pour la chambre du bébé. Romain lui demande de ne pas se lancer dans des travaux trop complexes. Ma mère insiste auprès de papa pour établir un planning de randonnée dans les alentours de Nantes. L'air de la montagne lui ayant fait le plus grand bien, elle aimerait faire plus d'exercices. Anna n'a pas touché une seule fois à son portable et participe à nos conversations. Nous remarquons tous ses efforts et nous nous prêtons au jeu en lui demandant parfois son avis. Elle est adorable sous ses airs exagérés de petite adulte.

La fin du repas est proche. Mes mains moites tremblent. J'ai l'impression que ma salive a été remplacée par une poignée de sable. Je n'y arriverai jamais. Ma respiration s'accélère. Je m'efforce de la contrôler. Encore une dernière fois, je pose mon regard sur chacune de ces cinq personnes que j'aime passionnément. Par la pensée, je m'excuse auprès d'eux. Je m'excuse pour le mal que je m'apprête à leur faire. Je ferme alors les yeux pour les rouvrir sur ceux de mon père. Je lui souris timidement. Il m'encourage en m'envoyant un baiser.

J'ai souvent imaginé ce moment me demandant quelle serait la meilleure façon de m'y prendre. Ça a été un fiasco à chaque essai. Trop brutal... Pas assez clair... Trop triste... Mal expliqué. J'avais surtout beaucoup appris sur ma lâcheté pensant même refiler le sale boulot à papa. Une vraie lopette !

Anna se lève de sa chaise. J'hésite à l'interpréter comme un signe et abandonner. Je suis à deux doigts de le faire. Pourtant, je sais aussi qu'il est temps.

— Anna ? Où vas-tu ma puce ?

— Je voulais juste aller me balancer, me dit-elle.

326

— Tout à l'heure ma chérie. Je voudrais vous parler. J'ai besoin que tout le monde soit là, je m'exclame suffisamment assez fort pour capter l'attention de tout le monde.

Voilà ! C'était parti. Je ne pouvais plus reculer. J'avale difficilement et je remplis mes poumons d'une grande bouffée d'air. Le silence est insoutenable. Mon père me fixe. Son visage est livide. Son corps est en alerte. Il est prêt. Enfin, je le crois. J'aimerais pouvoir l'être aussi.

— J'ai quelque chose à vous dire. J'aimerais que vous ne m'interrompiez pas. Vous vous souvenez de cette méchante grippe que j'ai attrapée vers le mois d'avril ? En fait, je ne vous ai pas vraiment dit la vérité. J'ai passé des examens. J'avais quelques symptômes plutôt préoccupants. Comme, des pertes d'équilibre... ma vue qui se brouillait... des nausées. J'ai donc passé une IRM.

Ma voix se brise. Le regard de ma mère ne laisse aucun doute. Elle avait déjà compris. Les mères et leur sixième sens... Je fuis son air apeuré pour pouvoir poursuivre. Peine perdue. Je panique. Mon père se lève et passe derrière moi. Il pose ses mains sur mes épaules. J'en attrape une pour absorber un peu de son énergie. Ça marche. Je m'apaise. Anna s'assoit et me fixe de ses grands yeux bleus. Je n'ose pas regarder Romain et Julie.

— Ils ont trouvé quelque chose. Une tumeur.

Maman pousse un cri. Romain se lève précipitamment et s'éloigne. Julie s'est changée en statue et en a même pris la couleur. Mon esprit divague vers ce petit être qui grandit au creux de son ventre. Je me déteste de lui imposer ça. Si elle perdait le bébé... je ne me le pardonnerais pas.

— C'est un glioblastome de stade IV. Une tumeur cérébrale agressive. Très agressive. J'ai eu des séances de rayons et je suis sous traitement oral... de la chimio. -Je finis en un éclair.

La bombe est lâchée. Un silence écrasant s'installe. Je n'ai plus la force de continuer. À quoi bon ? L'essentiel a été dit. Pendant plusieurs secondes, personne n'ose dire un mot. La première à briser cet arrêt dans le temps est ma nièce.

— Mais ils vont te guérir ? Hein, tata ?

Je lève la tête vers mon père. Nous savons tous les deux que la suite va être un choc épouvantable. Alors, je pose mon regard sur Anna. Le plus doux possible. Le plus rassurant. Du moins, je l'espérais.

— Non ma chérie. Ils ne peuvent rien faire.

— Mais comment c'est possible ? Tu... tu ne vas pas... elle s'arrête net.

Je me penche et lui prends la main. Elle sait. Je sens qu'elle lutte mais elle a saisi.

— Non ! Non ! Non ! C'est n'importe quoi ! explose-t-elle. Tu dis n'importe quoi !

D'un bond, elle sort de table et court derrière le chalet. Je me redresse à mon tour et m'apprête à la rejoindre. Papa me retient.

— Laisse ! J'y vais.

Je reste debout malgré mes tremblements. Maman se tient le visage d'une main et pleure doucement. Julie me fixe, les mains posées sur son ventre. Elle marmonne quelque chose mais je n'arrive pas à lire sur ses lèvres. Romain est immobile au bout de la terrasse et nous tourne le dos. Je reste inerte. Le moindre geste de ma part... le moindre mot me fait craindre la suite. Que dois-je faire ? M'excuser ? Rejoindre mon frère ? Prendre maman dans mes bras ?

Julie tranche pour moi. Elle cligne des yeux et se met à respirer excessivement, comme si l'air lui manquait. Je me précipite vers elle et m'agenouille à ses côtés.

— Julie ! Julie ! Regarde-moi.

Elle ne réagit pas et continue à suffoquer. Mon frère s'est précipité à son tour. Je prends le visage de ma belle-sœur dans mes mains et la force à me regarder.

— Julie ! Regarde-moi ! je réitère d'autorité.

Elle s'exécute.

— Tout va bien se passer. Tu m'entends ? Tout va bien se passer.

Elle me fixe à nouveau et sans prévenir, s'écroule sur ma poitrine. Je croise le regard de mon frère. Il nous entoure de ses bras puissants et pose son front sur le mien. Alors, il relâche la pression et laisse ses larmes rejoindre celles de sa femme.

Nous restons enlacés un long moment. Quand je regarde vers la chaise de maman, je ne la trouve pas. Où est-elle ? Je questionne Romain. Je tends l'oreille vers le chalet. Je perçois du bruit. Mon frère comprend mon intention. Je les embrasse et les quitte.

Quand j'entre, ma mère se tient devant l'évier. Elle a entrepris de laver une assiette. Ses gestes sont anormalement agités. Je me positionne derrière elle.

— Maman ?

Elle s'immobilise. Je sens son corps se tendre d'un coup. Elle ne me répond pas. Ne se retourne pas. Puis, elle reprend son activité.

— Maman...

— Oui ma grande ? Il faut que je termine cette vaisselle. On en sera débarrassé. Ensuite, on pourrait tous faire une balade dans la forêt. Qu'est-ce que tu en penses trésor ? Tu adorais ça petite... les balades. – Elle se met à rire. Qu'est-ce que tu étais drôle ! Tu voulais toujours qu'on emporte un panier. Tu sais pourquoi ma chérie ? Tu voulais toujours ramasser tout un tas de choses. Des pierres... des feuilles... les fleurs sauvages. Tu t'exclamais dès que tu trouvais quelque chose. – Elle rit à nouveau. Regarde maman ! Regarde comme ce caillou est beau, maman !

Elle se tait subitement et se remet à frotter la même assiette.

— Maman ! Pose cette assiette deux secondes s'il te plaît.

— Ne t'inquiète pas, ma grande. Je vais te trouver le meilleur spécialiste, dit-elle avant de s'en prendre à un verre qui menace de se briser.

Je la contourne et ce que je vois me déchire le cœur. Son visage est baigné de larmes. Ses traits sont déformés. Elle est défigurée par la douleur. Je lui prends l'éponge et le verre des mains pour les déposer plus loin. Enfin, je la serre contre moi. Elle ne fait pas un geste. Pas tout de suite.

— Maman ! Oh ma petite maman…

Soudain, son corps la trahit. Il glisse le long du mien. J'en fais autant consciente que je ne pourrais pas la soutenir. Nous nous retrouvons alors sur le sol, accrochées l'une à l'autre. Dans ce chalet des contes de Grimm, nous pleurons en nous embrassant tendrement.

Chapitre 50

Mon père avait réservé le chalet seulement pour la journée. Il est tard quand nous le quittons. Si nos cœurs étaient gonflés de bonheur et d'émerveillement à sa découverte, ils sont bien lourds quand nous reprenons le chemin du retour. Le choc passé, j'avais voulu évoquer avec eux les mois à venir. Mon souhait était simple. Vivre le plus normalement possible. Leurs silences, leurs incertitudes, leurs regards détournés ne faisaient aucun doute. Chacun se demandait comment cela allait être possible. Comment allaient-ils être à la hauteur ? Je savais que je leur en demandais beaucoup. Ils n'avaient pas encore eu le temps de se familiariser avec l'insupportable. Juste le temps de comprendre que rien ne serait plus comme avant. Anna était inconsolable. Elle n'avait pas quitté mes bras du reste de la journée. Aucun de nos arguments n'avait grâce à ses yeux. Retourner à la villa lui semblait absurde. « Pourquoi on ne reste pas ici entre nous ? », s'insurgeait-elle.

À notre arrivée, nos visages décomposés et nos corps au ralenti éveillent de suite les soupçons. Chacun y allait de sa petite suggestion sur le déroulement de notre journée. Mon père n'avait pas voulu céder aux questions avant notre départ le matin même. Par conséquent, leurs activités avaient été perturbées par leur imagination.

Prenant toujours à cœur son rôle de soutien, Papa propose à tout le monde de s'installer sur la terrasse. Vic comprend aussitôt que quelque chose ne va pas. Je le lis dans son regard. Je crains sa réaction. Elle va me détester de l'avoir mise à l'écart et je lui donnerais raison. Je cherche Valérie du regard. Ça me coûte de le dire mais elle avait entièrement raison. Je n'ai, effectivement, pensé qu'à moi.

Tout le monde s'installe dans un silence solennel, cherchant dans le regard de l'autre, une explication.

Mon père se racle la gorge.

— Écoutez… ce n'est pas facile.

Les mots lui manquent. Il cherche certainement à les rendre plus doux… plus tolérables. Il lève les yeux vers le ciel en soupirant. Le regarder est un crève-cœur. Lui aussi avait ses limites. Un père qui devait annoncer la mort de sa fille a forcément ses limites. Ma mère reste prostrée. Elle est dans cet état depuis notre étreinte sur le sol.

— Si c'est pour nous annoncer ta tricherie à la sortie rafting… ne te donne pas cette peine, s'exclame Marc. Je savais bien qu'il y avait un truc bizarre. Allez ! Vas-y ! Avoue-le ! Tu avais trafiqué le canot.

Un magazine qui se trouvait sur la table atterrit sur la tête de Marc.

— Je t'interdis de dire une chose pareille ! hurle tonton Paul. Moi j'y étais dans ce canot et il n'y avait aucun trucage. Tu as juste du mal à accepter ta défaite face à des hommes d'expérience comme nous !

Tout le monde explose de rire.

— Bien envoyé ! ajoute mon oncle Éric.

— Et c'est reparti ! Cette éternelle guéguerre sur les différences générationnelles., se plaint Tony.

— Je pense qu'il s'agit plutôt de virilité et de vos problèmes d'ego, messieurs ! lâche Véronique.

— Encore cette manie à qui pissera le plus loin, renchérit Mina tout en administrant un clin d'œil à sa belle-sœur.

Le groupe se laisse emporter dans un délicieux brouhaha. Il ne fallait jamais longtemps pour déclencher une conversation animée. C'est ce qui me plaisait dans cette famille. L'ennui n'avait jamais sa place parmi nous. Chacun avait quelque chose à dire, à exprimer, à défendre. Moi, je ne plaidais que les mois qui me restaient.

Mon père tourne la tête vers moi. Il se veut rassurant mais ses yeux me disent tout le contraire. Difficile de faire voler en éclat cette belle énergie ! Je sais papa. Je sais… Pourquoi à ton avis n'ai-je pas déclenché ma bombe plus tôt ? Je lui passe la main dans le dos et lui demande de s'asseoir. Il me dévisage soucieux mais obéit.

— C'est exactement ce que j'attends de vous, je crie pour me faire entendre.

Ma voix a dû suffisamment porter puisqu'ils s'arrêtent tous et m'observent.

— Quoi ? Que tous les hommes de la famille s'alignent en rang d'oignons et se lancent dans un concours du « qui pisse le plus loin ? » demande Charles. Ne compte pas sur moi. Je tiens à ma dignité.

— Y'a de l'idée ! je lui réponds tout sourire. Mais on verra ça plus tard. Non en fait… je vais avoir besoin de vous. Vous et votre joie… votre folie… votre bienveillance mais tout particulièrement, votre force.

Je m'autorise une petite pause. Juste le temps de m'assurer que mes derniers neurones encore viables ne flanchent pas. Mon frère se colle à moi et glisse son bras sous le mien. Je sens le regard insistant de Vic sur nous.

— Même si parfois ça vous paraitra impensable.

Romain fait descendre sa main dans la mienne. Je m'y agrippe à m'en faire mal.

— Il y a quelques mois, j'ai appris que j'étais atteinte d'un glioblastome. C'est une tumeur au cerveau. Je suis condamnée.

Le contraste est tout de suite visible. Les rires ont disparu. La stupéfaction les a remplacés. Personne ne bouge. Un silence accablant nous écrase. Je sais parfaitement qu'une fois la surprise passée, des dizaines de questions vont m'engloutir. Les mauvaises nouvelles déclenchent toujours les mêmes réactions. La première, l'étonnement. La seconde, la confirmation. Par la suite viendra le questionnement. Ensuite, le refus d'y croire. Et pour finir, l'évidence et surtout ce qu'elle implique. Ma famille ne fait pas exception à la règle. Une splendide réussite. Toutes les étapes sont cochées. Mon cher petit papa fait de son mieux pour m'épauler et leur répondre. On m'embrasse… on me berce… on me promet d'être là… on reste sous le choc… on fait les cent pas… on est convaincu qu'il y a forcément une solution… on ne veut pas y croire.

Vic reste à l'écart. Elle ne m'a pas encore approchée. Entre deux étreintes, j'essaie de capter son regard. Peine perdue. Ses bras sont croisés sur sa poitrine. Ses lèvres sont pincées et elle fixe l'horizon. Je sais qu'elle est furieuse. Son attitude me présage le pire. Le calme avant la tempête. Et je ne parle pas d'une petite tempête. Nonnnnn ! Une tempête digne de ma Vic. Digne de son caractère de feu.

Je m'éloigne des bras chaleureux de ma famille. Elle se contracte quand je la rejoins.

— Vic ! Essaie de ne pas m'en vouloir.

— Ne me dis pas ce que je dois essayer ou pas, éructe-t-elle les dents serrées.

Elle n'est pas en furieuse, elle est enragée. Il fallait s'y attendre.

— Vic… je voulais juste te…

Elle pivote vers moi me fusillant du regard.

— Tu voulais juste quoi Kris ? Allez dis-moi ? crie-t-elle. Non parce que là ma vielle, je te conseille de bien réfléchir aux excuses que tu vas me donner.

Marc, alerté par les cris de Vic, se place silencieusement entre nous deux. Se voulant réconfortant, il pose sa main sur le bras de mon amie. Il regrettera vite son geste.

— Ne me touche pas ! grogne-t-elle.

— Tu devrais écouter ce qu'elle a à te dire.

— Ce n'est pas ce que je fais ? Je ne suis pas idiote. J'ai compris. Elle va mourir et cette imbécile n'a pas jugé nécessaire de m'en parler alors qu'elle le sait depuis des mois, éructe-t-elle en regardant Marc.

Je ne sais pas quoi faire. Je ne sais pas quoi lui dire. Lui expliquer que je voulais la protéger me semble complètement absurde à présent. À quoi je pouvais bien m'attendre ? Surtout venant de Vic. Ne rien dire n'était pas l'idée du siècle. Je prends pourtant une longue inspiration et me lance.

— Vic. Tu es ma meilleure amie et je…

— Ah ! Je suis ravie que tu retrouves enfin la mémoire ! tu n'as donc pas oublié nos trente années d'amitié ! Tu te souviens maintenant ? Tu sais l'amitié ? Ou bien peut-être que pour toi… ce n'est qu'une vague théorie ?

Elle est au bord de l'implosion. Je le sens. Elle se contient parce que c'est moi. Un autre à ma place aurait déjà une dent en moins et un bras cassé. Il fallait la voir à l'œuvre ! Une remarque déplacée…

une trahison... un regard de travers... et tout partait en vrille. Au lycée, ça lui avait valu le surnom de « Vic la tueuse ». L'avantage, c'est que personne n'osait me chercher des noises.

— Tu vas trop loin là Vic ! intervient Marc. Arrête ça ! Plus tard, tu t'en mordras les doigts. Crois-moi.

Vic ne quitte pas mes yeux. Je ne sais pas ce qu'elle attend de moi. Une réponse ? Un geste de ma part ? Des explications ? Dis-moi Vic ? Dis-moi comment réparer ça et ne pas te perdre ?

— Je vais trop loin ? explose-t-elle. C'est « moi » qui vais trop loin ? Sa voix se brise. Je viens d'apprendre que la personne qui compte le plus pour moi dans ma vie va mourir et « je » vais trop loin ?

Son menton se met à trembler. Une première larme fait son apparition et traverse rapidement sa joue comme soulagée d'être libérée. Rageusement, elle la fait disparaître d'un revers de main. Une deuxième, puis une troisième s'évadent à leur tour. Nous restons figées sans un mot. Elle, encouragée par la colère et la fierté... moi par la peur et l'incertitude.

Subitement, tout s'accélère. Deux secondes... peut-être moins. À peine le temps de comprendre. Les mains de Vic sur mon visage... ses lèvres sur mes joues. Ses bras qui m'entourent et me serrent... sa tête sur mon épaule. Elle répète en boucle mon prénom et me demande de lui pardonner. Nos larmes se mélangent. Marc englobe nos deux corps et nous éloigne du reste du groupe. Il nous conduit dans ma chambre. Nous y passerons toute la nuit pour nous endormir au petit matin, serrées l'une contre l'autre.

Chapitre 51

Nos trois derniers jours à la villa sont bien différents des premiers. Je m'y attendais. Malgré leurs efforts, les cœurs sont meurtris et les sourires crispés. Je suis entourée d'attentions en permanence. Si c'était l'un d'eux, mon attitude serait identique. J'aimerais pouvoir leur dire de ne rien changer à leurs habitudes, mais la peur de les vexer me contraint au silence. Personne ne parle de la fin de ce séjour. C'est pourtant dans les esprits de tout le monde. Tony a proposé une éventuelle prolongation. L'idée était tentante. Cependant, notre quotidien nous attendait. Pour eux, leurs projets, leurs chemins de vie, leurs programmes d'avenir… Pour moi, le combat pour peut-être gagner quelques semaines supplémentaires parmi eux.

Depuis ma confession, je suis en permanence épuisée. Comme si mon corps pouvait enfin se permettre un relâchement. Il ne veut plus coopérer. Je ne lui en veux pas. Il a fait sa part du marché. Malgré quelques ratés, il avait été efficace. Il méritait des vacances tant qu'il en était encore temps. Les mois à venir ne vont pas lui faire de cadeaux.

Je suis allongée sur un transat, entourée de coussins que mon frère a méticuleusement installés un à un. Si je l'avais laissé faire, mon lit échouerait au bord de la piscine. J'ai beau le rassurer sur mon bien-être, il n'est jamais satisfait. Il court chercher un parasol… Une couverture… Ou mes lunettes de soleil. Je supplie Julie d'intervenir avant qu'il ne perde la raison. Anna ne me quitte toujours pas. Elle a même définitivement délaissé son précieux portable. Qui l'aurait cru ! Elle pleure dès qu'elle croise mon regard. Alors, je tapote la couverture près de moi et en moins de deux elle se blottit dans mes bras.

— Tata ?

— Oui mon cœur ?

— Est-ce que tu as peur ?

— De te quitter… oui. De quitter mamie et papy. De ne plus voir ton père et ta mère.

Après quelques secondes de silence, Anna pousse un long soupire, le regard dans le vague.

— Je ne veux plus partir d'ici.

— Eh bien pour une qui ne voulait pas venir… Et Alex ?

— C'est un gamin. Depuis l'épisode sur le toit de l'hôtel, il ne m'adresse presque plus la parole.

Je souris. Pauvre Alex.

— Il faut dire que son amour-propre en a pris un sacré coup ! Laisse-lui une chance. Il a l'air sympa.

Elle m'enveloppe de ses bras et niche sa tête au creux de mon estomac.

— Qui va me conseiller quand tu ne seras plus là ?

Je m'attendais à cette question.

— Ne t'inquiète pas. J'ai déjà tout prévu. Par contre, il faudra que tu te convertisses aux huiles essentielles et devenir une militante engagée contre la pollution pour que ça marche.

— Vic ?

— Qui d'autre ? Et il se trouve qu'elle aura aussi besoin de toi. Tu vas devoir prendre ma place auprès d'elle. Tu la connais ! Elle ne s'en sortira jamais seule.

Évidemment, j'exagère. Vic est une force de la nature. Elle mettra du temps. Beaucoup de temps... Mais elle y arrivera. Pour Anna, c'est différent. Elle est encore jeune pour tout ça. Je veux quelqu'un vers qui elle pourra se tourner. Ses parents seront là mais ils devront faire face à leur propre douleur. Sans parler du petit à accueillir.

Un appel lointain met cours à notre conversation.

— Anna ? crie Louis. Ça te dit d'aller au ciné ?

Elle pose son regard sur moi et attend mon approbation.

— File ma puce.

Elle se relève timidement et m'embrasse à contrecœur. Je la regarde s'éloigner en traînant les pieds.

— Tu n'es pas en train de détruire sa vie.

Je reconnais aussitôt cette voix.

— Et c'est toi qui me dis ça ?

Je ne l'avais pas entendue arriver. En fait, je l'avais presque oubliée. D'un mouvement discret de l'index, elle me demande l'autorisation pour s'asseoir à mes côtés. J'obtempère d'un furtif geste de la main. Elle aussi fait partie de cette famille, que je le veuille ou non.

— La situation n'est pas la même. Ça ne sera pas brutal. Elle va avoir le temps de... enfin tu sais...

— De quoi ? De me dire au revoir ? je siffle entre mes lèvres. Oui tu as raison... magnifique perceptive pour elle.

...

— Tu as le droit d'être en colère. Je comprends, continue-t-elle.

— Épargne-moi ta compassion Valérie. Tu n'as pas mieux à faire ? Je ne sais pas moi ! Comme pourrir la vie de quelqu'un d'autre puisque je ne serai bientôt plus là ! Ne me dis pas que tu tires un trait sur ma responsabilité à propos de la mort de

Mathieu ? Tu devrais être contente ! Tu vois ! Tu vas être vengée.

Je suis absolument odieuse. Je regrette presque aussitôt mes paroles. Pourtant, je ne laisse rien paraître et ne m'excuse pas. Les vieilles rancunes sont tenaces. Elle se redresse lourdement, croise ses bras maladroitement. Je la sens sur le point de parler. Pourtant, aucune parole ne sort. Elle s'éloigne de deux ou trois pas hésitants puis s'arrête.

— La Valérie de ses seize ans voudrait simplement dire au revoir à la Kris du même âge. Parce que, cette Valérie existe toujours. Elle aimerait te tenir la main et être là pour toi avant qu'il ne soit trop tard.

J'ai envie de crier « à qui la faute ? Du temps, nous aurions pu en avoir ! ». Pourtant, je n'en fais rien. L'envie d'accuser la « grosse Bertha » pour ce manque de courage me traverse l'esprit. Mais cette fois-ci, j'en étais la seule coupable.

Je regarde Valérie s'éloigner.

— Valérie !

Elle se retourne. Son visage est inondé de larmes. Moi, c'est mon cœur qui saigne.

— Et qu'est-ce que tu aurais envie de lui dire à cette Kristelle ?

Elle reste figée et pleure silencieusement. Alors, nous n'avons plus besoin de parler. Elle revient craintivement vers moi et reprend sa place à mes côtés. Elle remarque que ma couverture a glissé. Certainement quand je me suis tournée pour la suivre des yeux. Elle la replace et me sourit. Je me surprends à en faire autant. Je ne m'y attendais pas. Mes émotions ont subitement pris le contrôle. Je ne devais me préparer. Ce n'était que le début.

Chapitre 52

Samedi… jour du départ. La villa est un immense champ de bataille. Des questions en tout genre fusent dans tous les recoins. « Qui a vu mes chaussures de rando ? », « quelqu'un sait où se range la table à repasser ? », « qu'est-ce qu'on fait des restes dans le frigo ? ».

Julie est dans ma chambre et a pour mission me surveiller. Ordre de mon frère. « Si elle bouge, ne serait-ce qu'un orteil, tu l'assommes et ça vaut pour toi aussi ». Privilèges de femme enceinte. Pour ne pas se sentir inutile, elle a entrepris de me vernir les ongles. Vic s'affaire et termine mes bagages. Elle jette parfois un œil sur la séance de manucure et donne quelques conseils.

— Julie ! Plus de paillettes !

— Depuis quand tu es devenue spécialiste en vernis toi ? je m'exclame. Et les bébés phoques ? Les crimes contre les baleines ?

Elle écarte cette remarque d'un mouvement rapide de la main.

— Une généreuse donation fera l'affaire.

— Ça ne sera pas nécessaire, intervient Julie les yeux collés au dos du flacon. Je ne trouve aucune substance qui proviendrait de tes chers protégés.

— Mon compte en banque te remercie.

Nous éclatons de rire ensemble.

— Qu'est-ce que c'est que ça ?

Vic vient de tomber sur mon impressionnant stock de Vitamines. Mes précieux coups de fouet. Sans eux, ces vacances auraient été bien plus pénibles. Je les prenais dans la plus grande discrétion. Ce n'était plus nécessaire aujourd'hui.

— C'est ce qui m'aide à tenir, je lui réponds dans un murmure.

Le malaise s'installe. Julie baisse la tête. Vic est toujours absorbée par le contenu de mon petit Vanity, spécial « grosse Bertha ». Ma belle-sœur renifle. Entre ses hormones de grossesse et cette tumeur, elle allait finir par faire baisser dangereusement les soixante-cinq pour cent d'eau que le corps humain a besoin pour survivre.

Vic les sort. Elle les examine et les compte. Son visage perd alors toutes ses couleurs comme si elle prenait conscience de mon état. Une deuxième gifle. Un autre coup de poignard. Je leur avais demandé de ne rien changer de ce qu'ils étaient. Je leur avais demandé de rire, de vivre, de se réjouir de chaque minute que nous passerions ensemble. Je perdais toute crédibilité si moi-même je ne l'appliquais pas.

— Je t'interdis de m'en piquer ! Tu as ta verveine et tes pousses de… je ne sais plus quoi !

— Kristelle ! Ça n'a rien à voir.

Les mains sur mes hanches, je me lève et m'approche d'elle.

— Dis donc jalouse ! Est-ce que je te fais des remarques sur tes tisanes moi ? je m'exclame, un léger sourire aux lèvres.

Elle abandonne enfin ce masque de stupeur. Je retrouve ma Vic. Cette femme compétitrice, solide et totalement folle alliée.

— Parlons-en tiens… de mes tisanes. Je te jure que tu ne vas plus avoir besoin de tes… comment tu les appelles ?

342

— Quoi ? Ça ? je lui réponds en montrant du doigt mon traitement. Mes coups de fouet ?

— Voilà ! Tes coups de fouet. Eh bien je suis heureuse de t'apprendre que je prends les choses en main à partir de maintenant. Je vais tellement te remonter à bloc avec mes concoctions que tu vas être le premier cas de guérison spontanée ma vieille !

Tout le temps de son laïus, je hoche exagérément la tête prenant un air studieux. Je l'avais perdue un temps. Juste un temps. Par bonheur, ma guerrière était revenue, plus puissante que jamais. Soudain, je prends conscience de mon tout proche avenir. Elle allait me faire vivre un enfer. Dans peu de temps, j'aurais l'haleine d'un pied de menthe et la peau imbibée l'Aloe Vera. Et je ne parle pas de mon urine qui prendra certainement la couleur de ses satanées algues.

Romain passe la tête dans l'ouverture de la porte.

— Départ dans trente minutes les filles.

Vic se redresse et agite ses bras en poussant ses légendaires cris aigus.

— Non mais tu plaisantes ? Je n'aurai jamais terminé d'ici là !

Nous assistons alors à une scène hilarante. Elle se jette sur mes affaires comme si elle avait le feu aux fesses. Ce qui n'était pas loin de la vérité avec sa tignasse rousse à la traîne.

— C'est quoi cette musique ? demande Julie.

Je tends l'oreille. J'interroge mon frère du regard. Il me répond par un haussement d'épaules. Nous sortons de la chambre. Le tempo nous transporte sur la terrasse. Nous retrouvons nos ados, totalement déchaînés, sur un air de « ZZ Top ». Marc est en pleine transe, imitant un guitariste. Quand il nous remarque, il lâche son instrument invisible et nous crie.

— Je ne pouvais pas laisser ces pauvres gosses dans l'ignorance !

Il reprend sans attendre son déhanchement endiablé. Le sourire aux lèvres, mon frère bat la mesure avec son pied. Ce groupe, il le connaissait. Il avait même rendu notre mère à moitié folle pendant sa période « rock attitude ». Il ne se fait donc pas prier quand sa fille lui propose de les rejoindre. Sorti de nulle part, Tony pousse un cri de fou furieux et se mêle à eux. Avec une de mes petites culottes dans les mains qu'elle fait tourner au-dessus de sa tête, Vic les rejoint. Mina et Charles m'attrapent par les poignets bien décidés eux aussi à montrer de quoi ils étaient capables. Et je n'allais certainement pas les laisser se défouler sans moi.

La demi-heure annoncée par Romain peu de temps avant s'est prolongée d'une bonne heure. Aucun d'entre nous n'avait à cœur d'interrompre cet instant magique. Marc s'est révélé excellent DJ nous régalant de sa Play List.

Chapitre 53

J'ouvre les yeux. Le paysage est désespérément plat. Plat et surtout familier. Nous sommes à la périphérie de Nantes. J'ai soudainement envie de pleurer. J'ai toujours aimé ma ville. Elle m'a vu naître, grandir, apprendre, me tromper sur certains de mes choix, m'émerveiller, être triste… Pourtant aujourd'hui, je ne veux pas la retrouver comme on retrouve une vieille amie. Je ne veux pas lui ouvrir mes bras et lui dire combien elle m'a manquée. Elle peut bien essayer de me charmer avec ses magnifiques parcs, ses bords de Loire, son château des ducs de Bretagne et son île de Versailles. Je n'ai qu'un lieu en tête ; le service d'oncologie et les prises de sang, la bête, l'odeur d'éther, les patients aux teints grisâtres, les séances de chimiothérapie. Cet autre aspect rend ma ville, moche, austère et terrifiante. Elle avait toujours été pour moi extraordinaire. Aujourd'hui, je ne prends même pas la peine de lui dire bonjour.

Un silence oppressant règne dans la voiture de mes parents. Je ne me souviens pas avoir été bercée par le son de l'autoradio. Je me suis endormie dès les premiers kilomètres. Sans doute pour me laisser dormir, mes parents avait dû rouler dans un calme absolu. Je n'ai pas le souvenir d'un arrêt pour nous dégourdir les jambes ou grignoter quelque chose. Alors, mon cœur s'emballe. Mes oncles et tantes ? Mes cousins et cousines ?

Vic ? Je me redresse prise de panique. La tête me tourne. Je jette un œil vers la lunette arrière de la voiture. J'aperçois mon frère. Julie me fait un signe de la main.

— Ça ne va pas, ma chérie ? me demande ma mère.

— Ils sont tous partis. -Je réponds fébrile-. Je ne les ai même pas embrassés. Je n'ai pas pu… ma voix s'éteint.

Je n'ose pas quitter la route des yeux. Je cherche désespérément parmi les autres automobilistes, ceux qui ont partagé les trois dernières semaines avec moi.

— Ils reviennent tous le week-end prochain à la maison Kris, me rassure mon père. Tu dormais tellement bien que nous avons décidé de te laisser récupérer.

Non ! Ce n'est pas ce que j'avais prévu. Je m'enfonce dans la banquette. Comment expliquer à mes parents mes ressentis ? Comment leur faire comprendre que j'aurais préféré qu'ils me réveillent ? Comment pouvaient-ils concevoir que de banals au revoir au bord d'une départementale faisaient partie de mon plan ? Ces vacances étaient l'illusion que rien ne pouvait m'arriver. Un arrêt dans le temps. Une bulle de sérénité. Maintenant, tout est terminé.

Mon père se stationne dans sa cour. Je ne veux pas sortir de la voiture. C'est au-dessus de mes forces. Soudain, ma porte s'ouvre brutalement me faisant bondir.

— Tu attends quoi ? Tu n'espères tout de même pas qu'on se tape tout le boulot pendant que « madame » profite du confort de cette luxueuse voiture ?

— Ah ! Enfin quelqu'un qui sait apprécier les belles choses ! s'exclame mon père.

— Vic ? Mais qu'est-ce que tu fais là ? je m'écrie.

Anna se matérialise juste à côté de mon amie.

— Tata ! Je t'en supplie ! Dis-lui de rentrer chez elle ! Six heures de trajet à l'écouter me parler de l'art thérapeutique, de la protection des forêts et des dangers des réseaux sociaux… je vais finir par l'attacher à un arbre. Elle me servira de cible. Papa a un très bon jeu de fléchettes.

— Je t'interdis de toucher à mes fléchettes ! Prends plutôt la carabine de ton grand-père ! De plus… bien plus efficace, se manifeste Romain chargé de deux énormes valises.

Vic prend un air offusqué et part dans les aigus comme à la coutume.

— Dis donc la famille Valet ! Entre une traîtresse, un goujat et une flemmarde… Je ne vous félicite pas, conclut-elle en donnant une toquade dans l'épaule d'Anna.

— Tata ! Dis quelque chose ! supplie-t-elle en se tournant vers moi. Plus jamais je ne monte en voiture avec elle.

— Mais c'est qu'elle sait se défendre la demi-portion ! s'amuse Vic en la chatouillant sous le menton.

Visiblement très agacée, Anna repousse son doigt.

— Hey ! Je ne suis plus une gamine ! Tu ferais bien de…

Je les regarde se chamailler. Je souris certainement bêtement mais je m'en fiche. Mes idées noires ont fait brutalement leurs bagages et je ne fais aucun effort pour les retenir. C'est exactement ce qu'il me fallait. Une meilleure amie à la hauteur de sa réputation, c'est-à-dire complètement givrée, et une nièce égale à elle-même, susceptible à souhait comme je l'aimais. La vie reprenait tranquillement sa place au fond de mon cœur. Il n'était pas encore temps de baisser les bras. Ma mission prioritaire ? Faire encore le plein de bonheur. Ayant tout misé sur ces vacances à Cauterets, je n'avais envisagé qu'il pouvait y avoir un après.

Je sors de la voiture engourdie par ce long trajet. Un marteau piqueur avait, semble-t-il, élu domicile à l'intérieur de mon crâne. Je contourne les filles toujours en pleine compétition pour la catégorie de la meilleure réplique cinglante. Anna avait une terrible adversaire et Vic ne se résoudrait jamais à quitter l'univers très particulier de l'adolescence. Ça promettait.

— Anna va n'en faire qu'une bouchée ; me chuchote Julie en me rejoignant.

— Tu veux lancer les paris ?

Mon portable sonne. L'écran m'informe du destinataire. Fanny. Cet appel ne me surprend pas. Elle connaissait le jour de mon retour et voulait certainement mettre au point l'heure de son évasion ou si elle devait prévenir les infirmières pour l'installation de mon lit de fortune. Je prends l'appel, ravie de l'entendre.

— Fanny ! Laisse-moi le temps de poser ma valise et je saute dans ma voiture. Je n'oublie pas ma mission. Nom de code… « Il faut sauver Fanny ». Bon OK ! Je sais… je manque un peu d'originalité sur ce coup-là.

Je remercie secrètement Vic et Anna. Leurs énergies me contaminent. Ma mère me fait les gros yeux. Je pouvais y lire : « hors de question ma cocotte… repos pour toi ». Je lui envoie un baiser du bout des doigts. Plusieurs secondes se sont écoulées malgré ça, mon appareil reste désespérément muet. Je l'écarte de mon oreille. L'écran m'informe pourtant que je suis toujours en ligne.

— Fanny ?

— Kristelle...

— David ? Mais je…

— Kris… elle…

— Qu'est-ce qu'il y a ? Elle a passé d'autres examens ? Ce n'est pas bon ?

Aucune réponse. J'essaie d'être patiente mais ce silence me vrille les nerfs. Je me déteste de penser ainsi, mais j'ai envie de lui tordre le cou.

— David ?! Bon sang ! Parle ! je lui crie.

Il a comme un hoquet.

— Elle est partie. Elle… Elle nous a quittés ce matin, lâche-t-il la voix atone.

Le portable glisse de ma main. J'entends le bruit sourd de sa chute. Ma vue se brouille… mes oreilles bourdonnent. La suite ? Je ne m'en souviens pas.

Quand j'ouvre les yeux, je suis allongée dans mon lit chez mes parents. Je reconnais mon bureau d'étudiante sur la droite, mes étagères remplies mes romans policiers. Mon miroir psyché à l'opposé du lit, proche de mon placard. À mes pieds, ma collection « Bisounours » me regarde. Je me sens bien. C'est calme ici. Ça l'a toujours été. La fenêtre diffuse une faible lumière. Sommes-nous le soir ou le début de journée ? Mes idées se bousculent. Je ne me souviens pas m'être couchée. Je me redresse sur mes coudes. Ma mère est dans son rocking-chair, endormie.

— Maman ?

Elle se réveille en sursaut.

— Kristelle ? Ça va, mon trésor ? Qu'est-ce que tu nous as fait peur ! Le docteur Bergeon est venu aussitôt. Par chance, il était chez lui.

Le docteur Bergeon ? Qu'est-ce que notre voisin faisait chez nous ? Ma mère remarque mon incompréhension.

— Tu ne te souviens pas ? Tu as eu un appel ? Ensuite, tu t'es évanouie.

Un appel ! Alors, tout me revient. David… Fanny. Non non ! Je pousse un cri long et désespéré. Je ne le contrôle pas. Mon corps tremble. Mes doigts agrippent mon dessus de lit. Fanny… Fanny est partie. Maman se lève d'un bon et me prend dans ses bras. Elle m'explique qu'elle sait tout. La communication interrompue, David avait rappelé. Il a eu Julie et s'est entretenu longuement avec elle.

Ma mère m'apprend ce que je n'ai pas eu le temps d'entendre de David. Fanny est subitement tombée dans le coma. Trois heures plus tard, elle s'est éteinte. Je lui parle longuement de cette femme extraordinaire. Silencieuse, elle m'écoute en me berçant.

Chapitre 54

Maintenant cinq jours que Fanny est partie. J'ai l'impression d'évoluer dans un épais brouillard. Isolée dans ma chambre, je consacre la majeure partie de mon temps à me remémorer nos moments ensemble. Excellente stratégie pour la garder en vie mais très mauvaise idée pour la laisser partir. Je revis nos discussions, nos éclats de rire, nos promesses, nos confidences. Comment continuer sans elle ? Je n'en ai même pas le courage. Mais par-dessus tout, je suis en colère. Non ! Je suis totalement enragée. Ça ne devait pas se passer ainsi. Elle me vole littéralement la vedette. J'avais une date de péremption. J'avais signé pour ça. Je devais être la grande gagnante. Ce n'est normalement pas à moi de pleurer aujourd'hui. Ce rôle lui revenait. Elle était notre espoir. Celle qui devait continuer la route. Celle qui ne laisserait pas notre amitié mourir. Oui ! Je suis hors de moi.

Aujourd'hui, je vais devoir lui faire mes adieux. La cérémonie se déroule en début d'après-midi. Papa m'accompagne. Je lui ai pourtant assuré que ce n'était pas nécessaire. Il a insisté. Ce n'est pourtant pas sa place. Je comprends qu'il ne souhaite pas me laisser seule. Mais ce qu'il s'inflige est d'une extrême violence. Aller à l'enterrement d'une jeune femme atteinte d'une grave maladie… ça ne vous rappelle pas quelqu'un ?

Mon père conduit en silence. Nous n'avons que quelques kilomètres à faire. Tendu à l'extrême, il fixe la route devant lui. C'est à peine s'il tourne la tête aux intersections. Il porte son costume gris foncé et sa cravate bleu nuit. Je sais que c'est stupide mais je me demande si c'est celui qu'il portera quand viendra mon tour. Pour ma part, j'avais opté pour une robe longue de couleur marron avec des petits motifs beiges. C'était la seule tenue sombre que je possédais. Elle était bien trop grande. De toute façon, plus rien ne m'allait.

— À quoi tu penses, ma grande ?

— Rien d'important. Pour tout te dire, c'est même ridicule.

— Dis-moi toujours.

Je laisse passer un instant.

— La façon dont nous sommes habillés. J'ai toujours été intriguée par cette coutume. Porter des vêtements sombres pour les enterrements… Comme si notre chagrin n'était pas suffisant.

Mon père retourne à son silence mais semble moins nerveux. Il étouffe alors un rire.

— Qu'est-ce qui est drôle ?

— Tu étais petite. Je ne sais pas… peut-être quatre ou cinq ans. Nous n'avions trouvé personne pour vous garder. Vous êtes donc venus avec nous à la cérémonie d'un vieil oncle. Devant l'église, quand les gens sont tous sortis, tu as levé ta petite bouille vers moi et tu m'as demandé pourquoi tout le monde était habillé en noir. Je t'ai expliquée que c'était la couleur du chagrin. Je ne savais pas quoi te dire de plus. Tu as baissé la tête pour retourner à tes pensées. Quelques minutes plus tard, tu m'as partagé ta conclusion. Je te revois totalement accablée. « Alors tu veux dire que Gapsy... il est toujours triste ? Le pauvre Gap ! »

Je ne me souvenais absolument pas de cette histoire. Malgré tout, à l'évocation du nom de l'animal, ma mémoire se réveille.

— Gapsy ! je murmure. Mais oui ! Notre chat. Je l'avais oublié.

— Tu étais tellement petite. Il nous a quittés tu devais avoir... six ans ! Gapsy était tout noir sauf le contour des yeux. Au retour de la cérémonie, tu es sortie de la voiture pour filer vers lui. Tu l'as agrippé de toutes tes forces en lui répétant qu'il ne devait pas être triste. Que tu allais t'occuper de lui. Tu as couru à l'intérieur de la maison pour te précipiter dans ta chambre. Ensuite, tu l'as habillé avec une robe jaune de tes poupées. Quand il a réussi à se libérer de ton emprise, il était comme fou. Il sautait dans tous les sens. Il essayait de se débarrasser du bout de tissu. Nous n'osions rien faire de peur de te contrarier. Tu applaudissais de bonheur. « Regardez ! Il n'est plus triste. Il danse maintenant ».

— Pauvre chat !

— Pauvre de nous tu veux dire ! À bondir comme il le faisait, il a brisé toute la collection de figurines en verre de ta mère. Son ficus non plus n'a pas survécu. Elle a été désagréable et grognon pendant des semaines.

Je ris de bon cœur. Mon père me prend alors la main, la lève et l'embrasse tendrement.

— Tu étais tellement fière de toi !

Quand nous arrivons à l'église, une foule impressionnante se tenait devant la porte. Fanny m'avait très peu parlée de sa famille et de ses amis. Je m'attendais donc à croiser que des visages inconnus. Pourtant, un groupe à l'écart attire mon attention. Eux aussi lèvent leurs regards et me saluent discrètement. Nous étions de la même espèce, teints blafards, maigreurs anormales, foulards vissés sur la tête. C'était troublant de les retrouver dans ce décor. Je veux dire… en dehors de la salle d'attente du service d'oncologie. Je lève les yeux vers mon père. Je sais qu'il peut y lire mon effroi. Il m'entoure de ses bras. Quand je m'apprête à poser ma tête sur son torse, David apparaît devant moi. J'ai un moment de recul, ne m'y attendant pas.

— Kris !

Il m'enlace. Je lui rends son étreinte mais impossible de dire un mot. Il serre la main de mon père.

— Est-ce que je peux vous l'emprunter ?

Mon père se tourne vers moi et attend mon approbation. Je lui souris pour toute réponse.

— Je ne serai pas loin, me chuchote-t-il en m'embrassant sur le front.

David glisse mon bras sous le sien.

— Elle aurait voulu… – Sa voix l'abandonne – Enfin tu sais… elle aurait voulu que tu sois près de nous.

Nous rejoignons ses enfants, la mère de Fanny et tout un groupe de personnes. Il me les présente. Malgré mes efforts, je ne retiendrais rien de ses explications.

Le corbillard arrive. Le froid m'envahit. Le cercueil apparaît. Ma gorge se serre. Il est emmené au fond de l'église. Je ne respire plus. Je suis comme un automate. Nous nous installons au premier rang. David a souhaité que je sois près de lui. Je me retourne. Papa ? Où es-tu ? Il n'est pas loin. Seulement deux rangs derrière moi. Je sais qu'à ce moment je lui lance un regard désespéré. Il ne me quitte pas des yeux et me sourit. Je peux lire un « je suis là » sur ses lèvres. Mon cœur reprend un rythme normal.

Tout le long de la cérémonie, mes larmes vont couler sans retenue. Je n'écoute rien de ce qui se dit. Je fixe cette boîte qui renferme mon amie. J'ai une envie douloureuse de l'ouvrir. Elle n'a rien à faire là-dedans. Rendez-la-moi !

Au cimetière… même déchirement. Mêmes cris étouffés et douloureux. Je tremble malgré les vingt-huit degrés. Je ne peux plus détacher mon regard de ce maudit cercueil. J'en connais tous les détails. Des rainures du bois aux poignées dorées qui brillent au soleil. David me demande régulièrement si ça va. Ça devrait être à moi de le lui demander. Non ? Je ne peux que lui caresser l'épaule en retour. Les mots ne veulent toujours pas sortir. Ses enfants s'accrochent à ses bras, leurs têtes enfouies dans sa veste. Hors de question que les mains de ce papa s'éloignent de leurs petits corps recroquevillés. Il verra plus tard pour essuyer son visage inondé de larmes.

Une dernière mélodie… un dernier signe… un dernier adieu. Pour moi, une promesse de se revoir bientôt. La boîte s'enfonce dans la terre. Je sens une main prendre la mienne. Je n'ai pas besoin de regarder à qui elle appartient. Nous nous connaissons toutes les deux. Elle m'a bercée dès mes premières secondes de vie.

Chapitre 55

Cinq mois de combat pour ne pas éteindre l'espoir dans les yeux de mes proches. Je leur ai promis. Je me battrai jusqu'au bout. Douce illusion, mais tellement essentielle pour eux. Au grand bonheur de mes parents, j'ai abandonné l'idée de vivre dans mon appartement. La chirurgie envisagée à la suite d'un acharnement médicamenteux ne s'est finalement pas faite. Trop de risque… trop audacieux… bien trop hasardeux. Il vaut mieux parfois se contenter de ce qu'on a. Madame Mouffoir… Florence, m'en a convaincue.

— Aujourd'hui, une chirurgie est incertaine. Comprenez-moi bien ! Je n'ai aucune garantie sur sa réussite. L'entreprendre pourrait avoir des conséquents irrémédiables et par conséquent réduire le temps que l'on espérait. Tandis qu'à l'heure où je vous parle, nous sommes assurés d'au moins trois peut-être quatre mois. D'autre part, vous êtes extrêmement faible.

— Vous avez la trouille ! je lui balance sans ménagement, une pointe d'ironie dans la voix.

Elle me sourit. Depuis quelque temps, nos échanges avaient pris un tournant différent. Elle est, avant tout, celle qui me maintenait en vie quel que soit le délai. Mais elle est aussi devenue une confidente. Nous avons tout naturellement installé une relation plus légère et plus franche. Sans filtre. L'humour est notre point fort… la sincérité, notre devise.

— OK ! Je suis démasquée. Vous me terrorisez ! – Elle fait une pause – L'idée de vous annoncer à votre réveil l'échec de l'intervention et de plus, devoir vous apprendre que je vous ai enlevé quelques semaines… comment dire… ne m'emballe pas vraiment. Un « oups ! Désolée ! », vous croyez que ça suffira ?

Je grimace exagérément.

— C'est dommage !

Le silence s'installe.

— Kristelle ! Je comprends que ce soit une déception.

— Je sais bien que vous faites votre possible. J'espérais seulement que mon nouveau moyen de locomotion ne soit pas définitif.

Ça fait maintenant deux mois que je me déplace en fauteuil roulant. Cette étape avait été dure à encaisser, mais je devais reconnaître qu'elle était indispensable. Marcher me demandait un effort considérable. J'avais perdu totalement en coordination. Je me faisais l'effet d'une marionnette à fils que la « grosse Bertha » prenait plaisir à manipuler. Mes pieds n'en faisaient souvent qu'à leur tête. Indisciplinés, ils se croisaient, malgré leur avoir demandés une mission bien précise. Attraper un objet me réclamait une concentration démesurée. Bien souvent la casse était inévitable. À ce stade, on ne parlait plus de maladresse. Ma chère maman était devenue experte en arguments. « Ce mug ? C'était le seul qui n'était pas accordé avec les autres. Tu m'as rendue un grand service, ma chérie ». Le lendemain, c'était au tour d'une malheureuse assiette. « Elle venait du service de la tante Aglaé. Je ne l'ai jamais aimé ! Un peu de changement ne me fera pas de mal ! » « Ça faisait un moment que ce vase était ébréché. Il n'aurait, de toute façon, pas tenu longtemps ».

Le langage devenait lui aussi difficile. Plus lent et éprouvant. De moins en moins élaboré. J'étais à contre sens. Je n'avançais plus, je reculais. Inexorablement. Une adulte qui redevenait un tout petit enfant. La « Kris » responsable de sa vie, de ses actes, indépendante et volontaire, disparaissait.

Les crises d'épilepsie et les paralysies ont eu raison de moi. Mon carrosse aux grosses roues a été relégué dans un coin de ma chambre. Un lit médicalisé a remplacé le lit de mon enfance. J'ai une équipe impressionnante pour mes actes du quotidien. Chacun se partage le temps en ma compagnie. Kiné, ergonome, infirmière, aide-soignante, thérapeute…

Parfois, mes larmes me trahissent. Je les cache le plus possible. Excepté quand je suis seule. Du moins quand je sais ma petite armée médicale envolée vers un autre patient, vers d'autres douleurs que les miennes. Ma petite armée… cette expression me fait sourire aujourd'hui. Tout autant qu'elle m'avait faite enragée avec monsieur hémorroïde. Je l'appellerais bien pour le rassurer. Il serait tellement soulagé. Je l'avais mon armée. Mon père en était le général. Jamais loin… il veille. Mes larmes… il les voit. Il les entend. Il les efface du bout de ses doigts. Il les fait disparaître avec un sourire.

Je dors beaucoup. Plus exactement, je dors tout le temps. Quand j'arrive à refaire surface, une personne différente se tient près de moi. Vic vient tous les jours. Enfin, je le suppose. Je perds parfois la notion du temps. Elle m'embrasse en me disant bonjour. Est-ce que nous sommes le matin ? Marc est juste derrière elle. Il m'envoie un baiser. Je fournis un effort pour garder les yeux ouverts. Je leur dois bien ça.

Quelques minutes après ou peut-être des heures… Romain. Il me tient la main. Je peux sentir la chaleur qu'il dégage ou c'est peut-être moi qui me transforme en bloc de glace. Il me parle de son « microbe ». Il va arriver d'une semaine à l'autre, me dit-il. Je ne comprends pas tout de suite. Il le lit dans mon regard. « Il va sans aucun doute être aussi fort que mon microbe préféré ! », s'exclame mon frère en embrassant le dos de ma main. Bien sûr ! Comment ai-je pu oublier ? Ce petit être n'est pas encore né qu'il me vole déjà ce surnom ridicule tant choyé par son père.

J'ouvre à nouveau les yeux. Anna est installée à mon bureau. Elle est concentrée devant un livre aussi épais qu'un dictionnaire. Elle tourne la tête vers moi. Je comprends qu'elle a dû le faire à plusieurs reprises guettant un brin de vie.

— Hey ! Tatie !

Elle s'approche, me prend le bras et y frotte son nez. Ce petit nez en trompette que j'ai tant admiré.

— Je suis contente que tu te réveilles ! Ras-le-bol de l'histoire. Il faut que je te parle. J'ai un nouveau mec et c'est un vrai lui. Pas comme cet imbécile d'Alex.

Je lui souris. Vas-y ma puce ! Parle-moi de ton nouveau petit ami. Parle-moi encore. Ne t'arrête pas.

— Et tu sais quoi ? Papa veut bien le rencontrer. À une condition, m'a-t-il dit. Qu'il porte des vêtements ! Il va me reparler de cette histoire encore combien de temps ? Nan mais sans déconner ! Il exagère tu ne trouves pas ? Je lui ai fait promettre de ne pas faire ce genre de blague devant Julien. Ah oui ! Je ne t'ai pas dit ! Il s'appelle Julien et si tu savais tatie…

Elle est ravissante quand elle est heureuse. J'aimerais le lui dire. Ne jamais l'oublier. Mais je ne veux pas l'interrompre et briser ce moment magique.

Je sors à nouveau de mon sommeil. Je cherche Anna du regard. À quel moment est-elle partie ? De quoi parlions-nous déjà ? Souviens-toi Kris ! Ah oui ! Il s'agissait d'un Justin. Mais pourquoi m'a-t-elle parlée de lui ? Un nouveau prof sans doute.

J'ai tellement mal à la tête. Ma bouche est sèche. Une lumière est restée allumée. Elle projette une légère lueur et pourtant je ne la supporte pas. J'essaie de hisser mes mains à mes tempes pour me soulager. Mon bras droit ne m'obéit pas. J'ai un peu plus de chance avec le gauche. Et encore, ce geste me demande un effort surhumain. Quelqu'un rentre dans la chambre. Ma vue est floue. On me parle en m'approchant. Ma petite Maman. Sa tête se matérialise juste au-dessus de moi. Je n'aime pas ce que je vois. Ses joues se sont creusées. Ses yeux sont cernés. Elle est pâle à faire peur. Je suis sûre que j'ai meilleure mine qu'elle. Maman ! J'aurais tant voulu t'éviter cette épreuve !

— Coucou ma puce ! me dit-elle sur un ton las. Est-ce que tu as besoin de quelque chose ?

Toujours près de mon visage, ma main gauche lui montre mes lèvres. Elle me donne à boire en guidant la paille. Je sens son contact et aspire. Papa vient de rentrer lui aussi.

— Il faut que nous te parlions ma chérie, poursuit ma mère.

Elle s'assoit sur le lit. Papa s'est agenouillé près de mon visage. Je sens son souffle sur ma joue. Il est doux et apaisant. Maman prend une grande inspiration et jette un œil vers mon père.

— Tu te souviens de notre discussion ? Il y a un ou deux mois ? – Elle déglutit péniblement – Cora pense que c'est le moment.

Cora… ce prénom ne m'est pas inconnu. Aussitôt, une voix chantante me vient à l'esprit. Cette voix me réchauffe, m'englobe. Mon infirmière. Une vraie perle. Pétillante et d'une douceur infinie. Une éclaircie à travers les nuages.

— Mais tu connais mon opinion, mon trésor. Je veux te garder à la maison.

Papa se racle la gorge. Maman lui envoie son plus beau regard assassin.

Beaucoup de souvenirs, de moments m'échappent. Ma mémoire est un vrai gruyère. Pourtant, les plus importants sont étrangement implantés à jamais dans ce qu'il me reste de cerveau. Quelques mots me viennent aussitôt en tête. Soins palliatifs. Alors tout me revient. C'était un dimanche. Nous étions tous autour de la table, mon frère, Julie, Anna et mes parents. Certaines décisions devaient être prises. J'y tenais. Le débat avait été intense et je me félicitais de le mener en étant encore dotée de toutes mes capacités.

« Non Maman ! Je ne veux pas mourir à la maison. Papa ! N'insiste pas ! Et essaie de raisonner maman ! Oui c'est mon choix. Pourquoi ? Parce que maman, je ne te ferai pas revivre ce que tu as connu avec tata Fabienne. Maman ne pleure pas ! Papa ! Je veux que ça se passe ainsi. Je ne fais pas ça pour vous contrarier ! Romain ! Dis-moi que tu me comprends ».

Tout est encore net dans mon esprit. Chacun défendait son point de vue. Chacun avait d'excellents arguments. Autour de cette même table, avec les mêmes personnes quelques mois plus tôt, nous préparions nos vacances. Cette fois-ci, il était question d'une tout autre organisation. Ni plus ni moins le même sujet vous me diriez ! Encore un départ. Cette fois, j'entreprends ce voyage seule et j'entends bien l'orchestrer comme je le souhaite. Je serais intransigeante. J'avais accepté les soins à domicile mais sous certaines conditions. Quand il serait compliqué de me soigner, j'intégrerais l'unité de soins palliatifs.

— Tu as le droit de changer d'avis, ma chérie.

— Changerais pas d'avis maman. On fait ce qu'on a dit, je réussis à lui dire dans un souffle.

Je me tourne vers mon père espérant son aide. Pas besoin de mot. Juste un regard. Il cligne des yeux me confirmant qu'il avait compris.

— Béatrice ! Nous nous étions tous mis d'accord sur le sujet. Et c'est ce qu'elle veut.

Maman pousse un râle suivi d'un sanglot et s'éloigne de mon lit. Papa soude son front au mien. Après quelques secondes, il pose un baiser sur ma joue.

— Nous nous étions mis d'accord, murmure-t-il.

Chapitre 56

Les ambulanciers me manipulent avec douceur et bienveillance. Ils ont rapidement pris conscience qu'il ne pouvait en être autrement. Ma mère semble prête à leur bondir dessus à la moindre grimace de ma part. Mon adorable infirmière a pourtant fait le nécessaire pour que ça n'arrive pas, m'administrant une dose conséquente de morphine. « Prête pour les petits papillons bleus et les fées lumineuses ? », me dit-elle en m'injectant le produit dans le bras. Je suis triste de la quitter. J'aimerais l'emmener avec moi. Elle va terriblement me manquer.

— Tu ne comptes pas te débarrasser de moi aussi facilement ! Je ne serai peut-être plus ton infirmière mais je passerai régulièrement te voir dans le service. Juste pour m'assurer qu'ils ne t'ont pas mise entre les mains d'une collègue aigrie et épuisée proche de la retraite.

— Impossible que je tombe sur une autre Cora.

— Mais j'espère bien ! Il n'y en a pas deux comme moi très chère.

Quand je quitte ma chambre, installée sur le brancard, mon regard s'arrête sur mes petits bouts de vie. Mon poster du groupe Alliage… Celui de « the Corrs » et leur musique irlandaise qui me transportait… Ma collection de cassettes VHS « Friends ». Dans le couloir, toutes nos photos de famille que maman accrochait au fur et à mesure que nous grandissions. Romain brandissant son premier trophée de tennis de table. Moi à la plage, m'appliquant à construire un château de sable. Notre sortie à bord d'un voilier… Maman et moi essayant de surmonter notre mal de mer alors que les hommes de la famille affichaient de grands sourires, fiers d'avoir le pied marin. À présent, le salon et sa grande cheminée construite pas mon père. Tous les Noëls, Maman la décorait avec goût, accompagnée par l'automate du bon vieil homme rouge à la barbe blanche. Objet musical incontournable de mon père pendant les fêtes de fin d'année. Je bascule la tête vers la cuisine. J'y revois ma mère cuisiner ses lottes à l'américaine, ses crêpes du dimanche après-midi. La table, où adolescente, je déjeunais tous les matins avec Papa avant de nous quitter dans la cour en nous souhaitant une bonne journée.

Le soleil m'accueille quand nous passons la porte d'entrée. Sidonie est là, souriante et attentive à mon transfert.

— Bonjour ma belle ! J'ai proposé à tes parents de vous accompagner. Juste pour les guider dans le service et les aider pour la paperasse.

— Bonne idée ! Merci.

Elle se penche et m'embrasse.

— Non. Merci à toi.

Elle me caresse la joue

— Je te serai à jamais redevable. Grâce à toi, je ne suis plus une étrangère dans cette famille, dit-elle en cherchant le regard de sa nouvelle amie.

Tendre et exquise Sidonie. Elle a été un pilier majeur pendant mes soins à domicile. Elle en connaissait toutes les épreuves, les difficultés et l'impuissance des accompagnants. Elle savait exactement à quel moment intervenir et soutenir. Trente années d'expérience professionnelle ne s'oubliaient pas. Son soutien a été une bénédiction pour mes parents.

Quelqu'un me prend la main. Valérie. Elle approche son visage du mien.

— Non mais tu as vu les ambulanciers ? Ce n'est pas possible le bol que tu as ! Matte le blond là ! Je te promets que je réussirai à choper son numéro de téléphone avant la fin de ton déplacement.

— Tiens-moi au jus, je lui chuchote.

Je lève la main avec la lenteur d'une limace pour que nous scellions cet accord. Ces derniers mois nous ont permis de régler certaines choses et surtout de pardonner.

Le trajet a été rapide. En fait, je pense que je me suis endormie. Je ne sais plus. Quand j'arrive dans ma chambre du service palliatif, une odeur florale titille mes narines. La pièce baigne dans une lumière tamisée et chaleureuse. Sur le lit, je reconnais la couverture patchwork de mon enfance. Une abondance de coussins a envahi l'espace. Mon frère en est de toute évidence le responsable. Je m'inquiète. Il a vraiment un problème avec la notion du confort !

Il aide l'équipe médicale à m'installer.

— Salut microbe ! me dit-il tout bas en s'approchant. Julie a mis la matinée à fleurir cette pièce. Si je ne l'avais pas arrêtée, elle aurait même fleuri tout le couloir jusqu'à ta chambre.

— N'écoute pas ce bêta. Tu le connais ! Il a tendance à tout exagérer.

— Si peu.

Je leur tends la main pour qu'ils la prennent. J'aimerais les prendre dans mes bras, les serrer contre moi et arrêter le temps. J'aimerais trouver l'énergie nécessaire. Je leur souffle un « merci pour tout. Je vous aime ». Mon regard et mon faible sourire vont se débrouiller pour exprimer tout ce que je veux leur dire. Ils le savent déjà. Je m'en suis assurée. Ça n'avait pas été facile. Julie m'avait été d'une grande aide. Il y a quelques jours, je l'avais suppliée de m'amener mon têtu de frère. Même par la force s'il le fallait. Il avait obtempéré mais n'avait pas baissé les armes pour autant. « Ne me fais pas le coup microbe. Je vois clair dans ton jeu. Pas de message d'adieu », m'a-t-il ordonnée en rentrant dans ma chambre. Nous savions parfaitement qu'il s'agissait pourtant de ça. Comment pouvait-il croire que je partirais sans lui dire combien je l'aimais ? Combien il avait été un frère formidable. Qu'il m'avait offert les plus beaux cadeaux ; Julie et Anna.

Avec Anna, je voulais eu une approche différente. Nous avons passé des heures à discuter sur des thèmes divers. Elle buvait mes paroles autant que je profitais avec délectation des instants passés ensemble. Nous savions que le temps était compté. Mon rôle de tante était restreint. Je voulais marquer mon passage dans sa vie autant que possible. J'en sortais généralement exténuée mais toujours avec la satisfaction du devoir accompli. Je constate que le temps est mon ennemi. Je suis en permanence dans le doute. Sont-ils conscients d'avoir joué un rôle essentiel dans ma vie ?

Il y avait aussi le reste de la famille. Ces derniers mois, la maison de mes parents avait été le QG du clan de Cauterets, avec un perpétuel défilé de visites, de repas, de parties de jeux de société, de balades. C'est tout naturellement que nous avons passé les fêtes de fin d'année ensemble. Nous revivions nos vacances à la villa. La décoration de noël n'avait jamais été aussi chargée et les repas si copieux. Tous ces instants me permettaient de voler quelques parties d'eux pour mieux leur dire adieu. Clandestinement mais sûrement.

Chapitre 57

Je ressens une légère amélioration. J'ai bien dit légère. Ce changement a eu lieu hier en fin de journée. Je ne me présenterais pas au marathon de New York pour autant mais cette accalmie est la bienvenue. Mes idées sont aussi un peu plus claires et le langage plus facile. J'ai envie de crier au miracle mais ma dernière conversation avec madame Mouffoir a anéanti tout espoir. Le corps médical a un terme pour cette soudaine rémission temporaire : « le regain ». Il peut arriver que quelques jours, voire quelques heures avant de mourir, la personne malade présente une poussée d'énergie. Elle peut s'éveiller, parler, demander à se lever, boire et manger. Ensuite… le plongeon. La chute finale.

Par conséquent, j'ai passé ma matinée à écrire un petit quelque chose pour mes collègues et les ados que j'accompagnais. Ça n'avait pas été sans mal. Trouver les mots adéquats m'avait demandée une concentration démesurée. Cette mission achevée, le sommeil s'était emparé de moi. Quand je me réveille, Victoire est à mes côtés.

— Hey ! Ça fait longtemps que tu es là ? j'articule difficilement cependant ravie de faire une phrase complète.

— Un peu plus de vingt minutes. C'est à mon tour d'avoir l'honneur de te tenir compagnie. Tes parents sont allés prendre l'air.

Vic pose ses coudes sur le lit pour se rapprocher de moi.

— Qu'est-ce que tu ronfles ! Je suis désolée de te l'apprendre, mais… il n'y a rien de sexy là-dedans.

— Je ne ronfle pas… je ronronne.

— Oui bien sûr ! C'est plus glamour vu comme ça.

— Embellir un peu la réalité n'a jamais fait de mal.

— Embellir un peu la réalité… continue-t-elle songeuse. C'est vrai que tu en connais un rayon sur le sujet ! Comme ce splendide tatouage, me taquine-t-elle. Rafraîchis-moi la mémoire… ce n'était pas une étoile filante ?

— Pitié ! On ne va pas remettre ça sur le tapis ?

— Ah mais j'y tiens ! s'emporte-t-elle.

— On avait quoi ? Douze ans ? C'était notre année de sixième, je crois ?

— C'est ça ! me confirme-t-elle. Je comprends… tu préfères ne plus revenir sur cette lamentable supercherie.

— Ne prends pas tes grands airs avec moi espèce de traître !

— Kris ! Comment oses-tu me parler de traîtrise ? Ce n'est quand même pas moi qui ai fait croire à toute la classe l'existence d'un véritable tatouage ? Alors que cette, soit dit en passant magnifique étoile filante, provenait juste d'un emballage de malabar !

— Tout le monde y avait cru ! Du moins, pendant une semaine.

Vic étouffe un rire. Sans succès. Nous explosons ensemble.

— Et si on parlait de ton expérience en teinture capillaire ? je surenchéris.

— Une simple erreur de parcours.

— Un peu facile comme argument ! En même temps, utiliser du cirage noir…

— Un soupçon trop gras… mais avoue que l'effet était impressionnant !

Vic me fixe en affichant son plus beau sourire. J'essaie de me tourner vers elle pour lui faire face. Ce simple mouvement me provoque des douleurs insupportables. Mon visage a dû me trahir car aussitôt Vic se redresse. « Regain » peut-être mais pas assez efficace pour faire disparaître ses lames de rasoir qui me lacèrent de toute part.

— Attends ! Je vais t'aider.

Elle m'entoure de ses bras et me fait glisser avec délicatesse. Après s'être assurée de mon confort, elle reprend sa place initiale.

— Nous avons eu des moments incroyables ensemble… hein Kris ?

— Les plus beaux oui.

Elle baisse la tête. Comme pour y effacer une tache, elle gratte le drap avec son ongle. Sa jambe droite remue frénétiquement. Nous restons silencieuses pendant de longues secondes. Un malaise pesant s'installe. L'air de la chambre se charge d'ondes mélancoliques.

— Kris ! Je… je n'y arriverai pas.

— Bien sûr que si ma belle !

Je me concentre pour continuer cette conversation et m'applique pour que mes phrases soient cohérentes. Je sais cet instant crucial.

— Non je te promets ! Je ne peux pas. Je ne veux même pas imaginer ! Comment peux-tu en être sûre ? Sans toi… c'est… non ! Je n'y arriverai pas.

— Hey ! Vic ! Regarde-moi.

Elle ne bouge pas.

— Vic ! Lève la tête et regarde-moi, j'insiste sur un ton autoritaire.

Elle obéit les yeux baignés de larmes.

— Ça va être dur ! Je ne vais pas te dire le contraire. Mais tu vas te battre ! Tu m'entends Vic ? Et il y a Marc. Tu vas vivre tout ce que j'aurais aimé vivre. Bon… ça ne va pas être difficile puisque tu as toujours eu bien plus d'ambitions que moi.

Je lui arrache un sourire.

— Et tu vas me faire le plaisir de ne rien lâcher. Je te préviens… je t'aurai à l'œil.

Elle renifle bruyamment.

— Marc est la personne qu'il te faut. Vous étiez fait pour être ensemble. Arrête de te torturer. La vie est bien trop courte. Crois-moi ! Ce n'est donc pas la peine de la gaspiller. Je veux te voir au minimum avec trois enfants. Oh cocotte ! Ne me regarde pas comme ça ! Je ne plaisante pas ! Tu en es tout à fait capable. Bien évidemment, tu leur parleras de leur tante Kristelle. Débrouille-toi comme tu veux mais fais de moi une personne légendaire. Tu sais… avec tout le bla-bla d'usage comme ; elle était une nana extraordinaire, intelligente, courageuse, brillante…

— Je pense pouvoir y arriver. Ça ne me semble pas si compliqué. Je suis sûre que…

— Détrompe-toi ! Car quand tu repenseras à moi, tu te rappelleras ma maladresse, mon manque de confiance et d'assurance. Et cette fâcheuse tendance à vouloir contrôler tout mon quotidien. Mais surtout Vic… tu seras en colère. En colère contre moi. –Je fais une pause. Je ne serai plus là. Tu vas me détester de t'avoir abandonnée. Tu vas même penser que je ne me suis pas assez battue.

— Certainement pas Kris ! me coupe-t-elle.

Je fronce les yeux et caresse sa joue.

— Bien sûr que si ! je soupire. Oh Vic... ma merveilleuse Vic. Si c'était toi qui partais... j'en voudrais à la terre entière et y compris à toi.

— Alors, ne pars pas ! me supplie-t-elle.

— Alors... retiens-moi, je lui murmure.

Sans nous en rendre compte, nos mains s'étaient entremêlées. Elles semblaient tout naturellement à leurs places.

— Vic ! Je n'aurais pas voulu d'une autre amie. Je connais ma chance de t'avoir eu près de moi. Victoire ! Je t'aime. Tu entends ? Mais surtout merci. Merci d'avoir été cette personne exceptionnelle.

Elle se penche et m'embrasse sur le front. Alors, je tapote sur le matelas. Elle se lève, s'allonge et se blottit dans mes bras. Je sens son corps s'abandonner contre le mien. Je sens les soubresauts de son chagrin la submerger.

— J'ai une dernière petite chose à te demander et tu dois me promettre que tu le feras.

— Je t'écoute, m'encourage-t-elle entre deux sanglots.

Chapitre 58

Nous nous trouvons près d'elle quand les alarmes des machines s'affolent. L'équipe médicale arrive instantanément. Je n'avais jamais vu autant de personnes autour du lit de mon enfant. Une vraie fourmilière. Madame Mouffoir est également présente. Je suis surpris de la voir ici. Je consulte ma montre. Trois heures dix du matin. Les cancérologues ne rentrent-ils jamais chez eux ? Avec une extrême douceur, elle donne des ordres ciblés et assurés. Concentrées sur leurs tâches, les infirmières s'exécutent en silence. Glissant mon regard de l'une à l'autre, je les observe, impuissant. C'est rassurant et déstabilisant à la fois. Béatrice se blottit contre moi. Après de longues minutes, l'une d'elles fait taire les machines. Tout le monde cesse de s'agiter. Un silence effrayant s'empare de la pièce. Si le bruit des alarmes me transperçait comme des décharges électriques, ce silence est bien pire. J'ai une envie presque animale de leur crier de ne pas abandonner. De nous donner encore un peu de temps avec notre enfant. Le bruit, c'est la vie. Le bruit, c'est l'espoir. Ce calme est insupportable.

Je baisse la tête vers ce petit bout de femme qui, je le sais bien, a fait son maximum pour Kris. Elle croise mon regard, fait un dernier signe à son équipe et se tourne vers nous.

— Je suis désolée…

Je reporte mon attention sur son corps affaibli qui a tant et trop lutté. Ma femme pleure au creux de mon épaule.

— Ça va aller très vite. Elle ne souffre pas. Le nécessaire a été fait. Je ne peux rien faire de plus.

Elle pose sa main sur mon avant-bras.

— Rappelez-vous que... malgré cette pâleur, malgré cette fragilité... Votre fille est encore là. C'est le moment... le moment de lui dire au revoir.

Béa dans mes bras, je me dirige timidement vers le lit. Je ne contrôle plus mes tremblements. Comment peut-on faire une chose pareille ? Je ne peux pas croire que l'impensable soit arrivé. Il m'est impossible de la laisser partir. Aucun parent ne devrait traverser une telle épreuve ! Madame Mouffoir demande aux infirmières de quitter la pièce. Je les regarde s'éloigner discrètement. Je me surprends à les envier et me retiens de les suivre. Juste pour me libérer de ce fardeau, lui dire adieu.

J'assois ma femme sur le lit et rapproche le fauteuil. La respiration de Kris est laborieuse, presque inaudible. Béatrice se penche sur elle et lui caresse les cheveux. Une boule s'est logée au fond de ma gorge m'empêchant de prononcer une seule parole. Je prends sa main déjà presque sans vie et l'embrasse. Mes baisers vont-ils la retenir ? Si seulement...

— Nous sommes là, mon ange. Nous restons près de toi. Tu peux partir maintenant, chuchote Béa.

Sa voix est claire et déterminée. Ma femme a toujours été la plus courageuse de nous deux. Je n'ose imaginer si j'avais été seul. Notre fille ouvre légèrement les yeux et fixe sa mère. Je sens ses doigts décharnés s'accrocher légèrement aux miens. Alors, dans cette chambre encombrée de matériel médical, la voix de ma femme s'élève.

— Mauvais rêves, mauvais rêves... laissez-moi. Jolis rêves, jolis rêves... restez-là.

Je regarde ses mains exécuter ces étranges mouvements au-dessus de la tête de notre courageuse fille. J'admire ses gestes sûrs et aériens. Je les connais pourtant parfaitement. Kris attendra que sa mère finisse leur rituel pour fermer les yeux. Aussitôt, une alarme se déclenche à nouveau. Madame Mouffoir tend le bras et l'arrête.

— C'est fini. Elle est partie, nous dit-elle chaleureusement. Je vous laisse. Je ne serai pas loin.

Elle sort mais pas sans un dernier regard pour notre fille. Elle ne dissimulera même pas les gouttelettes qui apparaissent au bord de ses yeux. Il ne reste plus que nous deux, orphelins de notre deuxième enfant.

Chapitre 59

La dernière séparation est arrivée. Maintenant cinq aurores et cinq crépuscules que ton cœur a cessé de battre. Chaque jour est un combat. Chaque jour fait place à un vide insupportable. Nous t'avons promis de te survivre. Nous essayons de le faire la tête haute. Tu nous mets au défi, ma chérie.

Tout le monde est là, excepté Julie. Ton neveu est né seulement six heures après ton départ. J'y vois un signe. C'est peut-être ridicule mais il a le mérite de me consoler. J'aurais aimé que tu le rencontres avant de partir. Il est magnifique.

Ta mère a orchestré tes obsèques avec dignité et efficacité. Comme tout ce qu'elle fait. Elle cuisine depuis deux jours pour recevoir tout le monde après la cérémonie et ne laisse entrer personne dans son antre. À une exception près... Sidonie. Elle seule y est autorisée. J'imagine que tu n'es pas surprise. Tu as fait un miracle avec ces deux-là. Ça restera à jamais ton œuvre. Je ne sais pas si tu nous vois de là où tu es. J'aime à penser que oui. Si c'est le cas, j'espère que tu remarques mon initiative. Pas de noir... pas de vêtements sombres. Anna a particulièrement pris à cœur ce dernier clin d'œil qui t'est adressé. Elle a beaucoup ri quand je lui ai révélé l'histoire de ce bon vieux Gapsy. Elle est de loin la plus colorée de nous tous en affichant fièrement une salopette jaune poussin. Vic n'est pas en reste.

Elle nous a sortis le grand jeu. En même temps, le contraire m'aurait étonné. Robe rouge flamboyante… bottines assorties. Charles et Véronique ont été les plus réfractaires. Quand je leur ai soumis l'idée, ton cousin m'a regardé avec insistance, visiblement inquiet pour ma santé mentale. Je pense même qu'il a contacté le diocèse. Les pauvres… J'ai bien cru qu'ils allaient crier au blasphème. Ton frère a opté pour un jean et une chemise blanche. Si tu prends le temps de bien regarder, il a une tache sur sa manche droite. Petit cadeau digestif de son fils. Julie a bien tenté de lui faire porter autre chose mais rien à faire. Quant à moi, tu noteras mon effort. Pas de costume gris foncé… pas de cravate bleu nuit. J'avais bien évidemment remarqué tes petits coups d'œil dans la voiture. Je porte ton denier cadeau. Le pull de Noël avec l'énorme tête d'un renne en son centre. Si je me concentre suffisamment, je percevrai sans doute tes éclats de rire. La plus belle musique qu'il soit.

Le soleil est au rendez-vous. Même lui veut te faire un dernier adieu. Je fixe l'autel. Le même que pour ton baptême. Je te revois hurler quand le prêtre te verse l'eau sur le front. Je revois le sourire radieux de ta mère. Le regard assassin de ton frère prêt à en découdre avec ce bonhomme bedonnant qui faisait pleurer sa petite sœur. Tu étais si petite, si fragile… et moi reconnaissant du bonheur de cette journée.

Nous avons demandé une cérémonie simple. À ton image. Une jeune femme discrète, chaleureuse et généreuse. Vic se dirige vers le pupitre. Je suis étonné de la voir s'en approcher. Je me souviens alors de sa demande deux jours auparavant ; lire un petit quelque chose. Vic… ta sœur de cœur. Ton autre toi. Nos inséparables.

Elle nous regarde et inspire pour se donner du courage.

— Kris voulait que je vous lise ceci. Et d'une voix claire a-t-elle dit.

Elle se racle la gorge avant de reprendre.

— Souvenez-vous de moi en pleine forme et en bonne santé. Parce que c'est ainsi que je me souviendrai de vous. Si vous deviez vous souvenir de moi en pleurant ce que la maladie m'a infligé, alors ne vous souvenez pas de moi du tout. Chaque instant passé avec chacun d'entre vous sera mon arche de Noé. Je pars le cœur rempli de vous. J'emporte vos rires, vos témoignages de tendresse, vos promesses et tous nos souvenirs. Je ne pouvais pas rêver d'une famille plus aimante. N'oubliez jamais ça.

Vic replie la feuille lentement.

— Elle m'a dicté ces quelques lignes peu de temps avant de nous quitter. Elle a aussi ajouté qu'elle avait accompli son dernier souhait avant de partir. Je ne sais pas ce qu'elle a voulu dire. – Vic sourit et baisse la tête. Elle était le « plus » qui rendait ma vie éblouissante. Elle va tellement me... – sa voix se brise. Pourtant, je te l'ai promis Kris. Encore... toujours.

Victoire regagne sa place sur le banc près de Marc. Le prêtre nous invite à quelques minutes de recueillement. Le silence s'installe. Je me transporte alors dans notre jardin. Je suis installé dans mon grand fauteuil, celui dans lequel j'aime faire mes mots croisés. Tu es là près de moi. Tu me souris. Je te dis que je t'aime et que la vie sans toi n'aura plus la même saveur. Tu déposes un baiser sur ma tempe. Je ne veux pas m'éloigner de ton sourire et de ce doux moment. J'y reviendrai régulièrement pour t'y retrouver.

— Papy ? me murmure Anna en me secouant le bras.

— Qu'est-ce qu'il y a, ma chérie ?

— Mais regarde ! Regarde le cercueil de tata !

Un papillon d'une blancheur irréelle est posé sur ton cercueil. Ses ailes sont larges et comme incrustées de diamants. Elles scintillent à chaque mouvement. Il semble sorti d'un monde imaginaire.

— Est-ce que tu as déjà vu un papillon aussi extraordinaire ? s'émerveille ma petite-fille.

J'aimerais lui répondre que non mais je suis bien trop concentré à l'examiner. En admirant sa beauté, je me questionne sur sa présence. La saison n'est pourtant pas appropriée pour ces petites bestioles ! Encore trop frais… encore trop humide pour elles. Je pose ma main sur la jambe de ma femme sans le quitter des yeux, de peur qu'il disparaisse. À son tour, elle le voit.

— Mais qu'est-ce que… arrive-t-elle seulement à dire totalement subjuguée.

Nous ne sommes pas les seuls à le remarquer. Petit à petit, nous entendons des murmures se répandre dans les rangs. Romain, installé juste derrière moi, place sa main sur mon épaule. Quand je me retourne vers lui, je lis dans ses yeux le même étonnement. Vic et Marc sont figés de stupéfaction. Valérie a une réaction différente. Elle lui sourit tout en laissant une larme glisser doucement sur sa joue. Mon attention revient vers le petit volatile. Comme s'il m'attendait, il quitte le bois du cercueil pour virevolter tranquillement vers nous. Il effleure doucement Sidonie et se pose sur l'épaule de Vic un instant. Il reprend son vol pour atterrir sur la tête de Valérie. Il repart pour rester tout un moment dans les airs devant le visage de Romain et vient frotter ses ailes contre le nez d'Anna. Il tourne à trois reprises autour de la tête de Béatrice pour finir sa course sur ma main et ne plus bouger. Je sens tous les regards se poser sur moi mais je les oublie rapidement. Plus rien ne compte à l'exception de ce papillon. Plus rien n'a d'importance. Je ne me l'explique pas. Je le sais. C'est tout. De longues… très longues minutes vont s'écouler ainsi. Quand soudain, il reprend à nouveau sa route. Sans pouvoir en expliquer la cause, une immense tristesse m'envahit. Mon cœur se déchire en mille morceaux. Je le suis des yeux, terrifié de le voir disparaître à jamais. Il file à vive allure vers les vitraux de l'autel. Ébloui par la lumière, je le perds de vue un instant… le retrouve… et ensuite plus rien. Un désespoir oppressant me parcourt de toute part. Béa sent mon trouble. Nous nous prenons la main et laissons aller nos larmes.

Chapitre 60

— Tu crois vraiment qu'ils ont compris le message ? je demande inquiète.

— Il n'y a qu'à les regarder pour le constater, me répond Mathieu.

— Ils ont l'air si tristes.

— Et ils le seront un moment. Puis, leur peine s'adoucira.

Je lui souris heureuse de le revoir.

Il me tend la main.

— Viens ! J'ai quelques petites choses à te faire découvrir, me dit-il visiblement radieux.

Comment lui refuser quoi que ce soit ? Le retrouver est un cadeau inestimable.

— Dis-moi ? As-tu envie que je te présente mon amie Martha ?

— Qui est Martha ? je lui demande.

— En fait… tu la connais déjà. Si je te parle d'une petite ruelle… d'un carillon… d'une petite dame aux yeux bleu azur avec un don de voyance ? J'ai fait aussi la connaissance d'une nouvelle personne arrivée depuis peu. Elle est impatiente et tout excitée de te voir. Elle m'a expliqué qu'elle avait été ton coach pendant un certain temps. Ça te rappelle quelqu'un ?

Imprimé en Allemagne
Achevé d'imprimer en octobre 2021
Dépôt légal : octobre 2021

Pour

Le Lys Bleu Éditions
40, rue du Louvre
75001 Paris